KB109497

쓰지 않으면
사라지는 것들

■ 이 도서의 국립중앙도서관 출판예정도서목록(CIP)은
서지정보유통지원시스템 홈페이지(http://seoji.nl.go.kr)와
국가자료공동목록시스템(http://www.nl.go.kr/kolisnet)에서 이용하실 수 있습니다.
(CIP제어번호: CIP2020002696)

쓰지 않으면
사라지는 것들

제임스 설터

최민우 옮김

마음산책

옮긴이 **최민우**

소설가. 번역가. 지은 책으로 『머리검은토끼와 그밖의 이야기들』 『점선의 영역』, 옮긴
책으로 『오베라는 남자』 『지미 헨드릭스』 『뉴스의 시대』 『폭스파이어』 등이 있다.

쓰지않으면
사라지는것들

1판 1쇄 발행 2020년 2월 10일
1판 2쇄 발행 2020년 3월 5일

지은이 | 제임스 설터
옮긴이 | 최민우
펴낸이 | 정은숙
펴낸곳 | 마음산책

편집 | 최해경 · 권한라 · 김수경 · 이복규   디자인 | 최정윤 · 오세라
마케팅 | 권혁준 · 김종민   경영지원 | 박지혜

등록 | 2000년 7월 28일(제13-653호)
주소 | (우 04043) 서울시 마포구 잔다리로 3안길 20
전화 | 대표 362-1452 편집 362-1451   팩스 | 362-1455
홈페이지 | http://www.maumsan.com
블로그 | maumsanchaek.blog.me
트위터 | http://twitter.com/maumsanchaek
페이스북 | http://www.facebook.com/maumsan
전자우편 | maum@maumsan.com

ISBN 978-89-6090-606-8 03840

* 책값은 뒤표지에 있습니다.

만사가 꿈이라는 사실을 깨닫는 때가 오면,
오직 글쓰기로 보존된 것들만이
현실로 남아 있을 가능성을 갖는 것이다.

차 례

삶

프랑스

아스펜

글쓰기와 그 앞에 놓인 것

결국 글쓰기란 감옥, 절대 석방되지 않을 것이지만
어찌 보면 낙원인 섬과 같다.
고독, 사색, 이 순간 이해한 것과
온 마음으로 믿고 싶은 것의 정수를 단어에 담는
놀라운 기쁨이 있는 섬.

■ 일러두기

1. 이 책은 제임스 설터 사후 출간된 『Don't Save Anything』(ICM Partners, 2017)을 우리말로 옮긴 것이다.

2. 외국 인명·지명·독음 등은 외래어표기법을 따르되 관용적인 표기와 동떨어진 경우 절충하여 실용적 표기를 따랐다.

3. 옮긴이 주는 글줄 상단에 맞추어 작게 표기하였다.

4. 원문에서 이탤릭체로 강조한 부분은 굵은 글씨로 표시했다.

5. 신문·잡지·공연·노래 등의 제목은 〈 〉로, 시리즈는 ' '로, 단편과 기사, 강연 제목은 「 」로, 장편과 책 제목은 『 』로 묶었다.

상자가 자꾸 나왔다. 그렇게 많은 줄 까맣게 잊고 있었다. 짐이 2015년 6월에 아흔 살의 나이로 세상을 떠난 뒤, 나는 종이로 가득한 수많은 상자들을 뒤적이기 시작했다. 상자 대부분은 눈에 잘 띄는 곳에 있었다. 나는 구석에 처박혀 있던 상자들도 하나 둘 끄집어내다가 문득 사다리로 올라가야 하는 장소에 더 많은 상자가 보관되어 있다는 사실이 떠올랐다.

"쌓아두면 안 돼." 짐은 예전에 그렇게 충고한 적이 있었다. 작가가 당장 사용하는 게 내키지 않는 구절이나 이름이나 사건을 훗날 집필할지 모를 작품에 써먹을 요량으로 쟁여두는 행동에 대해 했던 말이었다. 하지만 정작 짐은 실제로는 출판된 최종고뿐 아니라 메모와 초고까지 전부 다 꼼꼼히 모아두었다.

짐의 작품 상당수는 생전에 출간된, 소설과 논픽션 모두에서 발췌한 선집에 수록되어 있다. 선집에 실린 작품은 전투기 조종사 시절을 다룬 『양철 깡통의 신Gods of Tin』, 여행기인 『그때 그곳에서』, 편지로 처음 알게 된 어떤 남자와 교환한 서간집 『기억할 만한 나날Memorable Days』, 펜/포크너 수상작인 단편소설집 『아메리칸 급행열차』와 그 이후에 발표된 『어젯밤』이다. 물론 회고록인 『버닝 더 데이즈Burning the Days』도 있다. 회고록에서

13

짐은 자신이 거친 수많은 사람과 경험과 시기 중 딱 열 가지에 대해서만 썼는데, 이는 프랑스 영화감독 장 르누아르의 다음과 같은 말을 따른 것이었다. "인생에서 중요한 일은 오로지 기억이 나는 일뿐이다." 짐의 장편소설 『가벼운 나날』 역시 이런 구성을 취하고 있다.

짐이 자기 인생을 글쓰기에 바치겠다고 결심하기까지는 오랜 시간이 걸렸다. 그는 웨스트포인트(미 육군사관학교)에서 시작하여 한국전쟁에서 전투기 조종사로 근무하면서 십 수년 동안 쌓아온 전도유망한 경력을 포기하는 것이 자기가 내린 가장 힘든 결정이었다고 했다. 불과 서른한 살에 공군 중령까지 올라갔던 짐은 자신의 희망과 에너지를 글쓰기에 집중적으로 기울이고자 군을 떠났다. 그럴 수 있었던 건 한국에서의 경험에 바탕을 둔 첫 장편소설 『사냥꾼들』이 출간되었고, 그 책이 커크 더글러스 주연의 영화 제작을 위해 팔린 데 고무된 덕이었다.

짐은 기혼이었고, 어린 두 딸이 있었다. 공군을 나오면서는 퇴직금을 받았다. 그 뒤 예비군에 들어갔는데 군 시절의 향수 때문이기도 했고, 집 밖으로 나가고도 싶고 돈도 벌어야 해서였다. 수영장 판매원도 했다. 친구와 다큐멘터리도 찍었다. 제목이 〈팀, 팀, 팀Team, Team, Team〉이었던 그 영화는 베니스 영화제에서 상도 받았다.

그러는 동안에도 짐은 계속 글을 쓰면서 자기가 정말로 글을 쓸 수 있다는 사실을 스스로에게 납득시키고자 노력했다. 짐의 두 번째 장편소설은 윌리엄 포크너에 대한 그저 그런 오마주였다. 그 책은 몇십 년이 지나서야 출간되었다. 짐은 그 소설을 새로 썼는데, 원래 형태로 내보내고 싶지 않았던 것이다. 제목도 『캐사다Cassada』로 바꿨다.

1961년 하룻밤 만에 세워진 베를린 장벽이 도시를 반으로 갈라버린 그때, 짐은 소집 명령을 받아 유럽으로 갔다. 그 와중에 그는 세 번째 장편 『스포츠와 여가』를 썼다. 그 작품은 짐 자신이 상상했던 바를 정확히 표현한, 또한 마침내 스스로를 작가라 봐도 좋겠다고 믿게 해준 첫 번째 책이었다.

1970년대 초에 〈피플〉 지의 편집장 로버트 지나가 짐을 초대해서 잡지에 글을 써달라고 했다. 취재할 이들 가운데는 진지한 작가들이 포함되어 있었고, 편집장은 짐을 스위스, 프랑스, 영국으로 보내 블라디미르 나보코프, 그레이엄 그린, 안토니아 프레이저를 인터뷰하도록 했다. 이는 짐이 잡지에 쓰는 첫 글들이 될 터였다.

그 기사들을 다시 읽다 보니 짐이 저녁 식사 자리에서 인터뷰 때 일을 미주알고주알 말해주던 게 기억난다. 짐이 유럽에 도착하기 전에 인터뷰 일정이 다 잡혀 있었는데 갑자기 몽땅 엉망이 되어버렸더랬다. 그레이엄 그린은 사람들이 〈피플〉 지를 '엿보기 구멍PeepHole. 사생활을 파헤친다는 의미'이라 패러디해 부른다는 사실을 알았고, 그래서 짐이 파리에 있는 그린의 아파트 현관문 아래로 쪽지를 밀어넣어 그를 설득하기 전까지 잡지사와 만나려 들지 않았다. 두 사람의 대화는 〈피플〉 지에 기사로 실렸을 뿐 아니라 가외의 결과도 낳았다. 『가벼운 나날』이 마침내 영국에서 출판될 수 있도록 그린이 주선을 해준 것이다.

그다음 짐은 몽트뢰에 도착해 나보코프와 그의 아내 베라가 살고 있는 호텔로 갔다. 하지만 짐이 약속을 확인하려고 전화를 걸었더니 전화를 받은 베라 나보코프가 사전에 서면으로 질문을 보내줘야 한다고 얘기했다. 짐은 자기는 이미 그렇게 했는데 아무 대답도 듣지 못했다고 대꾸했다. 남편 컨디션이 안 좋아요, 베라는 그렇게 말했다. 그러면서도 그녀는 남편에게 인터뷰를 할 건지 물어보겠노라 했다. 짐은 베라가 물어보는 척만 한 다음 다시 수화기를 들어서 남편이 인터뷰를 못하겠다고 한다고 말할 줄 알았다. 그런데 만날 날짜와 시간을 딱 정해서 알려주고는 대화 내용은 절대 받아 적거나 녹음할 수 없다고 경고했다. 두 사람은 대화를 시작했고, 나보코프는 심지어 '달달한 물약', 그러니까 술을 한 잔 더 하지 않겠느냐고 제안하기까지 했다. 하지만 아쉽게도 파리로 돌아가는 기차를 잡아타려면 서둘러 가야 했다. 짐은 기차를 놓쳤고, 의자에 앉아 나보코프가 했던 말을 미친 듯이 노트에 휘갈겨대면서 트루먼 카포티도 말론 브랜도와 밤새 나눴던 대화를 토씨 하나 빼놓지 않고 외웠다는데 자기라고 나보코프와 한 시간 동안 한 얘길 기억 못할 건 뭐냐고 중얼거렸다.

짐이 쓴 글에는 모두 뒷이야기가 있다. 인공 심장의 발전에 대해 조사할 때, 짐은 인공 심장을 발명한 로버트 자빅Robert Jarvik 박사의 집에 찾아가 저녁을 먹었다. 자빅은 벌거벗은 채로 요리를 하겠다면서 짐더러 의복을 내던지라고 요구했다. 짐은 로버트 레드퍼드가 비교적 덜 알려져 있던 시절 그에 대한 글을 썼고, 두 사람은 짐이 대본을 쓴 스키 영화 〈다운힐 레이서〉의 글감을 찾으려고 같이 여행도 했다. 짐은 영화의 핵심에

빌리 키드Billy Kidd 같은 캐릭터가 있어야 한다고 했지만 레드
퍼드는 생각이 달랐고, 주인공의 모델로 본인과 생김새가 비슷
한 젊은 스키 선수 스파이더 사비히Spider Sabich를 선택했다. 그
영화는 지금도 심야에 텔레비전에서 방영되고 있으며, 짐이 즐
겨 말했듯 '대충 점심값은 되는' 재방송료가 나온다. 레드퍼드
는 〈내일을 향해 쏴라〉로 스타가 된 뒤에도 친구로 남았다. 짐
이 2011년에 〈파리 리뷰〉 지의 연례행사에서 평생공로상을 받
았을 때도 레드퍼드가 기조연설을 했다.

　짐은 영화의 매력에 대한 글도 썼다. 그는 1960년대 유럽 영
화감독들의 영화에 홀딱 빠진 사람이었다. 시나리오를 써달라
는 요청을 받기도 했으며 심지어는 〈세 타인들Three〉이라는 영
화를 감독하기까지 했다. 영화에는 젊은 시절의 샬럿 램플링
과, 그녀처럼 젊었으며 당시는 무명이던 샘 워터스톤이 출연했
다. 그때의 경험 덕에 짐은 다시는 영화감독 일을 하고 싶어하
지 않았지만 이쪽 일이 계속 이어지길 바라는 마음에서 영화
대본을 몇 편 더 썼고, 그러다 결국 자신에게 가장 중요한
일―장편과 단편소설―에 집중하고자 영화 일에서는 완전히
손을 뗐지만 기사와 에세이는 간간이 썼다.

　짐이 쓴 기사는 〈에스콰이어〉 〈푸드 앤 와인〉 〈뉴요커〉 〈맨스
저널〉 〈파리 리뷰〉 등에 실렸다. 그는 알프스를 등반한 중요 인
물들, 제1차 세계대전 이전의 프랑스 사창가에 대해 썼다. 자신
이 존경하는 다른 작가들에 대해서도 썼는데, 그중 가장 좋아
했던 작가는 이사크 바벨이었다.

　청탁을 받고 썼든 본인이 쓰고 싶어 썼든, 그는 글 하나하나

에 자기가 가진 모든 걸 쏟아부었고, 그건 대단한 일이었다. 그는 철저하게 자료를 읽고 조사했지만 때로 에세이 형식으로 기사를 쓰기도 했는데, 그런 형식을 택했다는 건 자신만의 기억과 감정으로 침잠한다는 뜻이었다. 남성과 여성의 합일, 아스펜에서의 삶, 프랑스에서의 경험 같은 것들 말이다.

『쓰지 않으면 사라지는 것들』은 짐이 쓴 논픽션 가운데 최고의 글들을 모은 책이다. 여기 실린 기사, 에세이, 인물 소개글은 따로따로 출판된 적은 있지만 지금껏 한곳에 모인 적은 없었다. 그 수많은 상자에 종이가 넘쳐흐르긴 했지만, 결국 중요한 건 양이 아니다. 이 책에 실린 글은 세상과 세상 사람들, 특히나 무언가를 이루고자 열정적이고 헌신적으로 노력하는 사람에 대한 짐의 끝없는 관심이 무척이나 넓고 깊었다는 사실을 드러낸다. 논픽션을 쓰면서 작가가 누리는 정말 큰 즐거움 가운데 하나는 전혀 몰랐던 것들을 마치 모험하듯 탐구하고 배우고 나서 그에 대해 쓰는 것이다. 독자들은 이 책에서 바로 그렇게 쓰인 글을 발견할 것이다.

케이 엘드리지 설터

나는 왜 쓰는가

영광을 누리고자, 찬사를 받고자

"글을 쓴다는 것! 이 얼마나 경이로운 일인가!" 나이 들고 세상에서도 잊힌 채 파리 외곽 쓸쓸한 동네의 다 쓰러져가는 집에서 살던 비평가 겸 수필가 폴 레오토는 이렇게 썼다. 레오토는 결혼도 하지 않았고 자녀도 없었으며 혼자 살았다. 그가 오랜 세월 비평가로 몸담아 활동했던 연극계에서의 입지도 이제는 어두웠다. 그런데도 폐허 같은 인생에서 이런 말이 솟아나온 것이다. **글을 쓴다는 것!**

비슷한 얘기를 했음직한 많은 작가들이 떠오른다. 스스로 목숨을 끊은 앤 섹스턴, 그녀와 같은 길을 걸은 헤밍웨이나 버지니아 울프, 자기가 살던 시골 마을에서 비웃음을 산 포크너, 끝내 망가지고 만 피츠제럴드. 레오토가 일컬은 '경이로운 일'이란 문학으로, 이는 바다와 같아서 힘이 넘치는 수영선수든 그저 해변을 거니는 사람이건 간에 근처에 있다는 것만으로도 기뽐에 휩싸인다. 글을 쓴다는 행위는 자주 진저리가 나기는 해도 여전히 특별한 즐거움을 준다. 내가 좋아하는 집필 도구인 펜촉에서 한 줄씩 나오는 글과 그 글이 적히는 페이지는 내가 소유하게 될 것 가운데 가장 가치 있는 것이리라.

냉소적인 이들은 돈을 벌기 위해 글을 쓰지 않는 사람은 호사가 아니면 바보라고 말하지만 그건 진실이 아니다. 글 쓰는 사람들의 진짜 욕망은 작품을 인쇄된 형태로 보는 것, 그걸 사람들이 읽어줬으면 하는 것이다. 금전적 보상은 그보다는 덜 중요하다. 사미즈다트samizdat, 구소련에서 유통되던 지하출판물를 돈 받고 파는 사람은 없지 않나. 돈이란 글을 받아주겠다는 형식에 불과하다.

워낙 오랫동안 글을 써왔기에 어쩌다 글을 쓰기 시작했는지 기억이 나지 않는다. 글쓰기는 아버지가 아는 방식으로는 해낼 수 없는 일이었다. 아버지는 러트거즈 대학, 웨스트포인트, MIT를 나왔지만 나는 당신이 소설을 읽는 모습을 살면서 한 번도 못 본 것 같다. 아버지는 〈더 선〉 〈월드 텔레그램〉 같은 신문을 읽었고, 당시 뉴욕에는 그런 신문들이 넘쳐났다. 아버지는 본인에게 부여한 임무가 따로 있었다. 출세 말이다.

어머니도 열렬한 독서가는 아니었지만, 내가 어릴 때는 당연히 책을 읽어주셨다. 나는 얼마 안 가 '하디 보이스The Hardy Boys'와 '정글 소년 봄바Bomba, the Jungle Boy' 같은 인기 시리즈물을 직접 읽었다. 지금도 그 책 내용이 조금 기억난다. 월터 스콧의 『아이반호』, 로버트 루이스 스티븐슨의 『보물섬』, 러디어드 키플링의 『킴』, 제인 포터의 『스코틀랜드의 대장The Scottish Chiefs』 같은 작품들 가운데 두 권인가 세 권을 받은 적이 있지만 그걸 읽지는 않았다. 내게는 올리브 보프레 밀러Olive Beaupré Miller가 편집한 '나만의 도서관My Bookhouse'이라는 여섯 권짜리 책 한 질이 있었는데, 이 밀러라는 분은 같은 성을 가진 다른 사람들—앨리스 밀러 부인, 호아킨 밀러, 헨리 밀러, 조 밀러—처럼 『작가사전The Reader's Encyclopedia』에 실려 있지는 않지만 세르반테스, 디킨스, 톨스토이, 호메로스, 그 외 다른 작가들의 책에서 발췌한 작품을 통해 내가 그 작가들에 대한 지식을 얻는 데 큰 역할을 담당했다. '나만의 도서관'에는 민간설화, 동화, 성경에서 고른 대목 등도 포함되어 있었다. 어린 시절 아버지의 서재를 마음껏 이용했다는 작가들에 대해 읽을 때면 나는 '나만의 도서관'을 떠올린다. 내게는 그게 서재였으니까. 교육 목적이 아니라 작품을 소개하는 서재 말이다.

시도 읽었다. 그래머 스쿨을 다닐 때 우리는 유명한 시들을 자리에서 일어나 암송해야 했다. 이 가운데 많은 작품들을 아직도 외우고 있다. 이를테면 키플링의 「만약If」 같은 시가 있는데, 그걸 외우자 아버지가 내게 1달러를 주셨다. 다른 일들과 마찬가지로 언어 또한 따라하면서 익히는 것이고, 시에서는 말의 리듬과 우아함을 어느 정도 배울 수 있다.

나는 소년 시절 그림도 잘 그렸고, 특별한 지도를 받지도 않았는데 색칠도 제법 했다. 무슨 이유로 그림에 그토록 몰입했는지는, 또 그게 어디서 물려받은 재능인지는—아버지가 그림을 좀 그리시기는 했지만—잘 모르겠다. 일곱 살인가 여덟 살 무렵에 또렷해진 글을 쓰고 싶다는 욕망도 아마 같은 원천에서 나오지 않았나 싶다. 나는 다른 많은 어린이들이 그랬던 것처럼 종이 가운데를 실로 꿰매고 접어서 만든 작은 공책에다 엉성한 글자와 그림을 쓰고 그려 넣은 조잡한 책을 만들었다.

사립 고등학교 시절 우리는 시인이었다. 적어도 내 친구들 상당수와 나는 열정적이고 진지했다. 우리는 비가悲歌를 읽었지만 연가戀歌는 하나도 읽지 않았다. 그건 나중에야 읽게 되었다. 먼저 성공을 거둔 건 나였다. 전국 시 경연 대회에서 가작을 수상했고, 〈포이트리〉 지에 시 두 편을 팔았다.

이 모든 일이 거의 대부분 곧 흥미를 잃게 될 한철의 열정이었다. 1939년 제2차 세계대전이 터졌고, 1941년에는 우리도 전쟁에 휘말렸다. 나는 웨스트포인트에 진학했다. 예전의 삶은 사라졌다. 새로운 삶에서 시는 거의 쓸모가 없었다. 나는 열심히 책을 읽었고, 상급생 때는 단편을 몇 편 썼다. 〈아카데미〉 지에 실린 소설을 읽고는 이 정도면 나도 쓰겠다는 생각이 들었던 것이다. 첫 단편을 보내자 편집장이 소설을 더 달라고 했다. 장교가 되고 나서는 일단 글을 쓸 시간이 없었고, 사생활도 없었다. 그 이상을 원하는 건 마음속에 꾹꾹 눌러 담아야 할 일이었다. 글쓰기는 이 삶에는 어울리지 않았다. 나는 공군에 임용되었고, 처음에는 수송기 조종사였다가 나중에는 전투기 조종사로 보직이 변경되었다. 그러자 나는 내 역할을 찾았다고 느꼈다.

1950년인가 플로리다에 배치되었을 때, 펜사콜라에 있는 서점 진열대에 떡하니 진열된 존 케루악John Kerouac이라는 작가의 『마을과 도시The Town and the City』라는 소설이 우연찮게 눈에 띄었다. 사립학교 시절에 잭 케루악Jack Kerouac이라는 선배가 있었는데, 그가 소설을 몇 편 썼었다. 책 뒤표지에 작가 사진이 실려 있었다. 사진 속에서 그는 부드러운, 거의 무언가를 그리워하는 듯한 표정으로 눈을 내리깔고 있었다. 나는 당장 그를 알아보았다. 그때 느꼈던 시기심이 기억난다. 케루악은 나보다 고작 몇 살 위였다. 그런데도 이런 인상적인 표지의 책을 쓴 것이다. 나는 책을 사서 눈에 불을 켜고 읽었다. 소설은 당대의 유명 작가 토마스 울프—『천사여, 고향을 보라』등을 쓴 작가다—에게 상당 부분을 빚졌지만, 그럼에도 나름의 성과를 거둔 작품이었다. 나는 그 작품을 내가 성취해야 할 목표로 삼았다.

결혼을 한 뒤 보다 자리가 잡힌 생활을 누리게 되자, 나는 주말이나 저녁에 가끔씩 다시 글을 쓰기 시작했다. 그러다 한국전쟁이 발발했다. 한국에 파견될 때 나는 작은 타자기를 챙겨 가면서 만약 내가 전사한다면 그동안 써둔 페이지가 나를 기념하는 물건이 될 거라고 생각했다. 거기 적힌 글들은 솔직히 말해 미숙했다. 몇 년 뒤, 그 글들이 포함된 내 소설은 여러 출판사에서 거절당했지만 한 곳에서 만약 내가 또 다른 소설을 써서 보내면 관심 있게 읽겠다고 했다. 또 다른 소설이라니. 몇 년은 걸릴 일이었다.

나는 전투 비행 임무를 수행하는 동안 일기를 품에 간직하고 다녔다. 그 일기에 이런저런 묘사나 서술을 적긴 했지만 구체적인 작품의 형태로 나온 건 거의 없었다. 전쟁이 모든 것의 중심에 자리했다. 임시 근무 차 다시 플로리다로 돌아왔던 어느 날 오후, 나는 비행 대기선에서 돌아와 간이침대에 앉아 있다가 머릿속에 갑자기 떠오른 줄거리를 한 페이지 남짓 허겁지겁 쓰기 시작했다. 그것은 이상주의에 대한, 진정한 것과 거짓된 것에 대한 간결하면서도 진실한 소설이 될 터였다. 지금껏 없었지만 이제 더 이상은 결여되지 않은 것, 바로 플롯이었다.

내가 왜 글을 썼을까? 영광을 누리기 위해서는 아니었다. 나는 내가 진짜 영광이라 여기는 것을 이미 봤으니. 찬사를 받기 위해서도 아니었다. 만약 책이 출판된다면 필명으로 낼 생각이었다. 작가라고 알려지는 바람에 경력에 지장이 가길 원치는 않았으니까. 나는 영화 〈하느님이 내 동료 조종사야God Is My Co-Pilot〉의 주인공 스콧 소령에 대해 사람들이 조롱조로 언급하는 걸 들은 적이 있었다. 비행 대대의 정신은 음주와 배짱이었다. 그 외에는 전부 수상쩍은 것이었다. 그래도 나는 스스로를 평균 이상의 조종사라 여겼고, 내가 쓴 책이 모든 면에서 훌륭한 작품이 되리라 상상했다. 조종사 가운데 누군가가, 베일에 싸인 탁월한 인물이 그 책을 썼다는 건 확실하겠지만, 나만이 그자가 누구인지 알고 있다는 만족감을 누리게 되리라.

나는 시간이 날 때마다 글을 썼다. 작품의 일부는 롱 아일랜드의 공군기지에서, 나머지는 독일에 파견되었을 때 유럽에서 집필했다. 아파트 방 바로 옆에 살던 부대의 중위 한 명이 침실 벽 너머로 밤늦게 내가 치는 타자기 소리를 들었다. "뭘 하고 계시는 겁니까?" 어느 날 그가 물었다. "책 쓰십니까?" 농담으로 한 소리였다. 그보다 더 있음직하지 않은 일은 없었으니까. 나는 숙련된 작전장교였다. 다음 단계는 대대장이었다.

『사냥꾼들』은 1956년 하퍼 앤 브라더스 출판사에서 출간되었다. 〈콜리어〉 지에 처음으로 책에 대한 기사가 났다. 부대에 소문이 금방 퍼졌다. 나는 다른 사람들과 모여 앉아 작가가 누구일지 같이 추측했다. 한국에서 복무한 친구일 거다, 아마 제4비행대대일 거다, 등등.

리뷰는 호의적이었다. 나는 서른두 살이었고 한 아이의 아버지였으며 아내는 또 다른 아이를 임신 중이었다. 전투기 조종사로는 7년을 복무했다. 나는 이만하면 할 만큼 했다는 결론을 내렸다. 글을 쓰고 싶다는 어린 시절의 충동은 결코 스러지지 않았다. 사실 그 충동은 제 가치를 스스로 입증했다. 나는 이 문제를 아내와 상의했고, 아내는 지금 자기가 무슨 일에 휘말린 건지 일부만 이해하고 있었는데도 내 결심을 바꾸려 하지 않았다. 유럽을 떠나면서, 나는 작가가 되고자 하는 목표를 품고 군을 퇴역했다.

그건 내 인생에서 가장 힘겨운 행동이었다. 생각건대 내 안에는 글쓰기가 다른 일보다 훌륭한 일이라는 믿음이 늘 잠복해 있었던 것 같다. 그게 아니라면 적어도 결국에는 글쓰기가 더 훌륭하다는 게 입증되리라는 믿음이. 미망이라 해도 상관없지만, 나의 내면에는 우리가 했던 모든 것이, 그러니까 우리 입 밖으로 나온 말들, 맞이한 새벽들, 지냈던 도시들, 살았던 삶들 모두가 한데 끌려들어가 책의 페이지로 만들어져야 한다는 고집이 자리 잡고 있었다. 그렇지 않으면 그건 존재하지 않게 되어버린다는, 존재한 적도 없게 되고 만다는 위험에 처할 테니까. 만사가 꿈이라는 사실을 깨닫는 때가 오면, 오직 글쓰기로 보존된 것들만이 현실로 남아 있을 가능성을 갖는 것이다.

글쓰기가 실제로 정말 힘든 직업이라는 점을 나는 거의 몰랐다. 첫 소설은 정말로 얻어걸린 것이었다. 나는 활기차게 보내던 생활이 몹시도 그리웠고, 한참을 끙끙대고 나서야 두 번째 소설을 탈고했다. 소설은 실패작이었다. 모 문학상의 심사위원에 정례적으로 위촉되던 소설가 진 스태퍼드는 내 소설의 원고를 비행기에다 그냥 놔두고 내렸다. 그녀 말에 따르면 그 작품은 자기가 보기에는 말도 안 되는 것이었다. 하지만 이제 돌아갈 길은 없었다.

『스포츠와 여가』는 6년 뒤에 출간되었다. 그 책 역시 많이 팔리지 않았다. 몇천 부 정도 나간 게 전부였다. 하지만 책은 꾸준히 증쇄되었고, 외국 출판사들이 차츰차츰 판권을 구입했다. 나중에는 모던 라이브러리 출판사까지.

랠프 월도 에머슨은 문학의 쓸모란 우리 현재의 삶에 대한 관점을, 우리가 거기에 디디어 움직이는 버팀목을 얻을 수 있는 장을 제공하는 것이라 썼다. 아마 이 말은 진실이겠지만, 나는 더 폭넓은 측면에서 힘주어 말하고 싶다. 문학은 문명의 강이다. 티그리스와 나일 강처럼 말이다. 그 강을 따라가는 사람들에 대해 이렇게 말하고 싶다. 오로지 그들만이 세속의 영광을 무심히 지나치는 이들이라고.

수년 동안 나는 꼬리에 꼬리를 물고 이어지는 이유로 인해 작가로 살아왔다. 이미 말했듯 처음에는 존경을 얻고 싶어서 글을 썼다. 설사 내 이름은 알려지지 않는다 해도 말이다. 일단 작가가 되기로 마음먹자 사람들에게 받아들여지고 인정받고픈 마음에 글을 썼다.

거트루드 스타인은 왜 글을 쓰냐는 질문에 이렇게 대답했다.

"찬사를 받으려고요." 로르카는 사랑받으려고 글을 쓴다고 말했다. 포크너는 작가란 영예를 얻기 위해 글을 쓴다고 했다. 나도 가끔은 이런 이유들로 글을 썼겠지만, 콕 집어 무엇인지는 잘 모르겠다. 대체로 내가 글을 쓰는 까닭은 어떤 대화로도, 또는 어떤 일련의 사건으로도 그려낼 수 없는 세상, 비록 위대한 소설들이 감행하는 시도에 짜릿한 전율을 느끼기는 하지만, 어떤 소설도 완벽히 옮겨낼 수 없는 세상이 특정한 방식으로 내 눈에 보이기 때문이다.

위대한 소설은 아마도 우연의 산물이겠지만 좋은 소설은 가능성의 영역에 속해 있고, 작가는 글을 쓰며 그 가능성을 생각한다. 간단히 말해, 좋은 소설은 이룰 수 있는 목표다. 나머지는 책이 알아서 한다. 정말로 많은 찬사가 대단찮은 것들에 쏟아지니, 찬사를 받으려고 애써봤자 별 의미가 없다.

결국 글쓰기란 감옥, 절대 석방되지 않을 것이지만 어찌 보면 낙원인 섬과 같다. 고독, 사색, 이 순간 이해한 것과 온 마음으로 믿고 싶은 것의 정수를 단어에 담는 놀라운 기쁨이 있는 섬.

『나는 왜 쓰는가: 소설의 기술에 대한 생각』(1999년)

다른 작가들

글쓰기 교사

아이오와 시티는 아이오와 강을 끼고 있는 아름다운 도시다. 한때 체코 이민자들이 뒷마당에다 거위를 길렀다고 해서 '구스타운'이라는 이름이 붙은 동네에는 벽돌을 깔아 만든 거리가 있다. 큼직한 옛 주택과 커다란 나무도 남아 있다. 시내 중심가에는 널따란 거리, 식당들, 가게들, '프레리 라이츠'라는 멋진 서점이 있지만 이곳의 핵심 사업은 단연 아이오와 대학으로, 이 대학에는 작지만 명망 높은 보석 같은 수업이 있다. 바로 '작가 워크숍The Writers' Workshop'이다. 1936년에 창설된 이 창작 워크숍은 이 나라에서 가장 탁월한 글쓰기 학교다. 글쓰기란 가르칠 수 없다는 믿음은 거의 보편적이다시피 퍼져 있는데, 사실 여기서는 글쓰기를 가르치지 않는다. 이곳은 글쓰기를 연습시킨다. 이 워크숍의 교수진으로 재직했던 유명 작가의 기나긴 명단에 한 자리를 차지하고 있는 커트 보니것은, 자기는 사람들에

33

게 글쓰기를 가르칠 수는 없지만 늙은 프로 골퍼마냥 사람들과 돌아다니다가 그들이 하는 경기 바깥에서 몇 타 정도 툭툭 칠 수는 있다고 즐겨 말했다.

그간 아이오와에는 수많은 중견 작가들이 다녀갔고, 그들 중 상당수는 예전에 이곳 학생이었다. 만약 여기서 공부할 만큼 운이 좋았다면 존 치버나 필립 로스, 존 어빙, 레이먼드 카버, 조이 윌리엄스 등과 마주 앉아 자기나 동료 수강생의 글을 가지고 토론을 하거나, 본인이 쓴 글을 엎어버릴 수 있었을지도 모른다. 그런 다음에 '올드 밀'이나 '폭스헤드'에서 같이 술을 마시면서 지칠 줄 모르고 대화를 이어갈지 모른다. 글 쓰는 법은 못 배울지 몰라도, 뭔가를 확실히 배우기는 하지 않을까.

프랭크 콘로이는 큰 키에 침착하고 예의 바른 사람으로, 1987년부터 바로 몇 달 전까지 18년간 학과장을 역임했으며, 워크숍에는 그의 인장이 또렷이 찍혀 있다. 그는 미국국립예술기금 이사직과 여러 교직을 거쳐 아이오와에 왔는데, 그전에는 문학계와는 거리가 먼 삶을 살았다. 그는 수없이 파티가 벌어지고 마리화나가 오가던 뉴욕의 바 '일레인'에서 뻔뻔스럽고 거만한 국외자로 활동을 시작했지만 이내 사람들을 사귀게 되었으며, 그러다 마침내 1967년 젊음에 대해 쓴 놀랄 만치 신선한 불후의 회고록 『스톱 타임Stop-Time』을 출간하면서 명성을 얻었다.

2년 과정인 작가 워크숍의 입학 여부는 지원자가 제출한 글에 근거해 결정된다. 학과장으로서 학생들의 자질을 확실히 보증하는 것이 궁극적으로는 워크숍의 평판으로 이어지므로 콘로이는 모든 지원서를 다 읽고 나서 자신이 직접 최종 결정을

다른 작가들

내렸다. 유럽의 위대한 도시들 역시 그런 식으로, 그러니까 위원회가 아니라 왕실의 칙령에 의해 건설되었다. 교수진도 같은 방식으로 꾸려졌다. 교수진에는 종신 멤버가 있었고 프랭크도 그중 한 명이지만 1년 내지 2년 동안 초빙되어 가르치는 교수도 있었다. 워크숍은 시계처럼 착착 돌아갔는데, 이는 행정실장 코니 브라더스의 덕이기도 했다. 그녀는 프랭크가 다소 건성으로 넘기기도 하는 세부사항들을 꼼꼼히 챙겼고, 학생들에게는 일종의 보모 노릇을 했다. 워크숍의 힘은 그 두 사람 사이에서 나오는 것이었다.

어느 날 밤 '폭스헤드'의 짙은 색 나무 칸막이 좌석에서, 공기는 담배 연기로 푸르스름하고 당구대에서는 당구공이 달가닥거리는 소리가 들리는 가운데, 프랭크는 지금 쓰고 있는 소설의 선인세로 25만 달러를 받았다고 털어놓았다. 나는 불현듯 그가 절대 평범한 교수가 아니라는 사실을 실감할 수 있었다. 우리는 또 다른 날 밤에는 시인 조지프 브로드스키와 앉아 술을 마셨다. 주크박스에서는 음악이 흘러나왔고 누군가 지역 맥주인 '더 뷰크 스타'를 주문할 때마다 바에서 벨이 울렸다. 브로드스키는 시를 낭독하러 아이오와 시티를 찾았다. 그러려고 온 노벨문학상 수상자가 브로드스키만도 아니었다. 데릭 월컷도 왔고 셰이머스 히니도 방문해 무대의 절반까지 가득 찬 군중 앞에서 낭독을 했다. 거의 매주 중요하고 흥미로운 인물이 찾아와 낭독회를 열었고, 행사 전에는 늘 저녁 식사 자리가 있었다.

프랭크의 집에서 열리는 만찬은 최고였다. 거기에는 예닐곱명 정도가 참석했고 종종 방문객이 끼어 있었으며 프랭크 아버지의 소유였던 은제 셰이커로 만든 마티니가 나왔다. 화제는 대개 글쓰기에 관한 것이었다. 객관성에 관한 이야기도 한 번 이상 나왔고, 진실의 존재, 프랭크의 표현에 따르면 '신의 진리'의 존재 여부도 입길에 올랐다. 누구도 그것, 그러니까 완전한 진실을 알 수는 없었다. 그건 너무 광대하고 복잡했다. "우리가 아는 건 전부 우리가 안다고 생각하는 것에 불과해요." 프랭크는 그렇게 말했다. 진실이나 사실 같은 것은 사실 없다는 것이었다. 그는 예전에 어머니와 계부가 피아노인가를 사러 쿠바에 갔던 얘기를 쓴 적이 있다고 했다. 어머니가 쿠바에 간 건 실은 낙태 수술 때문이었다. 하지만 그가 썼던 글은 그가 진실이라 생각했던 것이었다. "내겐 그게 진실이었죠." 프랭크가 말했다.

"현재 미국 문학계의 도스토옙스키는 누구일까요?" 시인 조리 그레이엄이 화두를 던졌다.

여러 이름이 나왔다. 그중 프랭크가 민 사람은 노먼 메일러였는데, 그는 프랭크의 친구였다. 논쟁이 벌어졌다. 목소리들이 점점 더 커졌다. 다음 날 나는 격하게 굴었던 걸 사과하려고 전화를 했다. 프랭크의 아내 매기 콘로이가 전화를 받았다.

"노먼 메일러 때문에 사람들이 흥분할 거라고 누가 상상이나 했겠어요." 그녀가 위로하듯 말했다.

매기는 침착한 사람이었다. 그녀는 배우로 활동했었고 성인이 되기 전 한동안 남미에서 살기도 했다. 얼굴에는 타고난 성품과 지성이 가득했다. 프랭크는 가끔 그녀를 '마거리트'라고 부르면서 그녀가 가진 권위를 암시하곤 했다. 둘 사이에는 어떤 비밀도

다른 작가들

없었다. 심지어 과거사도 그랬다. "우리가 처음 사귀기 시작했을 때," 프랭크가 말했다. "우리는 앉아서 서로에게 모든 걸 다 얘기했어요. 몇 주가 걸렸죠. 전부 다 털어놨으니까."

"그러고 나니까 할 말이 없더라고요." 매기가 짓궂게 덧붙였다.

나는 작가 워크숍에서 두 번 교단에 섰다. 마지막으로 가르친 건 1989년이었지만, 프랭크와 나는 친한 친구가 되었고 계속 연락을 주고받았다. 그러다 짤막한 편지가 왔다. 그는 다 끝난 것 같다고 썼다. 대장암 진단을 받은 것이다. 4기였다. 4기는 최악이었다.

그게 2년 전이었다. 그는 수술과 여타 과정을 견뎌냈다. 워크숍은 후임 학과장을 찾기 시작했다. 프랭크를 대신해서 제대로 일할 수 있으며 하급자와 상급자, 학장, 총장, 기부자들을 프랭크가 했던 것과 똑같이 다룰 수 있는 사람 말이다. 마침내 프랭크는 치료는 되지 않았지만 상태는 안정된 듯하다고, 몇 년 정도는 버틸 수 있을지도 모르겠다는 말을 들었다. 하지만 그런 일은 벌어지지 않았다. 더는 취할 수 있는 조치가 없다는 말을 듣는 때가 오고야 말았던 것이다. 프랭크는 자연스럽게 일이 흘러가도록 놔두기로 했다.

프랭크와 매기, 아내와 나는 올 3월, 그가 소설을 써서 번 돈으로 구입한 편안하고 밝은 조명이 가득한 집에서 점심 식사를 했다. 프랭크는 조금 허약해지긴 했어도 전과 똑같아 보였다. 안경 너머 두 눈에는 총기가 넘쳤다. 소년 같은 머리칼이 이마에 슬쩍 내려와 있었다. 프랭크는 앞으로 일이 어찌될지 궁금하다고 했다. 고통이 너무 크지는 않을지, 마지막 순간에

37

자기 자신으로 남아 있을 수 있을지. 그는 가족이 늘 여름을 보내던 곳인 낸터킷에 가고 싶어했지만 그럴 수 있을 성싶지는 않았다. 매기와, 부부의 아들 팀만이 프랭크 없이 가게 될 것이었다.

그 만남이 사실상 마지막이었다. 프랭크는 몇 주 동안 위층에 있다가 4월 6일 사망했다. 예순아홉의 나이였다. 매기는 최후의 몇 시간 동안 프랭크의 곁에 누워 있었다. 누군가가 그렇게 해줄 수 있는 사람은 그리 많지 않다.

〈뉴욕 타임스 선데이 북 리뷰〉(2005년 3월 8일)

내 사랑 오데사

이사크 바벨은 땅딸막한 몸집에 얼굴은 넓적하고 다정한 느낌을 줬으며 이마에는 주름이 수평선처럼 패여 있었다. 그는 금속 테 안경을 써서 책벌레나 회계사처럼 보였고, 목소리는 차분하면서도 높은 음조에 발음에서는 살짝 혀짧배기소리가 났다. 한때, 그러니까 단편집 『적군 기병대Red Cavalry』가 출간되고 난 뒤인 1920년대에, 그는 러시아에서 가장 인기 있는 작가였으며 그의 글이 실린 인쇄물은 무엇이든 지대한 관심을 끌었다. 크노프 출판사는 1929년 『적군 기병대』의 번역본을 출간했고, 불안한 체념의 정조가 흐르는 가운데 놀라운 아름다움과 엄청난 폭력이 결합되어 있는 그 책은 독자들을 뒤흔들어놓았다. 그렇게 뒤흔들린 독자 중에는 비평가 라이어널 트릴링도 있었는데, 트릴링은 그 책이 특별한 재능, 심지어 천재성마저 드러내고 있다고 썼다. 바벨은 러시아 혁명의 작가, 그 혁명이 낳은 아이였

39

으며, 사실 혁명의 이상주의와 평등에 사로잡혀 있었지만 시간이 흐를수록 환멸을 느끼게 되면서 혁명에 대한 열정도 줄었다.

바벨에게 글쓰기란 고뇌였다. 그는 끝없이 쓰고 다시 썼고, 하루에 고작 4분의 1페이지를 쓰는 일도 잦았으며, 때로는 한밤중에 일어나 자기가 쓴 글을 다시 읽기도 했다. 그는 늘 적확한 단어 또는 표현, 그의 말에 따르자면 의미심장하고 단순하면서도 아름다운 단어와 표현을 찾아 헤맸다. 바벨은 다른 무엇보다 구두점, 주로 마침표를 신봉했다. 그는 어떤 총칼도 올바른 지점에 정확히 찍힌 마침표만큼 사람의 심장을 깊숙이 관통하지는 못한다고 썼다. 그 힘은 더 이상 덧붙일 문장이 없을 때가 아니라 더는 뺄 문장이 없을 때 나오는 것이었다. 바벨은 녹색 별, 파란 손바닥, 핏빛 진흙, 잼처럼 걸쭉한 일몰 같은 표현주의적 색채를 사랑했고, 그래서 그가 쓴 페이지에서는 이미지가 폭발한다. 이를테면 「내 첫 번째 거위」의 유명한 서두처럼 말이다.

제6사단장 사비츠키가 나를 보고는 자리에서 일어났다. 나는 그의 거대한 몸이 내뿜는 아름다움에 경탄했다. 그가 일어서자 승마 바지의 자줏빛과 비뚜름하게 쓴 작은 모자의 선홍빛, 가슴에 달린 훈장들이 군기軍旗가 하늘을 가르듯 막사를 반으로 갈랐다. 사단장에게서는 향수 냄새와 역겨울 정도로 달달하고 화한 비누 냄새가 풍겼다. 소녀처럼 길쭉한 다리는 번쩍이는 승마 부츠에 파묻혀 있었다.

바벨이 경탄하며 서술하고 있는 사비츠키, 과시적이고 뻔뻔

하며 꽃이자 강철인 이 지휘관은 실제 인물인 세묜 티모셴코 Semyon Timoshenko를 모델로 했는데, 그는 훗날 적군의 사령관까지 올라가 〈타임〉 지의 표지를 장식했다. 또 다른 실존 인물인 세묜 부돈니Semyon Budyonny와 클리멘트 보로실로프Kliment Voroshilov도 본명으로 책에 등장한다. 『적군 기병대』의 토대가 된 1920년의 일기에서 바벨은 다음과 같은 메모를 남겼다.

사단장 티모셴코가 본부에 있다. 화려한 인물이다. 빨간색 반피혁 바지에 빨간 모자를 쓴 튼튼한 체격의 거한이다. 전에는 소대장이었고, 기관총 사수로 포병대에서 소위로 복무한 경력도 있다.

바벨은 상상력이 없었고 거짓말을 꾸며내지도 못했다. 그는 자기가 모든 걸, 사소한 세부사항까지 전부 다 알아야 한다고 말했고, 바벨의 친구였던 일리아 에렌부르크도 바벨은 현실을 거의 변형하지 않았지만 모종의 지혜로 현실을 비추어 밝혔다는 점에 동의했다. 그건 지혜 이상의 독특한 재능이 수반된 것이었다. '아름다움' '향수 냄새' '역겨울 정도로 달달하고 화한 비누 냄새' 같은 표현들이 더해지자 반피혁 바지가 양방향으로 짜릿한 매혹을 흘려보내는 에로틱한 이미지로 탈바꿈했다. 바벨은 자신이 목표로 하는 건 심미안을 가진 지적인 독자, 더 정확히는 절대음감을 가진 사람마냥 완벽한 심미안을 소유한 지적인 여성 독자라고 말한 바 있었다.

바벨의 외모는 평범했지만 여자들은 그에게 끌렸다. 그는 연애를 많이 했고, 아름다운 여배우 타마라 카시리나와의 사이에서는 아들을, 부인과의 사이에서는 딸을 뒀는데, 1925년 러시아를 떠나 파리에 거주하며 미술 공부를 하던 중 '두 번째 부인'인 안토니아 피로시코바와의 사이에서 둘 째 딸을 낳았다. 피로시코바는 바벨보다 열다섯 살이 어렸으며, 바벨은 생애의 마지막 4년 동안 그녀와 같이 살았다. 바벨의 글에는 관능적인 요소가 풍부한데, 때로는 암시적으로 슬쩍, 때로는 노골적으로 드러난다. 바벨의 단편에 등장하는 매춘부 가운데 가장 주목할 만한 사례는 그가 죽고 난 뒤인 1963년에야 공개된 걸작 「내 첫 번째 화대」다. 이 단편은 익숙한 소재인 성性의 세계에 대한 입문 과정을 우스꽝스러우면서도 매력적으로 다룬다. 화자는 충동적으로 거짓말을 해서 닳아빠진 길거리 창녀의 환심을 사는데, 그녀는 결국 영업 요령을 가르쳐준 뒤 그를 '언니'라 부른다. 「틈새」 「욕실 창문」 「황후와 보낸 저녁」 같은 작품에도 매춘부가 등장하며, 「단테 스트리트」에서는 매음굴, 혹은 그와 무척 유사한 장소의 향기가 작품 전체에 흐른다. 파리에 있던 시절, 바벨은 몽마르트의 유명한 매음굴 앞에 멈춰 서서는 열어둔 창문 안을 들여다보며—낮이었다—동행에게 저런 곳에서도 장부를 쓰는지 궁금하다고 말했다. 그 장부를 보게 되면 정말 환상적일 거라면서, 소설의 멋진 한 장章이 될 수 있을 거라고 했다. 바벨의 호기심은 끝이 없고 왕성했다. 그는 여성들에 대한 무언가를 밝혀낼 수 있을지 모른다는 이유로 그들이 자기에게 핸드백 속 물건들을 보여줬으면 했으며, 사람들이 첫사랑 얘기를 해주는 걸 좋아했다. 바벨의 글은 전부 사람에 관한 것이었고, 그의 진정한 관심사는 사랑과 죽음이었다. 그가 숭배했던 모파상과 플로베르처럼 바벨 또한 리얼리스트였다. 『적군 기병대』의 이야기들은 냉혹하면서도 불온하고, 현대의 감수성으로부터 완전히 벗어나 있으면서도 기묘한 상냥함이 넘친다. 어떤 작가도, 심지어 같은 문장 안에서조차, 바벨보다 더 리얼리즘적이면서도 동시에 낭만적이지 않다.

바벨은 1894년 흑해의 항구도시 오데사에 있는 빈민가인 말다반카Moldavanka에서 태어났는데, 이 동네는 나중에 그의 소설 덕에 유명해졌다. 오데사에는 유대인 인구가 많았고, 바벨은 유대인 작가였지만 아이작 싱어나 숄럼 알레이헴같은 작가는 아니었다. 바벨은 일기에서 동부 폴란드 출신의 박해받는 유대인들 사이에서 느끼는 행복에 대해 쓰고 있는데, 이들은 20년 뒤 자신들의 역사와 더불어 거의 완전히 말살될 것이었다. **커다란 얼굴들과 검은 턱수염들. 그곳의 집들 전부가 내 마음에 남아 있다. 유대인 집단. 그들의 얼굴, 그것이 바로 게토다. 우리는 고대인이다.** 그는 폐허가 된 시너고그synagogue. 유대교 회당에서 거의 기도하다시피 앉아 이렇게 썼다. 비록 그는 대부분의 시간을 러시아인이자 충성스러운 공산주의자로서 글을 썼지만, 유대교는 그에게 떨쳐낼 수 없는 영향을 미쳤다.

바벨은 1905년에 벌어진, 차르정부가 승인한 유대인 대학살을 목도하면서 성장했다. 비록 그와 가족은 화를 면했지만, 이 경험은 죄다 「내 비둘기장 이야기」와 「첫사랑」에 훌륭하게, 거의 천진난만하다시피 서술되어 있다. 바벨의 아버지는 트랙터 판매원이었고, 바벨은 어린 시절 프랑스어, 영어, 독일어를 공부했다. 그는 프랑스어로 첫 번째 단편을 썼는데, 이는 아마도 모파상과 플로베르의 영향인 듯싶다.

당시는 유대인에 대한 규제가 엄격했다. 쿼터제가 시행되었고, 들어가 사는 것이 금지된 도시들도 있었다. 하지만 차르 체제가 전복되면서, 유대인에 대한 편견까지는 무너뜨리지 못했지만 그런 제약들이 깨졌다. 바벨은 러시아 혁명이 일어나기 한 해 전인 1916년에 상트페테르부르크로 갔고, 그의 초기 단편은 막심 고리키가 운영하던 문학잡지 〈연대기Letopis〉에서 공개되었다.

바벨은 고리키가 총애하는 작가가 되었다. 고리키는 바벨의 재능을 알아보고는 세상에 나가 인생 경험을 쌓으라고 충고했다. 인생 경험이라면 고리키 본인도 풍부했다. 어린 시절은 쓰라렸고 오랜 세월 고되게 노동을 했다. 고리키는 1902년에 상연된 연극 〈밑바닥에서〉를 계기로 유명해졌고, 운명의 해인 1936년 다소 의문스러운 상황에서 죽음을 맞았다. 바벨에 대한 고리키의 판단은 간명했다. "바벨은 러시아 문학의 위대한 희망이다."

1920년 바벨은 전쟁 특파원 증명서를 들고 지극히 러시아인 같은 이름인 키릴 류토프Kiril Lyutov라는 가명을 사용해, 전설적 콧수염의 소유자인 카자흐인 장군 세묜 부돈니가 지휘하는 제1 기병대와 6월에서 9월까지 3개월 반을 동행했다. 5월 하순에 부돈니는 분쟁 중인 국경 지역으로 부대를 이동시킨 폴란드인들에 맞서는 군사작전의 일환으로 우크라이나에서 동부 폴란드를 향해 진격했다. 그 작전은 또한 공산주의를 전파하기 위한 소비에트의 첫 번째 움직임이기도 했다. 러시아는 너무 뒤처진 곳이라 진정한 노동자 혁명을 일으키기에는 덜 이상적인 장소로 여겨졌다. 새로운 질서는 보다 더 산업화된 사회, 곧 독일에서 확립될 것이었다. 러시아는 그저 임시 기지일 뿐이었다.

초반의 성공 이후 패배가 뒤따랐고, 1920년 가을에는 퇴각으로 이어졌다. 바벨은 혼돈, 전투, 강간, 학살의 현장을 누비며 정부에서 발행하는 신문 기사를 작성했고, 수수한 유선 노트를 가지고 다니면서 거기에다 일필휘지로 일기를 썼는데, 다른 위대한 작가들처럼 그도 일기의 모든 페이지마다 소설 한 편씩을 휘갈겼다고 할 수 있었다. **묘사**는 끊임없이 그가 염두에 두는 것이다. **묘사하라.** 그가 쓴 일기의 첫 54페이지는 망실되었고, 그와 더불어 전장에 대한 바벨의 첫인상도 사라지고 말았지만, 일기의 시작부터 말을 잃은 공포가 존재한다. 일기에서 기병대는 서부 우크라이나의 지토미르Zhitomir라는 도시에 있다.

폴란드인들은 도시에 들어와 사흘을 머물렀다. 대학살이 벌어졌다. 그들은 유대인들의 턱수염을 잘랐다. 그게 일상이었다. 그들은 장터에 45명의 유대인을 모은 다음 도살장으로 데려가 고문을 하고 혀를 잘랐다. 광장에 울부짖음이 가득했다. 그들은 집 여섯 채에 불을 질렀다. 나는 대성당 거리에 있는 코니우초프스키Koniuchowski의 집을 살펴보았다. 폴란드인들은 집에서 사람을 구조하려는 사람들에게 기관총을 쏴댔다. 불타는 창문에서 어머니가 떨어뜨린 아이를 받아 안은 날품팔이꾼이 총검에 찔렸다. 신부가 뒷벽에 사다리를 대자 사람들이 그쪽으로 피신했다.

여름의 밀밭. 상투를 틀고, 카빈 소총을 메고, 장검을 차고, 헤진 옷을 입은 코사크 기병대가 8열종대로 빠르게 이동한다. 뒤에서 먼지가 피어오른다. 사단들은 공격 중이다. 명령이 하달

되었다. 죽은 자와 부상당한 자, 간호병들이 말 등에 올라타 있다. **오두막 옆에 방금 새끼를 낳은 암소가 목이 잘려 있다. 이젠 가죽에 불과한 푸르스름한 젖꼭지가 땅에 닿아 있다. 형언할 수 없이 가없구나! 살해당한 어린 어미.** 어디에나 죽음이 있다. 이것들은 마치 고야Goya의 동판화 연작 〈전쟁의 참화Desastres de la Guerra〉 속 격렬한 이미지 같다. 이 이미지들은 신체 손상, 살인, 그리고 무엇보다 자포자기의 이해와 심지어 용서까지도 담고 있다.

『적군 기병대』에는 사람을 뒤흔드는 이야기 서른네 편이 실려 있는데, 책은 즈브루치 강에서 폴란드로 쏘는 포탄처럼 문을 연다. 어두워진 강이 요란한 소리를 내며 이리저리 돌다가 폭포에서 물거품을 일으킨다.

교각들이 파괴되어서 우리는 걸어서 강을 건넜다. 웅장한 달이 물결 위에 몸을 뉘었다. 말들은 궁둥이까지 물에 잠겼고, 수백 마리 말들의 다리 사이로 급류가 콸콸대며 소란스레 흘렀다. 누군가 물에 빠지고는 큰 소리로 욕설을 내뱉었다. 강에는 수레들이 시커먼 헝겊처럼 점점이 흩어져 있었고, 알아들을 수 없게 뒤섞인 소리가 사방에 가득했다.

어떤 인물들은 거듭 등장하기도 한다. 다리가 길쭉한 사단장 사비츠키는 불명예제대를 당했으며, 인민위원회의 유대인과는 헤어지라고 꼬드겼던 카자흐 여자와 같이 살고 있다(「말 이야기」 1부와 2부). 기병대의 여자친구인, 쭉 뻗은 튼튼한 다리를 가진 샤샤도 있다. 소대장 아폰카 비다는 낙오되어 폴란드인들에게 생포되느니 차라리 죽여달라고 애원하는, 심각한 부상을 입은 전우를 쏜다(「돌구쇼프의 죽음」).

  그는 나무에 기대 앉아 있었다. 군화는 벗겨져 있었다. 내게서 눈을 떼지 않은 채 그는 힘없이 셔츠를 걷어 올렸다. 배가 터져 있었다. 창자가 무릎으로 흘러내렸고, 심장이 보였다.

알론카는 부상병과 짧게 대화를 나누고는 그에게서 문서 몇 장을 건네받아 군화에 집어넣는다. 그리고 병사의 입에 총을 쏜다. 화자인 류토프/바벨은 차마 그렇게 할 수가 없었다. **"내 눈 앞에서 꺼져."** 알론카가 말한다. **"안 그러면 죽여버릴 거야. 너희 안경잡이들은 딱 고양이가 쥐 생각을 하는 것만큼만 우리 같은 놈들을 동정하지."**
  다리가 밖으로 굽은 말을 타고 가는 여단장 마슬라크는 술이 흐르는 피와 부패에 찌든 느끼한 유머로 가득한 사람이다. 그의 복부는 은으로 도금한 안장 앞에 마치 거대한 수고양이처럼 얹혀 있다.
  어떤 작품에는 농촌 소녀들이 나오기도 하는데, 한 병사는 동정심 넘치는 시선으로 그녀들을 묘사한다 (「소금」).

  지금 움츠러든 이 두 소녀를 보시오. 오늘 밤 우리에게 내내 시달린 탓에 이렇단 말이오. 남편도 없이 쿠반의 밀밭에서 여자의 몸으로 힘을 쓰고 있는 우리의 아내들을 보시오. 외롭긴 매한가지인 여기 이 남편들을 보시오. 너무도 굶주린 나머지 자기들 인생에 들어온 소녀들을 욕보였단 말이오.

소설의 막바지 단편 가운데 하나에서는 왕자, 정확히 말해 어느 랍비 아들의 죽음을 다룬다. 그는 급조된 연대를 통솔하다 패배했다. 퇴각하는 군인 무리가 자기들을 그냥 지나쳐가는 정치국 열차에 탑승하기 위해 열차 옆에 매달려 기어오르고 있다. 바벨은 그들에게 감자를 던져주다가 감자가 다 떨어지자 트로츠키의 전단지를 뿌린다. 딱 한 사람만이 전단지를 잡으려고 지저분한 손을 뻗는다. 그가 바로 엘리야, 지토미르에 사는 랍비의 아들로, 무거운 군용 배낭을 메고 있다. 사람들은 규정을 어기고 그를 기차 위로 끌어올려 바닥에 눕힌다. **죽어가는 남자의 길쭉하고 남루한 몸…… 헐렁한 빨간 바지를 입은 카자흐인들이 죄다 벗겨진 그의 옷을 다시 똑바로 입혀주었지.** 여자 타자수들이 그의 성기를 멀거니 바라본다. 그가 바벨에게 간신히 말을 한다. 자기도 당원이었다고, 하지만 처음에는 어머니를 두고 갈 수 없었다고.

"그럼 지금은, 엘리야?" "혁명이 일어나면 어머니야 작은 일일 뿐이죠." 그가 속삭였지. 그는 로브노에 도착하기 전에 죽었어. 마지막 왕자는 자기가 쓴 시와, 성구함과, 조잡한 각반에 둘러싸여 죽었지. 우리는 그를 이름 모를 역에 묻었어. 그리고 나, 이 늙어빠진 몸 안에 상상력의 폭풍을 간신히 가둬 두고 있는 나는, 내 형제가 마지막 숨을 내쉴 때 그의 곁에 있었지. (「랍비의 아들」)

『적군 기병대』에 수록된 단편들은 1923년에서 1924년 사이에 집필되었다. 바벨은 아내와 함께 카프카스로 가서 바투미 Batumi 위에 위치한 집에 틀어박혀 살았다. 이 단편들은 즉각적인 명성을 안겨주었을 뿐 아니라 부돈니의 반감 또한 사게 되었는데, 그는 책 속 카자흐인에 대한 묘사를 비판하는 글을 썼다. 고리키는 바벨을 옹호했다. 이제 고리키는 유명 인사였고, 어느 정도는 특권도 있는 인물이었다. 이 시기, 그러니까 1920년대가 바벨의 인생에서 가장 생산적인 때였다. 『적군 기병대』를 전후하여 쓴 『오데사 이야기Odessa stories and others』에서는 소설의 무대가 넓어진다. 이 작품집에는 어린 시절, 첫사랑, 가족, 추억, 그리고 벤야 크리크라는 인물이 등장한다. 오렌지색 정장에 다이아몬드로 장식한 팔찌를 끼고 다니는 크리크는 일명 '왕'이라는 별명으로 알려진 전설적 갱으로, 오데사 최고의 부자 가운데 한 명인 젠더 아이히바움을 방문해 그의 딸과 결혼하게 해달라고 요구한다. 노인은 이 일로 가벼운 뇌졸중을 앓지만 회복한다. **그는 그 뒤로도 20년은 거뜬했다.**

"봐요, 아이히바움 씨." '왕'이 말했다. "당신이 돌아가시면 내가 당신을 제1유대인 공동묘지 입구 바로 옆에 묻어드릴게요. 분홍색 대리석으로 기념비도 만들어서 당신을 기려드릴게요. 브로디 시너고그의 형님으로 만들어 드리겠다니까요…… 당신이 사는 거리에는 도둑이 얼씬도 못할 거예요. 전차 노선 종점에 별장도 지어드리고요. 알잖아요, 아이히바움 씨, 당신 젊은 시절에는 선생 소리는 듣지도 못했다는 거. 사람들이 유언장을 위조하긴 했죠, 그런데 그

애기는 왜 해요? 왕이 사위가 된다고요. 빙충이가 아니라 왕이 말이에요."

바벨 본인은 모파상의 상속자였고, 그는 자기가 쓴 가장 훌륭한 단편 하나에 그의 이름을 붙였다. 그 단편에 등장하는 라이사 벤데르스키는 무일푼인 화자에게 모파상은 자기 인생의 유일한 열정이라고 말한다.

흑발에 분홍색 눈동자, 널찍한 가슴을 가진 그녀는 키예프와 폴타바, 밤나무와 아카시아로 가득한 스텝 지대의 풍요로운 마을에서 우리를 찾아온 매력적인 유대인 여성 중 한 명이다. 그녀들의 똑똑한 남편이 번 돈은 이 여인들에 의해 복부와 목덜미의 분홍빛 지방층으로, 둥그스름한 어깨로 바뀐다. 그녀들의 나른하고 은근한 미소는 지역 수비대 장교들을 미치게 한다.

그들은 모로코가죽으로 제본된 채 서가에 꽂혀 있던 모파상의 책 29권을 같이 번역하는데, 1주인가 2주 뒤 다른 사람들은 극장에 간 어느 날 밤 라이사가 이브닝드레스를 입고 나타나 팔을 뻗으며 이야기는 절정에 이른다.

"나 취했어요, 자기." 그녀의 몸이 음악에 맞춰 춤을 추는 뱀처럼 흔들렸다. 그녀는 물결처럼 구불구불한 머리칼을 이리저리 흔들다가, 반지가 짤랑거리는 소리와 함께 고대 러시아 조각이 새겨진 의자에 갑자기 털썩 주저앉았다. 분을 바른 그녀의 등 위로 상처가 발

다른 작가들

그레하게 빛났다.

그들은 단둘이 남아 머스킷 포도로 만든 와인을 연거푸 들이켠다. 그녀가 잔을 내민다. **"우리 늙은이, 모파상을 위하여."** 그는 그녀의 입술에 키스하는데, 그러자 전율과 함께 일이 커진다. **"당신 재미있는 사람이네요."** **그녀가 중얼거렸다.** 아무래도 이에 따른 당연한 상황이 이어짐직하다. 하지만 결말은 그렇지 않다. 예상 밖의 놀랄 만한 일이 벌어진다.

*

체호프가 말하길 결론을 끌어내는 건 배심원, 곧 독자의 몫이다. 내가 할 유일한 일은 재능을 갖는 것뿐이다.

바벨의 경우도 그렇다. 이야기들은 스스로 말한다. 인생은 인생이고, 바벨의 말에 따르면 최고의 보석은 어두운 색 벨벳 위에 놓여서 나오기 마련이다. 공교롭게도 몇 년 뒤 유대인 대학살이 그를 따라왔다. 그가 보고 느낀 것은 불길한 예감이었다. 그는 자비가 넘치면서도 동시에 용서받을 수 없는 글을 썼다. 용광로의 문이 열리고 사납고 두려운 열기가 흘러나오지만 그 불길의 백열광이 마치 태양처럼 삶을 밝혀준다.

1930년대에 스탈린이 지배력을 강화하자 혁명의 낙관주의는 암울한 현실로 경화되었다. 소비에트 정통파가 비밀경찰을 등에 업고 통치하면서 작가의 독립성은 사라졌다. 1936년에는 이단 심문을 닮은 대규모 재판에서 전직 고위 장교와, 당의 라이

벌과, 혁명에서 두드러진 역할을 했던 사람들이 죄를 고백하고 처형되었다. 공포가 만연했다. 니콜라이 예조프가 악명 높은 NKVD_{KGB의 전신}의 수장이 되었다. 예조프의 아내 예브게니아 글라던은 예전에 바벨과 연애를 한 적이 있었고, 그 뒤로도 친한 친구로 남았다. 바벨은 그들의 집에 여러 번 손님으로 방문했는데, 이는 부분적으로는 이 불길한 시기에 상황이 얼마나 더 악화되고 있는지 알고픈 호기심에 추동되어서였다.

1936년 고리키의 죽음은 커다란 조종 소리였다. "이제 그들은 날 살려두지 않을 것이다." 바벨은 그렇게 예측했다. 투하쳅스키Mikhail Tukhachevsky 원수元帥를 비롯한 군 장성들이 체포되어 비밀리에 재판을 받고 처형되었다. 예조프 본인도 그루지아 출신의 잔혹한 남자 라브렌티 베리아에 의해 경질되고 뒤이어 체포되었다. 예조프는 의무적으로 해야 했던 자백에서 바벨을 연루시켰다.

1939년 5월 15일 이른 아침에 바벨은 체포되어 간첩 혐의로 기소되었다. 그가 작업한 단편들, 노트와 일기들은 모두 압수되었다. 다른 죄수들과 마찬가지로 그 역시 면회가 불허되었다. 스탈린은 밤늦게까지 일하다가 가끔씩 크렘린의 집무실에서 전화를 걸곤 했는데, 어느 날 밤 일리아 에렌부르크에게 전화를 걸어 물었다. 바벨이 좋은 작가인가?

"훌륭한 작가입니다." 에렌부르크가 대답했다.

"거참 안됐군." 스탈린은 그렇게 말하고 전화를 끊었다.

판결은 이미 정해져 있었다. 바벨은 어떤 종류의 연락도 금지된 채 여덟 달 동안 교도소에 갇혔다. 그는 강제로 자백을 했고, 나중에 그걸 철회하려고 애썼으나 성공하지 못했다. 경찰 기록에 남은 사진이 보여주는 그의 얼굴은 퉁퉁 부어 있고 멍든 눈은 시커멓다. 안경—그는 안경 없이는 거의 앞을 볼 수가 없었는데—은 빼앗긴 채였다. 1940년 1월 25일에 바벨에게 기소장이 전달되었고, 다음 날 열린 것은 변호사도 증인도 없는, 재판이라는 이름의 이십 분짜리 고통이었다. 형벌은 사형이었다. 그것도 즉시 집행되어야 했다. 바벨이 남긴 마지막 말은 탄원이었다.

"제 소설을 끝마치게 해주십시오……."

자기가 처형될 방 혹은 마당으로 몸을 떨며 외로이 걸어갈 때 바벨이 떠올린 게 무엇인지 우리는 알 수 없다. 옛 기억일 수도, 부인일 수도, 딸일 수도, 심지어는 압수당한 초고가 들어 있는 서류철의 운명이었을 수도 있다. 그는 다른 수많은 사람들과 마찬가지로 벽 가까이에 서거나 무릎을 꿇은 자세로 총에 맞았다. 바벨의 아내와 딸은 그가 과오를 뉘우쳤지만 군사 재판소에서 "서신 왕래를 할 권리를 박탈당한 징역 10년 형"을 받았다는 말을 들었다. 바벨이 강제수용소에서 살아 있고 거기서 그를 봤다는 목격자들이 있다는 소문이 돌았지만, 그의 진짜 운명은 1954년 스탈린이 죽고 나서야 세상에 알려졌다. 스탈린 사후 바벨은 공식적으로 복권되었고 그의 죽음에 얽힌 사실이 공개되었으며 판결은 취하되었다. KGB의 문서보관소를 수색했음에도 그의 필사본 원고는 발견되지 않았다. 불에 태워버렸다는 말이 있었다.

언제나 다시 돌아가서 읽게 되는 작가가 있다. 그가 쓴 글은 절대로 힘을 잃지 않는다. 내게는 바벨이 그런 작가다.

〈내러티브 매거진〉(2009년 봄호)

은퇴한 비밀 요원처럼, 그레이엄 그린은
파리에 조용히 숨어 있다

현존하는 최고의 영국인 작가는 파리 말제르브 대로에 위치한 중산층용 건물 2층, 가구가 뜨문뜨문 배치된 널찍한 아파트에 거주하고 있다. 오랫동안 이 아파트의 소유자였는데도 그의 이름은 아래층 수위실 창문에 잉크로 써 붙인 입주자 명단에서 빠져 있다. 그의 전화기에는 번호 대신 빈 원반만 붙어 있다. 마치 은퇴한 정보원이나 스파이 내지는 악명 높은 범죄 사건의 주범처럼, 그레이엄 그린은 조용히 익명의 삶을 누리고 있다.

그는 지난 10월에 일흔한 살이 되었으며, 사생활을 철저히 보호한다. 그렇지만 이 유명한 남자에 대한 사실 대부분이 잘 알려져 있다. 그린은 학교 교장의 아들이고 장성한 아들과 딸이 있다. 그는 25년 이상 부인과 떨어져 살아왔다.

커다란 창을 통해 가지만 앙상한 나무와 파리의 그 유명한 파란 하늘이 보인다. 그린은 낡은 카디건 스웨터와 회색 바지 차림이다. 뿔테 안경 속 눈은 물기 어린 옅은 파란색이다. 가느다란 머리카락은 낡은 코트의 빛바랜 색깔이고 구레나룻은 회색이다. 그린을 찍은 사진을 보면 그를 금방 알아볼 수 있다. 그는 오랫동안 갇혀 있던 죄수처럼 보인다.

그린은 부드러운 말투에 학자마냥 모호하게 더듬거리며 말을 아낀다. 거기에는 모종의 고독감이 감지되는데, 특히 가정생활을 말할 때 그렇다. "무척 바람직하지요. 하지만 결혼이란 좀 다루기 까다로운 데가 있어요." 그가 말했다. "뭐, 사람들이란 늘 행복한 커플을 바라게 마련입니다. 서로를 똑같은 정도로 좋아하는 남자와 여자를 찾기란 어려워요. 그래도 그렇게 한다면 굉장한 일이죠."

이번 시즌 런던의 로열 셰익스피어 컴퍼니는 그린의 새 연극 〈A. J. 래플스의 귀환〉을 무대에 올린다. 호르닝E. W. Hornung이 창조한 유명한 괴도 신사를 소재로 한 희극으로, 호르닝은 셜록 홈스 시리즈를 쓴 사람의 매제다. 홈스에게 왓슨 박사가 있었던 것처럼 래플스에게는 충실한 기록자이자 공범이며 더 매력적인 이름을 가진 인물 버니가 있었다. 래플스 시리즈는 엄청나게 인기 있었고, 호르닝은 아마도 래플스의 멋진 범죄만큼이나 오래도록 살아남을 최고 수준의 대사를 써냈다. 코넌 도일의 뛰어난 탐정에 대해 래플스는 이런 말장난을 한다. "본인은 훨씬 겸손하게 굴지 모르겠지만, 홈스만한 경찰은 없지."J. H. 페인의 '내 집만한 곳은 없다There is no place like home'를 비튼 표현.

이 연극은 그린의 다섯 번째 희곡이고, 대부분의 평론가들에게 그리 좋은 반응을 얻지 못했다. 그의 전작들 중에서는 〈거실〉〈화분 창고〉〈순종적인 연인〉이 괜찮은 평가를 받았다. 그는 연극계에서는 부분적인 성공을 거두어왔다. 또 다른 위대한 가톨릭 작가인 프랑수아 모리악처럼 그린도 이 분야에 발을 늦게 디뎠다. 〈거실〉이 런던에서 초연되었을 때 그의 나이는 마흔아홉이었다.

연극은 큰 화제를 불러일으켰지만 이듬해인 1954년 뉴욕에서는 실패했다. "끔찍하게 실패했죠." 그가 인정했다. "캐스팅을 크게 잘못했어요. 미국에서는 연극으로 큰 성공을 거둔 적이 한 번도 없습니다."

그 외의 다른 모든 것, 그러니까 심각한 소설, 언젠가 그가 '오락거리'라 부른 바 있는 스릴러소설, 영화에서 그린은 엄청난 성공을 거두었다. 그는 중요한 작가들 가운데에서는 거의 유일하게 영화와 오랫동안 밀접한 관계를 이어왔다. 그는 그게 일종의 애증 관계라고 털어놓았다. 그의 소설 다수(『제3의 사나이』『하바나의 사나이』『위험한 여로The Comedians』『오리엔트 특급』)가 영화로 제작되었는데, 그린으로서는 모든 작품이 만족스럽지는 않았지만 그는 상당수 작품의 각본을 썼고 또 다른 작품들의 영화화 작업을 공동으로 수행했다.

이에 더해 그린은 3년 동안 영국 신문에 영화평을 썼고, 그러다 당시 할리우드의 아역 스타였던 셜리 템플이 그를 상대로 제기한 그 유명한 소송에 휘말리기도 했다. 셜리 템플이 지저분한 늙은이들의 나라에 에로틱한 매력을 풍기고 있다고 말하는 것과 다름없는 글을 써버린 것이다. 그는 그 일 때문에 멕시코에 숨어 살아야 했다.

그럼에도 그린은 여전히 영화에서 흥미로운 점들을 발견한다. "극장보다 영화관에 훨씬 많이 갑니다. 〈차이나타운〉과 〈마지막 지령〉이 좋았어요. 저는 잭 니콜슨과 로만 폴란스키가 좋습니다…… 밀로스 포먼도 좋고요. 히치콕에 열광한 적은 한 번도 없습니다. 그 사람의 플롯은 허점이 많아요. 영화관을 나설 때마다 관객들은 늘 이렇게 말할걸요. 그는 왜 경찰을 안 불렀지? 옛날 영화들은 완벽하게 말이 돼요. 〈카사블랑카〉 같은 작품 말입니다. 작년에 TV에서 무르나우의 〈드라큘라〉를 봤는데 정말 굉장한 작품이라고 생각했지요."

테이블 위 그릇에 차 있는 얼음이 천천히 녹고 있다. 그린의 손에는 술잔이 들려 있다. 그는 10년간 자기 소유의 이 아파트에서 살았다. 그전에는 쭉 호텔에서 지냈다. 그는 이 동네를 좋아한다. 여기는 마을 같은 분위기가 풍긴다. 무척 훌륭한 정육점이, 좋은 빵집이 있다. 그는 음식과 와인을 좋아한다. "식사를 하면 반주도 곁들여야 해요." 그의 설명에 따르면 이것이 사람들로 하여금 말을 트게 하는 데 큰 도움이 된다는 것이다.

진정한 작가는 모두 하나의 세계를 창조한다. 그린의 세계는 죄를 짓고 분열된 사람들이 사는 가혹한 세계로, 이 세계는 오로지 신과 신의 자비를 통해서만 견딜 수 있는 곳이다. 그가 쓴 소설마다 마지막 순간에 참회하는 죄인을 용서하는 대목이 나온다. 스물두 살의 나이에 개종한 이후, 이런 작품들을 쓰는 동안 그린은 생존하는 가장 중요한 가톨릭 소설가가 되었다. 그에게는 이야기에 대한 눈부신 감각, 멋진 대화를 쓰는 능력, 그리고 세부사항을 바라보는 관찰력이 있다. 그는 농담을 하지 않는다. 그린은 또한 본인만의 강박관념에 사로잡혀 있다. 그렇다. 그의 소설에는 종종 아이러니가, 심지어는 일종의 코미디가 존재하지만, 그 밑에는 사립학교 교사의 굳건한 의지가 버티고 있다. 무엇보다 그의 소설 속 인물들은 살아 있다. 『사건의 핵심』의 경찰관 스코비. 『권력과 영광』의 위스키 사제와 그의 뒤를 쫓는 자. 『브라이튼 록』의 핑키. 코랄 머스커. 찌너 박사. 그들은 절대 잊을 수 없는 사람들이다.

그린이 작업하는 집필용 테이블은 휑뎅그렁하다시피 하다. 서재용 사닥다리 위에 TV 한 대가 놓여 있고 의자가 서너 개 있으며, 벽에는 그림 몇 점이 걸려 있지만 주된 실내 장식은 책이다. 책장에는 보스웰, 입센, H. G. 웰스뿐 아니라 그린이 정말로 좋아하는 헨리 제임스와 콘래드가 꽂혀 있다. 제임스에 대해 그린은 "셰익스피어가 시의 역사에서 그랬던 것처럼 소설의 역사에서 유일한" 작가라고 말한 바 있다. 자기 조국이 아닌 나라의 문학에 불멸의 자리를 얻어낸 폴란드인 선장 조셉 콘래드의 경우, 그린은 1932년에 그의 책을 읽는 걸 중단했다. 그가 그린에게 지나칠 정도로 강력한 영향력을 발휘하는 작가였기 때문이었다.

미스터리 소설가 에드거 월리스와 존 부챈(『39계단』) 또한 그에게 영향을 끼친 작가로 셈해야 할 것이다. 월리스는 가히 현상이라 할 정도로 인기 있는 작가였다. 영국에서 팔리는 책 가운데 5분의 1이 그의 소설인 적도 있었다. 그린은 월리스에게서 중요한 점을 배웠다. 잘 통제된 목소리, 다양한 인물, 내러티브를 발전시키는 기술, 그리고 아마 무엇보다도 주인공을 창조하는 신비스러운 능력을.

그린은 여전히 책을 많이 읽는다. 일주일에 세 권에서 네 권을 읽고, 읽은 책들을 일기장에 메모하며 조그만 표시를 하거나 줄을 긋는 식으로 판단을 내린다. 그는 미국 작가 중에서 커트 보니것을 좋아한다. 고어 비달의 경우는 "에세이가 좋다"고 말한다. 앨리슨 루리와 필립 로스는 딱히 좋아하지 않는다. 솔 벨로는 좀 힘들어한다. 본인 작품에 관해서는, 장수하는 집안 출신인데도 요즘은 작품에 착수해야겠다는 생각을 하는 게 쉽지 않다고 인정한다. "두려움이죠." 그가 간명하게 말했다. "책이 마무리되는 걸 볼 때까지 살아 있을지 모르겠다는."

그린은 1929년에 첫 번째 소설인 『내부자』를 발표한 이래 쭉 작가 생활을 해왔다. 장편소설, 여행기, 스릴러소설, 영화, 연극, 단편소설, 자서전뿐 아니라 에세이와 평론도 썼다. 그가 써낸 작품들은 다종다양했고, 여행과 경험의 폭은 광대했다. 그의 소설 상당수의 무대가 외국이다. 이를테면 『명예 영사』는 석 달 동안의 남미 여행에서 나온 결과물이다. 비록 스페인어 실력은 현재시제만 사용하는 정도였지만, 그는 아르헨티나를 방문 중이던 어느 날 강을 따라 아순시온으로 올라가던 중 코리엔테스라는 소도시를 보았고, 코리엔테스는 이 소설의 배경이 되었다. 그린은 아프리카, 멕시코, 러시아, 중국("거긴 참 '울적했지요'")에도 가보았고, 제2차 세계대전 중에는 시에라리온에서 정보부 요원으로 복무했다. 1951년부터 특파원으로 정기적으로 방문했던 인도차이나에서는 아편을 피웠고, 프랑스군 폭격기를 타고 사이공과 하노이 사이를 날아다녔다. 그는 출판사에서 편집자로도 일했고 영화평도 썼으며 비평가이기도 했다. 그는 또 다른 위대한 문학인이자 정치인이었던 앙드레 말로처럼 다채롭고도 화려한 삶을 살았고, 자신을 정치적인 작가로 읽어달라고 요청하며, 자신의 소설을 그런 세계 속에 굳건히 위치시키고 있다. 그레이엄 그린의 책에서 얻을 수 있는 교훈은 이 시대의 위대한 교훈이다. 인간은 어딘가의 편에 서야 한다는 것.

그린은 다른 작가들에게 무척이나 관대하다. 그는 나보코프가 영국에서 무명에 가까웠을 때에도 나보코프를 알리고 다녔다. 그는 자신이 존경하는 작가를 거리낌 없이 찬양한다. 이를테면 진 리스 같은 작가 말이다. "네, 저는 그녀를 정말 좋아합니다. 그녀는 작가들의 작가예요." 우리 세대 최고의 스타일리스트인 이블린 워에 대해서는 이렇게 말한다. "지중해 물에서는 4.5미터 아래 있는 조약돌도 보입니다. 그의 문체도 그래요."

'여행자'라는 단어의 모든 의미에 부합하는 여행자이자 짓밟히고 배신당한 사람들의 계관 시인으로서, 그린은 현실도피적 소설을 격렬히 비난하면서 인간이 맞닥뜨리는 진지한 문제들을 다뤄온 작가다. "삶은 폭력적이고, 예술은 그 폭력을 반영해야 합니다." 그가 말했다. 그와 동시에 세상이 돌아가는 방식에 대한 깊은 지식과 결합된 따뜻한 인간적 필치야말로 그린이 그런 거대한 인기를 누릴 수 있었던 비결일 것이다. 사람들은 그의 소설에서 삶의 정당성을 논하기에 충분할 정도로 커다란 믿음의 숨결을 느끼지만, 그 숨결은 사람들을 보호하는 것이 아니라 결코 소진되지 않는 질서와 의미에 매어놓는다.

이제 그린은 작품에서나 꿈에서나 황혼 속에 머물러 있다. "죽음에 다가서고 있다 보니 종교적 진실에는 점점 더 신경이 덜 쓰입니다. 계시든 어둠이든 오래 기다릴 필요가 없으니까요……." 그가 평생 던진, 도덕적이고 정치적인 커다란 질문은 사회주의에 대한 것이었다. 그는 잔인한 공산주의 독재 정권이 사라지고 어느 정도 민주적인 정치 형태가 그 자리를 대신하게 된다는, 마르크스가 약속한 바 있는 그런 결말이 오리라는 희망을 수많은 신실한 사람들과 공유했지만 그런 결말은 요원한 채로 남아 있다.

그린은 아옌데를 존경했다. 아옌데는 체코슬로바키아의 두브체크가 그랬듯 인간적인 사회주의를 만들어내고자 노력했던 사람이었다. "아옌데는 유머 감각이 풍부한 사람이었죠. 여자를 좋아했고, 짓궂은 농담을 좋아했어요. 그는 추기경의 지지를 받았습니다. 거대한 성직자 조직의 지지를 받았죠. 카스트로처럼 연극적인 사람도 아니었어요. 칠레에는 완벽한 언론의 자유가 존재했죠."

하지만 아옌데는 사망했다. 미국이 그를 무너뜨리는 데 일조했다. 두브체크도 사망했다. 포르투갈은 심연의 가장자리에 발을 걸치고 있다. 나머지 서유럽 국가에는 먹구름이 드리워 있다. "이제는 사회주의에 회의가 듭니다." 그가 말했다. "공산주의 국가 아니면 복지국가가 돼야 하는 것처럼 보여요."

그렇다면 비틀거리고 있는 영국은 어찌 될까? 그는 거의 한숨을 쉬듯 말한다. "어떻게든, 전쟁 때도 그랬던 것처럼 방법을 찾지 않을까 싶습니다." 그는 마치 자기 소설 속 고독한 영웅 같다. 말로 다 할 수 없는 깊은 불행과 힘을 숨기고 있는.

그린은 늘 외부인이었다. 심지어 그의 위대한 작품을 빚어낸 가톨릭조차도 가혹하고 이단적이다. 그것이 그가 작품을 써온 고된 방식이다. 해결도 어렵고, 기쁨을 얻기도 어렵다. 삶에 대한 가벼운 관점, 쾌락적이고 분별없고 경박하게 번쩍이는 관점은 그에게는 전혀 존재하지 않는다. 그는 "종교적 양심에 영향을 받아야" 할 필요성에 대해 글을 쓰며 그 글은 압도적이다. 그는 영광을 알아보지 못하는 시절에 영광스러운 삶을 살아낸 사람이자, 진실하게 남을 무언가를 찾아낸 사람이다. 그는 아서 클러프의 시 「부활절」을 조용히 암송했다.

우리는 한때 가장 큰 희망을 품었던 지극히 절망적인 사람들,
가장 큰 믿음을 품었던 극도의 불신자들이다

"지금이 딱 이런 식이지 않습니까?" 그가 물었다.

〈피플〉(1976년 1월 19일)

나보코프라는 늙은 마술사는
화려한 유배 속에서 살고 쓴다

몽트뢰 팰리스 호텔은 지금 이 세상이 언제까지고 지속되리라 여겨지던 시절에 지어졌다. 이 호텔은 스위스의 제네바 호숫가에 서 있는데, 발코니와 철제 난간 너머로 호수가 보이고 황토색 차양은 겨울의 빛 속에서 색채를 더한다. 마치 거대한 요양원 내지는 박물관 같다. 객실 라운지에는 베히슈타인 피아노, 투숙객 전용 은 식기, 살롱 드 브륏지 찻잔 세트가 구비되어 있다. 이곳이 바로 소설가 블라디미르 나보코프와 그의 아내 베라가 머무는 호텔이다. 그들은 여기서 14년을 지냈다. 사람들은 호텔 프런트 바로 옆, 그러니까 1849년부터 1887년까지의 〈일러스트레이티드 런던 뉴스〉 묶음, 『위대한 유산』과 『그레코 체스 교본』 여러 권, 세르모네타의 공작부인이었던 비토리아 코를로나가 쓴 책 『회상』 한 권이 꽂힌 책장의 반들반들한 유리에 비친 그의 커다랗고 우울한 모습을 떠올린다.

다른 작가들

호텔은 낡긴 했지만 놀라울 정도로 잘 관리되어 있고 일부는 현대적으로 개조되었다. 호텔의 주요 수익 사업은 대규모 회의이고, 여름에는 관광으로 돈을 벌지만, 옛 고객들, 나이 든 커플들, 가족 가운데 살아남은 사람들로 이루어진 몇 안 되는 이주자들이 찾아와 자기들이 투숙했던 특정한 방을, 가끔은 특정한 여종업원도 요구한다. 어린 시절부터 최고의 시설을 갖춘 유럽의 특급 열차를 타고 다녔고, 러시아 혁명 때 모두 사라지기는 했어도 개인교사와 사유지, 물려받은 수백만의 재산이 있었던 나보코프에게 이 호텔은 자신의 근원으로 돌아가는 곳이다. 이곳은 비스콘티 영화 속 말러의 교향곡이 흐르는 가운데 오래전 죽은 벨 에포크의 인물들, 에드워드 7세, 단눈치오, 호수를 산책하고 미니 골프 게임을 즐기던 군수 산업의 제왕들과 더불어 종내는 은퇴해 집처럼 머무는 장소다.

나보코프, 몽트뢰의 마법사이자 비평가들이 "우리 시대의 유일한 천재"이며 "생존하는 가장 위대한 미국 소설가"라 일컫는 이 러시아인 망명자는 마지못해 인터뷰에 응했다. 그는 이런 종류의 대화는 서면으로 처리하는 쪽을 선호한다. 대답을 쓰고 나서 고쳐 쓰고, 그가 짓궂게 한 말에 따르면 "질문도 좀 하고" 말이다. 그래도 가끔이나마 그를 방문하는 사람이 있다. "제 남편은 즉흥적으로 말하지 않아요." 나보코프 부인이 전화로 경고했다. 그녀는 그의 동반자이자 안내자이며 시종이다. "몹시 바쁜 분이랍니다." 그녀가 덧붙였다.

얼마 전 열세 편의 단편을 모은 그의 새 책 『파괴된 폭군』이 출간되었다. 수록 작품은 한 편을 제외하고는 모두 1924년에서

1939년 사이 러시아에서 쓰였는데, 나보코프와 그의 아들 드미트리가 영어로 번역했다. 이 책은 자신을 둘러싼 명성의 벽을 한 치의 틈도 생기지 없도록 쌓아올리느라 분주해 보이는 유명 작가가 내놓은 세 권의 단편집 가운데 두 번째이 인터뷰가 이루어지던 시기에 나보코프는 1920년대에서 1940년대 사이 러시아에서 쓴 단편들을 아들 드미트리와 함께 영어로 번역하여 단편집으로 잇따라 발표했다. 『A Russian Beauty and Other Stories』(1973), 『Tyrants Destroyed and Other Stories』(1975), 『Details of a Sunset and Other Stories』(1976)가 그 단편집들이다 결과물이다. 이 최근작들이 그의 가장 중요한 작품은 아니지만, 늘 그렇듯 아름답게 쓰였으며 종종 사전을 찾으러 가야 할 필요가 있다.

나보코프는 놀랄 만큼 훌륭한 세부사항과 어조 속에서 화가처럼 색채를 다룬다. 한 단편에서 그는 이렇게 쓴다. "······내가 마지막으로 수영을 하러 갔던 건 홍어부르크가 아니라 루가 강에서였다. 농부들이 물에서 달려 나오고 있었는데, 개구리처럼 다리를 벌리고 중요 부위에 양손을 겹쳐 올린 채였다. **민망한 촌부들.** 젖은 몸뚱이 위로 셔츠를 끌어당겨 입는 동안 그들의 이빨이 딱딱 부딪쳤다. 저녁 무렵에는 강에 목욕을 하러 가기 좋다. 특히나 따뜻한 비가 내리며 생겨난 고요한 원들이 퍼지면서 서로에게 번져드는 때에는······" 그는 언제까지고 과거를 불러내는 시각적이고 감각적인 작가다.

트루먼 카포티나 고어 비달 같은 미국의 예능인들이 유창한 언변과 소문이 자자한 매력을 이용하여 기꺼이 텔레비전에 출연해 문학적 삶의 화려함을 어느 정도 자세히 들여다볼 수 있게 해주는 반면, 나보코프는 훨씬 파악하기 힘든 인물이다. 그가 덜 매력적이라는 소리가 아니다. 그의 영어는 흠잡을 데가 없다. 하지만 그는 천성적으로 초연한 인물이고, 강박적으로 자신의 글을 뜯어고치며, 불분명한 이유로 자신과 청중 사이에 사전 연습이 안 된 연설밖에 없을 경우 불안해한다. 코넬 대학에서 현대 소설 강의를 했을 때, 나보코프는 학생들에게 아내가 타자를 친 카드를 읽어주었다. 베라 나보코프는 마침내 인터뷰에 동의하며 이렇게 말했다. "제 남편이 네 시 정각에 호텔 바옆 그린 룸에서 만나겠대요."

커다란 샹들리에가 조용히 매달려 있었다. 호수가 내려다보이는 널찍한 식당에 배치된 테이블에는 마치 제2차 세계대전 이전의 저녁 식사 자리처럼 흰색 테이블보가 깔려 있고 은 식기가 놓여 있었다. 네 시가 조금 지나자 나보코프가 노인 특유의 느릿한 걸음걸이로 그린 룸에 들어왔다. 그는 감청색 카디건에 파란색 체크무늬 셔츠, 회색 슬랙스 차림에 넥타이를 매고 있었다. 신발 깔창은 고무 재질이었다. 머리가 벗겨지는 중이었고 주변머리는 잿빛이었다. 담갈색과 녹색이 섞인 눈은 본인의 말을 빌리자면 굴石花처럼 촉촉했다. 그는 일흔다섯이고, 셰익스피어와 같은 날인 4월 23일에 태어났다. 그는 위대한 경력의 끝자락에 있는데, 그 경력의 절반은 자기 것이 아닌 언어로 쌓은 것이다. 이와 비견할 만한 작가로는 오직 조셉 콘래드만이 떠오르지만(다른 길로 간, 그러니까 프랑스어로 글쓰기를 선택한 베케트가 있기는 하다) 폴란드 토박이 콘래드의 영어는 모국어가 아닌 언어를 경이롭게 구사하는 나보코프에 비하면 상당히 서툴렀다.

베라는 푸른 눈에 옆얼굴은 새를 닮았다. 머리카락은 완전한

백발이다. 그들은 곧 결혼기념일을 축하할 예정이다. "금혼식이
죠." 나보코프가 말했다. 그들은 베를린에서 만나 1925년 그곳
에서 결혼했지만 레닌그라드에서 쉽게 만날 수도 있었다. "우리
가 같은 무용 수업을 받았거든요. 그렇죠?" 나보코프가 말했다.
금혼식까지 할 정도면 불행한 결혼은 아니었다는 뜻일까? "그
정도 표현으로는 턱도 없죠." 그가 미소를 지었다.

　요즘 나보코프는 1969년에 출간된 자신의 소설 『에이다』를
프랑스어로 번역 중이다. 이 소설은 철학자 반 빈의 회고록 형
식인데, 그는 열네 살 때 당시 열두 살이었던 사촌 에이다와 사
랑에 빠지지만, 에이다는 나중에 반 빈의 여동생으로 밝혀지
고, 그 뒤 그들의 인생은 노년에 이르기까지, 반 빈이 아흔일곱
살이 되고 에이다가 아흔다섯이 될 때까지 이따금씩 얽혀든다.
"제 소설 가운데 가장 두껍고 복잡합니다." 나보코프가 말했
다. 비록 대중들은 그의 걸작으로 『롤리타』를 고르겠지만, 그
는 『에이다』를 걸작으로 친다. 이 소설의 번역 작업은 벌써 5년
째다. 베라는 남편이 소설을 한 줄 한 줄 다 뜯어보고 있다고
말했다. "끔찍한 실수들이 보이니까요." 그가 투덜거렸다. 나보
코프는 프랑스어와 독일어를 완벽하게 알고 있고, 개정 작업과
함께 이뤄진 독일어와 프랑스어 번역에 만족스러워한다. 아들
드미트리는 아쉽게도 너무 바빠 이탈리아어판을 감수하지 못
했다. 터키어판과 일본어판의 끔찍함은 생각하고 싶지도 않아
한다.

　나보코프는 자신을 미국 소설가라고 여기고, 스위스에서 누
리는 안락한 생활 속에서도 1940년부터 1958년까지 18년 동안

머물렀던 미국에 커다란 사랑과 향수를 느낀다고 털어놓았다. 그는 미국 여권을 소중히 여기고 있지만 여기 이곳, 찰리 채플린과 생전의 노엘 카워드 같은 국제적 보물은 물론이고 그보다 덜 값나가는 장식품들도 보관되어 있는 예술적 금고에 머물러 있다. 그가 진토닉을 홀짝였다. "여기 머물게 된 건 순전히 우연입니다." 그가 설명했다. 나보코프의 부인은 1914년 가족과 함께 스위스에 머문 적이 있었는데, 1961년 그들 부부가 스위스를 지나던 중 그녀가 이렇게 말했다. 조금 더 있다 가면 어때요? 그 뒤로 그들은 쭉 여기 산다. "제가 몽트뢰에 농담을 수입했죠." 그가 말했다.

소설가는 독재자와 마찬가지로 오래도록 군림한다. 1914년 고국 러시아에서 출간된, 연시戀詩 모음집인 나보코프의 첫 번째 책을 생각하면 참으로 놀랍다. 출간 직후 나보코프와 가족은 볼셰비키의 봉기와 내전으로 몸을 피해야 했다. 그는 캠브리지에서 학위를 취득한 뒤 베를린의 망명자 지역에 정착했다. 나보코프는 1926년『메리』를 시작으로 아홉 권의 장편을 러시아어로 썼는데, 이 중에는『영광』『방어』『어둠 속의 웃음 소리』등의 작품이 있다. 1940년 스탠퍼드 대학 강의를 위해 미국으로 향했을 때 그에게는 확고한 명성과 만개한 재능이 있었다. 떠나는 그의 등 뒤로 전쟁이 발발했다.

1941년 발표된 영어로 쓴 그의 첫 번째 소설『서배스천 나이트의 진짜 인생』은 거의 주목을 받지 못했고, 다음 작품인『벤드 시니스터』는 소소한 파문을 불러일으켰으며, 잃어버린 유년 시절을 다룬 굉장한 자서전『말하라, 기억이여』는 큰 관심을 끌었다. 그가 1952년형 뷰익을 타고 매년 여름 나비를 찾아다니며 미국 서부를 돌아다닌 것은 코넬 대학에 재직하던 시절 마지막 10년 동안이었다. 그들은 와이오밍, 유타, 애리조나, 모텔들, 드럭스토어, 소도시를 여행했다. 부인이 차를 운전할 때 나보코프는 조수석에 앉아 노트에 글을 썼다. 그 결과가 『롤리타』였다. 이 책은 많은 고전이 그렇듯 처음에는 모든 곳에서 거절당했고, 결국 파리의 올랭피아 출판사외설문학 전문으로 유명했다에서 출판을 해야 했다. (훗날 나보코프는 올랭피아 출판사의 대표 모리스 지로디아와 다투고 그와 결별했다.) 소설이 엄청난 성공을 거두고 스탠리 큐브릭 감독이 영화로까지 만들면서 작가는 유명해졌다. "나는 유명한 작가가 아닙니다." 나보코프가 마치 교태라도 부리듯 항변했다. "롤리타는 유명한 소녀였지만요. 몽트뢰에서 유명 작가로 산다는 게 어떤 건지 아십니까? 어떤 미국인 여성이 길에서 다가와 소리를 치더군요. '맬러머드Bernard Malamud. 『수선공The Fixer』으로 퓰리처상과 전미 도서상을 수상한 미국 소설가 씨! 저는 당신을 어디서든 알아볼 수 있어요.'"

그는 편견으로 가득한 유명인이다. 학생운동, 히피, 고백, 마음을 터놓는 대화를 질색한다. 절대 사인을 해주지 않는다. 그가 혐오하는 작가의 명단에는 지금껏 존재했던 사람들 가운데 가장 빼어난 인물들이 포함되어 있다. 세르반테스, 도스토옙스키, 포크너, 헨리 제임스. 그의 견해는 아마 이블린 워 이후에 등장한 중요 작가들 중 가장 보수적일 것이다. "당신은 끔찍한 고통과 완벽한 고립 속에서 죽을 겁니다." 나보코프와 같은 망명자이자 노벨문학상 수상자인 이반 부닌은 그에게 그렇게 말한 적이 있었다. 요즘에는 고통과도 멀찍이 떨어져 있고 고립에서도 벗어나 있는 나보코프는 종종 바로 그 문학상에 언급되곤 한다. "어쨌거나 당신은 러시아의 은밀한 자랑이지요." 그는 자기 자신과 절대 혼동할 수 없이 닮은 누군가에 대해 이렇게 쓴 바 있다. 그는 냉정하거나 무정한 성격과는 거리가 멀다. 작년에 작가 블라디미르 마람진이 체포되었을 때, 그는 격분하여 소비에트 작가 연합에 전보를 쳤다. 아직 대중에 공개되지 않은 이 전보의 내용은 다음과 같다. "또 다른 작가가 작가라는 이유로 순교자가 되었다는 사실을 알고 소름이 끼쳤음. 마람진의 즉각적인 석방이야말로 또 하나의 잔악한 범죄를 방지하는 데 필요불가결함." 답장은 없었다.

작년에 나보코프는 서른일곱 번째 책 『어릿광대를 보라!』를 발표했다. 이 소설은 바딤 바디미치라는 러시아 망명 작가의 일대기로, 비록 바디미치가 끔찍한 부인을 네 명이나 거쳤음에도 불구하고, 그의 삶의 많은 측면이 블라디미르 블라디미로비치나보코프의 전체 이름와 또렷한 유사성이 있다는 사실이 흥미를 끈다. 이 책에는 나보코프의 팬들이 음미할 전형적인 요소들이 넉넉하게 들어 있다. 영리한 말놀이, 은밀한 농담, 고상한 지식. 이 모든 것이 "파리에서의 과업『롤리타』를 뜻한다이 응당 받아야 할 대접을 결코 받지 못한, 세상을 경멸하는 금욕적인 작가"가 쓴 것이다. 아마도 이 책은 덜 뛰어난 수많은 작가들이 그토록 얻고자 분투했던 목표를 향해 내딛는 마지막 걸음 중 하나가 아닐까 싶다. 나보코프는 정치적 행동에 열성적으로 참여하거나 뉴스에 등장하는 것이 아니라 수십 년의 일생 동안 조용히 창작을 하는 것으로 역사의 흐름에 동참했고, 마침내 그의 목소리는 혐오스러운 스탈린의 목소리만큼이나, 세상의 거짓말들만큼이나 우렁차게 들리고 있는 듯하다. 조국을, 언어를 빼앗겼던 그는 더 커다란 것을 정복했다. 『어릿광대를 보라!』에서 젊은 바딤에게 이모가 말한 것처럼. "마음껏 놀아! 세상을 만들어내! 현실을 만들어내라고!" 나보코프는 그렇게 했다. 그는 게임에서 이겼다.

"저는 여섯 시에 일어납니다." 나보코프가 말했다. 그가 자기 눈을 가볍게 두드렸다. "아홉 시까지 일해요. 그런 다음 아침을 같이 먹습니다. 그러고 나서 목욕을 하고요. 그 뒤에 한 시간 정도 작업을 합니다. 산책을 한 다음 두 시간 반 정도 낮잠을 자요. 오후에는 세 시간 일해요. 여름에는 나비를 잡지요." 객실로 요리사를 부르거나 베라가 직접 요리를 한다. "우리는 음식이나 와인에 그렇게 큰 중요성을 두지 않아요." 그가 좋아하는 음식은 베이컨과 달걀이다. 둘 다 영화는 전혀 보지 않는다. 텔레비전도 없다.

나보코프는 몽트뢰에 친구가 거의 없다고 인정했다. 부부는 그편을 더 좋아한다. 그들은 손님 접대 같은 건 하지 않는다. 그에게 책을 많이 읽는 친구는 필요치 않다. 그가 좋아하는 사람은 총명한 사람, "농담을 이해하는 사람"이다. 베라는 웃질 않는다고 그가 낙담하듯 말했다. "세상 최고의 광대 가운데 한 명과 결혼했는데 절대 웃질 않네요."

빛이 저물어갔다. 그린 룸에도, 그 너머에도 아무도 없었다. 호텔에는 수많은 거울이 걸려 있는데, 그중 몇 개는 문에 달려 있고, 그래서 호텔은 마치 환영의 집 같다. 일부는 환상으로, 일부는 영상으로, 그리고 넘쳐나는 꿈으로 이루어진 집.

〈피플〉(1975년 3월 17일)

레이디 안토니아의 비범한 이마에서
또 다른 역사적 인물이 튀어나오다

토머스 칼라일은 이렇게 말했다. "**잘 저술된** 삶은 잘 보낸 인
생만큼이나 없다시피 하다." 아무래도 그는 생각을 바꾸는 게
좋지 않을까 싶다. 왜냐하면 이 말은 어느 모로 봐도 레이디 안
토니아 프레이저에게 딱 들어맞는 소리니까. 프레이저는 런던
사교계에서 가장 눈부신 광채를 발하는 귀족적인 인물이고, 그
녀가 쓴 전기 『스코틀랜드의 여왕 메리』는 몇 년 전 떠들썩한
베스트셀러였다. 이 책의 성공은 안토니아를 화려한 디너파티
의 총아로 알고 있던 이들을 놀라게 했다. 그녀가 수많은 이유
로 사람들의 입길에 오르내리긴 했지만 그 이유 중에 빼어난
문학적 재능은 없었으니까. (최근 도는 소문은 여배우 매기 스미스
와 별거한 로버트 스티븐스와 레이디 안토니아에 대한 것이다.)
　자신의 성공이 요행이 아니었다는 것을 증명코자, 그녀는 켄
싱턴 자택의 침실에서 떨어져 있는 분홍색과 흰색으로 꾸민 조

그만·서재에 앉아 올리버 크롬웰, 스물여덟의 나이로 의회에 진출해 천재적인 지도자이자 군인이 되어 영국의 역사를 바꾼 시골 출신 무명 신사에 대한 전기를 썼다. 이 책 역시 베스트셀러가 되었다.

안토니아 프레이저가 저술한 또 다른 삶, 멋진 삽화가 곁들여진 『제임스 왕, 스코틀랜드에서는 6세, 영국에서는 1세』가 이번 주에 미국에서 출간된다. 그녀는 꼼꼼한 취재와 엄청난 가독성을 결합했고, 그 결과는 대중적이면서도 학술적으로 존중받을 수 있는 책이다.

마흔두 살의 안토니아가 주목할 만한 문학적 가계에서 뻗어 나와 있는 가지라는 사실을 알았다고 해서 놀라지는 마시라. 그녀는 롱포드 백작의 딸인데, 백작은 전직 노동당 내각 각료이자 존경받는 저술가다(『시련으로 얻은 평화』). 어머니 엘리자베스 롱포드는 빅토리아 여왕과 웰링턴 공의 전기를 쓴 전문 전기작가다. 여동생 레이철 빌링턴도 여러 권의 소설을 집필한 소설가다(그녀의 최신작은 『아름다운』이다). 남동생 토머스 파켄엄—파켄엄은 백작 가문의 성씨다— 은 아일랜드에 가문의 저택을 소유하고 있고 『자유의 해』와 같은 역사책을 저술했다.

롱포드 부인은 안토니아에게 세 살부터 독서를 가르쳤고, 그로 인해 놀라운 결과를 얻었다. 현재 안토니아는 1분에 3000단어라는 믿을 수 없을 정도의 속도로 인쇄물을 집어삼키기라도 하듯 읽는다. 잭 케네디존 F. 케네디의 애칭가 겨우 분당 1200단어로 유명했는데 말이다. 그녀는 오후 반나절 만에 어려운 학문적 작업을 해치울 수 있다. "우리는 종종 그 문제를 얘기해요." 안토니아가 말했다. "어머니가 실수를 저지르신 건 아닌가 궁금해하죠. 제가 글을 정말 빨리 읽거든요. 그 덕에 적이 더 생겼죠." 기품 있는 낯선 이에게 말을 붙인다는 상상은 한 번도 못해봤을 기차 승객들이 그녀가 신나게 페이지를 넘기는 걸 바라보다가 몸을 앞으로 기울여 이렇게 말하는 것이다. "실례지만, 책은 그렇게 읽으시면 안 돼요."

"제 생각에는 미국 소설이 우리보다 나아요." 그녀가 볕이 잘 드는 널찍한 집에 앉아 말했다. 집 안 어디에나 책과 꽃이 있었다. 램프 갓은 비스듬히 걸쳐져 있었다. 안토니아는 솔 벨로와 앨리슨 루리를 좋아한다. 그녀는 거의 알아채지 못할 정도의 혀 짧은 소리를 내는데, 그 소리가 속삭임마냥 기분 좋게 들린다. "하지만 전기는 영국이 더 나은 것 같아요. 여기 기후가 전기를 쓰기에 좋거든요. 아일랜드 기후가 혈색을 돌게 한다는 소리와 비슷한 게 아닌가 싶어요." 제2차 세계대전 당시 그녀는 옥스퍼드에 있는 유명 남학교 드래건 스쿨로 보내졌다. 거기서 그녀는 찬물에 목욕을 하고, 럭비 경기를 뛰고, 허튼소리라고는 하나도 없는 교육을 받았다. 여성이라서 능력이 부족하다는 느낌은 눈곱만큼도 들지 않았던 경험이었다. 그녀의 유명한 매력은 부분적으로 이런 진솔한 여유로움, 혈관 안에서 꾸벅꾸벅 졸고 있는 모종의 애정 어린 안정감에서 나온다.

안토니아는 자기가 못 말리는 응석받이라고 했다. 그녀는 아들 셋에 딸 셋을 두었고, 남편인 휴 프레이저는 비중 있는 정치적 경력을 보유한 보수당 국회의원이다. 그녀가 응석받이일지는 모르겠다. 자기 집 복도를 지나가다 어떤 문을 건성으로 가리키면서 "저기가 부엌이라나 봐요"라고 말하는 걸 보면. 하지만 그녀는 정말 열심히 일한다. 『스코틀랜드의 여왕 메리』는 3년의 취재를 거쳐 탄생했다. 『호국경 크롬웰』은 심지어 그보다 더 오래 걸렸다. 대부분의 좋은 작가와 마찬가지로, 안토니아 프레이저도 꾸준히 작업한다. 문학적 성취는 개미 같은 근면의 승리이기도 한 것이다. 그녀의 경우 이 근면이란 여덟 시에 기상해 자녀와 아이들을 배웅하고 나서 아홉 시부터 열두 시 삼십 분까지 글 쓰는 생활을 매일 이어감을 뜻한다. 오후 네 시 정각에는 자녀들과 함께 가족 전체가 티타임을 갖는다. 그녀는 런던과 스코틀랜드의 별장 양쪽 모두에서 작업을 한다. 별장은 인버네스셔 근처에 있는데 가족이 주말과 휴일을 거기서 보낸다. 그녀는 처녀자리다. "저는 명령에 끌린답니다." 그녀가 말했다. "받는 것도 하는 것도요."

그녀가 꼽는 가장 좋아하는 전기는 엘리자베스 개스켈의 『샬럿 브론테의 삶』이다. 두 번째는 아마 조지 던컨 페인터의 『프루스트』인 듯하다. 그녀의 문체는 역사가 앤서니 기번을 모델로 하고 있으며 라턴어에 크게 기대고 있다. "그놈의 탈격 독립어구들." 그녀가 투덜거렸다. 안토니아는 옥스퍼드에서 시가를 피우고 다니던 스무 살 때 브론테 전기를 읽고 엄청난 충격을 받았다. 세상에나, 전기란 건 이래야 하는 거구나, 하고 생각했던 게 여전히 기억난다고 했다. 그녀는 『스코틀랜드의 여왕 메리』를 집필하는 동안 브론테 전기를 다시 읽었다.

이 모든 것들로도 충분치 않다는 듯, 그녀는 영국 작가 협회 회장직을 맡아 도서관에서 책이 대출되는 횟수에 따라 작가에게 돈을 지불하자는 공공 대여권 운동을 맹렬히 전개하고 있다. 이런 시스템은 어떤 형태로건 이미 다른 국가에서 시행되고 있다. 스칸디나비아, 오스트레일리아, 서독 같은 곳. 이에 대한 반대 의견도 존재한다.

"참 아쉬운 게," 그녀가 탄식했다. "사서들이 반대를 해요." 영국 사서들이 걱정할 만도 하다. 그들에 맞서 동료 작가들의 선두에 선 그녀가 재치 넘치고 매력적이며, 수많은 정치인 친구로 무장하고 있는 최강의 맞상대이니 말이다. 이 아름답고 똑똑한 여성은 자기가 원하는 대로 하겠노라 마음먹었다.

인터뷰는 금요일이었다. 그녀는 유명 레스토랑의 가장 좋은 자리에서 점심 식사를 했고, 직원들이 그녀에게 망토를 내밀었다. "저 뛰어가야 해요." 그녀가 사과하며 말했다. "기차를 놓치면 남편이 저를 총으로 쏠걸요. 그러고도 남을 사람이니까요." 그녀는 가방에 신간 여섯 권을 담고 스코틀랜드로 출발할 예정이다.

"그 책을 전부 읽으시려고요?"

"아, 그건 아니에요." 그녀가 미소를 지으며 말했다. "하지만 기차가 고장 날 경우를 대비해서요……."

〈피플〉(1975년 2월 24일)

다른 작가들

벤 소넨버그 2세

내가 학생이던 시절 다리에 홀로 서 있자면 창공에 아킬레스와 카이사르, 호라티우스 같은 이름들이 떠 있었다. 곱은 손으로 가슴 저미는 작별 편지를 쓰고 있자면 눈앞의 세상에서는 린드버그, 잭 뎀프시, 남극 탐험가 스콧 등의 이름이 회자되었다. 터니와의 챔피언전 막바지에 퉁퉁 부은 두 눈을 뜨지도 못하고 경기에서는 패한 상황에서, 뎀프시는 세컨드에게 부탁해 그의 인도로 링을 가로질러 갔다. 터니와 악수를 하기 위해. 이것이 품격이다.

어른이 되어 들어간 세상에서, 나는 영웅들에게 둘러싸여 살았다. 하나같이 미국인이었다. 베어 브라이언트와 함께 뛴 하프백들, 명예훈장과 청동 수훈 십자상 수상자들, 버드 마후린, 부츠 블레스, 케슬러, 로우 같은 최고의 조종사들. 그들은 플로에 슈티 혹은 둘리틀 공습Doolittle raid. 1942년 4월 18일 미 공군의 도쿄 공습 때 전장에 있었거나 과달카날에 착륙한 사나이들이었다. 영웅들은 젊은 시절부터 천성적인 충동에 따라 행동한다. 그 충동이라는 것이 말하자면 다른 사람들이 갖고 있는 것보다 훨씬 큰 용기와 기술을 뜻하기는 하지만 말이다. 참 희한하게도 그들 가운데 누구도 당시에는 특별히 영웅처럼 보이질 않았다. 거의 대부분 영웅적 행위를 별것 아닌 양 몸에 두르고 다녔다. 하지만 그들이 점점 더 전설 속으로 사라질수록 그들은 점점 더 위대해진다.

내가 존경해 마지않는 또 다른 방식의 영웅적 행위가 있다. 특정한 행동이나 성취가 아니라 길고 가망 없는 투쟁을 거의 상상을 뛰어넘다시피 벌이는 것이다. 그건 끝이 없는 전투다.

내가 벤 소넨버그 2세를 처음 만난 건 그가 본인에게 어떤 질문이 들어올지 아무 생각도 없던 시절이었다. 그때가 대략 1973년경이었다. 소넨버그는 멋쟁이에 유복한 30대로 여러 번의 결혼 경력이 있었으며, 엄청난 다독가에 한때는 극작가이기도 했던 고상한 남자였다. 그는 뉴욕 그래머시 파크의 멋진 집에서 성장했는데, 무척 성공한 인물이었던 그의 아버지는 아들을 탐탁잖게 여겼다.

진단이 언제 나왔는지는 기억나지 않지만 일찍부터 징조는 있었다. 처음에는 인도에 난 작은 틈에서 발을 슬쩍 헛디디더니 얼마 안 가 지팡이를 사용했고, 이내 지팡이는 두 개가 되었으며 택시에서 내리는 게 어려워지다가, 레스토랑 문까지 어찌어찌 가는 데 복잡한 과정을 거치고는, 실내에 있던 테이블 쪽으로 넘어지고 말았다. 마침내 그는 휠체어에 앉게 되었다. 하지만 이 일의 진짜 끝은 아직 한참 남아 있었다.

소넨버그는 다발성 경화증에 걸렸다. 뇌의 영역과 척수가 퇴보하고 신경섬유의 외피가 벗겨지면서 자극을 전달하는 게 불가능해지는 병이다.

그가 소유한 육체적 능력은 한 해 한 해 천천히 박탈당했다. 그는 자리보전을 하는 신세가 됐다. 더 이상은 인사를 하거나 식사를 하기 위해 손을 들 수도, 책 페이지를 넘길 수도 없었다. 그에게는 모든 것이 완벽하게 끝장난 것이었다.

그 와중에 그는 한 번도 불평을 하지 않았다. 그는 자신이 겪는 수모, 악몽 같은 위생 상태, 이 모든 일의 부당함, 절망을 입밖에 내지 않았다. 마치 이런 것들이 존재하지 않는 양. 대신 그는 문학잡지를 창간하고 편집했다. 그 잡지가 〈그랜드 스트리트〉다. 그는 매해 파티를 열어 자기 생일을 축하하고, 사람들을 만나고, 글을 쓰고, 손님을 접대했다. 어쩌면 그는 스스로를 가엾게 여겼을지 모르겠으나, 다른 사람이 자기를 동정하도록 놔두지는 않았다. 문득 스티븐 호킹이 생각나지만 나는 그를 개인적으로는 모른다. 헬렌 켈러도 떠오르지만 그녀의 삶은 낙관주의로 차 있었고 점점 넓어졌다. 벤 소넨버그의 삶은 장기간의 강제적 은둔이었다.

나는 요즘 이따금씩 그를 만나러 간다. 리처드 하워드처럼 책을 읽어주는 것도 아니고, 수전 미넛처럼 막역한 사이도 아니지만, 나는 종종 그의 곁에 있다. 나는 자주 그에 대해 생각한다. 설명하기는 어렵지만 나는 그에게 질투를 느낀다. 나는 그의 용기와 기개가 부럽다. 영웅이란 무엇보다 신들의 총애를 받는 사람이다. 참으로 위대한 일은, 신들에게 짓밟힌 사람이 그럼에도 불구하고 승리하는 것이리라.

〈맨스 저널〉(2001년 5월)

다른 작가들

작가 한수인의 삶은 때때로 힘들었지만
언제나 수없이 찬란하게 빛났다

그녀가 태어났을 당시 중국에서는 큰 홍수가 나면 농부들이 범람한 물을 피해 몇 킬로미터에 걸쳐 나뭇가지에 앉았다. 그들은 높은 제방 위를 기차가 빠르게 지나가고 있는데도 미동도 없이 죽음을 기다리고 있었다. 손을 흔들지도 도와달라고 소리치지도 않았다. 누구도 그들을 도울 수 없을 것이다. 아무것도 바뀌지 않을 것이다.

그녀는 중국에서 광적인 젊은 민족주의자 장교와 결혼했는데, 그곳에서는 남편이 자기 아내를 죽여도 됐다. 결혼 첫날밤에 아내를 때리면서 굴종과 복종을 가르치는 건 별난 일도 아니었다. 중국은 후진국이었다. 부패하고 가난하고 반쯤은 외세의 통치를 받았다. 문제가 너무 많아서 다 해결할 수가 없었다.

그랬던 중국은 이제 사라졌다.

중국인 철도 관리와 벨기에인 부인 사이에서 태어난 미운오

리새끼 로잘리 추 역시 자취를 감추더니 믿을 수 없는 경험을 거쳐 한수인韓素音으로 거듭났다. 의사이자 작가이며 이 시대의 여성으로.

그녀는 활기차고 아름다우며 맵시 좋은 차림새를 하고 있다. 말하는 동안에는 쉴 새 없이 손짓을 한다. 그녀가 한때는 너무 매력 없이 생겨서 어머니 입에서 너는 제 힘으로 먹고살아야 한다고, 하도 못생겨서 절대 결혼하지 못할 거라는 말이 나왔다는 사실이 믿기질 않았다. 이 눈부신 변신은 어떻게 이뤄진 걸까? 늘 지적이고 늘 예뻤으며 반항적인 성격이었지만, 결코 춤추는 법을 배우지 못했던 이 서투른 아이는 멋진 미소와 오늘날까지 충치 하나 없는 하얀 이―북중국의 치아다―를 가진 잘생긴 여성이 되었다. 그녀는 자기 치아가 고르지 않다고 주장했다. 자신은 아름답지도 않고 이목구비도 변변찮다는 것이다. "눈썹이 너무 짧아요. 꼭 저우언라이周恩來처럼요." 그녀가 잿빛 머리칼을 걷어 올려 눈썹을 드러냈다.

쉰아홉 살인 한수인은 아마 1952년 출간되어 영화와 대중가요로도 각색된 베스트셀러 소설『수없이 찬란히 빛났던 것A Many-Splendored Thing』의 작가로 유명할 것이다. 하지만 그녀는 여러 권의 자서전을 쓴 바 있는데, 이 책들은 그 안에 담긴 인류애와 풍부한 세부사항으로 깊은 감동을 안겨준다.『굽은 나무』가 첫 번째 자서전이었고, 그 뒤를 이어『죽음의 꽃』과『새 한 마리 없는 여름』이 발표되었다.

그녀는 이제 막『탑 속에 부는 바람』을 출간한 참이다. 이 책은 그녀가 집필한 마오쩌둥毛澤東 전기의 두 번째이자 마지막 권

다른 작가들

으로, 마오는 출판이 거의 임박했을 무렵 사망했다. 확실히 마오에게 호의적인 이 책은 집필에 8년이 걸렸는데, 책이 나온 시기가 정말로 기막히지 않은가! 불확실함이 중국을 뒤덮고 있다. 다시 한 번 격렬한 투쟁이 벌어지고 새로운 노선이 제시되고 있다. 마오는 확실히 신성한 존재인 듯하고 그가 남긴 유산은 향후에도 계속 추구될 것이다. 놀랍게도 마오 개인에 대해 알려진 바는 거의 없다. 마오를 지근거리에서 서술하고 있는 것은 1972년 사망한 미국 출신의 동아시아 전문 기자 에드거 스노의 글이 유일하다.

한수인은 마오와 사적으로 아는 사이가 아니었다. 어느 날 밤 베이징의 거리에서 「인민 내부의 모순을 올바르게 처리하는 문제에 관하여」라는 소책자를 구입하기 전까지는 그가 쓴 글도 전혀 읽은 바 없었다. 그게 1957년의 일이었다. 그녀는 말레이반도와 싱가포르에서 의사로 일하고 있었고, 중국의 새로운 통치자가 스탈린처럼 무자비하고 피에 굶주린 인간인지 두 눈으로 확인하고자 중국으로 돌아온 참이었다. "제가 직접 가서 확인하지 않으면 영혼이 죽어버렸을 거예요."

그때가 그녀 인생의 전환점 가운데 하나였다. 그녀는 그 남자 마오에게, 그의 비전에, 그의 사상에 매혹되었다. 마오의 이야기가 그녀를 사로잡기 시작했다. "정말로 저를 흔들어놓은 이야기였어요. 인민에 대한 마오의 사랑 말이에요."

한수인은 예전에 마흔 명의 다른 작가와 함께 어떤 방에서 딱 한 번 마오를 보았다. 그는 아무 말도 하지 않았다. 저우언라이는 여러 번 만났고, 그래서 그 시대를 직접 알 수 있었다. 그녀는 현재 중국의 옹호자가 되어 있다. 베이징 상층부에는 그녀의 친구들이 있다. 물론 그녀가 인정하다시피 적도 있긴 하지만. 극좌파는 그녀를 좋아하지 않는다. 아마도 그건 그녀가 누리는 유럽인의 삶과 특권 때문일 것이다. 그녀는 중국으로 돌아가 살았던 적이 없었다. 하지만 좌파는 쇠락하고 있다. 늘 그렇듯, 그녀는 운이 좋았다.

그녀의 집은 자녀가 여덟이었다. 살아남은 건 그중 절반이었다. "그때는 그게 평균이었어요." 그녀가 말했다. 남동생이 경련으로 죽었을 때 프랑스인 의사는 왕진을 거부했다. "더러운 유라시아 혼혈인 때문에 귀찮은 짓은 하지 않겠어." 의사는 그렇게 말했다. 베이징-한커우 열차 노선에서 외국인과 중국인 부부는 고작 세 쌍이었고, 유라시아 혼혈 아이들은 멸시를 당했다. "우리는 창녀와 기형 취급을 받았죠."

한수인의 어머니는 그녀에게 '마틸드 로잘리 클레어 엘리자베스 쥬느비에브 추'라는 이름을 붙였고, 아버지는 중국식 이름 '추 유예핑'을 지어주었는데, 이 이름에는 '달의 손님'이라는 뜻이 있었다. (중국에서는 성이 늘 앞에 온다. 중국 전체를 통틀어 성은 고작 186개다.) 어머니는 매일 밤마다 자녀들의 귀에서 귀걸이를 뺐다. 군벌이나 도적들이 올 경우 그들이 귓불에서 귀걸이를 뜯어낼 테니까.

로잘리―그녀는 그 이름을 선호했다―는 수녀원 부속 학교에 진학하여 가톨릭으로 자라났다. 학교에서 그녀는 경건한 작품만 읽었다. "쥘 베른도 읽긴 했어요." 1935년 그녀는 장학금을 받아 벨기에로 갔고―매년 네 명에서 다섯 명의 학생이 선발되었다—거기서 의학 공부를 시작했다. 열두 살 때 일요일마다 교회를 가면서 추씨 가족은 매번 거지 무리를 헤치고 나아가야 했는데, 그때부터 그녀는 의사가 되길 꿈꿨다. "그 사람들을 치료하고 싶었어요."

　부유한 부르주아 집안이었던 외가는 처음에 한수인을 받아들이길 거부했지만 결국 그녀는 자기 뜻을 관철시켰다. 암스테르담의 다이아몬드 상인이었던 외삼촌은 편지에 다음과 같이 썼다. "이 애는 영민합니다." 오래지 않아 그녀는 집안 저녁 식사의 보석 같은 존재가 되었다. 어느 날 그녀는 브뤼셀의 한 공원에 앉아 있었다. 아득히 떨어져 있는 중국은 그녀가 없는 동안 신흥 강대국 일본의 침략을 받았다. 그녀의 머리 위로 부아 포르Bois Fort의 키 큰 여름 나무가 드리워져 있었다. "정말 평화롭기 그지없네." 남자친구가 한숨을 쉬었다. 별안간 그녀가 찻잔을 박살 냈다. "난 중국에 갈 거야!" 그녀가 선언했다.

　"진실한 나는 내면에서 우러난 동기로 움직여요." 그녀가 설명했다. "제가 내린 결정 중에 가장 미친 것들, 그러니까 미친 것처럼 보이는 것들은요, 몇 달을 숙고했던 거랍니다."

　고향으로 돌아가는 여행은 마르세유에서 배를 타면서 시작되었다. 1등석 선실에 샌드허스트 사관학교에 다니던 젊은 중국인이 있었다. 그는 중국에 봉사하고자 귀국하는 중이라고 그녀에게 말했다. "저도요." 한수인이 말했다. 그의 이름은 탕파오황唐保璜으로 지주 집안, 즉 지배계급 엘리트 출신이었다. 그는 신실하고 잘생겼으며 열렬한 애국심의 소유자였다. 홍콩에 기항했을 때 그는 프러포즈를 했고, 그들은 이상주의적 황홀경 속에서 결혼했다. 그의 본성은 곧 드러났다. 사실 그는 악마 같은 인간이자 냉혹한 광신자로 자신의 지도자 장제스蔣介石에 대한 충성과 헌신으로 똘똘 뭉쳐 있었다. 그는 이내 총사령관의 보좌관이 되었고, 1947년 공산당과의 전투 도중 죽음을 맞았다. 둘은 7년 동안 같이 살았는데, 그는 그녀를 때렸다.

장제스는 성질이 불같았다. 다들 그를 두려워했다고 한수인은 회상했다. 좌익 단체 멤버였던 젊은 작가 여섯 명이 장제스 부하들의 지시로 자기 무덤을 직접 판 다음 꽁꽁 묶여 구덩이에 처넣어진 뒤 산 채로 매장당했다. 이것이 중국이었다. 한수인과 남편은 전시 수도였던 충칭에 살았다. "재주 있는 여자는 고결한 여자가 아니야." 남편은 그렇게 말했다. 그는 아내를 수치스러워했고, 그녀가 결혼 즉시 임신하지 않았다는 사실을 가지고 굴욕감을 주었지만, 온갖 곡절에도 불구하고 그녀는 그를 떠날 수 없었다. 그랬다간 그가 그녀를 죽여버렸을 테니까. 그녀는 조산사로 일했고, 탕은 아내의 잦은 결근을 해명하기 위해 딸이 있다고 둘러댔다. 어느 날 그녀는 청두에서 한 살짜리 아기를 샀다. 당시는 어디에서나 아이들을 팔았다. 아이는 예뻤지만 염증으로 뒤덮여 있었고 애처로울 정도로 굶주려 있어서 쌀밥을 보자 울어댔다. 35년이 지난 지금도 한수인은 그 일을 기억할 때 목소리가 떨리고 눈에 눈물이 맺혔다. 그녀는 중국 돈으로 1000달러를 주고 딸을 샀다. "다들 그랬어요. '아, 너무 많이 지불했어. 200달러만 줘도 됐을 텐데.'"

이 시기에 그녀는 첫 장편『목적지는 충칭』을 썼다. 이 책이 많은 찬사를 받으면서 그녀의 재능은 이내 명백히 드러났다. 하지만 남편이 육군 무관으로 런던에 배속되고 나서야 그녀는 마침내 그에게서 풀려날 수 있었다. 1945년 그녀는 남편과 함께 중국으로 돌아가는 것을 거부했다. 그때 앞으로의 삶이 두렵지 않았나? "아, 하지만 거긴 영국이었잖아요." 그녀가 사랑스러운 미소를 지으며 답했다. 그녀는 학교로 돌아가 의학 교육을 마쳤고, 1948년 우등으로 졸업했다. 그때 그녀는 미망인이었다. 나이는 서른하나였다.

이제 공산주의자가 된 그녀는 홍콩에 정착하여 의사 일을 시작했다. 그곳이 중국으로 통하는 관문이기 때문이었다. 그녀는 유부남인 영국인 특파원과 사랑에 빠졌고, 밤에 식탁에서 써내려간 그들의 사랑 이야기는 『수없이 찬란히 빛났던 것』이 되었다. 그녀의 연인은 한국에서 사망했다. 한수인은 또 다른 영국인 레너드 컴버와 결혼했다. 연인의 죽음에 대한 감정적 반발이기도 했고, 딸 생각 때문이기도 했다. 당시 열두 살이던 그녀의 딸은 아버지가 필요했다. 그녀는 말레이반도에 살면서 병원 두 개를 운영했고, 이른 아침부터 밤까지 일했으며, 다른 의사들이 환자에게 15달러를 받을 때 1달러를 받았다. 일을 마치고 난 다음에는 글을 썼다. "글쓰기가 날 즐겁게 했어요." 그녀가 말했다. 진짜 이유는 명백히 더 깊은 곳에 있었다. "나는 내가 원하는 걸 해요. 그게 내 인생의 큰 동기죠."

문학에는 작가였던 의사라는 길고 긴 전통이 있다. 어떤 작가들은 훌륭하고 어떤 작가들은 위대하다. 이를테면 라블레와 체호프, 셀린과 코넌 도일, A. J. 크로닌과 서머싯 몸. "저는 제가 작가라고는 생각하지 않아요." 한수인이 이의를 제기했다. 본인이 고른 이름인 '수인'은 '단순한 소리'를 뜻한다. 그럼에도 불구하고 그녀는 1956년에서 1963년 사이 네 편의 장편을 더 썼다. 그중 그녀가 쓴 베스트셀러만큼 성공을 거둔 작품은 없었고, 그녀는 자서전 쪽으로 방향을 틀었다. 컴버와는 우호적으로 이혼했다. "좋은 사람이었어요." 그녀가 말했다. "5개 국어를 했지요. 하지만 우리 관계는 지루해서 눈물이 날 정도였어요."

현재 그녀는 스위스 로잔에서 세 번째 남편 빈센트 루스나스 웨미와 함께 지내고 있다. 빈센트는 인도 육군에서 대령으로 복무했고, 널찍한 몸에 반들반들 광이 나는 피부를 갖고 있으며, 무척 재치 있는 사람이다. 그들은 빈센트가 네팔에서 도로 공사를 하고 있을 때 만났다. 의학은 과거지사였다. 그녀는 1964년 이후 의사 일을 하지 않았다. 한수인과 남편은 1년에 넉 달을 로잔에서 체류하며 여행을 한다. 그들은 인도에 집이, 스위스 산중에 위치한 플림스에 작은 아파트가 있다. 아파트는 임대한 것이다. "나는 예순이 넘으면 재산을 모아야 한다고 믿지 않아요." 그녀가 말했다. 그녀는 일을 다소 추진력 있게 처리하는 편이다. 대부분의 여성들은 마흔 살의 그녀처럼 보인다면 기뻐할 것이다.

쓰촨성은 그녀가 관심을 갖는 지역이다. 그녀의 부계가 그 곳 출신이기 때문이다. 쓰촨은 산속 깊은 곳에 외따로 위치한 지역으로, 지역의 역사에서 종종 중앙정부에 독립적으로 존재했으며, 티베트와 긴밀한 관계를 유지했다. 양쯔강의 수원지이자 중국의 수많은 위대한 전설이 그곳에서 생겨났다. 그곳은 사람들도 다르다. "우리는 중국 속 이탈리아 사람이에요." 한수인이 말했다. "우리는 다른 지역 사람보다 빨간 고추를 더 많이 먹어요. 죽는 것도 두려워하지 않고요." 그녀가 남편에게 몸을 돌려 말했다. "쓰촨이 중국의 다른 지역보다 훨씬 낫다고 생각하지 않아요?" 남편이 눈치 빠르게 대답했다. "그야말로 인도 같은 곳이죠."

그녀의 하루는 아침 일곱 시에 시작된다. 그녀는 잠에서 깨어 커피를 마신다. 한 시간 남짓 집안일을 한 다음 식탁에 자리를 잡고 앉아 편지 쓰기에 착수한다. "남편은 책상에다 타자기를 둬요." 그녀가 말했다. "남자니까 상석을 드려야죠." 빈센트는 그녀가 그렇게 말할 때 미소를 짓지 않았지만 얼굴에는 너그러움과 의혹이 뒤섞인 표정이 떠올랐다. "이십 분 정도에 한 번씩 자리에서 일어나요." 그녀가 말했다. "그런 다음에 다른 일을 하죠. 그게 몸에 좋은 것 같아요."

빈센트가 점심을 준비하고, 그녀는 두 시부터 작업에 들어간다. 토요일도 일요일도 없다. 늘 일을 한다. 어디에서 지내든 그렇다. 영화나 연극은 많이 보지 않고, 외출하는 일도 드물며, 손님 접대는 거의 없다. 그녀는 할 일이 너무 많다. 자서전의 두 번째 권과 인도에 대한 소설도 써야 한다. 미래의 일이 어찌될지 누가 알겠나? 또 다른 유명한 의사인 어느 소설 속 인물이 썼듯이, "끝까지 살아가는 건 유치한 일이 아니다." 지바고보리스 파스테르나크의 소설 『닥터 지바고』의 주인공의 글이다.

〈피플〉(1976년 11월 8일)

단눈치오, 죽어버린 불멸자

　그는 낙후된 지역의 변변찮은 도시에서 태어났다. 아버지는 정치인이자 호색한이었고, 어머니는 이탈리아의 명물인 '성녀 같은 여성'이었다. 그에게는 다섯 형제가 있었다. 다른 형제들은 누구도 출세하지 못했다. 그는 열여섯에 처음으로 어렴풋이 영광의 맛을 보았는데, 그건 푸시킨과 발자크도 누렸던 결코 퇴색되지 않는 영광이었다. 그는 결코 그 영광을 시야에서 놓치지 않을 것이었다. 인생의 마지막 나날, 이빨도 모두 빠지고 노망이 든 채로 본인이 예언한 날에 죽었을 때조차.

　내가 북부 이탈리아의 가르다 호수가 내려다보이는 가브리엘레 단눈치오의 별장을 방문한 건 1976년 11월이었다. 호숫가의 대형 호텔들은 겨울을 앞두고 문을 닫았고, 오버코트 차림의 가이드들—별장은 현재 국립 기념관이 되었다—은 주머니에 신문지를 쑤셔 넣은 채 휴대품 보관소 주변에 서 있었다. 단눈치오는 제1차 세계대전 직후, 이곳이 조그만 농가에 지나지 않았던 시절 이 집을 구입했다. 그는 별장에 대략 '승리의 표시' 정도의 뜻을 가진 단어인 '비토리알레Vittoriale'라는 이름을 붙였고, 자기 취향에 맞게 건물을 넓히고 개축하기 시작했다. 별장에는 책, 조각, 그랜드피아노, 얕은 돋을새김 조각, 일생 동안 모은 온갖 기념품으로 채워져 있었다. 심지어는 자기가 타고 빈의 상공을 날아다녔던 비행기까지.

내가 그곳에 있던 기간에는 다른 방문객이 별로 없었다. 이따금씩 일꾼이 나타나는 걸 제외하고 구내는 텅 비어 있었다. 외진 건물들 중 한 곳에서 열린, 단눈치오의 생애를 다룬 대규모 사진전은 찾는 사람 하나 없이 끝나가는 중이었다. 나는 그 전날 본관을 이미 둘러보았고, 이제는 노트를 들고 천천히 살펴보고 싶었다. 가이드는 저쪽으로 가버렸고, 나는 전시실에 혼자 있었다. 전구를 갈던 한 남자가 불현듯 나를 알아채고는 허리를 펴면서 지금 뭘 하는 거냐고 물었다. 사진을 찍거나 메모를 하는 행동은 절대 금지라고 그는 말했다. 논쟁이 시작되었고, 결국 가이드는 우리가 허가를 받아야 했다는 점에 동의했다. 우리는 문 옆에 위치한 행정실로 갔다. '비토리알레'의 관장은 자리에 없었지만 관장의 비서인 50대 여성이 나와서 우리를 만났다. 나는 내가 단눈치오에 관심을 가진 작가라고 설명했다. 기념관을 둘러보았고 지금은 한 번 더 살펴보면서 메모를 하고 있을 뿐이라고도 했다. 나는 그녀에게 몇 페이지를 보여주었다.

아. 그녀 말로는 내가 허락을 구하는 편지만 썼어도 다 괜찮았을 거란다. 허나 지금 상황에서는 유감스럽게도 허락할 수가

없단다.

"메모를 하겠다는 걸 반대할 이유가 뭡니까?" 내가 말했다.

"모르시겠어요? 우리가 당신이 그렇게 하도록 놔두면 온갖 작가들이 찾아와서 똑같이 하고 싶어할 거라고요." 그녀가 말했다.

"물론 그렇겠죠." 내가 말했다. "어련하겠습니까."

누구도 단눈치오처럼 글을 쓰지 않았다. 아무도, 심지어는 바이런조차도 그 정도로 가증스럽고 용서받을 수 없는 인생을 살지 않았고, 자신에 대한 전설이 그렇게나 빨리 사라지는 광경을 본 사람도 없었다. 단눈치오는 그저 이탈리아의 국민 시인만이 아니었다. 그는 '위대한 시인'이었고, 혜성과 마찬가지로 한 세기에 한 번 있을까 말까 한 비범한 인물이었으며, 천국에 있는 존재만큼이나 밝게 빛나 보일 때까지 성공을 거듭하는 자신의 모습을 목도하였다. 단눈치오가 명성을 떨치던 시기는 제1차 세계대전 전후로, 그 시절 그는 20세기의 가장 낭만적인 인물이자 어쩌면 가장 위대한 인물일지도 모를 사람이었다. 하지만 평결은 일찍 내려진 듯 보인다. 그는 단테와 비견되지 못할 것이다. 그는 바그너와 비견되지 못할 것이다. 그는 나폴레옹과 비견되지 못할 것이다.

가브리엘레 단눈치오는 1863년, 아브루찌의 소도시 페스카라에서 태어났다. 카바피Constantine P. Cavafy. 그리스 시인도 같은 해에 태어났다. 체호프는 세 살이었다. 조셉 콘래드는 여섯 살, 톨스토이는 서른네 살이었다. 그는 가족의 막내였고 우등생이었다. 그 시절에는 고전을 가르쳤다. 그는 라틴어와 그리스어를 읽었고, 프랑스어를 완벽하게 구사했으며 영어도 약간 했다. 그는 처음부터 귀가 엄청나게 밝았고, 두 눈은 미인에 홀려 있었으며, 문학계에 자리를 잡겠다는 야망을 품고 있었다. 단눈치오의 첫 시집은 그가 학생일 때 출판되었다. 젊음의 생기와 열정이 넘치는 잘 쓴 시집이었다. 그는 자기 책에 알랑거리는 헌사를 붙여 당시 문학계에 군림하던 시인인 카르두치에게 보냈다. 평론가들은 그의 시집을 주목했다. 한 평론가는 그를 비범한 재능의 소유자라 했다. 다른 평론가는 아마도 평생 단눈치오에게 적용될 수 있을 어떤 구절에서 그는 메달과 철저한 승리를 누릴 자격이 있다고 썼다. 그의 강점이자 또한 약점이기도 한 절제를 모르는 취향의 일환으로, 단눈치오는 자기가 죽었다는 가짜 기사를 신문에 보냈다. 부고 기사가 전국에 실렸다. 그는 그렇게 세상에 등장했다.

로마에서 단눈치오는 그림으로 그린 듯한 젊은 시인이었다. 낭만적이면서도 점잖았다. 하지만 몇 년 안 가 그는 몸에 착 달라붙게 입고 다녔던 검은색 정장을 벗어재꼈고, 카페에서 지팡이를 고압적으로 탁탁 치면서 웨이터를 호출하고는 그들에게 돈까지 빌리며 살아갔다. 그는 자신의 우상이었던 위대한 시인 카르두치를 만났다. 엄청난 스캔들과 처가의 극렬한 반대 속에서 최고의 신붓감이었던 갈레세 공작의 딸과 결혼했다. 무일푼이었는데도 취향은 호사스러웠다. 결혼 직후부터 단눈치오는 향후 30년 이상 중단되지 않을 일련의 연애 행각을 시작했는데, 여기에는 당대의 최상류층 여성들도 몇 명 포함될 것이었다. 그러는 한편으로 그는 계속 글을 썼다. 시집을 연이어 냈고, 매체에 기고를 했으며, 1888년에는 첫 소설 『쾌락』을 발표했다.

단눈치오의 글은 화려하고 눈부셨으며 감각적이었다. 그는 자기에게 영의 세계와 육의 세계는 아무 차이가 없다고 말하곤 했다. 그건 치명적인 결함이었다. 그는 부인과 세 자녀를 저버렸다. 그에게 중요한 비중을 차지했던 정부情婦 중 첫 번째는 로마의 어느 아름다운 중산층 여성으로, 둘의 관계는 그녀가 서점 앞에 서 있는 모습이 단눈치오의 눈에 들어오면서 시작되었다. 시칠리아의 공작부인, 배우 엘레오노라 두세, 자그마치 국무총리를 아버지로 둔 후작부인이 그 뒤를 이었다. 이들과 그 뒤의 정부들 모두 오명을 뒤집어썼다. 그는 간통죄로 법정에 섰다. 결투도 했다. 동료 작가들에게, 또한 점잖은 사람들, 교회, 수많은 평론가, 적지 않은 남편들에게 경멸을 샀다. 그는 비도덕적이었고 욕심이 많았으며 기민했고, 이탈리아 최고의 작가였다.

세상 모든 돈 후안의 경우와 마찬가지로, 단눈치오의 매력도 내면에서 나왔다. 그는 결코 잘생긴 남자가 아니었다. 키는 작았고 머리는 벗겨졌으며 퉁방울눈에 코는 엄청나게 컸다. 엉덩이가 어깨보다 넓었다. 이빨은 누렇고 하얗고 까맣다고 묘사되었다. 그에게서는 어딘지 모르게 천박한, 범상한 분위기가 풍겼다. 하지만 여성들은 단눈치오 때문에 인생을 망치고 버림받았으면서도 언제까지고 그를 추억했다. 이유는 단순했다. 그는 신이었고, 여성들은 그가 신이라 믿었다. 여성들은 하나같이 편지를 쓰고 맹세를 하고 자기를 희생했다. 그가 사용했던 최음제는 자신의 명성이었다.

1898년경 그는 플로렌스 외곽의 작은 저택에 자리를 잡고 거기서 12년을 살면서 생애 가장 생산적인 시절을 보냈다. 그의 '페리오도 솔라레periodo solare', 곧 찬란한 태양 같은 시기였다. 두세는 저택 근처에 집을 얻었다. 두 사람의 공동 작업은 정신과 육체의 합일이었다. 그녀는 사라 베른하르트와 나란히 세계에서 가장 유명한 배우였다. "나에게 선택된, 나를 위해 스스로를 망친 고귀한 피조물." 단눈치오는 훗날 그렇게 썼다. 자기 사생활에서 소설거리를 가져오는 것이 단눈치오의 습관이었다. 마치 조르주 상드처럼, 그는 거의 문자 그대로 파트너의 몸 위에서 글을 썼다. 두세의 경우, 그는 심지어 그녀와 헤어질 때까지 기다리지도 않았다. 1900년에 출판한 소설『불』은 둘 관계의 세세한 일들을 잔인할 정도로 숨김없이 까발렸다. "당신을 사랑하지만 나는 당신을 이용해야겠소." 소설의 주인공은 이렇게 말한다. 책은 커다란 성공을 거두었고 즉시 6개 국어로 번역되었다.

하지만 같은 기간에 그는 거의 1년에 한 편꼴로 그녀를 위한 희곡을 썼으며, 그의 불후의 업적으로 간주되는 시들을 써냈다. 1910년 다년간의 사치스런 소비 탓에 감당이 안 될 정도의 빚을 짊어진 채 그는 프랑스로 갔고, 거기서 세계적인 명성을 얻었다. 그는 프랑스에서 5년간 스스로에게 부과한 유배 생활을 했다. 세상만사에 이골이 난 남자에게조차도 과도한 세월이었다. 그러다 1914년 전쟁이 마치 뇌우처럼 프랑스를 덮쳤다.

이제 그의 인생에서 가장 큰 예찬을 받은 시기가 시작되었다. 비록 난봉꾼이기는 했어도 단눈치오에게는 다른 일면 또한 있었다. 그가 원시적이고 폭력적인 지역 출신이라는 사실을 기억해야 한다. 사내다움은 그의 신조였다. 그는 이탈리아가 위대한 국가이며, 예전에도 그랬고 앞으로도 그럴 것이라 믿었다. 신생국 입장에서 전쟁이란 위대함으로 나아갈 수 있는 길이다. 전투로 인한 참상이 이미 명백했음에도, 단눈치오는 이탈리아를 참전시키고자 온 힘을 기울였다. 그가 제노아와 로마에서 행한 열정적인 연설이 중요한 계기가 되었다. 1915년 5월 23일, 이탈리아는 연합국에 합류했다.

더 이상 젊지 않고 오랫동안의 방탕한 생활로 인해 심신이 피폐해졌다는 씁쓸한 번민 속에서도 그는 육군에 입대하는 데 성공했다. 그의 나이 쉰셋이었다. 군 당국은 그에게 판에 박히지 않은 역할을 수행할 수 있도록 허락해주면 상당한 가치가 있으리라는 사실을 깨달았고, 그 결과 그는 육지에서, 바다에서, 공중에서 전투에 참여했다. 특권적인 위치를 누리기는 했지만 그의 용맹함에는 의문의 여지가 없었다. 그는 최고 훈장을 수여받았다. 비행기 사고로 한쪽 눈을 잃기도 했다. 단눈치오의 군 경력의 정점은 자기 편대를 이끌고 오스트리아 빈에 폭탄 대신 전단을 투하한 극적인 공습 작전이었다.

종전이 되자 그는 실의에 빠졌다. 전쟁의 열광도 끝났다. 수많은 사람들처럼 그도 평화를 맞이하기 힘들었다. 이탈리아는 전쟁에 그렇게 많은 돈을 썼는데도 내세울 만한 성과를 거의 거두지 못했다. 전쟁이 끝나고 1년 뒤, 그는 최후의 모험을 감행했다. '돌격대arditi'라 불리는 일군의 추종자를 이끌고 트리에스테 동쪽 항구도시 피우메Fiume로 진격해 이탈리아 대신 그곳을 점거한 것이었다. 그는 1년 넘게 피우메에 주둔하면서 발코니에서 연설을 해대고 퇴각을 거부했다. 마침내 이탈리아 정부는 마음을 단단히 먹고 그에게 맞섰다. 그는 조건부로 항복했다. 처벌은 받지 않았다.

1922년 단눈치오와 무척 친했던 무솔리니가 정권을 잡았을 때 단눈치오는 이미 자기가 여생을 보내게 될 저택에 틀어박힌 상태였다. 비록 단눈치오가 파시스트에게 확실히 경멸을 보내긴 했지만, 그는 그들에게 영감을 주고, 그들이 발흥할 토대를 다지는 데 도움을 주고, 그들의 목적에 공감한 사람이었다. 그는 계속 글을 썼다. 정부에서는 49권으로 구성된 작품집을 발간했다.

단눈치오는 두 세대에 걸쳐 이탈리아인들에게 최고의 영웅이었다. 1924년 그는 '몬테네보소 공'이라는 세습 작위를 수여받았다. 그는 이탈리아의 에티오피아 침공을 열렬히 지지했다. 그는 이는 모두 빠지고, 몸을 부들부들 떠는 코카인 중독 노인이 되었다. 아흔이 다 되어 찍은 말년 사진들을 보면 무너진 얼굴에 코는 부풀어 있고 턱은 거북이 같다. 그는 '비토리알레'에 국가 자금을 투입해 박물관 겸 기념관으로 확장했다. 그곳은 영지이자 성지이자 왕릉이기도 했다. 단눈치오는 1938년 3월 1일 돌연 사망했다. 공군 장군 제복을 입은 채 쓰러져 있었고, 손가락에는 어머니의 금반지를 끼고 있었다. 침대 가까이 놓여 있던 어머니의 사진에는 '더 이상 울지 마라non pianger più……'로 시작되는 단테의 시구가 적혀 있었다. "더 이상 울지 마라, 네 사랑하는 아들이 오고 있으니."

아리엘Ariel. 단눈치오가 본인을 일컫던 이름으로, 그는 종종 이 이름으로 서명을 했고, 때로는 '가브리엘 아리엘'이라 서명하기도 했다. 그의 모든 시에는 정도의 차는 있어도 이 서정적인 천사가 등장하며, 잘 벼린 언어의 아름다움은 그의 주요 장기였다.

루이사 바카라Baccara, Luisa. 그의 마지막 여인. 단눈치오는 전쟁 당시 베니스에서 젊은 피아니스트였던 그녀를 만났고, 그녀는 그 이후 쭉 그와 함께 살았다. 단눈치오는 음악에 열정적으로 헌신한 사람이었다. 그는 이탈리아어가 당시 음악계를 장악하던 바그너적인 음악적 요소를 보유하고 있다고 믿었다. 사실 그는 자기가 바그너의 계승자라 여겼고, 그의 소설 마지막 장면에는 베니스에서 사망한 바그너의 관을 소설 속 주인공이 운반한다.

새로운 노래Canto Novo. 단눈치오가 열아홉에 출판한 두 번째 시집. 이 시집에는 패기와, 관능과, "살아간다는 것, 강하다는 것, 젊다는 것, 튼튼하고 새하얗고 게걸스러운 이빨로 대지의 과실을 깨문다는 것의 가없는 기쁨"을 소리 높여 노래하는 확신에 찬 목소리가 있었다. 이 시집으로 그는 순식간에 유명해졌다.

카폰치나Capponcina. 플로렌스가 내려다보이는 세티냐노 언덕에 세운 저택. 당시 세티냐뇨는 커다란 문화적 특권을 누리던 도시였다. 임대한 곳이었는데도 단눈치오는 저택을 자기 취향에 맞춰 개축했다. 방들은 다양한 명도의 금으로 꾸몄고, 묵직한 가구, 조각품, 베개, 문직, 온갖 종류의 장식품을 집어넣었다. 그는 말, 하인, 개들을 거느렸고, 시내에도 아파트 두 채를 소유했다. 그는 이곳에서 귀부인 같은 삶을 살았다. 여행을 자주 했고 두세와도 종종 동행했으며 엄청나게 글을 써댔다. 그는 희곡, 소설, 본인의 시 가운데 최고의 작품들을 썼다. 그의 말에 따르면 자신의 마음속 용광로에서 나온 작품들이었다. 두세가 다른 연인으로 대체되고, 이런 나날의 끝이 다가오면서 그의 생활이 극도의 사치에서 파산 직전의 상태로 쪼그라드는 와중에도, 그가 아끼던 말들은 페르시아 융단 위에서 잠을 잤다. 1911년 그는 프랑스로 가버렸고, 저택 안에 있던 것들은 채권자들에게 변제하고자 경매에 나왔다. 모두 다 팔려나갔다. 가구도, 말도, 그림도, 심지어 개들도.

엘레오노라 두세Duse, Eleonora. 그녀는 호텔에서 태어나 호텔에서 사망했다. 그녀는 유랑 극단원의 딸이었고, 여섯 살 때 포스터에 이름이 올랐다. 열여섯에 베로나에서 줄리엣을 연기하여 로미오의 시체 위에 장미꽃잎을 뿌리면서 상승가도가 시작되었다. 두세의 외모는 평범했다. 이마는 높았고 인상은 밋밋했으며 표정은 근엄했다. 그녀는 화장을 전혀 하지 않았다. 그녀는 자신을 도덕적으로 가꾼다고 말하곤 했다. 그녀는 사라 베른하르트의 막강한 경쟁자로, 같은 도시에서 자주 연기하며 자웅을 겨루었으며 한번은 같은 극장에서 연기한 적도 있었다. 그들은 1년 간격으로 연이어 세상을 떠났다. 베른하르트는 1923

년에, 두세는 1924년 사망했다.

스무 살 때 두세는 신문 편집자에게 유혹당했고, 출산한 아이는 죽었다. 그녀는 묘지까지 직접 관을 날랐다. 작은 바닷가 도시 마리나 디 피사에 묘를 마련했는데, 그녀는 훗날 단눈치오와 같이 그곳을 찾아간다. 그녀는 스물세 살에 무명 배우와 결혼했다. 부부 사이에서는 딸이 태어났다. 남편 노릇을 하던 두세는 결국 부에노스아이레스로 떠났다. 그녀는 자기 소유의 극단을 차리고 시인 아리고 보이토의 정부가 되었다. 당시 이탈리아에서는 이혼이라는 것이 존재하지 않았기 때문에 둘은 결혼할 수 없었다. 그녀는 입센, 셰익스피어, 사르두와 뒤마를 연기하고 낡은 숄과 거북 등딱지 같은 테의 안경 차림으로 조간 신문을 읽었다. 영국, 미국, 유럽 전역으로 순회공연이 이루어졌다.

친구 하나가 두세에게 단눈치오를 읽어보라고 강권했고, 그녀는 매혹과 혐오를 동시에 느꼈다. 보이토는 두세보다 18년 연상으로, 지혜롭고 이상주의적이며 아버지 같은 존재였다. 이제 열정적인 젊은 시인이 수치스러운 관계와 엄청난 명성을 질질 끌며 등장했다. 그의 수첩에는 '신성한 사랑과 고뇌―1895년 9월 26일―로얄 다니엘리 호텔―베네치아'라 적힌 글귀에 별표가 쳐져 있다. 신성한 사랑과 고뇌. 그들이 연인이 된 밤이었다. 심지어 이 일이 있기 전부터 그녀는 단눈치오에게서 극장이 그동안 기다려왔던 영감에 찬 시인을 발견했고, 단눈치오도 마침내 자신의 여주인공을 찾아냈다.

그들은 9년 동안 함께 지냈다. 단눈치오는 그녀를 위해 수많은 희곡을 썼고, 두세는 그 작품들이 잘 되지 않았음에도 단눈치오의 희곡들을 꿋꿋이 레퍼토리에 넣었으며, 심지어 미국 공연에서는 객석의 반이 비었는데도 그에게 돈과 가짜 기사를 보내기까지 했다. 그의 희곡 중 최고작은 「요리오의 딸La Figlia di Iorio」인데, 단눈치오는 이 작품을 다른 여배우에게 줬다. 그전에 쓴 작품을 베른하르트에게 줬듯이. 그런데도 그들은 같이 여행을 하고 공연을 돌았다. 그들은 알바노에 국립극장을 건립할 계획도 세웠다. 그곳에서는 별 아래에서 불멸의 희곡이 공연될 것이었다. 그러는 와중에 단눈치오는 두세를 세상에 모두 까발릴 소설을 그녀 몰래 쓰고 있었다. 그녀는 출판을 막을 수도 있었지만 그렇게 하지 않기로 했다. 그녀의 말은 이랬다. 나의 괴로움을 이탈리아 문학에 또 하나의 걸작을 선사하는 것과 어떻게 비견하겠나? 동시에 그녀는 더럽혀지고 수치스러운 기분을 느꼈다. 소설 속 인물인 포스카리나가 그녀의 실제 삶을 침범했으니까.

이듬해 그녀는 40만 리라라는, 당시로서는 막대한 돈을 들여 신작 연극을 공개했다. 연극에는 다음과 같은 헌사가 붙었다. "거룩한 엘레오노라 두세에게." 1903년경에 이르면 단눈치오는 노골적으로 외도 행각을 벌였다. 이제는 끝이었다. 두세는 자포자기의 심정으로 자기의 뒤를 이은 새 연인에게 단눈치오의 삶을 나눠 갖자고 애걸하는 편지를 썼다. 그런 다음 그녀는 어떤 의미에서는 사라져버렸다. 순회공연으로, 먼 도시로. 수년 뒤 그녀는 은퇴하여 시골에 작은 집을 구입했다. 릴케가 그녀를 위해 무대를 열 수 있는 기금을 모으려 해봤지만 성공하지 못했다.

두세는 다리를 조금 절었다. 전쟁 중에 그녀는 연기 활동을 줄이고 병원들을 돌아다니며 일했다. 그녀의 행로가 단눈치오의 행보와 엇갈린 적이 있었다. 우디네에서였다. 그는 군중의 환호를 받으며 지나갔다. 두 사람의 마지막 만남은 밀라노에서 이뤄졌다. 그녀는 60대였고, 그의 희곡 가운데 하나를 제작하고 싶어했다. 떠날 때 단눈치오는 그녀에게 이렇게 말했다고 한다. "당신이 나를 얼마나 사랑했던지!"

1924년 4월 21일 피츠버그에서 사망했을 때 두세는 순회공연 중이었다. 그녀의 시신은 이탈리아로 돌아와 아솔로의 공동묘지, 그녀가 즐겨 말했듯 언젠가는 우리 모두가 연기를 하게 될 극장에 안장되었다. 단눈치오가 그녀에게 쓴 편지는 모두 불태워졌다. 하지만 그녀는 마지막 순간까지 여전히 그를 축복했다. 그녀를 진정한 자기 자신으로 만들어준, 삶을 선사한 위대한 인물을. 그녀는 단눈치오가 나타나기 전까지 자신은 존재하지 않았다고 말했다.

유배Exile. 1910년부터 1915년까지. 단눈치오는 우선 파리로 가 뮤리스 호텔에 체류하면서 중요한 인물들과 재빨리 안면을 텄다. 이 시기의 파리는 이사도라 덩컨, 프루스트, 디아길레프와 스트라빈스키의 도시였다. 그는 자기 시간을 수도에서 지내는 시간과 보르도 근방의 작은 여름 피서지에서 지내는 시간으로 나눈 뒤 이탈리아에서 누리던 삶을 재개했다. 거울, 등받이 없는 긴 의자, 다마스크 직물, 에메랄드와 진주로 치장한 여성들. 그는 유혹했고 유혹받았다. 매독에 걸렸다. 그레이하운드에게 경주를 시켰다. 또한 승리를 거두었다. 그는 거물이자 숭배의 대상이었다. 희곡이 쏟아져 나왔다. 허세와 방종으로 점철된 방대한 양의 작품이었다. 이중 가장 뛰어난 작품은 「성 세바스티아누스의 순교Le martyre de Saint Sébastian」다.

판타지아Fantasia. 1895년 프랑스인 통역가 조르주 에렐을 포함한 일행 넷과 함께 단눈치오가 그리스로 가면서 탔던 요트. 그는 벌거벗은 채 뜨거운 태양 아래 누워 선원들에게 물바가지로 자기 몸을 식히라고 하면서 시간을 보냈다. 대화 내용의 대부분은 도시와 여자와 음담패설이었다. 일행들은 글을 거의 혹은 전혀 읽지 않았고, 안내원에게 사창가로 데려다 달라고 요구했다. 아테네에서 그들은 박물관을 방문했는데, 거기에는 쉴레이만에 의해 최근 발견된 미케네의 보물들이 전시되어 있었다. 이 여행에서, 그리고 세탁물 목록과 여성들의 주소가 적혀 있는 수첩에서 단눈치오 최고의 시들이 포함되어 있는 연작시집 『찬가Laudi』의 첫 번째 권이 탄생했다. 몇 년 뒤 두세와 함께 그리스에서 돌아왔을 때, 그는 자기가 그리스에게 정신의 성숙을 빚졌다는 연설을 했다.

아버지Father. 프란체스코 파올로 단눈치오는 페스카라의 시장이자 지주이고 은행가였다. 태어날 때의 성은 라파네타Rapagnetta였지만 삼촌에게 입양되면서 단눈치오라는 이름을 얻었다. 비록 가브리엘레 단눈치오는 비방자들에게 평생 '라파네타'라 불렸지만, 아버지는 아들에게 값으로 따질 수 없는 유산을 물려주었다. 단눈치오의 아버지는 작은 눈에 두터운 입술을 가졌고 늙어서는 머리를 염색했으며 성욕을 억제하지 못했다. 하지만 그는 단눈치오를 최고의 학교에 진학할 수 있도록 주선해주었으며, 아들의 시집 초판 인쇄에 돈을 댔다. 그는 1893년에 사망했다. 단눈치오는 장례식 때 고향에 가지 않았다.

비행Flying. 단눈치오는 1909년 미국인 조종사 글렌 커티스와 함께 처음 비행을 했다. 그는 희열을 맛보았다. 그의 말로는 가장 순수한 예술과 사랑의 감각에나 비견할 수 있을 만한 희열이었다.

단눈치오가 쓴 최고의 글 가운데 몇 편은 그의 동지였고 그가 노인이 되어서도 생생하게 기억했던 조종사들에 대한 묘사다.

제노아Genoa. 단눈치오는 1915년 이곳에 왔다. 프랑스에서의 유배를 마치고 돌아오면서 단눈치오는 이탈리아 국경이 가까워지자 안대로 눈을 가렸는데, 이로써 조국을 다시 보는 감정이 너무도 강렬했음을 증거했다. 그는 제노아에서 이탈리아의 참전에 일조한 첫 번째 연설을 했다. 이탈리아는 동맹국과 동맹을 맺고 있었지만 참전 시 어느 쪽이 가장 좋은 대우를 해줄지 알아보고자 연합국과도 협상에 들어간 상태였다. 단눈치오도 이 점을 알고 있었던 듯하다. 그의 연설이 승인을 받기 위해 정부에 제출되었으니까. 연설은 가리발디의 출항 50주년을 기념하는 행사에서 이뤄졌고, 군중 속에는 하얀 턱수염을 기른 퇴역 군인들이 섞여 있었다. 단눈치오는 그저 선 채로 연설이나 하는 작가가 아니었다. 그는 커튼콜을 받았고 추도사를 낭독했으며 순회강연을 다녔다. 그는 자신의 인생이라는 역할을 연기하는 배우였다. 청중의 반응은 광적이었다. 단눈치오는 군중의 열기에 취기를 느꼈다. 그는 로마로 향했고, 거기서는 4만 명이 역에서 그를 기다리고 있었다. "그렇습니다!" 그가 연설 도중 울부짖었다. "우리 이탈리아는 박물관에, 호텔에, 휴양지에, 외국인들이 신혼여행 때 보려고 찾아오는 감청색 지평선 따위에 그치지 않을 것입니다……." 박수 때문에 자꾸 연설이 끊겼다. 그가 묵던 호텔 방은 꽃에 파묻혔다. 왕이 그를 호출했다. 단눈치오의 말에 따르면 왕은 '국민의 마음을 표현한 훌륭한 투사'에게 손을 내밀었다. 며칠 뒤 이탈리아는 전쟁에 뛰어들었다.

마리아 아르두앙 Hardouin, Maria. 갈레세 공작의 딸로, 55년을 단눈치오의 부인으로 지냈으며 16년을 미망인으로 살았다. 젊은 시절 그녀는 호리호리한 몸매에 금발이었고 앞에 나서지 않는 성격이었다. 그녀의 어머니가 단눈치오를 가문의 저택에 초대했다. 당시 공작의 딸은 열여덟 살이었고 시와 미술을 애호했다. 이내 둘은 쪽지를 교환하고 몰래 만났다. 그들은 사랑의 도피를 감행했으나 붙들렸다. 이 사건은 금발의 처녀와 그녀가 시인에게 준 선물에 대해 이야기하는 단눈치오의 시 「5월의 죄」로 더욱 악명을 떨치게 되었다. 물론 신문에도 기사가 실렸고 단눈치오 본인도 사방팔방에 비밀을 털어놓았다. 그녀는 임신 3개월의 몸으로 아버지의 불같은 반대를 뚫고 지참금 한 푼 없이 텅 비다시피 한 교회에서 결혼식을 올렸다. 그들은 신혼여행을 다녀온 뒤 한동안 페스카라에서 살았다. 몇 년은 행복했지만, 그녀는 훗날 자기가 끔찍한 실수를 저질렀다고, 그와 결혼하는 것보다는 그의 책을 사는 것이 훨씬 나은 행동이었을 거라고 말했다. 그녀가 단눈치오의 간통 행위를 처음 발견한 건 옷 주머니에서 떨어진 편지에서였다. 그녀는 그의 아들 셋을 낳았다. 막내가 태어났을 때 단눈치오는 달랑 전보를 보내는 것으로 아이 이름을 짓는 문제를 지시했다.

불 Il Fuoco. 한 평론가의 말에 따르면 지금껏 쓰인 가장 상스러운 책. 소설의 배경은 베니스로, 가을을 맞은 이 도시에서 전성기가 지난 유명 여배우가 좌절하고 방황한다. 소설의 주인공 남자는 그녀가 무대 위에서 대성공을 거둔 직후, 관객의 숨결로 아직 흥분해 있을 때 그녀의 육체를 취하지 못했다는 사실에 괴로워한다. 두세는 단눈치오보다 다섯 살 연상이었지만 소설에서 그는 이 차이를 스무 살로 벌려놓는다. 그는 이 작품이 전적인 창작이라고 주장했다. 사람들은 이 작품의 진정한 핵심이 "감사의 행위"라는 점을 이해하지 못했다.

요리오의 딸 La Figlia di Iorio. 단눈치오의 가장 성공한 희곡이자 여전히 인기 있는 유일한 작품. 그는 이 작품을 1903년 여름 네투노에서 열띤 상태로 33일 만에 썼다. 그에게 여름은 작업하기 무척 좋은 계절이었다. 그는 오후 네 시에 작업을 시작해 여덟 시에 간단한 식사를 한 다음 새벽까지 글을 썼다. 그는 바다 가까이에 사는 걸 선호했다.

찬가Laudi. 단눈치오가 쓴 최고의 시가 들어 있는 네 권짜리 시집. 이 책은 아폴로의 일곱 딸인 플레이아데스 이름을 각각 따서 붙인 일곱 권짜리 연작 프로젝트의 일부였다. 완전한 제목 은『하늘과 바다와 땅과 영웅들의 찬가』다. 일반적으로는 1904 년에 출판된 넷째 권『알키오네Alcyone』를 최고로 친다. 이 시집 은 토스카나의 여름, 소리, 냄새, 휘황한 빛, 타는 듯한 한낮을 감각적으로 묘사한다. 시집의 많은 시는 놀라운 아름다움을 소 재로 한다. 노년의 단눈치오에게 본인의 작품 중 보존하고 싶은 작품이 무엇인지 물었을 때 그는 이렇게 대답했다. "『알키오네』 입니다."

엘비라 레오네 Leone, Elvira. 서점 앞에서 단눈치오가 보았던 검 은 머리의 여성으로, 그의 삶에 큰 비중을 차지한 첫 번째 정부 였다. 단눈치오는 음악회에서 그녀를 두 번째로 보았다. 1887년 봄의 일로, 그녀는 이제 막 오랜 병고에서 회복되던 중이었다. 일주일 만에 그는 그녀를 손에 넣고 '바르바라Barbara'라는 이름 도 새로 지어주었다. 그들은 알바노의 작은 호텔에서 일주일 동 안 사랑을 나눴다. 단눈치오의 표현에 따르면 둘의 욕망은 돌이 킬 수도 치료할 수도 없는 것이었다. 그녀는 남편과 별거하고 부 모와 같이 살았다. 그녀는 단눈치오의 작업실로 찾아가 그에게 몸을 맡기곤 했다. 그는 그녀의 몸에 대해 노트에 자세히 적었 고, 그녀는 그걸 발견하고 읽었다. 단눈치오는 이 노트뿐 아니라 그녀가 쓴 편지도 소설『죽음의 승리Il trionfo della morte』에 써먹 었는데, 이 작품에서 그녀는 여주인공으로 등장한다. "이 지상에는 오직 하나의 도취 상태밖에 없다." 소설의 남자 주인공은 이렇게 말한다. "다른 인간 존재를 한 치의 흔들림도 없이 확실히 소유한다는 확신에서 나오는 도취 상태."

리비아 전쟁 Libyan War. 1911년 이웃 강대국들의 식민지 정복에 자극받은 이탈리아는 장 폭락 직전에 마지막으로 뛰어든 주식 매수자마냥 식민지 시대가 최후의 국면으로 접어들 때 발을 들이밀었다. 이탈리아군 연대는 사막을 얻고자 북아프리카로 항해하여 싸웠고, 단눈치오는 이 모험을 찬양하는 시를 썼다. 유배 생활 중에 쓰인 이 시들은 주로 〈코리에레 델라 세라Corriere della Sera〉 지에 실렸으며, 이 시들로 단눈치오는 마침내 국민 시인이 되었다.

성 세바스티아누스의 순교 Le Martyre de Saint Sébastian. 프랑스어로 쓰인 이 연극계의 제펠린 비행선은 보통 사용하는 '막act' 대신 다섯 개의 '구획mansion'으로 나뉘었고 음악은 드뷔시가 맡았으며 200명의 연기자를 요구했다. 이 작품은 무용수 이다 루빈시테인Ida Rubinstein을 위해 집필되었다. 의상과 무대장치는 화가이자 무대 미술가였던 레온 박스트가 담당했다. 1911년 5월 22일의 초연에는 휘황찬란한 명사들이 관객으로 자리했고, 공연이 끝난 건 다음 날 새벽 세 시였다. 클라이맥스에서 무용수가 반나체로 나무에 묶여 순교를 갈망하다 쏟아지는 화살에 죽었는데도 프루스트는 이 작품이 따분하다고 생각했다. 이 작품은 전쟁이 끝난 뒤 밀라노에서, 더 최근에는 파리에서 다시 무대에 오르긴 했어도 다 합쳐서 딱 열 번밖에 공연하지 못했다.

정부들Mistresses. 바르바라 레오네 이후 단눈치오는 히스테리컬한 시칠리아 공작부인과의 사이에서 두 자녀를 낳았다. 공작부인의 이름은 마리아 그라비나였다. 그녀는 남편을 떠났고, 그들을 간통죄로 재판정에 세운 사람이 바로 그녀의 남편이었다. 둘은 유죄를 선고받았으나 교도소에는 가지 않았다. 공작부인은 변덕스러웠고 자살 충동이 있었으며 질투심이 미칠 듯 강했다. 그녀는 장전된 리볼버를 들고 단눈치오를 기다리곤 했다. 결국 6년 뒤 단눈치오는 작은 수트케이스에 짐을 싼 다음 스물네 시간만 로마에 있다 오겠다고 말한 뒤 그녀를 떠났다. 그는 다시는 돌아가지 않았다. 그는 그 이후 두세를, 두세 다음에는 금발에 큰 키의 여성 알레산드라 디 루디니를 만났다. 루디니는 하인들이 장미꽃잎을 뿌린 길을 걸어 카폰치나 저택으로 찾아왔다. 단눈치오는 하얀 실크 정장을 입고 그녀 옆에 있었다. 루디니는 스물여섯 살의 미망인이었고 유명한 승마인이었다. 단눈치오는 그녀를 '니케Nike'라고 불렀다. 자기 집이 있던 가르다 호수를 단눈치오에게 소개한 사람도 그녀였다.

나탈리 드 골루베프는 러시아인 가수로 로댕이 그녀를 모델로 조각 작품을 만들기도 했다. 그녀에게는 자녀 둘과 부유한 남편이 있었다. 단눈치오는 늘 다른 남자의 아내, 말하자면 입증이 끝난 여성을 선호했다. 그녀는 그의 희곡 「페드라Phaedra」에서 연기하기를 꿈꿨다. 그녀는 배역을 연구하고, 의상을 제작하고, 노래 교습을 받았다. 암호로 이루어진 전보가 둘 사이를 오갔다. "아름답게 땋은 머리를 가진 벌거벗은 커다란 벌." 그는 그녀를 그렇게 불렀다. 여러 해가 지나 그의 마음이 식자 그녀는 파리 외곽의 작은 농장에 칩거하여 단눈치오의 그레이하운드를 돌보면서 잃어버린 인생을 한탄했다. 단눈치오는 이따금 그녀를 찾곤 했다. 개들도 죽고 러시아 혁명으로 모든 것을 잃었음에도 그녀는 1932년까지 농장을 지켰다.

그녀는 자기를 다시 만나면 그가 흐느낄 거라고 썼다. 그녀는 단눈치오가 살아 있을 때 출판하면 안 된다는 조건을 걸고 그의 편지를 팔았다. 골루베프는 1941년 무동의 작은 호텔에서 가난뱅이로 사망했다. 그녀의 몇 안 되는 소유물 중에는 세인트클라우드에서 딴 멋진 개목걸이가 있었는데, 거기에는 그들이 길렀던 훌륭한 그레이하운드 '아지테이터'의 이름이 새겨져 있었다.

로베르 드 몽테스키외 Montesquiou, Robert de. 키 크고 오만한 동성애자 시인인 그는 프루스트가 창조한 인물 샤를뤼 남작의 모델이기도 했다. 그는 1910년 파리 사교계에 단눈치오를 소개했고 그의 가장 큰 옹호자 노릇을 했다. 발레 작품 〈클레오파트라〉의 공연이 끝나고 이다 루빈시테인의 대기실로 단눈치오를 데려간 사람도 몽테스키외였다. 단눈치오는 무릎을 꿇고는 그녀의 소년 같은 몸과 길쭉한 다리, 폭이 좁은 머리를 보고는 속삭였다. "성 세바스티아누스야."

무솔리니Mussolini. 두 사람의 행보는 전쟁 이후 무솔리니가 〈이탈리아 민중Il Popolo d'Italia〉 지의 편집장이자 여전히 사회주의자였을 때 처음 교차했다. 그는 단눈치오의 피우메 진군을 지지했을 뿐 아니라 심지어 한 걸음 더 나아가 로마 정부를 전복하라고 부추기기까지 했다. 친애하는 동지이자 친애하는 친구에게 말이다. 하지만 단눈치오는 그런 쿠데타를 일으킬 재능도 본능도 없었다. 나중에 무솔리니는 정부와 협력하여 단눈치오의 피우메 점령을 종식시켰다. 이때부터 무솔리니는 단눈치오의 삶의 중심으로 들어왔다. 그는 단눈치오에게 돈을 지불했고 아첨을 했으며 어떤 의미에서는 그를 속박했다. 그는 비토리알레를 수없이 방문했다. 마지막 방문은 1938년 3월, 단눈치오의 관을 뒤따라 걸었을 때였다.

오르토나Ortona. 페스카라 근처에 위치한 단눈치오의 어머니의 고향으로, 1899년 단눈치오는 이 지역구에서 국회의원에 입후보했다. 그는 보수당원으로 성공리에 출마했다. 그는 그저 시인이 아니었고 그렇게만 살 의향도 전혀 없었다. 세상은 그가 무엇이든 할 수 있다는 걸 알아야 했다. 그는 자신의 정치적 경력은 두 번의 연설, 한 번의 결투, 하원을 가로질러 걸어 우파에서 좌파로, 죽음에서 삶으로 건너간 극적인 정당 변경으로 이루어져 있다고 말했다. 그다음 선거에서 그는 플로렌스의 지역구에 출마했고, 처절하게 패배했다.

빈Vienna. 그것은 제1차 세계대전의 가장 큰 공훈 가운데 하나로 일컬어졌다. 작전은 몇 차례나 연기되었다. 마침내 날씨가 좋아졌다. 1918년 8월 12일 새벽, 비행기들이 한 대씩 이륙하여 아침나절에 오스트리아의 수도에 도착했다. "빈에 엷은 안개가 덮여 있다." 단눈치오는 이렇게 보고했다. "우리 성명서는 가을 낙엽처럼 떨어져내렸다."

> 빈의 민중들이여. 우리는 빈 상공을 날고 있고 수많은 폭탄을 떨어뜨릴 수도 있었다. 하지만 그와 반대로 우리는 경례와 자유의 색깔로 칠한 깃발을 남긴다……

거리에서는 전단을 집으려는 쟁탈전이 벌어졌다. 신문들은 알프스 산맥을 넘고 폭풍우 치는 아드리아해를 지나 약 800킬로미터에 걸쳐 이 소식을 떠들썩하게 전했다. 단눈치오는 이런 연설을 했다. "우리는 비행하여 지나갔습니다…… 천국에서 떨어진 리본 같았던 이존초 강을, 그리고 잊혀진 사보티노를…… 우리의 날개를 찢고자 솟아오른 절망 같았던 카포레토를, 모든 도살장을, 모든 묘지를, 우리의 기병대를, 우리의 성스러운 장소들을 지나갔습니다. 아니, 동지들이여, 울지 맙시다…… 기억합시다, 기억합시다, 기억합시다……" 작전의 성공으로 우쭐해진 단눈치오는 일종의 상징으로 유럽 대륙에서 가장 높은 지점인 몽블랑을 관통하여 온 유럽의 수도 위를 연이어 비행하는 계획을 세웠지만, 그만 전쟁이 끝나버렸다.

제1차 세계대전World War I. 단눈치오는 제77연대와 함께 지상

전에 참여했다. 어뢰정을 이끌고 부카리 항을 습격했다. 비행 편대를 지휘했고, 부대원들에게 연설을 했다. 훈장을 받았으며, 무릎을 꿇고 전장에 입을 맞췄다. 베니스에서 회복 중에는 반쯤 눈이 먼 상태로 딸에게 건네받은 종이 쪼가리에다가 그의 가장 뛰어난 산문으로 평가받는 책 『야상곡Notturno』을 썼다. 전쟁은 그에게 활력을 불어넣었다. 침대 머리에는 깃발이 걸려 있었고 경대에는 부적과 향수가 놓여 있었다. 그는 굽 높은 에나멜가죽 부츠를 신고 비행했으며 가끔 폭탄을 무릎 사이에 끼우기도 했다. 이탈리아 상공에서 그간 그가 보낸 세월이 그를 강타했다. 소설 속 여주인공들의 열정이 되돌아와 그를 들이받았고, 추억이, 짓밟힌 삶들이 그를 타격했다. 단눈치오는 전혀 두렵지 않았다. 그의 말에 따르면 자기는 매 작전마다 이번이 마지막이 될 것이라 생각했으며 "그 아름다운 가지로부터 풍요로운 수확과, 예술가들과, 영웅들이 태어난" 이탈리아를 위해 죽는 것보다 더 커다란 영광은 바랄 수 없기 때문이었다. 그는 죽음을 젊음이 봉헌된 천재 남성이라 묘사했다. 피, 상처, 희생은 무적의 국가, 곧 정의로운 전쟁에 기쁘게 참여하는 위대한 이탈리아를 창조한다는 주제로 엮여 들어갔다. 파란색과 하얀색으로 이루어진, 그가 지휘했던 비행중대의 깃발에는 다음과 같이 적혀 있었다. "당신은 우리와 함께한다. 우리는 당신과 함께한다."

단눈치오는 국가를 꼬드겼다. 그는 사람들 못지않게 자기 조국도 전쟁에 몰아넣었다. 그 뒤에는 피우메를 점령했다. 그는 스스로를 마구 남용해댔다. 그는 늘 자신을 신이라 여겼으며 신처럼 행동했지만 육체적으로나 정신적으로나 고갈된 인간이었다. 그가 직접 짠 영웅주의의 망토는 점점 무거워졌다. 그런 망토를 두르고 얼마나 더 행진할 수 있었을까?

그는 가르다 호수까지 갔다. 그가 입었던 제복은 거기 보관되어 있다. 에드몽 로스탕과 아나톨 프랑스에게 받았던 편지도, 그가 서명을 남긴 바그너의 대본도 거기 있다. 그의 데드마스크도 그곳에 있다. 코는 더 커졌고, 두 눈은 평화롭게, 혹은 적어도 온화하게 감겨 있다. 마치 휴식을 취하는 연기자처럼, 더 이상 게임을 하지 않아도 되는 도박사처럼.

〈파리 리뷰〉(1978년 가을/겨울호)

웨스트포인트 너머

머리는 차갑게

조종사였을 때 나는 두 번 죽을 뻔했다. 한 번은 훈련 중 가히 장관이라 할 만한 충돌이 일어났을 때였고, 또 다른 한 번은 한국에서 전투에 참가했을 때였는데, 그게 참 어이없게도 적군 때문이 아니었다. 날 죽일 뻔했던 건 바로 내가 몰던 비행기였다. 그 비행기는 F86 세이버로, 처음 개발된 후퇴익swept wing. 뒤로 젖혀진 날개 전투기이자 당시 우리가 가졌던 최고의 기종이었다.

나는 임무를 마치고 돌아가면서 152미터 상공에서 결승점을 향해 급선회하던 중이었다. 랜딩 기어와 플랩이 그냥 뚝 떨어지더니 갑자기 경고도 없이 계기판이 멈춰버렸다. 조종간도 움직이려 들지 않았다. 마치 콘크리트에 박힌 것 같았다. 나는 지상으로 곧장 떨어졌다. 호출을 하거나 뭔가 말할 시간도 없었다. 낙하산은 운이 따르면 제때 펼 수 있을 것 같았지만 고도가 너무 낮아 겁이 났다. 마지막 순간 나는 절기판을 앞으로 힘껏 밀고 조종간을 뒤로 뺐다. 아무리 희박해도 수평 안전판을 움직여 기수를 땅에 닿지 않도록 충분히 높이는 것만이 유일하게 가능한 방법이었다. 동시에 나는 기어를 잡아당겼다. 마지막에 한, 거의 무의미했던 이 사소한 행동이 나를 살렸다. 유압 시스템에서 뭔가 고장이 났었는데 랜딩 기어가 뻗어나오면서 조종간이 고정되었던 것이다.

나는 불안불안하게 상승한 뒤 안전고도에서 조종간을 시험했다. 똑같은 결과가 나왔다.

"K14 관제탑, 항공기 제어에 문제가 생겼다. 분명히 말하는데 긴급 상황이다. 직선진입 허가를 얻고 싶다."

내 목소리가 어떻게 들렸는지는 모르겠다. 유일한 기록인 내 기억 속에서는 사람들이 그래줬으면 하는 만큼은 침착했다. 왜 그랬을까? "오, 세상에! 무슨 일이 있었는지 알아? 나 여기서 진짜 죽을 뻔했다니까!"라고 하는 대신에 말이다. 우선 다른 비행기들이 착륙하려 하고 있었다. 아무도 내 감정 상태에는 관심이 없었다. 나는 분대장이었다. 이는 베테랑 조종사가 맡는 직책이었다.

사람들은 냉정을 유지하도록 훈련을 받았다. 그것은 목표, 실은 필수요건이었다. 겁을 먹은 상태에서 부정확하게 내용을 전달하면 통신 체계를 어지럽힐 수 있다. 혼란을 전파할 수 있는 것이다. 극도의 냉정함은 엄청난 찬사를 받았다. 그것은 담대함, 능력, 절제를 뜻했다. 사건 이후, 가끔은 불과 몇 시간 뒤 억눌려 있던 두려움이 모습을 드러내는 경우도 있었다. 내가 아는 한 조종사는 비행기가 91미터 상공에서 말 그대로 데굴데굴 구르는 통에 낙하산으로 탈출한 적이 있었다. 낙하산은 땅에 닿기 직전에야 간신히 펴졌다. 지휘관이 그에게 다가오며 지나갈 때 그는 엄지손가락을 치켜 올렸다. 괜찮습니다. 그날 저녁 클럽에 들어가고 나서야 조종사는 무릎이 억제할 수 없을 정도로 떨리기 시작했다.

그날 나는 K14 관제탑으로 직선진입을 했다. 활주로 위를 잠깐 돌고 나서 마지막 순간에 기어를 내렸다. 비행기는 조종간이 고정된 상태로 부드럽게 착륙했다.

그 일이 있은 뒤에도 내 무릎은 떨리지 않았다. 그러기에는 상황이 너무 빨리 끝나버렸다. 두려움이란 수많은 적기가 멀리서 방향을 돌리는 걸 볼 때 훨씬 실감나고 분명해진다. 그들이 우리를 발견하여 죽이러 오는 것이니까. 누구든 두려움을 느낄 수 있다. 미그기가 사격을 하면서 뒤에 따라붙으면 가슴이 철렁 내려앉았고, 가끔은 임무와 임무 사이에 뚜렷한 이유도 없이 두려움이 끓어올랐지만 이내 평범한 관심사에 자리를 내주곤 했다. 중요한 건 계속 앞으로 나아가는 것이다. 그렇게 할 수 없었던—소수의—조종사들이 있었지만 나는 결코 이유를 묻지 않았다. 그들은 어찌 보자면 추방된 자들이었다. 그들은 자신들만의 악몽과 불면과 감춰놓은 수치와 더불어 살았다.

미국으로 돌아오고 난 뒤 나는 우월감을 품고 지냈다. 나는 비행 분대장으로 전투에 참가했고 승리를 거두었으며 전장의 한가운데에 있었다. 그 일들은 모두 천천히 사라졌다. 그 뒤 오랫동안 평범한 삶을 살면서 나는 걱정도 하고 불안도 느끼고 때로는 낙담도 했지만 날것 그대로의 생생한 공포감과 마주한 적은 결코 없었다. 내가 전쟁에서 배웠던 교훈은 적용될 수 없었다. 나는 다른 가치관이 적용되는 다른 위계질서 속에서 살고 있었으니까. 하지만 내면 깊은 곳에서는 여전히 그 시절의 윤리, 오랫동안 주입된 덕에 또렷이 기억나는 그 윤리가 존재하고 있다. 평정을 잃지 마라. 더 중요한 건, 평정을 잃은 것처럼 보이지 마라. 하와이 해변의 소년들은 이렇게 말하곤 했다. "머리를 차갑게 하는 게 가장 중요해."

〈조〉(1999년)

육군의 노새 시드니 베리가
웨스트포인트를 지휘하다

더글러스 맥아더가 이 방에 앉았던 적이 있다. 창문으로는 허드슨 강, 한때 미 혁명군이 웨스트포인트에서 방어했던 커다란 회색빛 강이 보인다. 방은 크고 어두침침하며, 벽면은 참나무 패널로 덮여 있다. 방의 한쪽 끝에 연한 색깔의 고딕풍 석재 벽난로가 있다. 사면의 벽에는 웨스트포인트의 교장이었던 남자들의 초상화가 모두 같은 크기로 높은 위치에 단단히 쭉 걸려 있다.

이 방은 일개 생도가 절대 볼 수 없는 심장부다. 사람들의 말에 따르면 이곳을 볼 수 있는 유일한 방법은 1등 생도가 되거나 학교에서 쫓겨나든가다. 다른 방법이 하나 더 있기는 하다. 교장이 되는 것.

신임 교장은 시드니 베리로, 그는 48세의 나이에 육군에서 가장 젊은 소장 가운데 한 명이 되었다. 그에게는 야전 지휘관

시절에 세운 빛나는 기록이 따라다닌다. 머리칼은 하얗게 새어 가는 회색이고 무척이나 짧게 깎았다. 얼굴에서는 지성이 뿜어져 나온다. 냉정하고 자부심에 차 있으며 꿋꿋한 고집이 드러나는 얼굴이다. 손가락에는 묵직한 금으로 된 결혼반지를 끼고 있으며, 손목에는 외과수술용 도구처럼 반짝이는 크로노미터를 차고 있다. 바짝 걷어 올린 카키색 소매 바깥으로 팔이 드러나 보인다. 팔에는 근육이 불거져 있다. 한쪽 어깨에 '유격대'라는 단어가 새겨져 있다. 맥스웰 테일러는 마흔넷에 교장이 되었다. 베리보다 네 살 어렸을 때였다. 로버트 E. 리는 마흔다섯에, 웨스트모어랜드는 마흔여섯에 교장이 되었다. 더글러스 맥아더가 교장이 된 건 서른아홉이었다.

숫자가 모든 걸 증명하지는 않지만, 올해만 해도 1만 1000명의 젊은이가 웨스트포인트에 지원서를 넣었다. 기록적이다. 연방의회 의원들이 대략 6100명을 추천했고, 최종적으로 1435명이 입학 허가를 받았다. 세상에서 가장 큰 규모의 동기생 집단 중하나다.

"이 나라, 우리 육군, 그리고 웨스트포인트는 베트남으로부터 벗어났습니다." 베리가 말했다. "우리는 앞을 보고 있죠." 하지만 베리는 바로 얼마 전에 교장 직을 인계받았고, 따라서 미래만큼이나 현재도 살펴야 한다. 그는 어떤 의미에서는 여전히 훈련 중이다. 입학 후 첫 여름을 맞은 신입 생도처럼. 멀리 떨어진 연병장에서 그들의 구령 소리가 희미하게 들린다. 7월과 8월에 걸친 이 엄청나게 더운 나날을 '야수의 막사Beast Barracks. 입학 첫해에 실시되는 7주간의 기초 군사 훈련'라 하는데, 여기서 '야수'는 신입생을 뜻하는 생도들의 은어다. 이 두 달은 정말 모진 시기다. 예전에 이 기간은 마치 인간을 무無로 축소시킨 다음 새로 태어날 수 있도록 만들어야 한다는 양 끝나지 않는 모멸과 비하로 점철되어 있는 것이 전통이었다. 이 전통은 오랜 기간 동안 점차적으로 바뀌었다. 신참 골리기 또한 이제는 흘러간 과거가 되어버린 시절에서 온 수많은 것이 그렇듯이 한때는 훨씬 지독했다.

그건 터무니없는 일이었다. 이 학교의 임무는 최고로 유망한 지휘관을 양성하는 것이다. 어찌 보자면 소 사육과 비슷한 접근법이다. 장점은 보존하고 단점은 제거하는 것. 강압적인 권위로 억누르던 시절은 끝났다. 이제 교육의 강조점은 젊은이들이 자연스러운 긍지를 기르도록 하는 데 맞춰질 것이다. 웨스트포인트에서는 더 이상은 나중에 군대에서 써먹지도 못할 것들을 가르치지 않는다. 이는 학술적 과목에 대한 얘기가 아니다. 왜냐하면 교과과정이 상당히 폭넓어지고 풍부해져서 생도는 예전 어느 때보다 과목을 선택할 자유가 많기 때문이다. 현재 새로운 정의와 주목이 요구되는 것은 언제나 학교의 특별한 관심사였던 리더십의 기술과 자세다.

사람들은 웨스트포인트를 '공장'이라고 부른다. 이 말에는 존경과 냉소가 동시에 담겨 있다. 웨스트포인트는 학교에서 배운 것 전부가 향후의 경력에 확실히 적용될 수 있도록 전심전력한다. '경력'이라는 단어는 베리가 싫어하는 말이다. 그는 이상으로 충만한 남자다. 그가 양심적인 사람이라는 사실은 온몸에 쓰여 있다. 마치 훌륭한 남부인 법률가가 그렇듯이. "'봉사'가 핵심적인 단어입니다." 그가 차분하게 말했다. "다른 개인

적 성취보다 말이지요." 하지만 베리 본인도 잘 알고 있듯, 그는 베트남에서 빠져나온 새로운 육군에게 말을 걸어야 한다. 창피스러워하는 육군에게. 자원입대한 육군에게. 흑인이 거의 20퍼센트에 달하는, 급진적일 정도로 새로운 인종 구성을 갖게 된 육군에게.

1948년에 베리가 4학년 생도였을 때, 학교에는 흑인 얼굴이 거의 없었다. 1900년에서 1969년 사이 사관학교를 졸업한 흑인은 딱 17명이었다. 오늘날은 4300명의 생도 중 268명, 대략 6퍼센트가 흑인이다. 이는 신입생 82명을 포함한 숫자다. 베리는 흑인과 다른 소수인종 집단의 비율이 최소한 전체 인구 집단의 비율만큼 증가하는 걸 보고 싶어한다. "우리는 모든 소수인종 집단의 입학을 온갖 방법으로 장려하고 있습니다."

베리는 두드러지게 뛰어난 생도는 아니었다. 성적으로는 중간이었다. 하지만 호감을 많이 샀고 인기가 있었다. 졸업 기념 앨범에는 다음과 같은 말이 적혀 있다. "본인의 기준을 자기 아버지와 웬들 윌키Wendell Lewis Willkie, 미국의 법률가, 정치인에 맞춘다……" 그는 여단장생도가 되었다.

그는 일본에 주둔한 점령군에 배속되었다. 그건 일종의 유배처럼 보였다. 다들 독일에서의 근무를 신청했으니까. 아무도 한국전쟁을 예견하지 못했다. 베리에게 그 전쟁은 엄청난 행운이자 많은 것의 시발점이었다. 실력을 발휘하려면 운이 따라야 한다. 사실 운조차도 실력의 일부일지 모른다. 나폴레옹은 나중에 장군으로 진급하는 장교들을 더 이상 전부 다 파악할 수 없게 되자 자기가 모르는 이름에 표시를 하고는 여백에다 이렇게 쓰곤 했다. "운이 좋은가?"

베리는 한국에서 부상을 당했고, 전장에서 중위에서 소령으로 두 번 승진했다. 15년 뒤 그는 베트남에서 다시 부상을 당했다. 파편이 그의 몸에 열여섯 군데 구멍을 냈다. 옆에 있던 사람은 죽었다. 베리는 무공훈장과 네 번의 은성훈장을 받았으며, 항공훈장은 믿을 수 없게도 마흔두 번이나 받았다. 남자의 가슴에 달린 리본 한 조각이 영웅적 업적의 징표였던 시절은 지나갔다. 하지만 부상은 여전히 하찮은 문제가 아니다. 그리고 아마 하느님이 보우하사 베리는 운이 좋은 듯싶다.

교장의 임무란 종종 맨 꼭대기까지 가는 디딤돌 역할을 하는 것이다. 베리는 그럴 자격이 차고 넘친다. 그는 펜타곤에서 국방장관 로버트 맥나마라의 군사 보좌관으로 근무했다. 컬럼비아 대학에서는 석사학위를 받았다. 역사 교관도 했다. 적절히 혼합된 교육 경력에, 상층부 앞에도 서봤고, 총소리도 들어봤다. 베리는 마치 앞으로 치고 나가는 경주마처럼 전면에 나타나기 시작했다. 그는 사관학교 동기들 중 맨 처음으로 별을 달았다.

베리가 신중하고 덤덤하게 자기가 알던 베트남 장교에 관한 이야기를 시작했다. 그 장교는 사이공 인근에 위치한, '쿠데타 사단'이라 불리던 부대의 지휘권을 넘겨받은 사람이었다. 베리의 말에 따르면 그는 그 베트남 장교에게서 "장군은 예민한 정치적 감각을 가져야 하지만 정치에 깊이 연루되어서는 안 된다"는 교훈을 얻었다. 그는 조지 마셜 장군을 존경한다. 마셜은 강력한 원칙과 군인다운 태도를 지닌 사람이었다. "20세기가 낳은 걸출한 남자 중 하나였습니다." 베리가 간단명료하게 말했다. 청

렴결백한 지휘관으로 그가 떠올리는 사람은 오마르 브래들리, 리와 그랜트 장군이다.

"육군의 상징은 노새입니다." 베리가 말했다. "노새는 고집스럽죠. 일도 열심히 하고요. 기본적으로 정직한 동물입니다."

지금 이 순간, 영화 〈닥터 스트레인지러브〉핵전쟁을 다룬 스탠리 큐브릭 감독의 풍자적인 반전反戰영화에 등장하는 생생한 캐리커처들—또는 대학살의 위협—은 지구 저 반대편에 있다.

오후의 열기가 웨스트포인트의 잔디밭에 떨어지고 있다. 잔디밭에서는 제초 작업이 이뤄지는 중이다. 페어웨이에서 나는 냄새가 난다. 질문 하나가 튀어나온다. 빤할 정도로 단순한 질문이지만 그 이면에는 의심과 속임수도 어느 정도 숨어 있다. 우리가 베트남에서 승리할 수 있었을까?

즉시 대답이 나왔다. "아니요."

이유는?

"공산주의자들의 정치적 이해력과 지구력이 우리 군대보다 강했습니다." 베리가 말했다.

확실히 이런 생각은 베트남에 참전했던 지상군이나 해군 장교들이 보다 통찰력 있게 인정하는 점 중 하나임에 분명하다. 한국에서나 베트남에서나 중국과 대결할 생각으로 끝까지 전쟁을 밀고 나가고 싶어했던 장군들이 있었다. 그들은 중국과의 대결이 이르건 늦건 이뤄져야 할 일이라 주장했다. 베리는 그런 사람이 아니었고 지금도 그렇다. 그가 보기에 정말 그런 일이 벌어졌다면 정신 나간 짓이었을 것이다.

그는 사람들이 신뢰하는 남자다. 많은 군인들처럼 그도 남부,

미시시피주 해티즈버그 출신이다. 아내는 조지아주 디케이터 출신이다. 두 사람 사이에는 딸 둘과 아들 하나가 있다.

그에게 도스토옙스키와 헤르만 헤세를 가져다준 사람은 자녀 들이었다. 『전쟁과 평화』는 한 번 이상 읽기도 했다. 하지만 그는 큰 열의 없이 독서를 해온 듯 보인다. 마치 외국어를 배우려고 애쓰는 양 식견을 넓히기 위해 의무적으로 책을 읽는다는 게 느껴진다.

"저는 안드레이 공작에게 동질감을 느낍니다." 베리가 『전쟁과 평화』 속 등장인물이자 톨스토이에 의해 불멸의 존재가 된, 전장에서 용맹을 떨친 귀족을 언급하며 말했다.

노새는 열심히 일한다. 끈기도 많다.

베트남전은 과거다. 우리를 전쟁에 투입시켰던 대통령들은 이제 없다. 그들의 보좌관도, 그들의 국방장관도 사라졌다. 키신저만이 유일하고 중요한 예외다. 육군은 베트남에서 큰 시련을 겪었다. 좌절했고 패배했다. 올바른 도덕적 지위를 잃어버렸다. 이 나라의 수많은 사람들, 특히 젊은이들이 품었던 불만, 더 나아가 경멸은 그 점에 집중되어 있었다.

웨스트포인트 졸업생들이 사직하는 숫자도 급격히 늘어 1966년 졸업생 중에서는 37퍼센트에 이르렀다. 졸업 후에는 4년간 의무 복무를 해야 했기 때문에 이 해에 졸업하여 장교가 된 사람들은 1971년이 되어서야 군대를 떠나기 시작할 수 있었다. 현재는 사직하는 장교의 비율이 줄어들기 시작한다는 조짐이 나타나고 있다.

교장으로 부임하기 바로 전에 베리는 켄터키주 포트 캠벨의

101 공수사단을 지휘하고 있었다. 그는 베트남전 동안 군대가 흔들렸던 것은 사실이라고 인정했지만, 101 사단은 지난해보다 훨씬 건강해졌으며, 해를 거듭할수록 더욱 튼튼해질 것이라고 장담했다.

싸우는 장군이라는 이런 이미지—이 이미지 뒤에는 먼지 풀풀 날리는 야영지, 피가 튀는 전투, 과감한 탈출, 규율에 순종하는 일상으로 구성된 오랜 세월이 있다—그의 성격과 얼굴에서 드러나는 이러한 헌신적인 삶이야말로 아마 그가 생도들에게 전수하게 될 진정한 교훈일 것이다. 아마도 그 생도들 중 하나가 언젠가, 시드니 베리가 벽에 걸린 사진이 되어 휘슬러의 스케치와 캐틀린이 그린 풍경화 위 높은 곳에 있을 때, 바로 이 사무실에 앉게 될 것이다.

이제 생도들은 대도시에서도 오고, 도시 외곽의 교외에서도 온다. 사관학교의 시골스럽고 농촌스러웠던 특성도 변하고 있다. 이 신세대 젊은이들은 자연에 대해서도, 미국적 삶의 일부였던 일상의 고됨에 대해서도 거의 모른다. 어쩌면 웨스트포인트는 더 이상 최고의 미식축구 선수들도, 심지어는 최고의 학생들도 끌어들일 수 없을지 모른다. 이를 이 학교에 입학하는 학생들의 근성으로 일부나마 상쇄할 수 있을까? 근성을 가진 학생들은 이제 어디서 찾을 수 있을까? 베리는 총안 형태로 뚫은 창가에 서서 냉정한 회색빛 눈동자로 한동안 웨스트포인트를 바라보았다. 한때 강을 지키던 요새는 국가를 지키는 학교가 되었다. 사방에 전리품이 놓여 있다. 멕시코에 가져갔던 대포도, 애퍼매턱스Appomattox. 버지니아주의 도시로 남북전쟁 당시 남군이

북군에게 항복한 곳에서 마지막으로 발포했던 대포도 있다. 전통과 영광이 있다. 건물에는 수많은 독수리들이 새겨져 있다. 도서관 옆에는 녹색으로 산화된 패튼 장군의 동상이 서 있다.

오후가 지나간다. 강에 떨어진 빛은 고요하다. 베리는 생각에 젖어 있다. 어쩌면 그는 도시들 너머에 존재하는 미국이라는 나라에 대해 생각하고 있는지도 모른다. 겉보기에는 줄어들고 있는 것 같지만 일단 안으로 들어가면 바다처럼 끝이 없는 나라에 대해.

"이 나라에는 아직 수많은 해티즈버그가 있습니다." 그가 말했다.

〈피플〉(1974년 9월 2일)

걸물 아이크

그는 자기 상관과 마찬가지로 천하무적의 미소를 보유한 사람이었다. 그 둘은 시대의 인물이었다. 루스벨트의 미소는 챔피언의 환호였다. 아이크아이젠하워의 애칭의 미소는 스무 개 사단의 가치가 있다고들 했다.

장군들은 절대 웃지 않는다. 아이젠하워가 깬 유일한 규칙이 그것이었다. 맥나마라는 웃지 않았다. 브래들리도 그랬다. 천성이 그런 건 아니었다. 치열도 고르지 못했고. 아이크는 늘 바로바로 진실한 미소를 지었다. 심지어 남에게 잘 넘어가지 않는 사람인 드골조차도 아이젠하워에게 감명을 받았고 그에게서 관대함과 따스함을 느꼈다.

그는 결코 나폴레옹이나 그랜트처럼 지휘하지 않았다. "그는 휘하의 야전 장군들이 자신을 위해 전쟁을 치르도록 했다." 맥아더는 경멸을 담아 이렇게 말한 적이 있었다. "그러는 동안 본인은 왕과 여왕들이랑 차를 마시고 말이다." 심지어 더 신랄하게 말할 때는 그를 일컬어 "내가 거느렸던 최고의 사무원"이라 표현하기도 했다.

우리는 위대한 맥아더가 파도를 헤치고 필리핀 해안으로 성큼성큼 걸어가면서 자신의 맹세를 지키는 광경을 본다1942년 2월, 바탄 전투에서 패배한 맥아더는 필리핀을 탈출하여 오스트레일리아에 도착한 뒤 기자들에게 "나는 돌아갈 것이다I shall return"라고 말한다. 그리고 1944년 10월, 맥아더는 필리핀 레이튼 섬 상륙작전에 성공하여 약속을 지킨다. 셜터가 언급하는 장면은 이 상륙작전을 찍은 사진이다. 바지는 물에 젖어 있고, 머리에는 빛바랜 모자를 쓰고 있다. 이 전설적인 인물은 너무도 광대하여 인간의 지각으로는 건널 수 있다는 생각조차 들기 힘든 대양이라는 전장을 가로질러와 궤멸적인 패배로부터 반격을 감행했고, 심지어 승리를 거둔 뒤에도 고국으로 돌아가지 않고 도쿄에 총독으로 남아 전쟁에서 패배한 일본인들을 통치했다. 맥아더는 이 작전이 자신의 위대한 경력에서 최고의 업적이 되리라는 점을 알고 자신의 임무를 무척이나 분별력 있게, 또한 장대하게 해냈다. 그러는 동안 변변찮은 아이젠하워, 미래의 꿈이라고 해봐야 호젓한 오두막 한 채가 다였던 그 인물은 병사들의 제대 절차를 관리 감독해야 했고, 컬럼비아 대학 총장직을 수락했지만 그 일이 잘 맞지는 않았는데, 그러다 나토NATO를 지휘하면서 어느 정도 안정을 되찾았으며, 종내는 함성 소리가 난 쪽으로 머리를 돌렸다가 그를 사랑하는 대중들에 의해 대통령 자리로 떠밀려갔다. 그리하여 그는 농장 출신의 소년이자 최후의 귀족적 정치가가 되었다.

그는 텍사스 북부에서 일곱 형제 중 한 명으로 조용히 태어났다. 그의 가족은 늘 생존을 위해 투쟁해야 했으며 그가 태어나고 얼마 안 있어 캔자스로 돌아갔다. 아이젠하워는 어머니에게서 턱선과 높은 이마, 차분한 시선을 물려받았다. 그의 어머니는 근면했고 정직했으며 허튼소리를 하지 않는 평화주의자로 나중에 여호와의증인 신도가 되었다. "자기 영혼을 정복하는 자는 도시를 점령하는 자보다 위대하단다." 그녀는 아들에게 그렇게 말했다.

아이젠하워가 태어난 1890년에는 빵 한 덩이의 가격이 3센트였다. 평야는 여전히 개간되지 않아 척박했으며, 철로만이 세상을 잇는 유일한 연결망이었다. 그는 매일 성경을 읽는 집안에, 개척자 정신이 아직 살아 있는 마을에, 남자가 속세에서 할 역할이 '노동'이라는 단어 하나로 집약될 수 있는 세계에 태어난 것이었다. 어릴 때 그는 뒤뜰에서 채소를 키워 팔았다. 방과 후에는 그의 아버지도 고용되어 있는 벨 스프링스 낙농장에서 일했다. 아이젠하워는 형과 함께 돈을 많이 벌려고 노력했고, 그 결과 형제 중 한 명이 대학에 갈 수 있었으며, 다른 형제들도 나중에 그 뒤를 따랐다. 훗날 그는 당신이 정말로 보수주의자냐는 질문을 받았을 때 이렇게 되물었다. "여러분 가운데 농장에서 일하며 자라본 사람?"

친구의 강력한 권유로 아이젠하워는 아나폴리스Annapolis. 미국 메릴랜드주의 주도로 해군사관학교가 있다 입학시험을 쳤고 내친 김에 웨스트포인트 시험도 보았다. 알고 보니 그는 해군사관학교에 가기에는 나이가 너무 많았다. 하지만 웨스트포인트 1위 지망자가 신체검사에서 탈락하는 바람에 아이젠하워가 지명이 되었다. 그는 1911년 6월에 사관학교에 도착했다. 주된 입학 이유는 공짜 교육을 받을 수 있어서였다. 그는 이곳에서 육군 팀의 러닝 백running back. 미식축구에서 라인 후방에 있다가 공을 받아 달리는 선수으로 금세 두각을 나타냈다. 모랫빛 머리카락에 180센티미터의 다부진 몸을 가진 그를 동기들은 '아이크'라 불렀다. 그들은 그를 헛갈리게 만들 꿍꿍이로 다른 생도 네 명에게도 '아이크'라는 별명을 붙였다. '검둥이' '유대놈' '이태리놈' '중국놈' 같은 별명도 있었다. 1915년의 이 동기들은 훗날 '별들이 쏟아지는' 기수라는 말을 듣게 된다. 장교의 세계로, 군대가 투입되는 궁벽한 세상으로 향하게 될 곳에서 그들은 말을 탔고, 지질학, 공학, 물리학, 위생학을 공부했으며, 한여름에 대평원 끝자락에 텐트를 세웠다. 학교는 모종의 동지애와 신비를 품고 있는 폐쇄된 세계였다.

아이젠하워는 위대한 인물이 될 운명을 가진 듯 보이지는 않았다. 성적은 딱 평균이었다. 최상위권 생도에 속하지도 않았다. 브래들리 역시 그랬다. 아이젠하워는 사람들에게 많은 호감을 샀고 자신감이 넘쳤으며 쾌활했다. 그는 춤추는 것보다 포커를 좋아했고, 동기들은 그가 수다 떨기를 좋아하는 사람이라는 사실을 알아차렸다.

제1차 세계대전의 파고가 점점 높아지는 와중에 그는 교육 훈련 임무를 부여받았고, 스물여덟 살 생일에 육군 중령까지 올라갔지만 전쟁이 끝나버리면서 젊은 장교들이 겪는 고전적인 슬픔을 맛보았다. 참전하지 못했다는 슬픔. 육군은 재빨리 규모를 줄였다. 다들 계급이 낮아졌다. 그는 도로 대위로 돌아갔고, 지미 워커, 린드버그, 베이브 루스가 무대를 활보하는 동안 아내 메이미와 함께 먼지 풀풀 날리는 도로를 지나 따분한 일상이 이어지는 레번워스, 캠프 미드, 포트 베닝 등의 외진 근무지로 사라졌다. 그의 뒤에는 다른 사람들과 마찬가지로 그를 대단치 않게 여겼던 웨스트포인트의 교관이 남긴 의견이 마치 어렴풋이 보이는 묘비명마냥 달려 있었다. "우리는 아이젠하워가 유별난 생도는 아니라고 본다. 그는 군 생활을 무척이나 즐길 타입이다……." 그 외에 딱히 다른 평가는 없었다.

1920년대와 30년대 미 육군에서 가장 중요했던 집단은 퍼싱 John J. Pershing 장군의 부하들로, 그들은 전쟁 전이나 전쟁 중에 그의 눈에 든 장교들이었다. 프랑스에 있던 퍼싱의 사령부에서 근무하던 조지 마셜은 눈에 들었다. 더글러스 맥아더는 부대 지휘관으로서 탁월한 능력을 발휘했으며 「여로의 끝Journey's End」영국 작가 R. S. 셰리프가 쓴 제1차 세계대전을 배경으로 한 희곡에서 막 튀어나온 것 같은, 육군에서 가장 젊은 준장이 된 늠름하고 용맹한 인물이었지만 눈에 들지 않았다. 그는 지나치게 활기차고 지나치게 저돌적이었으며 지나친 인습 파괴자였다. 맥아더와 마셜은 결코 서로를 좋아하지 않았다. 그들은 공통점이 많았다. 둘 다 냉랭하고 금욕적이었으며 투지가 넘쳤다. 하지만 마셜은 군사적 업적이라 할 게 없다시피 했다. 딘 애치슨이 적었던바, "고귀하고 아름다운 개성"만이 돋보였을 뿐이었다. 맥아더라고 개성이 없지는 않았지만 그에게서 정말로 또렷이 빛나는 건 야망이었다.

퍼싱의 총애를 받았던 또 다른 사람은 조지 패튼으로, 그는 대원수의 부관으로 프랑스에 갔다가 종전 즈음 교묘한 방법을 써서 전선으로 가 최초의 전차 부대를 지휘했다. 아이젠하워는 1919년 캠프 미드에서 패튼을 처음 만났다. 당시 패튼은 임시 대령 계급을 달고 있었으며, 큰 키에 매력이 넘쳤고 어느 모로 보나 군인이었다. 그는 부자였고 부인도 그랬다. 패튼은 이후에 도 늘 육군에서 가장 부유한 사람으로 소문이 날 것이었다. 그 는 요트를 소유했고 폴로 게임을 했으며 숙녀들에게 승마를 가 르쳤다. 그는 아이젠하워보다 다섯 살 많았다. 목소리는 높고 새되었으며, 사교 모임을 놀라게 하길 좋아했던지라 입이 걸었 다. 하지만 그는 무척 영민했고 자기 직업을 엄청나게 사랑했다. 아이젠하워가 코너라는 이름의 장군을 만나 그에게 깊은 인상 을 심어준 것도 어느 날 밤 패튼의 집에서였다. 코너는 몇 달 뒤 파나마에 와서 행정관 직을 맡지 않겠느냐고 그에게 제안했다. 그는 아이젠하워가 군 경력을 쌓는 동안 만나게 될 두 명의 중 요 후원자 중 첫 번째였다.

폭스 코너는 친화력 넘치는 미시시피 사람으로, 프랑스에서 퍼싱의 작전장교로 근무했으며 육군에서 머리 좋은 사람으로 유명했다. 그의 발언 중 만약 우리가 또 전쟁을 치른다면 신께 바라건대 동맹은 맺지 않았으면 좋겠다는 말은 계속해서 회자 되었다. 파나마에서 코너는 아이젠하워를 자기 수하에 두고 독 서를 권했으며 전략, 지휘, 국가의 운명에 대해 토론했다.

"아이크는 파나마에서 근무하던 중에 진지한 사람이 되었다.

그 점에는 의문의 여지가 없다." 아이젠하워의 동기는 그렇게 회상했다. 언제, 어쩌다 그리 되었는지는 확실치 않다. 결혼이 주는 안정감도 어느 정도는 원인일 테고, 파나마로 가기 한 해 전 어린 아들이 성홍열로 사망했기 때문일 수도 있었다. 어쩌면 그런 변화는 오랫동안 이루어져왔던 것인지도 모른다. 우리가 아는 것은 코너가 아이젠하워를 군 학교 중 가장 중요한 곳인 지휘참모대학Command and General Staff에 들어갈 수 있도록 주선해주었을 때 아이젠하워가 잘하겠다는 마음을 단단히 먹고 갔다는 사실이다. 그 학교의 입학생들은 이미 엘리트였고, 해당 기수에서 높은 성적으로 졸업한다는 것은 향후 출세가도를 달리는 사람으로 점 찍힌다는 뜻이었다. 그해 말 아이젠하워는 학급에서 1등이 되었다.

조지 마셜은 자기에게 깊은 인상을 남긴 장교들의 서류를 항상 챙기고 다녔고, 아마 이 당시에는 아이젠하워의 이름이 가장 먼저 그의 주목을 끌었을 것이다.

오랫동안 주둔지의 미식축구 팀 코치로 주로 알려져 있던 아이젠하워가 이제는 달리 보이게 되었다. 육군 당국이 그에 대한 평가를 완전히 뒤집은 건 아니었지만, 몇 년 뒤 그는 워싱턴의 전쟁성Assistant Secretary of War. 제2차 세계대전 전까지 미국은 육군 담당 전쟁성과 해군 담당 해군성으로 국방 업무가 분리되어 있었으나 이후 공군성을 창설, 세 기관의 위에 국방부를 두게 된다에서 근무했고, 뒤이어 참모총장 보좌관으로 일하게 되었다. 현기증이 날 정도로 자기도취적이고 경이로운 기억력과 광범위한 지식을 가진, 자신을 3인칭으로

지칭하는 남자, 간단히 말해 더글러스 맥아더 밑에서 말이다. 두 사람의 사무실은 슬레이트 문짝 하나만을 사이에 두고 맞닿아 있었다. 맥아더가 참모총장에서 물러나면서 필리핀의 군사 고문 자리를 승낙했을 때 그는 아이젠하워를 데리고 갔다. 맥아더의 말에 따르면 일이 년 정도 걸릴 일이었다.

그들은 1935년 9월에 마닐라에 도착했다. 이미 머리가 벗겨지는 중이었고 맥아더처럼 하얀색 정장과 밀짚모자를 쓴 아이크는 여러 면에서 완성된 상태였다. 본인도 몰랐던 일이지만, 전쟁을 지휘하게 될 남자로 말이다. 그는 믿음직스럽게, 그 유명한 대장 자세를 취하며 서서 열대의 태양 아래 눈썹을 찌푸리고 있었다. 당시 그는 이 직업에 뛰어든 지 20년째였고 아직도 소령이었다. 몇 년 뒤 한 여성이 아이젠하워에게 그 유명한 맥아더와 아는 사이였느냐고 물었다. 그럼요, 알죠, 아이젠하워가 대답했다. 그는 7년 동안 맥아더 밑에서 능청 떠는 법을 배웠다.

그들은 필리핀에서 방위군을 창설하는 일을 했다. 돈도 부족했고 장비도 열악했다. 평범한 나날이 수없이 흘러가고 나서, 그들 모두 언젠가 오리라는 걸 알고 있던 폭풍이 점점 더 가까이 모습을 드러내기 시작했다. 다들 그걸 느꼈다. 어느 날 저녁, 아이젠하워는 낡아빠진 라디오로 네빌 체임벌린이 개전 선언을 하는 걸 들었다. 첫 번째 번개가 번쩍였다. 저 먼 유럽에서 재난이 당도했다.

아이젠하워는 맥아더를 찾아가 자기를 본국으로 돌려보내달라고 요청하면서, 자신이 그곳에서 훨씬 더 필요한 존재가 될 것이라 느꼈다. 그는 1939년 말 필리핀을 떠났고, 늘 맡았던 직책인 참모장교로서 일련의 임무들, 처음에는 연대 수준의 임무였다가 나중에는 사단과 군단 수준으로 올라간 업무를 담당했다. 복귀한 직후 그는 기동훈련 중에 마셜과 몇 번 마주쳤다. 모두가 극동에서의 임무가 하인, 가정부, 유모와 함께 하는 임무라는 걸 알았다. 심지어 병사들조차 버릇없이 굴었다. 마셜이 사실상 지었다고 할 수가 없는 미소를 지으며 물었다. "그래, 아이젠하워, 군화 끈 묶는 법은 다시 배웠나?" 둘이 겨우 두 번째 만났을 때 나온 말이었다.

1941년 가을에 루이지애나에서 실시된 대규모 기동훈련에서 아이젠하워는 승리군인 제3군 참모장으로 돋보이는 활약을 펼쳤다. 그는 훈련의 먼지가 가라앉자마자 준장으로 승진했다. 9월 말의 일이었다. 두 달 뒤, 모든 협상이 교착 상태에 빠진 상황에서, 강력한 일본군 타격대가 항구를 떠나 북태평양의 안개 속으로 미끄러져 들어갔다. 타격대가 봉인되어 있던 명령서를 개봉했을 때 거기에는 '진주만'이라 적혀 있었다.

돌이켜 보면 제2차 세계대전이 혼란과 두려움이었고 아무도 끝을 내다볼 수 없었던 기나긴 시련이었으며 미국과 세계의 절반을 휩쓸었던 거대한 물결이자 20세기의 가장 큰 사건이었다는 걸 쉽게 알 수 있다.

진주만 폭격이 벌어지고 며칠 뒤, 극동 지역 사정을 아는 사람을 작전계획에 참가시켜야 할 필요에 따라 샌안토니오에 있던 아이젠하워는 워싱턴으로 급히 호출되었고, 그는 기차역에서 곧장 마셜의 사무실로 갔다. 그는 도착하자마자 곧바로 시험을 당해야 했다. 마셜은 태평양에서 벌어진 심각한 상황을 이십 분에 걸쳐 개략적으로 설명했다. 그곳의 상황은 거의 해결이 불가능한 방정식이었다. 그런 다음 그는 아이젠하워를 바라보며 딱 이 말만 했다. "우리 군의 전반적인 행동 방침이 어때야겠나?"

아이젠하워는 방금 도착한 참이었고, 최근의 작전계획에 익숙지 않았던 데다 부하도 없었다. 그는 잠시 망설이다 말했다. "시간을 좀 주십시오."

그는 빈 사무실에 앉아 한동안 생각한 끝에 한 손가락으로 자기 제안을 타자기에 치기 시작했다. 그는 마셜에게 돌아갔다. 아이젠하워는 필리핀의 전력은 약하기 때문에 아마 패배할 것이라고 말했다. 그럼에도 그들이 버틸 수 있도록 모든 가능한 지원이 이뤄져야 했다. 그 점이 중요했다. 아시아의 모든 사람들이 거기서 벌어질 전투를 지켜볼 것이다. 그들은 패배는 용인해도 포기는 용납 못할 것이다. 다른 한편으로는 오스트레일리아가 무척 중요하다. 그곳에 작전 기지를 구축해야 하며, 어떤 대가를 치르더라도 장거리 통신망을 계속 열어둬야 한다. "이 마지막 사항이 지켜지면 실패는 없습니다."

아이젠하워가 말을 마치자 마셜은 딱 이렇게만 말했다. "나도 동의하네."

이제 필사적인 나날이 시작되었다. 그들은 병력, 항공기, 장비, 그리고 무엇보다 그것들을 머나먼 주둔지까지 보낼 수 있는 배를 확보하고자 노력했다. 전황은 점점 나빠졌다. 해군은 크게 실패했고 일본군의 승리는 충격을 안겨줬다. 아이젠하워는 하루 열여덟 시간씩 일하다가 폴스 처치에 있는 동생 밀턴의 집에 기진맥진한 채로 한밤중에 돌아와 샌드위치를 먹었다. 하지만 이렇게 정신없는 석 달을 보내면서 그는 마셜의 신뢰를 얻어 별 하나를 더 달았다.

연합국의 전략은 유럽이 최우선이었다. 다른 무엇보다 독일의 패배가 먼저였다. 미군은 영불해협을 건너 유럽 대륙으로 곧바로 진격하는 쪽을 선호했는데, 영국군은 원칙적으로는 동의했지만 속으로는 상당한 의구심을 품고 있었다. 갈리폴리를 알았고 이제 디에프를 알게 될 나라 입장에서, 강력하게 방어선을 구축한 본토에 맞서 해상으로 공격을 감행한다는 것은 열정만 가지고 될 일이 아니었다. 아이크는 영국의 공격 병력을 증강하는 작전 입안을 책임지고 있었는데, 그는 마셜에게 어떤 장교를 영국에 보내 지휘를 맡겨야 하는지 의견을 밝혔다. 그 장교는 융통성이 있고, 마셜이 전적으로 신뢰하며, 더 나아가 (향후 있을 것으로 예상되는) 침공을 이끌도록 지명되었을 때 마셜의 대리인으로 일해야 하는 사람이었다. 한 달 뒤, 처칠의 말에 따르면 "당시에는 사실상 무명이었던" 장교 한 명이 영국에 도착하여 수상의 지방 관저에서 방공복과 카펫용 슬리퍼 차림의 영국 수상에게 맨 처음으로 환영을 받았다. 그 장교는 아이젠하워였다.

둘은 무척 가까워졌다. 이쪽에도 저쪽에도 든든한 지원자가 있다는 점은 아이크에게 항상 커다란 행운이었다. 아이젠하워도 영국인들과 잘 지내겠노라 단단히 마음을 먹고 왔다. 영국 장교를 개자식이라고 할 수는 있었지만, 말이라도 영국인을 개자식이라 해서는 안 될 노릇이었다. 그는 연합국의 협력을 열렬히 옹호했다. 협력이란 그저 영국이 '로리lorry'를 '트럭truck'이라 부르고 미국이 그 답례로 '가솔린'을 '석유'라 부르는 문제가 아니라, 수용 가능한 공통의 전략을 도출하고, 완고하고 자존심 강한 지휘관들이 나란히 서서 싸울 수 있도록 그들의 고집을 굽히는 것을 뜻했다. 전쟁은 순수한 화합의 정신으로 수행되는 것이 아니었다. 장군들에게는 야망이 있었다. 국가들도 나름의 목적이 있었다.

영국에 갔을 때 아이젠하워는 소장으로, 거의 최하위 계급이었다. 그는 쉰둘에 가까운 나이였고, 부대를 지휘해본 적도 전투를 본 적도 없었다. 몇 달이 지나고, 대륙 공격이 당분간 미뤄진 가운데 그의 지휘를 받는 병력 전부를 싣고 대서양 양쪽에서 온 열네 대의 호송선이 카사블랑카, 오랑, 알제에 동시다발로 상륙하기 위해 모여드는 동안 초고속으로 승진한 아이젠하워는 지브롤터의 축축한 터널에서 불안한 마음으로 대기했다.

북아프리카 진격은 급하게 결정되고 계획된 것으로, 논리적 지휘관인 아이젠하워가 참여했기 때문에 작전은 미국이 주도하는 것처럼 보였다. 하지만 땅과 바다와 하늘을 막론하고 실제 군 지휘는 세 명의 노련한 부관들의 수중에 있었으며, 그들은 모두 영국인이었다.

비시 프랑스 정부의 식민지와도 문제가 있었고, 프랑스 함대와도 전투가 벌어졌으며, 능력 없는 장교와 경험이 부족한 부대로 인해 작전 초기에는 망신스런 일이 일상처럼 벌어졌다. 미군은 무기를 떨어뜨리고 장비를 내던지고는 카세린 패스까지 달아났다. 영국군 참모총장 알란 브룩은 아이젠하워는 지휘에 필요한 작전 경험도 전술 경험도 없다고 결론 내렸다. 아이젠하워와 마찬가지로 이 전쟁에서 처음 모습을 드러낸 패튼은 아이젠하워가 영국인들의 손에 놀아났다고 말했다. "차라리 아랍인에게 지휘를 받는 게 낫겠다." 패튼은 일기에 이렇게 썼다. "아랍인들에 대해서는 아무 생각이 없지만." 좌절한 아이젠하워는 계속 이렇게 말했다. "누구든 연합군 사령관 일을 하고 싶으면 해도 좋아." 그럼에도 불구하고 그는 혼란과 첫 패배에 대한 책임을 온전히 감당했다. 봄이 되자 보급 상황은 나아졌으며, 악천후도 물러갔고, 재편된 그의 군대는 전투 끝에 튀니지를 돌파해 반대 방향에서 오던 몽고메리와 합류했다. 1943년 5월, 적은 갑작스럽게, 그리고 완전히 무너졌다. 그 와중에 25만에 달하는 독일군과 이탈리아군이 포로가 되었는데, 이들 상당수가 포로수용소를 찾아 직접 트럭을 몰고 왔다. 이들은 정예부대였고, 이들과 함께 지중해도 넘어왔다.

시칠리아가 다음 목표였다. 이번 작전은 덜 화려했다. 진격 계획에는 맥이 빠져 있었다. 독일군은 연합군이 어째서 메시나 해협을 즉시 확보해서 자기들을 차단하지 않았는지 이해를 하지 못했다. 여름의 열기 속에서 격렬하고 피 튀기는 전투가 치러졌다. 육군 사령관이 된 패튼은 저돌적인 기세뿐 아니라 충동적인 성격도 드러냈다. 보다 온건한 브래들리는 패튼의 성질을 잘 받아넘기곤 했다. 둘 다 몽고메리를 좋아하지 않았다. "젠체하고 짜증나고 요구도 많은 데다, 거의 참을 수 없을 정도로 우쭐댄다." 브래들리가 몽고메리를 두고 한 말이었다.

이탈리아에서의 작전도 대동소이했다. 전략은 잘못됐고, 상류은 엉뚱한 곳에 했으며, 기회는 놓치고 말았다. 지중해 전역의 지휘관인 아이젠하워는 전쟁의 중심에서 멀리 떨어져 있었다. 러시아 전선의 광대한 규모에 비하면 이탈리아는 지엽적인 문제에 불과했다. 러시아 전선에는 말 그대로 수백 개의 사단이 참전했고, 전투의 와중에 양쪽 군대는 하루에 사단 한 개 분량의 병력을 잃었다. 봄이 되면 제2전선이 구축될 것이라고 확약을 받았지만, 스탈린은 빈틈없는 사람답게 그 전선의 지휘관이 누가 될지 알려달라고 요구했다. 지휘관이 미국인이 되리라는 점은 암묵적으로 얘기가 되어 있었는데, 병력의 대부분이 미군으로 채워지기 때문이었다. 아마 마셜이 지휘관이 되리라는 점도 암묵적으로 동의가 되어 있었을 것이다. 하지만 마지막 순간 루스벨트는 다른 결정을 내렸다. 주요 인사들이 너무 오랫동안 자기 직책을 수행하고 있어서 바꿀 수 없다는 것이었다. 마셜은 깊이 낙담했지만 체면을 잃지 않고 아이젠하워에게 그를 총사령관으로 임명한다는 손으로 쓴 메모를 기념품으로 보냈다.

실패하지 않은 장군은 성공한 장군이다. 무리의 중간에 있던 아이크는 이탈리아에서 수렁에 빠진 클라크를 지나, 첫 번째 별을 달았지만 너무 늦게 유럽에 도착한 브래들리를 지나, 무모한 패튼을 지나, 그 모든 일들을 겪는 동안 힘과 경험과 전투 감각을 얻으면서, 회의를 장악하는 법을 배우면서, 계획을 완벽하게 다듬으면서, 재촉하면서, 부추기면서, 천천히 대체 불가한 사람이 되어, 출세를 향해 나아갔다.

그는 엄청난 작전의 총책임자가 되어 런던으로 돌아왔다. 디데이는 1944년 5월 1일로 잡혔다. 고작 석 달 반밖에 남아 있지 않았다.

　뭔가 벌어지리라는 건 독일군도 알았다. 프랑스에는 독일군 58개 사단이 배치되어 있었고, 히틀러가 장군들에게 내린 지시에 따라 동부에서 빼내올 만큼 빼낸 이 병력에 맞서 전쟁의 향방을 결정하는 전투가 벌어질 것이었다. 만약 연합군이 패한다면 그들은 다시는 침공할 수 없을 것이라고 히틀러는 장담했다. 병력 손실과 사기에 가해지는 타격이 막대할 테니까. 그러면 독일군은 "전황을 근본적으로 뒤엎기 위해" 온 전력을 동부전선에 투입할 수 있었다. 프랑스 연안은 철제 무더기, 기뢰를 설치한 말뚝, 강철 배리어로 빽빽이 들어찼다. 해안을 따라 400만 개의 지뢰가 깔렸고 철조망과 콘크리트 포좌가 설치되었다. 디에프에서, 타라와에서 이런 방어선은 실로 무시무시한 것임이 입증되었다.

　호송선이 영국으로 온갖 육중한 물자를 계속 실어 날랐다. 군인들, 그들이 탈 차량, 탱크, 산더미 같은 군수품, 총기. 디데이는 최종적으로 6월 5일로 결정되었다. 그날 아침에 조류, 달, 모든 여건이 맞아떨어질 것이었다. 하지만 막상 그날이 되자 날씨가 나빠졌다. 선발대로 나설 8개 사단의 출정이 마지막 순간 연기되었다. 다음 날 바람과 폭풍이 불안정하게나마 잠시 멈추고, 말하자면 막대한 힘이 앞으로 나아가려 들자 아이크는 곰곰이 생각에 빠져 운명에 대해 숙고한 끝에 이렇게 말했다. "좋아, 어디 제대로 해보자."

　아이젠하워는 어둠 속에서 비행장에 서서 낙하산 부대를 태운 비행기가 이륙할 때마다 경례를 했다. 그의 주머니에는 작전이 처참하게 실패할 경우, 다시 말해 상륙이 실패하고 병사들이 자기들이 낼 수 있는 모든 용기와 헌신을 다 바쳤음에도 퇴각했을 경우 발언할 짧은 진술을 휘갈겨 쓴 접힌 쪽지가 들어 있었다. "이번 작전에 어떤 책임이나 잘못을 묻건 간에 모두 제 과오입니다." 쪽지의 내용은 이랬다. 전쟁사가 존 키건의 표현대로, 위대한 군인이자 위대한 인간의 말이었다.

프랑스에서는 바람 부는 어둠 속에서 개들이 짖어댔다. 구름이 낮게 깔리고 노상 오가는 항공기 소리가 들리는 가운데, 독일군은 오늘도 조용한 밤이리라 생각하며 잠들어 있었다. 그때, 대략 새벽 두 시경, 해안 뒤로 2만 4000명의 무장 병력이 프랑스를 향해 흘러들어오고 있었다. 공수부대가 먼저 접근했다. 상륙주정은 새벽에 도착했고, 안개 속에서 나타난 숫자가 너무 많아 셀 수조차 없었다.

미군이 상륙한 해안에서만 8000명의 사상자가 났다. 유타는 그나마 괜찮았지만 오마하는 피바다가 되었다. 반나절까지는 작전의 결과가 의문에 부쳐졌다. 하지만 그날 밤이 되자 15만 명의 연합군이 해안에 상륙했다. "그들이 갈 길은 길고 험할 것입니다." 같은 날 밤 루스벨트는 전국에 방송 연설을 하면서 기도를 선도했다. "그들에게 믿음을 주소서, 우리의 아들들에게 믿음을 주소서, 서로에게 믿음을 주소서……."

그날 시작된 군사작전은 11개월 동안 이어지면서 이 전쟁에서 연합국의 가장 큰 승리를 이끌어냈다. 아이젠하워는 엄청난 카드를 손에 쥐고 있었고 그것을 제대로 다루었다. 그때쯤엔 아이젠하워 휘하의 군대와 장군들은 전투에 이골이 나 있었지만 교묘한 책략 또한 충분했다. 그는 독일이 두려워 마지않던 패튼을 영국에서 오랫동안 가짜 군대를 지휘토록 함으로써 독일군을 기만했다. 노르망디의 전투가 끝났을 때 롬멜은 아내에게 편지를 썼다. "우린 끝났소……." 비록 독일군 최고 사령부는 이를 받아들이지 않았고, 삶과 죽음의 투쟁도 계속되었지만 말이다. 연합군은 물자도 더 풍부했고, 더 나은 정보를 손에 쥐고 있었으며, 무엇보다 제공권을 장악했지만, 독일군은 비할 데 없는 군인이었고 그들에게는 출구도 없었다. 장군들은 자결했고 수만의 병사들이 길에서 죽었다.

그해 12월에 독일군의 마지막 총공세가 있었다. 악천후를 틈타 철저히 비밀리에 집결한 독일군 3개 군이 136킬로미터에 이르는 아르덴 전선을 방어하고 있던 네 개의 약체 사단을 공격했다. 이는 히틀러가 직접 계획하고 폰 룬트슈테트Gerd von Rundstedt 원수가 지휘한 공격이었다. 이 공격과 거의 동시에 첫 번째 V-2로켓이 영국에 떨어지기 시작했다.

크리스마스 직전이었다. 아이크는 마침 그날 육군 원수로 진급했고, 샴페인을 마시고 브리지 게임을 하면서 축하를 하고 있었다. 훗날 '벌지 전투'가 될 전황에 대한 보고가 들어온 것이 그때였다. 처음에는 아이젠하워도 브래들리도 상황을 믿을 수 없었지만, 이내 타개의 여지가 분명해졌다. 앨런 브룩은 이렇게 말했다. "재난이 아이젠하워에게는 강장제 같은 작용을 했고, 그의 성격에 있는 위대함을 모두 끌어냈다." 전투 소식이 신문 헤드라인에 대문짝만하게 실리고 심각한 회의가 열렸지만 아이크도 충분히 성장했다. 그는 어떤 희생을 치르더라도 바스토뉴 주변의 중요 지역들을 확보하고자 전략 예비군을 보냈고, 그들은 지역을 방어해냈다. 주말이 되자 날씨가 바뀌었고 폭격기가 전선을 휩쓸었다. 브래들리는 몽고메리가 뭐라건 간에 이때부터 아이크가 전쟁을 이끌었다고 썼다.

1945년 5월 7일, 아이젠하워는 항복 문서에 서명하러 온 독일 사절들을 만나지 않겠다고 했다. 전쟁 중에 포로로 잡힌 장군들과 대면하는 것도 거부했기 때문이었다. 이로써 마침내 길은 끝났다. 유럽에 대한 공세, 그의 표현을 빌리자면 십자군 전쟁은 끝났다. 이 군사작전의 와중에 생겨난 미군 사상자는 58만 6628명이었다.

어쩌면 그는 위대한 장군은 아니었는지도 모른다. 영웅적인 인물은 분명 아니었다. 그가 자기 부대원들에게 "4000년의 역사가 내려다보고 있다!"나폴레옹이 이집트 원정 당시 피라미드를 보며 했던 것으로 전해지는 말나 "신이여, 해리 왕을 도우소서! 성 조지여, 영국에 승리를 가져다주소서!"셰익스피어의 「헨리 5세」 3막에 나오는 대사 같은 말을 외치는 장면은 상상이 가지 않는다. 그는 새로운 역할, 곧 군사 관리인이라는 역할을 만들어냈고, 육군은 그가 그린 상에 맞추어 개편되었다. 아이젠하워를 그저 대통령, 골프채를 든 늙은이라고 생각하는 사람들은 그의 진정한 모습을 보지 못하는 것이다. 그는 거칠었고 굴하지 않았으며 지혜로웠다. 전쟁은 어떤 의미로는 그를 고갈시켰다. 몇 년 동안 그는 매 시간을, 매 생각을, 매 숨결을 전쟁에 쏟아부었다. 그는 전쟁을 통해 발견되었고 전쟁에 뼈를 묻었으며 그 둘이 결합하여 우리의 위대한 승리를 만들어냈다. 나머지는 후일담에 불과하다.

아이젠하워는 1969년 3월 28일에 사망했다. 독일군의 항복을 받은 지 24년이 되는 해였다. 그는 월터 리드 병원에 입원한 나약한 환자였고, 심근경색으로 몸이 크게 손상되어 있었다. 그의 마지막 말은 다음과 같았다. "저는 떠나고 싶습니다. 주여, 거두어주소서."

〈에스콰이어〉(1983년 12월호)

남과 여

어린 여자, 늙은 남자

라울과 토미가 해변에서 돌아오는 길에 잠깐 들른다. 그들은 여자친구를 데리고 포치로 오는데, 여자 중 하나는 열여덟쯤으로 보인다. 라울은 마흔이 다 되어가고 야위었으며 머리칼은 회색이다. 면도는 하지 않았지만 어쩐지 멋스러워 보인다. 아마 걱정이 있나보다. 그는 레스토랑을 두 곳 소유하고 있는데, 늘 압박에 시달린다. 토미는 그 레스토랑 중 한 곳에서 일한다. 토미는 라울보다 젊고, 라울은 그에게 아버지 같은 존재다.

소녀들은 굽 있는 샌들을 신고 끈처럼 가느다란 비키니를 꽉 끼게 입고 있다. 포치 위로 흐르는 성적인 기류가 강력한 자석이라도 갖다 댄 양 폭력적으로 바뀌지만 그들은 개의치 않고 행동한다. 열여덟처럼 보이는 여자애의 이름은 '인-네스'라고 한다. 발음에 악센트가 약간 있는데, 남아프리카? 로마? 어쨌거나 다른 여자들에게 그녀는 칼리처럼 보일지도 모르겠다. 해골로 만든 화환을 두른 파

153

괴의 여신. 여자들은 소녀들을 두려워한다. 남자들이 소년들을 모른 척하는 것과 같은 식으로. 이네스는 거의 벌거벗은 채 무심히 서 있다. 피부는 매끄럽고 흠 하나 없다. 개가 탐색이라도 하듯 킁킁거리며 그녀의 발 냄새를 맡고 있다. 마침내 그녀는 흥미로운 걸 찾아낸 듯 보인다. "오." 그녀가 손을 아래로 뻗어 개를 쓰다듬는다. "예쁘기도 해라."

라울이 재빨리 셔츠를 입어 창백하고 앙상한 가슴을 가린다. 그는 술을 거절한다. 그가 이네스에게 뭔가 말하자 그녀가 고개를 끄덕인다. 그들은 아메리칸 호텔에 저녁을 먹으러 간다. 거기 있는 그들의 모습을 그릴 수 있다. 말은 많지 않지만 과시적일 것이다. 두 남자는 이야기 중이다. 그들은 와인도 좋은 걸로 주문한다. 라울은 그런 것들에 대해 잘 안다. 이 하루가 느지막이 저물어간다. 마지막 빛이 오래 머문다. 바다에서 기분 좋은 권태가 밀려온다. 음식이 있고 군중들이 있다. 이후에 무슨 일이 벌어질지는 상상만 할 수밖에 없다. 라울은 결혼한 적도 없으면서 기혼남 특유의 여유를 풍긴다. 토미는 아내와 별거 중이다.

그들이 차를 몰고 떠나자 집안 분위기가 축 처진다. 여자들은 아무래도 짜증이 난 듯 보인다. 상처, 약점을 자극받았으니까. 그들의 품위, 적어도 자신감은 어떤 식으로건 손상당했다. 남편들의 생각이 가서는 안 될 곳으로 가버렸으니까……

엘로이즈가 당시 서른아홉 살이던 가정교사 아벨라르에게 홀딱 빠져 불후의 연애를 시작했을 때 그녀의 나이가 고작 열여섯 살이었던 건 사실이다. 아이아스와 아킬레스가 둘 다 자기

하녀와 사랑에 빠진 것도 알려져 있듯 사실이다. 하지만 어린 여성들에 대한 이런 노골적인 관심은 유감스러운 일이다. 그 여성들 중 상당수는 이빨도 발톱도 제대로 나지 않은 데다가, 충분히 주의도 받지 못한 상태에서 절대 우정으로 관심을 가질 리 없는 연상의 남자에게 교제를 허락한다. 이는 자연이 남녀 양쪽에 똑같은 심장과 피와 근육을 설치했을 뿐 아니라 비슷한 팔다리와 욕망과 사고력도 갖추어 줌으로써 둘 사이의 우호와 이해를 의도했던 상태를 왜곡하는 짓이다.

일단 이렇게 전제를 했으니 좀 더 나아가보자.

지적이고 차분하며 희망과 기대에 차 있는 젊은 커플의 모습에는 깊은 감동을 불러일으키는, 선천적으로 선한 무언가가 있다. 그들은 모든 사회의 근간이 되는 가장 중요한 짝이다. 그 외의 것은 모두 그들보다 한 수 아래다. 본인이 선택하는 어떤 낙원이건, 남자를 사랑하는 남자건, 여자를 사랑하는 여자건, 거리에서 난리를 피우는 급진주의자와 성적 볼셰비키들이건 다 마찬가지다.

이들은 대적할 자 없는 짝이지만 무척이나 불안정하기도 하다. 젊음이란 불안정하다. 지금은 서로에게 선명히 맞춰져 있는 듯 보이는 그들의 욕망은 사실 수도 많고 끝도 없다. 인생은 무척 길고 난관은 모질다. 수많은 것들이 그들을 갈라놓으려 음모를 꾸밀 것이고, 규칙이 없는 듯 보이는 수많은 위기가 닥칠 것이다.

젊은 사람은 나이 든 사람을 피한다. 아마도 노인들이 보통 활력도 다 빠져나가고 이상도 결핍된 사람들에 지나지 않는다는 이유일 것이다. 그래도 예외는 있다. 아는 것도 많고 이뤄놓은 것도 있으며, 어쨌거나 그렇게까지 늙지는 않은 나이 든 사람들이 있는 것이다. 최소한 그렇게는 보이지 않는 사람들 말이다. 자연스럽고 고전적인 결합이 벌어질 수가 있다. 리블링A. J. Liebling은 파리에 대한 아름다운 연대기 『식사 시간 사이에 Between Meals』에서 어느 훌륭한―하지만 중요하지는 않은―프랑스인 극작가이자 자신의 친구이기도 한 이브 미랑드에 대해 쓴다. 미랑드가 시골에서 갓 올라온 열일곱 살 소년이던 시절 연상의 여인들이 그를 침대로 데려갔다. 그 일이 일어났을 때 20대였던 그 여인들은―마들렝 베야르가 풋내기 몰리에르에게 그랬듯―사랑을 나누고 규칙을 가르쳤다. "성숙한 남자가 되자", 리블링은 미랑드에 대해 이렇게 썼다. "그는 젊은이들과 사랑을 나눔으로써 은혜를 갚았다." 이건 어떤 의미로는 교직 경력과 같다. 공부하여 박사학위를 딴 다음 가르치는 과정을 이어감으로써 지식을 희석되지 않은 상태로 전달하는 것이다.

한때는 확고부동한 것이라 여겼으나 이제는 세월에 휩쓸려 잔해가 되어버린, 이를테면 원양 여객선, 탱고, 드라이 마티니 같은 삶의 즐거움을 상기하기란 고통스럽지만, 경험과 미숙함 사이에서 생겨난 도취적인 관계는 계속 이어지게 마련이다. 자신이 가진 지식 때문에 자신을 숭배하고 그 지식을 나눠 갖고자 애가 닳은 젊은 사람과 함께 있는 것보다 더 흐뭇한 일은 그리 많지 않다.

데스는 새 약혼녀와 같이 도착했다. 그녀가 먼저 들어왔다. 헝클

남과 여

어진 머리에 남성용 검정 오버코트와 부츠 차림이었다. 코트를 벗자 그녀가 얼마나 미인인지 알 수 있었다. 그녀는 뉴올리언스 출신이었고 미소가 멋졌다. 데스와 나는 쉼없이 떠들면서 옛 일을 회상하고 농담을 했다. "왜 서로를 좋아하는지 알겠어요." 그녀가 말했다.

조금 뒤 그녀는 테이블 위에 발을 올려놓았다. 아름다운 맨발이었다. 길고 하얬다. 우리는 두 병째 와인을 마시던 중이었다. 그녀는 말을 많이 하지 않았는데, 그러다 뜬금없이—분명 우리가 전에 언급했던 게 분명했을—질문을 던졌다. "루이스 어드리크가 뭐가 그렇게 대단해요?" 그녀는 궁금해했다.

그녀는 막 독서라는 걸 시작한 참이었다. 모든 것이 그녀 앞에 있었다. 독서가 주는 새로움, 할 수 있다고 배웠던 것들, 인생을 보는 진정한 관점. 데스가 그걸 모두 펼쳐줄 것이었다.

데스가 어떻게 그녀를 만난 건지 궁금했다. 늘 그게 의문이었다.

물론 젊은 여성이 남성에게 끌리는 걸 그저 '교육'이라 적힌 항목 아래에만 표시해둘 수는 없다. 다른 요인들도 연관되어 있는데, 이 중에는 불균형도 포함된다. 행복은 종종 불평등에 바탕을 두고 있을 때 가장 강렬하며, 행복에 대한 불멸의 환상 중 하나는 우리만큼 발전하지는 못한 윤기 나고 품위 있는 사람들 사이에서 누리는 삶이다. 사람들은 그들 중에서 마치 코란 속 노예들처럼 자기들을 모실 하인을 찾는데, 쾌락이란 그런 짓을 할 의향이 있는 사람들에게 허용되는 것이다. 그것은 모든 것을 단순화시키는 쾌락이다. 1880년의 타히티, 1910년의 발리, 1930년의 멕시코, 1950년의 방콕…….

뭐, 이런 일은 모두 끝났다. 이는 식민주의의 어두운 일면이며 아마도 인종주의일 것이다. 원한다면 여기에 성차별도 포함시킬 수 있을 것이다. 남자의 꿈과 야망은 고양이의 꿈과 야망이 새를 잡는 것이듯 여성을 소유하는 것이지만, 이는 당연히 억눌러야 하는 것이다. 아주 조금만 생각해봐도 남자들은 가지 말라고 막지 않으면 여성을 취할 게 분명하니, 사회의 모든 힘을 모아 이 충동에 맞서야 한다.

내가 이런 경우의 실례를 목격한 게 그리 오래전 일이 아니다. 그런 일은 이래저래 수없이 많다. 파리에서 열린 결혼 피로연 때의 일이다. 피로연이 열린 장소는 상속이 아니면 소유할 수가 없는 아파트였다. 커다란 창문에 벽지는 실크였다. 사람들은 방과 응접실을 이리저리 돌아다녔으며, 여성들은 커다란 모자를 썼고, 샴페인이 오갔다. 그 무리 속에 신랑의 조카가 있었다. 열다섯 살로, 사랑스러운 넓적한 얼굴에는 순수함 말고는 아무것도 담고 있지 않은 듯했다. 그런 그녀가 어떤 막무가내 영국인 남자에게 갇혀 벽에 바짝 붙어 있었다. 육중한 몸에 불그스름한 뺨, 검정색 고수머리를 한 마흔 살 남자였다. 그는 그녀에게 열정적으로 쉼 없이 말을 붙이고 있었다.

"쟤한테서 저 남자를 떼어놔야 해." 한 여성이 초조하게 말하는 게 들렸다. "저 사람 제대로 미쳤어."

아마 미쳤겠지만, 그는 피로연 손님이기도 했다. 아내들과 이혼한 사람들 사이에서 그는 훨씬 더 짜릿한 걸 찾아낸 것이다. 그가 입고 있던 코트의 한쪽 팔은 솔기가 풀려 있었고, 그는 영감에 찬 말을 그녀에게 쏟아붓고 있었는데 그 말의 내용은…… 누가

남과 여

알겠나? 누구도 그녀에게 이런 식의 관심을 준 적이 없었다. 어떤 어른도 그러지 않았다. 딱 하루만 시간이 있다면, 그는 열심히 머리를 굴리고 있었다, 아니, 딱 하룻밤만이라도 있다면. 만약 그녀가 샴페인을 한 잔 더 마셔서 어질어질하기만 하면…….

세상에나, 끔찍해라! 무척 걱정스러운 생각이 든다. 하지만 그는 대략 10년 안에 술 때문에 혹은 자동차 사고로 죽을 공산이 크다. 그가 아는 모든 것들, 카바피의 시, 유명인들의 뒷소문, 최고의 뿌이약 와인 생산 연도, 위대한 음악, 루카에 있는 훌륭한 레스토랑, 이 모든 것들이 그가 가진 책, 그림, 비싼 정장과 함께 사라져버릴 것이다. 그녀가 기억하는 것만이 남을 것이고, 그것만 해도 많다. 그때 그녀는 고작해야 주름 하나, 흉터 하나 없는 20대 중반일 것이고, 빼앗긴 건 딱히 많지 않지만 얻은 건 많을 것이다. 어쩌면 한 번쯤은, 그러니까 몇 년 뒤 나이가 들고 자녀도 생겼을 때쯤 남자의 무덤에 찾아갈지도 모른다. 어쩌면 그녀는 그가 남긴 노트를 여전히 갖고 있을지도 모르고, 거기에는 『롤리타』의 화자가 롤리타를 향해 남편에게 진실하라고 의기소침하게 말하는 대목 중 마지막 몇 줄이 적혀 있을지도 모른다. "……다른 사람들이 널 만지게 두지 마. 낯선 사람에게 말을 걸지 마. 네 아기를 사랑하길 바란다. 아기가 남자애였으면 좋겠구나."

알릭스는 저녁에 돌아왔다. 그녀는 키가 컸고, 지친 상태였지만 입가에 미소를 띠고 있었다. 그녀는 막 일을 끝낸 참이었다. 그녀는 여름 동안 칠튼 근방의 큰 집을 임대한 사람에게 고용되어 가정부

일을 하고 있었다. 그녀는 온갖 일을 다 했다. 청소를 하고 요리를 했다. 처음에는 달걀을 삶는 법도 몰랐지만 한 달쯤 지나자 신선한 아스파라거스로 12인분의 저녁 식사를 차릴 줄 알게 되었다.

"아스파라거스 요리가 뭐가 그렇게 힘들어?"

"소스." 그녀가 쾌활하게 말했다.

알릭스는 래드클리프 대학 4학년이었다. 아버지는 법률가였다. 남자 형제는 듀크 대학에 다녔다. 그녀가 빈야드에 온 건 보스턴에서, 또한 남자친구 고든에게서 벗어나기 위해서였다. 고든은 투자은행 직원이었고 요트 운전에 열렬히 몰입했다. 모델이기도 했다. "그 사람의 정체성 위기가 어떤 건지 알겠지."

고든은 그녀에게 계속 전화를 걸었다. "사실은 오늘 밤에도 전화를 했어. 아직도 나한테 푹 빠졌거든. 나랑 결혼하고 싶어해. 난 그 사람과 결혼할 생각이 없지만. 너무 나이가 많거든. 서른아홉이야." 그녀가 머리를 뒤로 쓸어 넘긴 뒤 말을 이었다. "굉장한 사람이긴 해, 하지만 늘 약간 과한 데가 있어. 정도를 조금씩 넘는 거지. 한 잔만 한다는데 그 한 잔이 너무 많고, 한 군데만 더 가자 그러고, 다른 여자를 약간 지나치게 오래 쳐다보고……."

"고든이 큰 파티를 연 적이 있어. 그러니까 자기 친구들을 다 부른 거지. 긴장되지는 않았어. 남자들 때문에 긴장한 적은 한 번도 없거든. 완전히 안심했지. 내 집이었고, 정말로 편안했어. 가슴이 여기까지 패인 멋진 드레스를 입고 있었고. 진짜야, 그 사람들이 눈길을 줬다니까." 대화를 하던 중 그녀의 가슴이 사람들의 팔에 닿았다. 그게 문제였다. 마치 그녀의 몸이 직장 동료끼리 가끔씩 스치는 것이라도 되는 양 본인과 사람들 양쪽 모두에 속해 있었다는 것이.

남과 여

"다들 그 자리에 있었어. 당연히 고든은 자기 전 여친 샤론도 불러야 했지. 왜인지는 상상이 가지? 아무튼 늦게까지 우리 넷이 거기 앉아 있었어. 고든이랑 나랑 샤론이랑 샤론 데이트 상대랑. 꼭 누가 먼저 자러 가나 콘테스트라도 하는 것 같더라니까? 결국 샤론 데이트 상대가 먼저 자리를 떠서 셋만 남았어. 고든이랑 샤론 둘이 속닥이더니 고든이 나한테 이렇게 말하는 거야. '저기, 알릭스, 일어나서 자러 가지 그래? 샤론이랑 잠깐 얘기할 게 있어서. 애가 나한테 상의하고 싶은 문제가 있대.'

그래서 나는 위층으로 올라가 옷을 벗은 다음에 진짜 섹시한 잠옷으로 갈아입었어. 그런 다음에 조금 있다가 계단 꼭대기에서 고든을 불렀지. 난 고든이 계단 아래로 와서 내 모습을 볼 수 있을 때까지 기다리다가 이렇게 말했고. '고양이 내보내는 거 잊지 말아요, 응?'

고든은 멋진 사람이긴 한데 눈을 떼서는 안 돼."

귀족들이 보유하고 있는 것이야말로 몇 세기까지 거슬러 올라가는 예의범절의 총합이다 보니 이른바 '제멋대로인 행동'은 그들 내면에 최소한으로만 존재한다. 가령 귀족처럼 장갑 끼는 법을 배워서 대부분의 사람들을 속일 수야 있겠지만 연습 한번 해본 적 없는 행동을 어떻게 배우겠나? 될 리가 없다. 그것들을 습득하기 위해서는 수없는 연결고리를 통해 전수된 규약을 획득해야 한다.

여성의 경우도 마찬가지다. 여성은 장구한 시간을 통해 형성된 존재이고, 어떤 것들은 본능의 차원에서, 말하자면 저절로 배워진다.

러시아 속담에 따르면 여성은 완전한 문명인이다. 남자들도 이렇게 되길 열망하나 보통 남자들에게는 문명화가 훨씬 더디게 진행된다. 한쪽은 남자로, 다른 한쪽은 여자로 이루어진, 문명화의 정도에 따라 나란히 놓인 긴 선을 생각해보자. 남성들은 훨씬 어린 여성들과 마주 보게 될 것이다. 다시 말해 같은 나이일 경우 남자들은 훨씬 더 뒤에 놓인다. 남자들의 태도는 불안정하고 말은 서투르다. 남자들이 미래의 데이트 자리에 쓸 음주용으로 보관되어 있을 수야 있겠지만 그들에게는 숙성이 필요하다.

이것이 여성들이 늘 우려하는 문제다. 성숙, 더 정확히 말하자면 남자의 성숙 말이다. 어떤 경우에 여성들이 5년 내지 10년을 보관해야 하는 와인보다 당장 즐길 준비가 된 와인을 택하는 건 하나도 놀랄 일이 아니다.

반면 남자들은 정 반대의 처지에 놓여 있다. 프랑스 작가 브랑톰이 자기가 쓴 연애담에 적어놓았듯, 물푸레나무와 어린 느릅나무처럼 확 타오르는 풋풋한 목재가 있고, 엄청나게 고생해야 태울 수 있는 나무도 있는 것이다. 그가 보기에 이는 소녀와 여성도 마찬가지다. "어떤 이들은 아름답게 녹색으로 물든 묘목이 되자마자 쉽게 불이 붙어 너무 바싹 타버리는 바람에 사람들은 그들이 어머니의 자궁 속에 있을 때부터 사랑의 열기와 음란한 성정을 흡입한 건 아닌가 생각할 정도다." 그는 그들이 사랑을 나누기 시작할 수 있을 정도로 몸이 성장하길 기다리지도 않는다는 점도 덧붙인다. 그들은 남자들이 성냥을 갖다 대는 부싯깃인 것이다. 다른 분야와 마찬가지로 이쪽 방면에서도 전문가인 프랑스인들에게는 커플 사이의 적절한 나이 차이에 대해 경험을 통해 도출한 규칙이 있다. 여자의 나이는 남자 나이의 절반에 7년을 더해야 한다는 것이다. 처음에는 이 규칙에서 딱히 놀랄 만한 결과가 나오지는 않지만—스무 살 남자와 열일곱 살 연인의 경우처럼—그러다가 서른 살 남자와 스물두 살 여자, 마흔 살 남자와 스물일곱 여자가 나오게 된다. 아마 이 규칙의 진짜 의도는 아이들이 생길 수 있다는 점을 확실히 해두려 한 것이었겠지만 그 공식은 그 자체만으로도 호소력이 있다.

나는 여성들에게 냉소적이었던 적이 한 번도 없는데, 레이먼드 챈들러도 이렇게 쓴 바 있다. "여성들에 대한 존중을 멈춘 적은 결코 없었다. 여성들이 인생에서 남자들은 마주치지 않는 위험을 마주하고 있고, 따라서 특별한 친절과 배려를 받아야 한다는 사실을 인식하지 못했던 적 또한 단 한 순간도 없었다." 비록 챈들러가 약간 예전 세대의 사람이고 신전의 마지막 조각상이 무너지기 전에 죽기는 했지만, 그의 말은 심금을 울리는 데가 있다. 여성들은 이 세계에서 훨씬 더 힘든 의무를 수행한다. 그들은 그 대가로 아름다움을 부여받았다. 그 간결함 속의 아름다움을.

이는 많은 것들, 이를테면 발레 같은 것이 갖고 있는 완벽한 우아함에 대한 메시지가 아닐까? 무용수들의 헌신과 노고에 대한 보상으로 그들에게는 일종의 아우라가 덧씌워진다. 호리호리하고 유연한 그 무용수들은 경애를 받도록 만들어진 존재

163

이지만, 누구도 그들을 진정으로 알 수는 없다. 조명이 꺼지고 그들의 현실이 스러질 때, 그들은 겉으로 보이는 것과는 다른 존재가 되기 때문이다. 무용수이자 여성으로서, 그들은 그 무엇보다도 위대한 질서, 결코 진정으로 소유할 수 없는 존재의 질서에 속한다.

싸늘한 햇살이 비추는 야외에서 축구팀이 경기 중이다. 쇼트팬츠와 선수 번호가 새겨진 하얀 셔츠를 입은 소녀들이 소리 높여 외치면서 활기차게 다리를 움직인다. 당신은 사이드라인에서 딸의 룸메이트와 처음으로 얘기를 나눠볼 기회를 얻는다. 그 아이의 이름은 에이브릴이다. 긴 금발에 멋진 눈썹을 가진 소녀다. 밝게 빛나는 턱에 내리쬐는 빛을 통해 풋풋한 솜털이 어렴풋이 보인다. 그녀는 청바지를 입고 있고, 이미 충분히 큰 키인데도 굽 높은 부츠를 신고 있다. 그녀는 자기가 팀의 일원으로 나선 적은 없다고, 어떤 것에든 제대로 몰입해본 적이 없다고 털어놓는다. 별안간 그녀는 학교가 싫다고 말하고는 경기장을 보면서 이 학교에는 정말 말도 안 되는 멍청한 규칙이 있다고 이야기한다. 주말과, 돌아올 때 어딘가에 서명을 해야 하는 일에 대한 규칙인 것 같긴 한데 정확히 설명하지는 않는다. 그녀는 벌써 경기장으로 허겁지겁 달려 나가고 있다. 경기는 끝났고 대충 모인 열여섯 살짜리 아이들이 소리를 지른다. "얼음처럼 시원한 맥주를 마시면 응원을 하고 싶어져! 얼음처럼 시원한 진을 마시면 죄를 짓고 싶어져! 얼음처럼 시원한 오리를 먹으면……"

그 바보 같은 규칙만 아니었더라도, 어쩌면 그런 규칙에도 불구하고, 에이브릴, 제 나이보다 어려 보이는 그녀는 피카소의 동판화 연작 〈볼라르 스위트〉에서 거부할 수 없는 순수한 선으로 표현된 목가적인 그림 속 모습으로 상상될지도 모르겠다. 턱수염을 기르고 이마에는 주름이 거의 없는 조각가는 벌거벗은 어린 모델과 침대 또는 소파에서 휴식을 취하고 있다. 그는 그녀가 만족스럽기는 하지만 열렬한 감정을 느끼고 있는 것은 아니며, 실은 멍한 상태에서―카잔차키스의 구절을 따오자면― 이 지구가, 여성이, 예술이, 사상이 주는 기쁨과 모호한 평형 상태를 누리는 중이다. 그 그림은 불멸의 명성을, 그리고 그에 필수적인 횅한 세간살이를 묘사하고 있다.

　피카소의 인생 자체가 삽화 한 장으로 그려질 수 있을지 모른다. 당연히 그는 그림 속 그 조각가이고, 그의 작품의 상당 부분이 인생에서 만난 이런저런 여성들을 소재로 하는데, 그 여성들은 모두 그보다 어렸다. 피카소의 정부이자 그의 아이를 낳던 마리 테레즈 발테르는 피카소를 처음 만났을 때 열일곱 살이었다. 피카소의 나이는 마흔여섯이었다. 프랑소아즈 질로가 스물한 살에 피카소를 만났을 때 그의 나이는 예순이 넘었다. 첫 만남에서의 대화가 운명적인 결과로 이어졌다. 왜 아니겠나? 그는 부유했다. 금전적으로나―이게 훨씬 더 유혹적인 측면인데―명성으로서나 그랬다. 그는 아마 지금껏 생존한 화가 가운데 가장 부자였을 것이다. 남성적이면서도 노골적인 그의 그림은 그 그림들이 지닌 위대함이 아니었다면 필연적으로 페미니즘의 표적이 되었을 것이다. 피카소가 대표하는, 또한 그와 불가분의 관계에 있는 질서는 성경에 사용되는 성별 대명사만큼이

165

나 고루한 것이다. 예를 들어, 어째서 그는 자기 나이 대의 여성을 그리지 않았나? 레오나르도 다빈치는, 고갱이나 마티스는 왜 그러지 않았나? 어쨌거나 쉽게 모방할 수 없는 여성들이 있다. 아침에 은근한 미소를 지으며 편안히 내려오는 여성들. 머리를 늘어뜨리고 수면으로 정화된 듯한 얼굴을 하면서 커피와 대화를 필요로 하는 여성들. 그런 여성들이 호텔에, 집에, 여러 나라에 있어왔고, 지금은 잊힌 수많은 밤에 출현해왔다. 그들 모두가 돈에 흥미가 있거나 남자에게 싫증 난 건 아니다.

  휑한 바닥에 음악이 요란하다. 에어로빅 시간이다. 에어로빅 수업은 세 단계로 나뉘어 있는데, 일반반에는 여자 점원들, 가정주부들, 그리고 자동차 부품점에서 일하는 남자가 있다. 남자는 지극히 평범한 사람이다. 그들 사이에 길쭉한 코와 탄탄한 등, 맵시 있는 다리를 가진 소녀가 있다. 외로운 백조. 그녀는 하얀 쇼트팬츠를 입고, 하얀 티셔츠 위에 녹색 탱크톱을 겹쳐 입는다. 그녀의 다리가 맞닿는 부분, 그 꼭짓점의 힘줄이 살짝 팽팽하다. 발차기, 발차기, 발차기, 더 높이, 더 높이. 그녀의 동작은 젊고 황홀경에 차 있다. 다리가 자유롭게 휙 움직일 때 두 손은 아무렇게나 내던져지고 가는 머릿결이 뛰어오른다. 때때로 그녀는 뒤를 돌아보며 자기 뒤에 있는 땅딸막한 여자, 자기 어머니에게 미소를 짓는다. 수업 시간이 절반쯤 남았을 때 그녀는 오클라호마 남자애처럼 티셔츠 소매를 어깨까지 둘둘 말아 올리고는 자기의 날씬한 팔을 감탄하듯 내려다본다. 그녀의 내면에는 얼마나 큰 기쁨이 있을까! 그녀 옆에 서 있는 여자친구는 완전히 별개의 종이다.

남과 여

윗몸일으키기를 하는 동안 그녀는 기를 쓰지만 해내지 못하고, 결국 포기한 뒤 바닥에 누워 홀쭉한 종아리를 무력하게 뻗는다. 그녀를 붙잡아 포옹하고 싶다. 그 삶을, 그 목적 없는 완벽함을! 그녀의 이름은 수강생 명단에서 어머니 이름 아래 적혀 있다. 크리스.

*

텅 빈 체육관으로 들어갔을 때 거기서 축처진 채 서 있는 신성한 존재의 모습을 얼핏 보았을 때 홍조를 띠었던 피부와 여전히 조금 높게 뛰던 맥박이 천천히 정상으로 돌아가면 마치 꿈이라도 꾼 듯 다른 높이에서 내려온 기분이 든다. 시인은 '옛 불꽃의 흔적을 알 수 있다Agnosco veteris vestigia flammae'단테의 『신곡』 중 「연옥」편에 나오는 구절고 말한 바 있다. 그녀에게서 눈을 뗄 수가 없다. 그녀가 자기 어머니처럼 되기까지는 정말 오랜 시간이 걸릴 것이다. 어쩌면 절대 그럴 일은 없을지도 모른다.

태국에서는 정부情婦가 사회의 일원으로 받아들여지며, 종종 부유함의 징표이기도 하다. 그들은 '작은 부인'이라 불리며 그들의 자녀들에게는 프랑스 왕의 자녀들이 그렇듯 어떤 낙인도 찍히지 않는다. 하지만 여기는 태국이 아니고 크리스와 그녀의 수행원은 이미 문 밖으로 걸어 나간 뒤다. 설사 다른 것들은 그렇지 않더라도, 그건 환상이다. 하이힐, 검정 스타킹, 달라붙은 짧은 스커트, 젊은 여인과 그녀가 가져다주는 온갖 쾌락. 내게는 친구 둘이 있는데, 공교롭게도 둘 다 예일대 출신이고, 내게 아내를 속인 적이 절대 없다고 말했다. 내가 알고 지내는, 결혼을 자주 한 유명 영화감독도 똑같은 말을 한다. 때로 나는 이 문제에 대해 생각해보는데, 특히 그 예일대 출신 친구 중 한 명이 자기는 살면서 한 번도 거짓말을 해본 적이 없다고 주장한 뒤로는 더 그렇다. 물론 그의 경우에는 그럴 만한 중요한 동기가 제거되었기는 했지만. 나는 신의 없는 행동을 칭찬하는 게 아니다. 그건 너무 위험한 짓이다. 다만 이런 사람들이 술을 마시지 않는 사람들과 마찬가지로 덜 흥미롭다는 생각을 하고 있을 뿐이다. 어떤 잘못은, 그걸 잘못이라 부를 수 있다면, 사람을 더 흥미롭게 만든다. 마치 어떤 결함은 얼굴을 더 아름답게 만드는 것처럼 말이다. 어떤 경우건 규칙은 규칙이다. 우리는 사회에서 살아가지만 또한 동물학의 영역에 속해 있기도 하다. 우리는 절대 거기서 벗어날 수 없을 테고, 만약 그렇게 된다면 구원의 희망은 사라질 테다.

하지만 복잡한 문제들이 있고, 그 문제들을 어떻게 처리해야 하는지는 불확실하다. 사무실에서 일어나는 일을 예로 들어보자. 하루 일과가 끝나고, 거리는 사람들로 어두워진다. 아래층에서 일하고 있는 여성이 있다. 그녀가 발그레한 얼굴에 미소를 지으며 추운 곳에서 안으로 들어와서는 사람으로 붐비는 바에 흐르는 친밀한 분위기 속에서 이렇게 말한다. "안녕, 자기." 그러고는 뜸들이지 않고 말을 잇는다. "사랑해요. 당신 만나서 무척 기쁘네요." 그녀의 부드러운 피부, 그녀의 다리, 고양이가 있는 그녀의 아파트. 걱정 없이 보내는 짜릿하고 흥분된 밤. 한편에는 완벽하게 건전한 가정적인 삶이 존재한다. 다른 한편에는 형용할 수 없이 달콤한 숨겨진 삶이 있다. 진정한 유혹은 육체적

쾌락이 아니라 그것을 포획하는 것, 모든 것을 버리고 다시 시작하는 것이다.

남자로 사는 데는 이점이 있다. 아리스토파네스의 『리시스트라테』에서는 그 어느 때보다 격렬한 성적 태업이 벌어지고, 여성들은 그들이 내리는 결정뿐 아니라 그들이 가진 지성 대부분을 인정받지만, 작품의 여성 주인공이 말하듯 병사가 전장에서 돌아오면 그가 백발이라 할지라도 금세 아내를 얻을 수 있다. 여성에게는 상황이 다르다고 그녀는 선언한다. 여성들은 오로지 한 번의 여름밖에 없는 것이다.

내가 알고 지내던 어느 유럽 여성이 이와 똑같은 의견을 피력하는 걸 들은 적이 있다. 그녀는 두 번째 남편과 사별한 뒤였다. 그녀는 가임기가 지난 50대 여성으로, 자신의 매력 중 어떤 것도 상실하지 않았지만, 그녀의 말에 따르면 자기는 남자와는 달리 쓸모를 다했다는 것이었다. 같은 나이의 남자는 밖으로 나가 새 삶을 시작할 수 있는데 말이다. 이는 불공평한 일이겠지만, 그게 세상사다. 아리스토파네스와 바젤의 어느 레스토랑을 억지로 연결하겠다는 게 아니라, 2000년이라는 시간의 양 끝에 명백히 존재하는 사실을 주목하고플 따름이다.

그렇게 그는 결혼한다. 젊은 시절에 결혼한 아내가 아니라, 그 다음 사람, 나중에 만나게 된 누군가와, 기가 막히게 아름다운 옛 제자 또는 조교와, 혹은 심지어 친구의 딸과. 그녀는 잠재적인 부러움의 대상이다. 이 새로운 아내는 타인들의 내면에 불을 붙이는 꿈이자 시기심이다. 그녀는 뜻밖의 것들에 대해 이야기할 수 있다. 그 이야기들 중 친숙한 건 하나도 없고, 집이나 아이 같은 지루해빠진 이야기도 없다. 자기들이 함께 정복할 도시들, 여행들, 성스러운 아침들! 젊은 여성과 같이 걸어 들어오는 영광을 누릴 때 그녀에게 미치는 힘은 줄어들겠지만 그녀의 힘은 결코 줄지 않는다. 그녀는 특사이자 두 번째 기회다. 이번에는 모든 게 다 있다. 행복, 판단력, 충분한 돈. 그들을 평등하게 대하지 않던 시절은 지나간다. 마침내 자연의 이치에 따른 필연적인 일이 벌어지고, 불행히도 나이가 든 그는 어느 날 비틀거리다 인생의 궤적에서 떨어진다. 그는 죽는다. 피아노 위에는 멋진 액자에 담긴 사진들이 있고, 아직 학생인 두 명의 멋진 자녀들은 그 사진에서 결혼 전 엄마 아빠의 모습을 알아본다. 제복을 입은 아빠도 있다. 어디인지는 모르겠지만 네 명이 호수에서 찍은 사진도 있다. 아빠가 아프기 전이다…….

이제 남은 것은 사라진 아버지와 그를 둘러싼 기억들, 낭만적이고, 심지어는 너무도 기쁜 기억들이다. 이 접시들, 사람들, 십수년의 세월, 자동차들에 가버린 기억들이 배어 있다. 그의 하얀색 정장은 언제나 하얀색일 것이며, 그의 주름진 얼굴은 언제까지나 나이 먹지 않은 채 친절하게 남아 있을 것이다. 그는 결코 괴팍한 노인네가 되지 않을 것이고, 엉덩이가 헐렁한 바지를 입지 않을 것이며, 어떤 식으로건 자신에 대한 가족들의 사랑을 깎아먹지 않을 것이다. 아내 입장에서도 미망인 생활은 불편하지 않다. 집도 있고, 돈도 있고, 아이들도 있으며, 늘 부족했던 것, 다시 말해 혼자 쓸 시간도 있다. 반길 만한 일이고 친구도 늘 있다.

남과 여

그녀가 여전히 젊다는 건 부인할 수 없는 사실이다. 집도 멋지다. 그러니 그녀가—우스운 질문이기는 한데—자신보다 어린 남자와 결혼하는 편이 더 나았을까? 인터뷰어가 이렇게 묻는다.

생각에 잠긴 듯한 어두운 기색이 그녀의 얼굴을 스친다. 그녀가 고개를 젓는다. "이젠 상관없는 일인걸요." 그녀가 말한다.

〈에스콰이어〉(1992년 3월호)

카릴과 나

우리가 처음 만난 건, 아니 만났다는 건 정확한 표현이 아니다. 내가 그녀의 화려한 존재감을 의식하게 된 건 1960년대 후반 아스펜에서 열린 영화 세미나에서였다. 그녀는 윗줄에 앉아 검은 머리칼과 광대뼈가 도드라진 놀랄 만큼 아름다운 얼굴로 골똘히 생각에 잠긴 표정을 짓고 있었고, 나는 그때 말이 오가던 어떤 중요한 안건들보다 그녀의 존재를 더 강하게 의식했다. 나는 그녀가 누군지도 몰랐고 그녀에 대해서도 전혀 몰랐다. 이제는 시간이 너무 오래 흘러 우리가 어쩌다 처음 말을 섞게 됐는지도, 내가 그 모든 것을 어떻게 알게 되었는지도 기억나지 않는다.

그녀의 이름은 카릴 루스벨트였다. 그녀는 결혼과 이혼을 두 번 했고, 두 번째 결혼 상대는 우리의 위대한 대통령 중 한 명인 프랭클린 D. 루스벨트의 손자였으며, 네 명의 자녀가 있었다.

이 모든 것이 그녀가 겨우 서른 살이 될 때까지 벌어진 일이었다. 카릴은 자신에 대해 흥미로운 이야기들을 했고, 어떤 건 애초부터 온전히 진실일 성싶지가 않았다. 그녀 말로는 두 번째 결혼 생활 동안 남편과 딱 여덟 번 성교를 했는데 그중 세 번에서 임신을 했다는 것이었다. 그녀는 자기가 콜로라도주 리드빌 출신이며 이탈리아 여행 중 무솔리니의 측근과 사랑에 빠졌던 이모가 있었다고 주장했다. 그 사랑이 불행한 결말을 맺자 이모는 물에 뛰어들어 자살을 시도했더랬다. 하지만 개울의 깊이가 고작 60센티미터였다.

내가 즉시 알아차리지 못했던 건 그녀의 이야기에 말하지 않고 감추는 사실과 의심할 수 없는 사실이 뒤섞여 있었다는 점이었다. 그건 말 그대로 재능이었다. 알고 보니 그녀는 타고난 작가였지만, 나중에 보니 그 이상이었다.

내 친한 친구는 항상 남자였다. 그것 말고 다른 우정이 어떻게 가능한지는 모른다. 나는 남학교를 다녔고 군대에 있었으며 그러다 결혼했다. 나는 남자들을 선호한다. 어떤 의미에서 나 같은 삶에서는 여성과 마주칠 일이 없었다.

문제는 이것이다. 우정을 구성하는 건 무엇일까? 어떤 우정은 교우 관계 이상이 아니고, 어떤 우정은 실질적인 문제일 뿐이며, 어떤 우정은 그냥 길게 알고 지낸 것에 불과하다. 우정이란 지식과 친밀함 이상의 것이다. 우정은 슬픔, 영예, 희망과 마찬가지로 측량할 수 없는 영역에 속해 있다. 우정은 사랑의 형태다. 그것은 마음속에 있다. 우정에서 본질적인 것으로 다음의 것들을 일컬을 수 있다. 신뢰, 세상사에 대한 공통된 관점, 존경, 이해, 그리고 내가 특히 높이 사는 요소인 유머 감각. 이 모든 것들이 우정의 일부이지만 이중 어떤 것도 우정을 정의하지 못한다.

우리 우정은 카릴이 내 초고를 타이핑하는 직업을 얻게 되면서 시작되었다. 아마 한 페이지에 1달러를 지불했을 것이다. 그녀는 훌륭한 타이피스트였고, 처음에는 무척이나 효율적으로 일을 했지만, 그러다가 원고에 대해 한두 마디씩 거들기 시작했다. 나는 그녀가 독서를 좋아한다는 사실을 알게 되었다. 자신을 좀 더 흥미로운 사람으로 만들기 위해 그저 발이나 슬쩍 담그는 수준이 아니었다. 그녀는 게걸스러운 독서가였다. 드문 취향 또한 소유하고 있었다. 그녀는 훌륭한 것이 무엇인지도, 그 이유도 알았다. 그녀 인생의 어떤 지점에서 이런 감식안이 생겨났는지 모르겠다. 이미 남자들에게 자기 삶을 집중하고 있는, 분명 굉장한 미모의 여고생이었을 게 분명한 그녀를 진지한 독서가로 상상할 수가 없었다. 나는 독서가 그녀의 인생을 바꿨다고, 혹은 적어도 인생의 2막과 3막을 준비하게 해줬다고 생각하고 싶다. 아름다움은 훌륭한 소양이지만, 지식—또는 범위를 넓히게 되면 문화라고 해야 할 텐데—도 최소한 유혹적이기는 하다.

우리가 친구가 된 건 부분적으로는 우리가 친구 이상이 되지 않았기 때문이었던 것 같다. 그럼 친구 말고 다른 관계가 더 있을까? 단기적으로는 당연히 그렇다. 장기적으로도 물론 그렇다. 그 관계에 뭔가 더해진다면 말이다. 우리가 공유한 게 그 더해진 것이었다.

남과 여

우리는 거의 30년 동안 친구로 지냈다. 그동안 그녀는 거의 늘 다른 사람의 품에 안겨 있었는데, 문란한 것이 아니라 믿음직스러운 관계를 유지했다. 내가 좋아하는 그녀의 자질이었다. 부엌에서 식사를 하던 어느 저녁이 기억난다. 카릴과 아내, 내가 정답게 부엌에 있었다. 잠깐 들렀던 친구가 이 상황에 의아해했다. "카릴이 여기서 뭘 하는 거야?" 그가 나를 옆으로 데려가 물었다.

"우리랑 같이 살고 있어." 나는 별생각 없이 말했다. 그의 반응이 어떨지 보고 싶었다.

"너 진짜 정신 나갔구나." 그가 속삭였다.

그녀는 늘 굉장히 매력적이었지만, 결국 젊음이 퇴장하고야 말았다. 그녀는 시카고로 갔고, 소설을 쓸 심산으로 한동안 솔벨로 밑에서 일했다. 그러다가 뉴욕으로 옮겨갔다. 우리의 삶—당시는 1980년대였다—은 훨씬 더 밀접하게 얽혔다. 그녀는 서평을 썼다. 5번가에 사는 여성의 사교 활동 담당 비서로 일했다. ASPCA미국동물애호협회에서도 일했다. 그녀가 하는 이야기들은 저항할 수 없이 매력적이었다. 어떤 남자가 협회를 방문해 이렇게 말했다. "뱀 있어요?" 그는 정말 멋진 뱀을 원했다.

"멋진 뱀이요?"

"지갑을 만들고 싶어서요." 그가 말했다.

한번은 내가 전화를 걸었는데 벨이 한참을 울렸다. 마침내 누군가 수화기를 들어 그녀에게 전해줬다. "고양이들을 죽이고 있었던 게 틀림없군요." 내가 말했다.

"맞아요." 그녀가 말했다. "이곳에서 가장 멋진 개들을 죽이는 중이에요."

그 말이 사실은 아니었겠지만, 그건 작금의 세상을 참아내고 경멸하는 그녀의 태도를 전형적으로 보여주는 일이었다. 그녀는 카잔차키스가 쓴 다음과 같은 구절을 많든 적든 믿고 있었다. **고귀함, 조화, 균형, 인생의 달콤함, 행복, 이 모든 것은 우리가 작별을 고할 각오를 해야 하는 미덕이자 품위다. 그것들은 다른 시대에 속해 있었으니.**

이 일이 있기 전 그녀가 내게 자기가 쓴 단편들을 보냈을 때 나는 전혀 놀라지 않았다. 그녀의 편지들—나는 편지를 통해 많은 걸 판단한다—은 늘 특별했다. 흥미로운 사람이 되는 법을 가르칠 수 없듯 글쓰기 역시 가르칠 수 없는 것이다. 그녀의 글은 무척 훌륭했고, 자신만의 목소리와 어조가 있었다. 슬픈 건 그녀가 그 사실을 결코 믿지 않았고, 심지어는 자기 자신도 믿지 않았다는 점이었다. 그녀에게는 인내할 수 있는 자아가, 쓰지 않으면 사라진다는 사실 외에는 다른 어떤 것도 없다는 깨달음에서 힘을 얻을 수 있는 자아가 결여되어 있었다. 나는 전심으로, 마치 우리가 해안에서 멀리 떨어진 바다에서 헤엄을 치는 중인데 나는 해안까지 다다를 인내력이 있지만 그녀는 그럴 힘이 없기라도 하는 양 카릴을 격려했다. 나는 내가 그녀를 왜 사랑하는지, 그리고 그녀가 내가 뉴욕에서 그녀에게 소개한 두 명의 절친한 친구에게 어째서 즉각 끌렸는지 이해했다. 그녀는 그곳에 딱 맞았다. 그녀는 잘 어울렸다. 음식, 술, 소문, 냉소, 여행—우리는 같은 공기를 호흡했다. 그녀는 희곡 집필로 방향을 돌렸다. 몇 편은 무대에 올랐지만 큰 성공을 거두지는 않았다. 그녀는 실망했지만 사람들은 그 사실을 모를 것이었다.

결국 우리는 거의 이복남매 같은 관계가 되었다. 처음에 나는 그녀에게 여성으로 끌렸지만, 이제 그녀가 여성이라는 사실이 중요해지는 건 주로 그녀가 다른 쪽에서 가져오는 분명한 견해를 들을 때다. 이건 뉴스라 할 만하다. 이제 그녀의 친구는 대부분 여성이고, 그녀가 자기 친구들에 대해 알고 있는 사실들, 가끔은 믿기 어려울 정도로 못돼먹은 그 사실들은 무척 매력적이다. 카릴이 말하길 자기 친구들이 그녀와 함께 침대로 간 모든 남자들의 명단을 작성하기로 했단다. 그 명단에는 **키 큰 노르웨이인**이 있었는데, 그 밑에 있는 건 **노르웨이인의 친구 둘**이었다.

한번은 그녀가 내게 이렇게 편지를 썼다. 당신이 없었다면 내 삶은 훨씬 작고 어두워졌을 거야.

나는 지금으로부터 200년 전 로버트 번스가 그의 가장 유명한 시에서 썼던 구절을 생각한다. 그 시의 제목은 「존 앤더슨, 내 소중한 사람 존John Anderson My Jo, John」이다. 'Jo'는 '소중한 사람'이란 뜻이다. 번스는 이렇게 썼다. 우리는 함께 산을 올랐고—나는 스코틀랜드 사투리를 읽기 쉽게 바꾸고 있다—행복한 나날을 보냈어요. 존, 서로 함께 말이에요.

> 이제 천천히 내려가야 해요, 존
> 같이 손잡고 가요
> 산자락에서 같이 쉬어요
> 존 앤더슨, 내 소중한 사람

그 모든 세월이 지나고, 카릴과 나는 이제 이런 관계다.

〈모던 매처리티〉(1997년 4/5/6월호)

남과 여

날이 저물면

　며칠 전 저녁 식사 자리에서 사람들이 어느 열정적인 젊은 페미니스트에 대해 이야기를 나누었다. 그녀는 멋진 외모에 머리를 길게 길렀고, 딱 붙는 청바지와 굽 높은 송아지가죽 부츠를 신고 돌아다녔다. 어느 날 저녁 그녀는 강연을 하고 난 뒤 청중 중에서 여성에게만 질문을 받겠다고 선언했다. 수 세기 동안 여성을 억압해온 자들인 남성은 발언이 허용되지 않을 것이었다. 사실 그 선언은 특별히 큰 문제가 되지 않았는데, 왜냐하면 질문 두 개를 받고 나자 그녀가 돌연 강연을 끝내고 말았기 때문이었다.

　당시 그녀는 말씨가 부드러운 젊은 작곡가와 연인 관계였다. 어쩌다 이 주제가 화제에 올랐을 때, 작곡가는 때때로 자기가 가르치는 여학생들에게 유혹당하는 기분을 느낄 때가 있다는 말을 사람들 앞에서 하게 되었다. 그녀는 자리를 박차고 일어서

더니 넌더리를 내면서 다시는 그와 얘기하고 싶지 않다고 선언했다. 그리고 사람들이 아는 한 그녀는 정말로 다시는 그와 얘기하지 않았다.

나는 무엇보다 장 르누아르라면 이런 이야기를 어떻게 만들었을지 궁금했다. 그가 무슨 이야기를 떠올렸을지 궁금한 게 아니라 그가 자기 영화에서 이 문제를 어떻게 다뤘을지가 궁금한 것이다. 아마도 인간적인 결점을 열정적이면서도 바보스럽게 다루었으리라. 일생 동안 만든 서른다섯 편 남짓한 영화 속에서 드러나는 그의 위대한 능력은 사건들을 무척이나 인간적인 맥락에 위치시키는 것이었다. 나는 장 르누아르를 만난 적이 없다. 그는 1979년 여든넷의 나이로 사망했다. 하지만 나는 어쩐지 그를 알았던 듯한 느낌이 든다. 그는 내가 존경해 마지않는 사람들과 작품들의 영역에 속해 있다. 르누아르는 영화뿐 아니라 책도 세 권 썼다. 아버지에 대한 회상록, 자서전, 그리고 역시 자서전 형식으로 쓰인 소설 『조르주 대령의 노트』가 그 책들이다.

소설은 연애, 혹은 더 정확히는 젊은 상류층 군인과 갈색—프랑스인들은 'brun'이라 표현하는—피부의 솔직한, 어느 정도는 운명적으로 만난 창녀 사이의 일생일대의 사랑을 다룬다. 군인은 술 취한 동료들이 득실거리는 파티에서 그녀를 처음 보는데, 그 동료들 중 한 명이 그녀가 그의 무릎에 앉아 있는 동안 성관계를 갖고, 그녀는 그런 행위를 무심히 받아들일 뿐 아니라 심지어 즐기는 기색까지 내비친다. 이 단계에서는 아직 그녀가 창녀라는 사실이 드러나지 않는다. 일이 끝난 뒤 그녀는 침착하게 스커트 매무새를 가다듬고는 디저트를 더 즐긴다. 그녀와 사랑을 나눈 군인은 넌더리를 내며 떠나고, 화자는 그녀에게 말을 걸기 시작한다. 그녀는 관대한 느낌을 주는 입과 작고 하얀이를 가지고 있고, 화자는 별안간 그녀에게 키스하고픈 충동을 느끼는데, 그 충동은 거의 호기심이나 다름없다. "그건 염소에게 신문을 주고는 그걸 먹나 안 먹나 보고 싶다는 유혹을 받는 것과 같았다."

키스를 하고 난 뒤 그녀는 그럴 줄 예상치 못했다고 말한다. 싫었느냐고 그가 묻는다.

'아, 난 신경 안 써요. 하지만 당신은 그럴 만한 사람은 아닌데.'

'키스할 만한 사람이라는 게 따로 있어요?'

'다른 일들도 그렇잖아요.'

그녀의 이름은 아그네스다. 독자들은 이내, 화자와 마찬가지로 그녀와 사랑에 빠진다. 소설의 무대는 제1차 세계대전 발발 1년 전, 부대가 주둔해 있는 프랑스의 어느 도시다. 아그네스는 열아홉 살이고 그 지역 유곽에서 일한다. 당시 프랑스의 소도시가 대개 그랬던 것처럼 그 지역에도 유곽이 딱 한 곳 있었다. 그녀는 심지가 굳고, 정직하며, 스스로를 완전히 속이는 것이 정말로 불가능한 사람이다. 그녀는 처음에는 조르주를 거부하는데(그는 나중에야 장교가 된다), 심지어는 조르주가 매음굴에 찾아왔을 때 그의 상태를 보면서 그를 그 상태로 놔두는 게 얼마나 그에게 좋지 않은지 알게 됨에도, 그녀는 그를 돌려보내기전에 점잖게 그 문제를 처리한다. 나중에 그녀는 돌연 태도를바꿔 그에게 자신을 모두 바치지만, 그때도 지금 이 상태보다 상황이 더 나아질 거라는 환상 따위는 갖지 않는다. 하지만 바로 그 '지금 이 상태'야말로 그녀가 알았던 어떤 행복보다도 더 큰 행복의 상태였고, 이는 조르주에게도 마찬가지다.

이 책은 상황이 뒤집힌 〈나비 부인〉이다. 아그네스는 공교롭게도 다른 누군가, 즉 남편에게 매인 몸이다. 남편은 언젠가 자기 철물점을 열겠다는 꿈을 이루고자 돈을 벌러 떠나면서 그녀를 매음굴에 앉혀놓은 인간이다.

전쟁이 벌어지고 조르주는 참전하는데, 중간에 잠시 만나기는 하지만 끝에 가서 그는 아그네스를 잃는다. 남편도 마찬가지다. 조르주는 남은 평생 동안 다시는 그런 사랑을 모르고 산다. 그런 높이의 사랑은 오로지 딱 한 번 도달할 수 있는 것이다.

비록 소설의 플롯은 단순하지만 거기서 빛을 발하는 것은 인간적인 세부사항들이다. 조르주는 얇은 가운이 흘러내리면서 아그네스가 벌거벗은 몸이 되던 때를 회상하는데, 거기에는 모종의 수수함이 있을 뿐 그녀의 육체가 비할 데 없는 선물이라는 자만심이나 생각 같은 것은 전혀 존재하지 않는다. "그녀는 그저 이렇게 생각했다. '그는 내가 벌거벗은 걸 좋아하고 나는 그게 그를 기쁘게 하니 행복해.'"

이 책은 전적으로 꾸며낸 얘기겠지만 아주 약간은 르누아르의 경험에도 빚지고 있는 듯 보인다. 르누아르도 조르주처럼 기병이었고 전쟁 초기에 부상을 입었다. 회복되고 난 뒤에는 조르주처럼 장교로 전쟁을 마쳤다. 그는 아버지의 모델 중 하나였던 앙드레 외슐렝과 결혼했는데, 그녀는 르누아르의 초기 영화에서 주연으로 활동했다. 아마 르누아르는 그녀를 아그네스로 변형시켰을 테고, 다른 누군가에게서도 아그네스를 끌어왔을 것이다. 사실 그런 점은 딱히 중요하지 않다. 사람들은 책을 믿으니까. 르누아르가 꾸며낸 이야기는 다른 이들의 사실보다 더 믿음직하다. 주둔지의 삶을 묘사하는 장면들이 그렇다. 아늑한 분위기에 탤컴파우더의 향기와 땀 냄새와 싸구려 향수 냄새가 풍기는 유곽의 장면들이 그렇다. 자기는 집에 있는 '진짜 여자'와 결혼했다면서 여자들을 무시하는 웨이터의 모습이 그렇다. 도덕성과 상식을 내세우는 작은 체구의 거만한 주인의 모습이 그렇다. 이 모든 것들이 간결한 필치와 독특한 문체로 그려진다.

고전 세계에 대한 지식이 유적과 책을 통해 우리에게 전해지는 것과 마찬가지로, 50년 또는 100년 전 프랑스인의 일상 중 일부를 건축, 그림, 그리고 작가들이 쓴 글을 통해 엿볼 수 있다. '로미Romi'라는 익명으로 집필된, 프랑스 사창가의 전성기를 다룬 두터운 두 권짜리 책 『문 닫은 유곽』에서 작가들이 쓴 글을 많이 찾을 수 있다. 1930년대에 어느 신문사에서 이 책의 저자에게 전국의 사창가를 조사하라고 취재를 보냈다. 그는 엄청난 수의 유곽을 방문하고 나서 그 분야의 역사가가 되었다. 그 책에는 소설가 장 루브Jean Loubes가 학생이었던 1926년에서 27년 사이에 쓴 강변 지방도시에 대한 글이 실려 있다. 인구 1만 4000명인 그 도시에는 공창公娼이 하나 있었는데, 맘씨 좋고 머리도 좀 돌아가고 자상하고 눈치 없는 여자 넷이 거기서 4중주단을 이루고 살았다. 그들을 통하고 나면 이 도시 최고의 시민들에 대한 재미있는 사실들뿐만 아니라 자기 부인들의 육체적

결함과 욕망에 대해서도 배울 수 있었다. 맥주는 약간 비쌌지만 질이 좋았고, 2층 방에서는 날이 저물 때 도시 전체의 경관이, 가정집과 회사들, 거리와 방파제가 보였다. 그 방에서는 모든 근심 걱정이 사라졌다.

선집에는 루이 아라공이 노래한 「매음굴Les bordels」이라는 시도 실려 있다. 또 다른 작가는 르 아브르의 갈롱 거리를 여자들, 오줌, 쉰 우유, 바다 냄새로 기억한다. 그가 말하길 시골 유곽에서는 평화로운 생각을, 가정생활의 느낌을 줄 수 있는 게 하나도 없다. 웃고, 떠들고, 뒷담화를 하고, 술을 마시고, 선거에 대해 토론하고, 블롯belote, 카드놀이의 일종을 하는데, 이러한 것들이 저쪽 세상과 맺는 관계는 다리가 사회에 대해 맺는 관계와 같았고, 일요일이면 다들 미사에 참석했다. 그러니 나이가 들어 파리의 소음, 문학가들의 다툼, 새로운 소식, 살롱, 속물, 시, 여행 등에 신물이 나면 나는 어느 시골 유곽에 묻혀 살리라…… 그곳은 상공회의소와 별반 다를 바 없는 장소니까. 책에는 유곽 목록뿐 아니라 부드러운 가죽으로 만든 무릎 높이까지 올라오는 부츠, 어깨 너비만큼 길쭉한 장갑, 특정한 장소에서는 입기에 불완전하지만 학교에서 집으로 돌아오는 장면을 재연할 때는 잘 어울리는 여학생 교복에 대한 광고도 실려 있었다. 이 '안내서'에는 가격이 붙어 있지 않았다. 복사본은 쉽게 얻을 수 있었지만 판매용은 아니었다.

그 책이 언제 마지막으로 출판되었는지는 분명치 않다. 1939년 아니면 1945년일 것이다. 그 책에 대한 수요는 1946년에 모든 유곽을 폐쇄하는 법률이 제정되면서 끝이 났다. 유곽 폐쇄

남과 여

가 갑작스럽게 일어나지는 않았다. 인구 5000명 정도의 도시에
는 한 달, 2만 명까지는 석 달, 그 이상의 도시에는 6개월의 유
예 기간을 허용하는 존경할 만한 동정심을 발휘하면서 진행되
었다. 그럼으로써 세상 남녀로 하여금 이제 정부가 그것이 사회
적 역병이라는 사실을 인식하게 된 존재의 종말을 대비할 수 있
도록 해주었다.

스무 살 때 빛바랜 비행장과 도시들이 있는 텍사스 국경 지대
로 추방되었던 기억이 난다. 그곳에서 가장 중요한 인물은 은행
장과 코카콜라를 병에 채워 넣는 사람으로, 그들의 딸들은, 딸
이 있을 경우의 얘기긴 했지만, 우리와 동떨어진 세상을 한가롭
게 거닐었다. 주말은 길고 불타는 오후와 더불어 끝이 보이지 않
았다. 우리는 멕시코로 건너가 식당과 싸구려 바에 갔다. 뒷집이
나 옆집에는 보통 여자들이 있었고, 그 여자들에게 손님들을 데
려가는 사람도 늘 있었다. 멕시코시티에 살던, 잊을 수 없을 정
도로 새하얀 이를 가진 하바나 출신 소녀가 기억난다. 장 르누아
르의 소설과 약간 닮은 듯한, 혹은 인간미와 문체를 싹 제거한
채 글을 썼으면 나왔겠다 싶은 소설 같은 기억이었다.

"난 인생을 이해해요 Je comprends la vie." 루이스 부뉴엘의 영
화 〈세브린느〉에서, 아나이스 부인은 유곽 '벨 드 주르'에 이따
금씩 성적 서비스를 제공하러 초조한 기색으로 나타나는 젊은
유부녀 세브린느에게 위로하듯 말했다. 오래 남는 대사다. 어
떤 식으로든 벌어질 필요가 있는 일이란 게 있다. 그런 것들을
솔직히 마주하는 편이 나을지도 모른다. 어쨌거나 유곽의 존
재 이유가 사랑은 아니다. 유곽의 존재 이유는 욕망이고 꿈이다.

일반적으로 성인은 죄인보다 덜 흥미로운 사람들인데, 성인 중 많은 이들이 애초부터 그런 이들이었다. 인생은 종잡을 수 없지만 뭔가 그런 삶에 맞설 만한 것, 지나치게 손쉬운 것, 관능적인 삶이 있어야 한다. 중용이란 존경받을 만한 일이지만 날이 저물면 거리가, 불빛이, 쭉 빠진 다리가 사람을 유혹하게 마련이다. 헨리 밀러는 '얼빠진' 상태로 '가난에 찌들린' 채 파리에 도착했다. "그 시절 나는 기묘한 만족감을 느꼈다. 약속도, 저녁 초대도, 계획도, 돈도 없었다. 친구 하나 없던 그때가 내 황금기였다." 그는 어느 만찬 자리에서 자신을 유령에 비유했지만 얼마 안 가 본인이 직접 테이블에 앉을 수 있었다.

나는 장밋빛 표지의 그 안내서를 찾지 못했다. 참 이상한 게 내가 그걸 찾으려 들면 들수록 그걸 찾을 필요가 점점 더 줄어들었다. 이미 그 책의 내용이 다 생각난 것이다. 결국 나는 그 책을 책장 위나 다락, 아주 오랫동안 있어왔을 그 장소에 그냥 계속 숨겨진 채로 내버려두기로 했다. 어떤 것들은 직접 보는 것보다는 상상으로 끝내는 게 더 낫다. 특히나 한낮의 빛 속에서는.

〈GQ〉(1992년 2월호)

남과 여

빌 클린턴이 사는 마을 이야기

유명인의 경솔한 행동은 대개 각주처럼 부차적인 취급을 받기는 해도 무척이나 흥미로운 주제다. 하지만 분명히 밝혀진 바와 같이, 그 일르윈스키 스캔들은 그저 대통령의 경솔한 행동이 아니라 자신에게 치명적인 것을 은폐하고 부정하려 들었던 개탄스러운 시도였다. 이런 시도로 인해 범죄가 날조되었다. 내 친구의 부친께서 갖고 있던, 오랜 시간에 걸쳐 검증된 공식이 떠오른다. 잘못된 행동으로 인해 일이 생기면 남자답게 고백한 뒤경건한 마음으로 각오하라는. 클린턴 대통령이 기소를 당했을때 모든 진실이 즉시 밝혀질 것이라는 희망이 있었던 듯하다. 만약 그가 공화당이었다면—닉슨, 또는 레이건처럼 말이다—그는 분명 필수적인 성도덕 관념을 갖고 있었을 것이다.

했다가는 아마도 지옥으로 떨어지게 될 성싶은 거짓말이 있고, 그보다는 덜한, 심지어는 사소하기까지 한 거짓말이 있다.

그런 거짓말은 그렇게 가혹하게 판단될 만한 것이 아니며, 실은 종종 필요한 거짓말이기도 하다. 대통령이 발뺌을 하고, 어떤 경우에는 거짓을 말했던 건 자기 사생활과 전적으로 합법적인 행동까지 다 폭로되는 것을 방지하고자 함이었다. 그 발뺌과 거짓은 본인의 명성을 구하고 클린턴 부인과 그들의 딸들에게 심각한 상처가 가해지는 걸 막기 위한 것이었다.

그럼에도 불구하고 백악관에서 벌어졌던 일에 대한 끔찍한 사실이 여전히 남아 있다. 그 행동들은 분명 전례가 없는 것이었다. 그 행동들은 병적인 수준까지 이르렀고, 스타 특별 검사와 그의 충성스러운 동료들은 정의 증진과 이 나라의 선을 위해 자신들이 할 수 있는 일을 했다. 이 나라가, 그리고 이 나라의 지도부가 이미 훌륭하다는 사실에는 신경 쓰지 말자. 정의에 대해 말하자면, O. J. 심슨 사건1994년 전직 미식축구 선수 O. J. 심슨이 아내와 아내의 연인을 살해했다는 혐의로 체포되었지만 재판 결과 증거 불충분으로 무죄 방면되었다. 이 재판은 심슨이 흑인이고 살해당한 아내가 백인이었기에 인종 문제는 물론이거니와 재판 과정에서도 수많은 논쟁과 화제를 낳았다을 통해 정의가 결국에는 승리하리라는 사실을 우리가 아주 잘 알고 있지 않은가 말이다.

몇 년 전 공연된 월리스 숀의 희곡 「댄 이모와 레몬」에서 이 일에 대한 전조를 보았던 것이 생각난다. 연극에서 젊은 여성 주인공은 자기가 헨리 키신저와 만나는 장면을 상상한다. 그녀는 자기가 키신저의 개인 노예가 될 준비가 다 되어 있다고, 자기 생각에는 키신저가 그걸 좋아할 것 같다고 말한다. 그는 운 같은 걸 떼지 않고 그녀를 기쁘게 해줄 수 있을 것이다. 그녀는 그가 얼마나 바쁜지 잘 안다. 잠깐 시선을 교환하는 정도면 된다. "그는 인류에게 봉사했어. 난 그 사람에게 봉사해야지." 그녀는 이런 망상에 젖는다. 종이에 옮기기에는 참으로 불편한 생각이다. 무대에서 쩌렁쩌렁 읊는 건 말할 나위도 없고.

잭 케네디의 도덕적 힘, 그의 커다란 매력 가운데 일부였던 그 힘은 나중에 결함이 있었던 것으로 밝혀졌다. 이 사실이 드러나기 전에 그는 엄청난 프로젝트들에 착수했다. 이를테면 달에 우주선을 보내는 것 같은. 그가 사실 얼마나 공허한 인간이었는지 알려졌더라면 오스왈드도 그를 쏴야 한다는 압박감을 느끼지 않았을 것이다. 그가 제풀에 무너질지도 모른다고 예상할 수 있었을 테니까.

나는 절대 클린턴의 숭배자가 아니었다. 나는 그가 사람들의 기대에 부응하는 데 실패했다고 느꼈다. 전쟁 중에 빠져나오는 거야 괜찮지만, 싸움에서 그렇게 몸을 뺄 거라면 사령관이 되려고 해서는 안 된다. 어쩌면 이런 것들은 더 이상 그렇게 밀접한 관련이 없을지도 모르겠다. 어쨌거나 지금은 클린턴이 자신보다 확실히 훌륭하긴 하지만 아량은 좀 부족한 사람들에게 무자비하게 두들겨 맞는 중이기 때문에 나도 생각이 바뀌는 중이다. 나는 그의 배짱과, 두 번이나 당선되어 수행하는 임무에 대한 불굴의 헌신에 깊은 인상을 받았다. 설사 그가 파렴치하다해도 이번 일에 있어 그는 혼자가 아니다. 진정한 아름다움에는 약간의 결함이 따르게 마련이다.

<〈뉴요커〉(1998년 10월 5일)>

가장자리에서

완벽한 활강
— 토니 자일러

키츠뷔헬은 멋진 스키장과 때 묻지 않은 경관으로 유명한 오래되고 멋진 소도시다. 후자는 수백 년간 전해 내려온 것이지만 스키장으로서의 명성은 그곳 출신 훌륭한 선수들 덕을 어느 정도 보고 있다. 그 선수 대부분은 그 유명한 1950년대 오스트리아 스키 팀의 일원이었고, 이 팀에는 자일러, 몰테르러, 프라브다가 소속되어 있었다. 토니 자일러는 그중 가장 잊을 수 없는 선수였다. 그는 1956년 코르티나담페초에서 열린 동계올림픽에서 세 종목의 알파인 경기를 석권했다. 자일러 외에 그런 업적을 거둔 선수는 장 클로드 킬리뿐이었다. 킬리와 마찬가지로 자일러도 모든 활강경기 중 가장 유명한 키츠뷔헬 레이스에서 금메달을 땄는데, '하넨캄'이라 불리는 이 레이스는 오스트리아 티롤 지역에 있는 대략 3킬로미터에 걸친 컴컴한 전나무들을 헤쳐 나가는 경기다.

하넨캄은 가장 오래된 레이스 중 하나이며, 단연코 가장 힘든 코스다. 극단적으로 가파른 출발점의 경사, 급격한 지형 변화, 어려운 방향 전환으로 특징지어지는 이 코스는 존경과 두려움의 대상이다. 이곳은 모든 것을 요구한다. 용기, 인내, 기술. 더불어 모든 활강 경기가 그러하듯 자기가 할 수 있는 것보다 조금 더 몰입해야 한다. 만약 하넨캄에서 우승한다면 뭔가를 이뤄낸 것이다. 심지어 경기에 참여하는 것조차 성취다.

지난해 나는 키츠뷔헬에 있었다. 레이스를 취재하던 중이었고, 나 말고도 500명의 사람들이 그 일을 하고 있었다. 나는 나를 데리고 경기 코스를 내려가줄 사람을 찾던 중이었다. (코스가 개방되어 있을 때는 어느 정도 스키를 잘 타면 내려갈 수는 있었다.) 나는 내게 세부적인 사항들, 내부자만이 알 수 있을 멋진 장소를 설명해줄 수 있는 코치 내지는 붙임성 좋은 선수를 구하고 있었다.

"자일러랑 같이 내려가보면 어때요?" 누가 말했다. "자일러요?" 그는 어린이 스키 교실을 운영하고 있었다. 올라가서 얘기나 해봐요. 사람들이 말했다. 그는 하넨캄에서 다섯 번 경기를 했다. 우승은 두 번 했다.

"자일러라고?" 내가 멍하니 말했다. "안 될 거 없잖아요?" 나는 스키 교실로 갔다. 교실은 슬로프 아래, 결승선 근처에 있었다. 거기 있는 조그만 부스로 가 자일러에게 볼일이 있다고 했다. 그는 자리에 없었고, 나는 쪽지를 하나 써서 스키 걸이 맨 위에 그의 이름이 보이도록 쪽지를 끼워 넣었다. 나중에 다시 스키 교실로 와보니 이번에는 그가 있었다. 자일러는 마흔일곱 살이었지만 제 나이보다 훨씬 젊어 보였다. 정상을 맛본 경험이 있는 냉정하고 잘생긴 얼굴이었다. 나는 쪽지가 읽지 않은 상태 그대로 여전히 스키 걸이에 있다는 사실을 알아챘다. 나는 내가 원하는 걸 설명했다. 그와 함께 코스를 내려가서 코스의 진짜 특징을 그에게서 듣는 것. 자일러는 입이 무거운 사람이었고, 내 얘기에 거의 흥미가 없는 듯 보였다. 마침내 그가 말했다. "좋아요. 내일 아침 여덟 시에 여기서 만납시다. 아니, 다시 생각해 보니 여덟 시 십오 분 전이 좋겠네요."

나는 밤새 잠을 설치고는 다음 날 아침 일곱 시에 일어났다. 창밖에서는 아이들이 어둠 속에서 눈 쌓인 길을 따라 학교에 가고 있었다. 만나기로 한 장소에 도착했을 때는 해가 밝았다. 그림자 하나 없이 쨍한, 따스해질 기미는 조금도 없는 쌀쌀한 1월 아침이었다. 사람이라고는 코빼기도 비치지 않았다. 정확히 일곱 시 사십오 분이 되자 스키 한 쌍을 든 형체가 홀로 나타났다. 자일러였다. 그는 내게 간단히 인사했고, 우리는 케이블카 정류장으로 출발했다. 몇 명이 이미 케이블카를 기다리고 있었는데 그중에는 아침 연습을 나온 선수들도 있었다.

자일러는 빨간색 파카와 검정색 팬츠 차림이었다. 그는 정류장에 서서 오스트리아 소년 몇과 짧게 대화를 나눴다. 그는 그 소년들 팀에서 코치를 맡았던 적이 있었다. 그런 다음 그는 벤치에 앉아 부츠를 죄었다. 그러더니 가느다란 끈 두 개를 꺼내 무릎 위에 조심스럽게 단단히 묶었다. 나는 어색한 기분으로 이 모습을 멍하니 바라보았다. 우리는 조용히 케이블카에 탔다. 성에가 낀 창밖으로 우중충한 나무들에 약간 가려진 휑하고 반들거리는 코스가 보였다.

정상에서 그는 말없이 스키를 신은 뒤 출발 구역으로 올라가는 낮은 언덕을 향해 걸었다. 우리는 옆걸음질로 올랐다. 꼭대기에 쌓인 눈은 전날 연습을 하려고 기다리던 선수들의 부츠에 짓밟혀 있었다. 지금 정상은 비어 있었다. 언덕을 건너는 동안 나는 결국 그를 불러 세우고는 우리가 앞으로 뭘 하는 건지 얘기 좀 할 수 있겠느냐고 물었다.

"코스 아래에서 더 잘 얘기할 수 있을 겁니다." 그가 말했다. 그는 출발선이 위치한 오두막으로 걸음을 옮겼지만 나는 한 번 더 그의 관심을 끌어보려 시도했다. 나는 그에게 물었다. 이 코스에서 얼마나 많이 스키를 탔습니까? 그가 잠시 생각했다.

"1952번요." 그가 말했다. "1953번이던가……" "대회만이 아니군요. 다 합친 거네요. 연습까지 셈해서." "그런 게 중요하진 않죠." 출발선이 있는 오두막에는 계단이 없었다. 오두막은 그냥 눈 위에 세워져 있었다. 한쪽에 일종의 대기 구역을 마련해놓고자 가운데에 난간이 설치되어 있었다. 자일러가 그 주변을 미끄러지듯 지나쳐 문 앞에 줄을 섰다. 그는 그 자리에 멈춘 뒤 황량하게 비어 있는 코스를 내려다보았다. 한 주 내내 손을 본 코스였다. 그가 무슨 생각을 하고 있는지, 무슨 기억을 되새기는지 헤아리기 어려웠다.

처음으로 올림픽을 재패했던 해에, 자일러는 보통 100분의 1초로 승패가 갈리는 활강 경기에서 3.5초를 앞서 금메달을 땄고, 슬랄롬에서는 4초, 자이언트 슬랄롬에서는 6.2초를 앞섰다. 그건 그때까지 나온 개인 최고 성적이었다. 관계자의 말에 따르면 지금까지 누구도, 특히 자이언트슬랄롬에서는 그런 기록 격차에 근접한 결과를 내지 못했다고 한다. 심지어 스텐마르크조 차도 그랬다. 킬리는 간발의 차로 우승했다.

출발선에서부터 코스는 아래로 날카롭게 떨어지고, 좌측으로 급선회한 뒤 훨씬 더 가파르고 좁은 경사로 이어진다. 이 숨이 막힐 듯한 구간을 '마우스팔레Mausefalle(쥐덫)'라고 부른다. 이 구간을 지나면 '슈타일항Steilhang(급경사)'이라 불리는 또 다른 구간이 등장한다. 자일러는 스키 끝을 허공에 올린 자세로 서 있었다. 내 머릿속은 거의 공황 상태였다. 마치 방금 막 벼랑에서 내려온 느낌이었다.

자일러가 고개를 돌리더니 처음으로 말을 건넸다. "작가님 스키 날은 어떻습니까?" 그가 물었다. "날카로운가요? 여기가 다 얼음이거든요. 날카롭지 않으면 끝까지 타고 내려가지 못할 겁니다." 그러더니 그는 떠나버렸다. 나는 그가 한 번인가 두 번 거뜬하게 회전을 하고 난 다음 아래 왼쪽 방향으로 시야에서 사라지는 광경을 믿을 수 없는 기분으로 지켜보았다. 내 스키는 대여한 것이었다. 나는 날로 스키를 치면서 나아갔다. 나는 우리가 코스 가장자리로 천천히 내려가면서 느긋이 움직일 거라 상상했다. 일이 그렇게 되지는 않을 모양이었다.

나는 출발했다. 처음에는 브레이크 없는 자동차를 타는 것 같았다. 얼어붙은 표면에서 날이 제대로 유지되질 않았다. 회전을 해보려 했지만 스키는 그냥 덜거덕거릴 뿐이었다. 속도가 올라가자 마지막 회전이 안 돼서 바닥에 굴렀다. 나는 얼른 일어섰다. 자일러는 마우스팔레 꼭대기에 서 있었다.

"얼음 상태는 나쁘지 않네요." 자일러에게 다가가자 그가 말했다. "착 붙어요." 그가 레이스에 참가하던 시절 사람들은 여기서 미리 점프를 한 다음 길 대부분을 공중에서 내려가곤 했다. 이제 사람들은 스키를 땅에 단단히 눌러 붙이고 공기를 탄다. 구간 아래쪽에 이르자 갑자기 바닥이 평평해지면서—이를 압축이라 한다—다리가 몸에 바싹 올라붙었다. 이 상태를 만회할 시간은 없었다. 세 번 재빨리 선회하자 슈타일항으로 이어졌다. 멈추기가 훨씬 더 힘들었다. 자일러는 이 회전이 무척이나 중요하다고 했다. 회전을 정확히 해야 최고 속도를 유지할 수 있다는 것이었다. 나는 마지못해 고개를 끄덕였다.

슈타일항에서 뜻밖의 일을 겪었다. 오스트리아 스키 선수단이 코스를 손질하고 있었던 것이다. 그들을 감독하던 사람은 전직 미국 스키팀 코치였던 60대의 윌리 셰플러였다. 나는 셰플러를 개인적으로 알았고, 그를 만나자 마음이 놓였다.

"여기는 웬일이요?" 셰플러가 물었다. 우리는 그의 옆에 멈춰 섰다. "토니가 저한테 하넨캄 구경을 시켜주는 중입니다." 내가 별생각 없이 말했다. "그래요? 이 사람 하넨캄에 대해서는 하나도 모르는데." 셰플러가 나를 놀리듯 말했다. "진작에 다 잊어버렸거든." 그러더니 자기 농담에 크게 웃어젖혔다. 자일러는 아무 말 하지 않았다. 잠시 뒤 이렇게만 말했을 뿐이었다. "갑시다." 그는 스키를 타고 슈타일항의 나머지 코스를 달렸다. 18 내지 27미터 정도 가자 숲을 통과하는 비교적 평평한 길이 나왔다. 우리는 시속 96킬로미터 정도로 나아가는 듯했는데, 아마 실제로는 시속 32킬로미터 정도였을 것이다. 그래도 긴장은 풀리기 시작했다. 정상 부분이 가장 힘들었다. 어쩌면 우리는 코스를 완주하게 될지도 몰랐다.

우리는 그렇게 가파르지 않은 또 다른 경사에 도달했다. '알터 슈나이저Alteschneise'—'오래된 숲길'이라는 뜻이다—라 불리는 지점으로, 여기서 1958년에 자일러가 넘어졌다. 그가 그 지점을 얼추 가리켰다. 빨리 지나갈 수 있는 지점 아니면 툭 튀어나온 부분과 마주쳤을 텐데, 둘 중 어느 쪽인지는 그도 몰랐다. 코스가 좁고 거칠어졌고, 그러다 스키가 그의 발에서 빠져나와버렸다.

코스 중반은 상대적으로 쾌적했다. 스키로 빠르게 달리기는 하지만 어쩔 수 없이 그래야 하는 지역은 아니었다. 얼음도 조금 덜 얼어 있었다. 멋진 스키 타기였다.

눈앞에 마지막 거대 고비인 '하우스베르크Hausberg'가 보였다. 이 구간이 최후의 관문으로, 아래 부분에서 잔인할 정도로 압축이 일어난다. 여기서 많은 선수들이 나뒹굴었으며, 적잖은 선수들이 경력을 마감했다. 하우스베르크에 도달하기 직전에 누군가 코스에 있는 게 보였다. 파란색 스키 수트를 입은 땅딸막한 남자가 거의 명상이라도 하듯 산 아래를 굽어보고 있었다. '다운힐 찰리'라는 별명으로 알려진 오스트리아인 코치 카르였다. 오스트리아인은 자기들이 독점하는 분야라고 여기는 종목에 대해 자기네가 소유권이 있다고 생각하는 사람들이다. 카르와 자일러가 한 쌍의 낚시꾼들처럼 몇 마디 주고받았다. 카르는 태양이 막 떠서 아래쪽에 그림자를 드리우고 있으니 선수들이 거기서는 최고 속도로, 그러니까 시속 137킬로미터 내지는 145킬로미터로 달릴 거라고 말했다. 두 사람이 동의한 사실은 눈 상태가 완벽하다는 것이었다. 우리는 마지막 경사를 같이 내려갔다. 만만찮은 구간이었지만 꽤 널찍했다. 회전할 공간도 넉넉했고, 적당한 각도와 속도로 지날 수 있어서 압축도 일어나지 않았다. 결승점에 이르는 긴 직선 구간은 꼭 박수갈채 같았다.

자일러는 약속대로 슬로프 밑에 있는 작은 레스토랑에서 경기에 대해, 위대한 선수가 된다는 것에 대해, 우승의 의미에 대해 이야기해줬다. 코치에게서 배울 수 있는 것과 배울 수 없는 것이 있다. "열정과 의지죠." 그가 말했다.

우리는 삼십 분 정도 대화를 나눴다. 이곳에서 그는 전혀 다른 사람처럼 보였다. 거의 친근하다시피 했다. 그는 지붕 수리공의 아들로 태어나 위대한 챔피언이 되어 모든 영광을 맛본 뒤 고향으로 돌아왔다. 사람들은 이제 다른 이를 연호한다. 경기, 명성, 아마 결코 깨지지 않을 그 모든 기록들을 이제 와 돌아보면 무슨 생각이 드십니까? 내가 그렇게 묻자 그는 잠시 생각에 잠겼다.

"글쎄요, 해볼 만한 좋은 일이었던 것 같습니다. 스포츠는 유명인을 만들어내죠." 그가 말했다. 나는 호텔로 돌아왔다. 고작 아침 아홉 시였다. 일찍 일어난 스키어들이 나를 지나쳐 케이블카를 타러 갔다. 하루가 겨울의 눈부심을, 반짝이는 눈을, 생기 넘치는 환한 얼굴을 받아들이기 시작하고 있었다.

"자일러와 스키를 같이 탔어요? 진짜로요? 어땠어요?" 지금 당장은 아니긴 해도 언젠가는 진실한 말이 될 것이다. "내 인생 최고의 활강이었죠." 나는 그렇게 말하고는 잠을 자러 위층으로 올라갔다.

<뉴욕 타임스>(1982년 11월 7일)

가장자리에서

올림포스의 발치에서
— 자빅, 콜프, 드브리스

인공 심장의 개발자 로버트 자빅이 유타 대학교 소속 의생명 공학 연구소에서 일하고자 1971년 솔트레이크 시티로 왔을 때, 그와 그의 젊은 부인은 뒷좌석에 소유물 일체를 싣고 차를 몰아 서쪽으로 올 수 있었다. 당시 연구소는 개설된 지 4년째였고, 자빅은 스물다섯이었으며, 자빅이 향후 10년 동안—당시에는 그렇게 될 줄 몰랐다—그의 밑에서 일련의 인공 심장을 설계하고 개발하게 될 인물인 빌럼 콜프는 예순 살이었다. 둘은 서로 만난 적도 없었고 전화로만 대화했다. 자빅이 도착하자 콜프는 그를 사무실로 호출했다. 사무실은 제2차 세계대전 당시의 막사를 개조한 낡은 건물에 있었다. 콜프는 자빅에게 그의 업무가 인공 심장 제작이라고 간단히 말했다.

"그 말이 전부였죠." 자빅이 회상했다. 그는 자기가 어떻게 그 작업에 착수했는지 정확히 기억하지 못했다. 그가 염두에 둔 유일한 선입관은 인공 심장이 '심장 모양이어야' 한다는 것뿐이었고, 그래서 그가 최초로 만든 인공 심장은 심장 모양이었다.

자빅이 인공 심장을 발명한 건 아니다. 그전에도 많은 모델이 있었다. 대략 40년간 인공 심장 연구가 진행되어왔고 그에 대한 상상은 훨씬 더 오래전부터 있어왔다. 문제 자체는 간단했다. 수많은 권위자가 관찰해온 바대로 심장은 그저 펌프일 뿐이다. 하지만 어떤 펌프냐는 것이다. 다빈치는 이렇게 썼다. "이것은 저절로 움직이고, 영원토록은 아니지만 멈추지 않는다. 지고의 주인께서 발명한 경이로운 도구다." 약한 전기 자극, 선상 행동, 스탈링의 법칙(심장이 박출하는 혈액의 양은 정맥으로 돌아오는 혈액의 양에 달려 있는데, 정맥은 흥분이나 스트레스 상황에서 팽창되어 심장으로 향하는 혈액의 흐름과 그 결과물을 증가시킨다)에 의해 제어되는 이 가장 중요한 신체기관은 전체가 근육으로 이루어져 있고, 무게는 453그램도 나가지 않으며, 삶과 죽음 사이에서 우리가 먹고 꿈꾸고 사랑하고 기도하는 동안 부지불식중에 3억 번 이상을 지치지도 않고 박동한다. 놀라운 과학적 발견이 이루어지는 시대에도 심장은 여전히 성배로 남아 있다.

자빅은 인공 심장을 만들어본 적도 없고 심지어 그 문제를 생각해본 적도 없었지만, 그럼에도 이 일에 최적인 사람이었다. 코네티컷에서 의사 아들로 태어난 자빅은 어린 시절부터 뭔가 만드는 데 소질을 보였고 고등학교에서는 외과용 스테이플러를 설계하기도 했다. 이 도구는 우아한 가위처럼 생겼는데, 수술 과정에서 절단된 혈관을 클립으로 고정해 막는 조치를 한 손으로 함으로써 시간을 절약하려는 의도로 착안한 것이었다. 그는 이 도구에 대한 생각을 몇 년 동안 계속해서 가다듬었다. 아내 일레인 자빅이 회상하기를 그녀가 대학에서 처음 그와 데이트를 했을 때도 그는 스테이플러 이야기만 했다고 한다. 그 스테이플러의 역사는 그로 인해 다양한 상황들이 놀랄 만한 방식으로 연결된다는 점에서 어찌 보면 그의 인생 역사이기도 하다.

미국에서 의대 진학이 불가능해지자 자빅과 아내는 이탈리아로 갔고—둘은 출국 전날 결혼했다—자빅은 볼로냐 대학에 입학했다. 그는 거기서 2년 동안 학교를 다녔다. 힘든 시기였다. 자빅이나 아내나 이탈리아어를 잘 못했기 때문에 그들은 본인들 표현에 따르면 밀폐된 존재로 살았다.

"수업에도 잘 안 나갔습니다." 자빅이 말했다. "견디기 어려운 상황이었어요. 교실이 정말로 붐볐죠." 해부학 수업 때 학생들은 수업 시작 한 시간 전에 마당에 모이곤 했다.

문이 열리면 모두들 건물로 돌진하여 수많은 두개골이 상자 속에 전시되어 있는 긴 복도를 따라 달리곤 했다. "난 뛰길 거부했습니다. 학교 가는 걸 관두고 집에 들어앉아 공부했죠."

하지만 자빅은 거기서도 스테이플러에 매달렸고, 미국에 돌아와서도 마찬가지였다. 그는 미국 의대에 들어가고 싶어서 돌아왔다. 비록 볼로냐 대학은 1306년까지 거슬러 올라가는 의대를 보유한 세계 최고最古의 대학이기는 했지만 사실상 연구 실험실이 없어서—대학에서는 해부용 시체도 확보하지 못했다—그의 아버지가 뉴욕대에서 해부를 할 수 있도록 주선을 해줬다. 자빅은 거기서 여러 사람들에게 스테이플러를 보여줬는데, 그중 생체역학에 관심이 있던 교수 하나가 얼른 그에게 연구비를 제안했다.

"이걸로 뉴욕대 의대에 진학하면 좋겠다고 생각하면서 그 돈을 받았습니다." 자빅이 말했다. "그해에 대기 명단에는 올랐는데 입학은 못 했어요."

자빅은 생체역학으로 석사 학위를 받았고, 이듬해 여름에는 그 스테이플러에 관심을 보인 외과기구 제조 회사의 임원과도 연을 맺었다. 임원은 자빅을 듀크대에 들어가도록 도와주려 했지만 실패한 뒤 유타의 지인에게 전화를 걸었다. 그 지인이 유타 주립대 의생명공학 연구소 소장으로 재직하던 콜프라는 이름의 독일인 의사였다. 콜프가 자빅을 채용하면 된다는 게 임원의 아이디어였다. 유타 거주자면 그곳 의대에 입학할 더 나은 기회도 얻게 될 터다. 심지어 임원은 자빅의 급료까지 지불하겠노라 했지만 연구소 기반을 다지느라 고군분투 중이던 콜프는 그 제안에 딱히 흥미를 느끼는 듯 보이지 않았다.

결국 자빅이 일자리를 부탁하려고 직접 전화를 걸었다. 그는 볼로냐로 돌아가서 학위과정을 마치라는 충고를 받았다. 그건 자기가 원하는 게 아니라고 자빅이 말했다. 그는 콜프와 일하기를 원했다.

"차 있어요?" 콜프가 생뚱맞은 질문을 했다.

자빅은 볼보가 있다고 대답했다.

"아, 저기 창밖에 행정실장이 보이네요." 콜프가 중간에 말을 끊고는 다른 소리를 했다. "얼마 받고 싶어요?"

자빅의 머릿속에 콜프의 창문을 지나쳐가는 남자의 모습이 떠올랐다. 남자는 몇 초 뒤면 사라질 것이다. 자빅의 기회와 더

가장자리에서

불어. "주급 100달러요." 그가 머뭇머뭇 말했다.

콜프가 그에게 잠깐만 수화기를 들고 기다리라고 했다. 사실 행정실장은 유리창 하나를 사이에 둔 바로 옆 사무실에 앉아 있었다. 콜프가 다시 수화기를 들고 말했다. "좋아요. 언제부터 시작할 수 있겠습니까?"

자빅은 면접을 통과한 게 볼보 때문이었다고 확신하고 있다. 만약 다른 유럽 차였다면 일자리를 얻지 못했을 것이다.

빌럼 콜프는 의학계의 기인이다. 큰 키에 백발이고 아버지 같은 느낌을 주는 이 영민한 인물은 인공 신장의 발명가로 가장 잘 알려져 있다. 이 발명이 이뤄진 건 1943년, 독일 점령 하의 네덜란드에서였다. 당시 콜프는 라이덴 의대를 5년 일찍 졸업하고 자위더르해에 위치한, 본인 말에 따르면 바보들이 많기로 유명한 캄펜의 작은 시립병원에서 일하고 있었다. 한 젊은 남성 환자가 신장 기능저하로 처음에는 눈부터 멀다가 결국 천천히 사망했다. 이 일로 무척 괴로웠던 콜프는 그런 환자에게 도움이 될 수 있는 기구를 개발하기 시작했다. 콜프는 놀라운 에너지와 상상력을 지닌 남자였고, 그의 이러한 자질은 그만큼이나 커다랗던 동정심과 잘 맞아떨어졌다. 결핵 요양소 소장이었던 그의 아버지는 환자의 복지에 지대한 관심을 기울였던 분이었고, 콜프는 자신이 아버지의 이러한 점을 물려받았다고 느낀다. 젊은 시절 콜프는 의사가 되고 싶지 않았는데, 환자들이 죽어가는 모습을 감당할 수 없을 것 같아서였다. 하지만 아버지의 모범적인 헌신으로 인해 결국 동물 사육사가 되겠다는 애초의 신넘이 흔들렸다.

콜프의 첫 번째 신장 기계는 혈액에서 노폐물을 제거하도록 고안된 것으로, 셀로판 재질의 관을 두른 원통이 돌아갔다. 환자의 혈액이 관을 따라 순환하면 불순물이 침투성 셀로판을 통해 걸러져 나와 주변 용액으로 흡수되는 원리였다. 인공 신장을 처음으로 사용한 환자 열다섯 명 중 딱 한 명만 생존했고, 콜프는 그 환자는 어쨌거나 살아남을 사람이었을 거라고 인정했다. 마침내 1945년에 67세의 여성 환자가 목숨을 구함으로써 인공 신장은 이론의 여지없는 성공을 거두게 되었다. 그 여성 환자가 하필이면 나치 동조자라서 사람들의 미움을 엄청나게 사긴 했지만, 그녀는 환자였고 콜프는 그녀를 치료했다.

전시 네덜란드에서는 가용한 것이라면 뭐든 활용해서 물건을 제작해야 했다. 지역 에나멜 공장에서 용액 탱크를 만들었고 침투성 막은 소시지 껍질을 사용했다. 이런 비정통적인 접근 방식이야말로 전형적인 콜프식 태도였다. 몇 년 뒤 클리블랜드 클리닉 직원들과 합류하고자 찾아갔던 클리블랜드에서, 그는 더 향상된 신장 모델 제작에 세탁기와 과일 주스 캔을 사용했다. 오늘날 미국에서 5만 명 이상, 전 세계적으로는 20만 명 이상의 환자가 인공 신장에 의지하는 삶을 살고 있다. 인공 신장으로 콜프가 수상한 상과 여타 업적의 목록을 써내려 가면 거의 세 페이지를 채울 정도지만, 그의 실용적인 접근법 때문에 콜프는 여전히 실제보다 조금 덜 진지하게 평가되는 듯하다. 활동적인 외과의가 아니다 보니, 강한 자만심을 가진 스타급 의사들은 그를 가볍게 대한다. 땜장이에 개인주의자인 그는 정부 기관에서 보조금을 딴 적이 별로 없다. "난 장비를 만드는 사람인 거죠." 콜프가 뿔테 안경 너머로 먼 곳을 보며 말했다. "과학자로 여겨지질 않아요."

1957년 콜프와 그의 조수 아쿠쓰 테쓰조는 서양 최초의 인공 심장을 개에게 이식했고, 개는 한 시간 반을 살았다. 처음에 그 개념은 너무 괴상한 데다 주류 과학계에서 지나치게 벗어나 있어서 실험 과정을 적은 논문은 의학계에서 받아들여지지도 못했다. 그래도 연구가 계속되고 시간이 흐르면서 콜프는 자기가 격려하고 지킬 수 있는 동료 연구자들을 찾아냈다. 하지만 클리블랜드의 분위기는 지나치게 보수적이었고, 1967년이 되자 콜프는 떠나야 할 때라는 결론을 내렸다. 그는 친구에게 어디서 괜찮은 지역 의학 프로그램을 찾을 수 있느냐고 물었고, 대답은 유타였다. 그곳 의대와 대학, 그리고 주지사의 격려에 힘입어 그는 지난 17년간 이뤄온 모든 것, 그가 애정을 기울였던 농장까지 모두 뒤에 남겨놓은 채 유타로 이주했다.

콜프와 같이 유타로 간 클리포드 콴게트 박사에 따르면 클리블랜드에서는 돈은 많았지만 공간이 없었다. 누군가 엘리베이터로 갈 때마다 의자를 치워야 했다. 유타에서는 공간은 널찍했지만 돈이 없었다. "일을 시작하는 데 3년 정도 걸렸죠." 콜프도 동의했다. 이제 그는 의사, 기술자, 사회복지사, 전기 전문가 등 서로 다른 분야에 종사하는 인원 120명을 거느리고 있고, 배정된 예산은 50만 달러가 넘는다. 이 돈 대부분은 정부 지원금과 계약금에서 온다. 예산의 20퍼센트가량이 인공 심장으로 들어간다. 콜프의 연봉은 6만 3000달러로, 평범한 유격수보다도 적다. 그는 인공 신장으로는 한 푼도 벌지 못했다. 심지어 그걸로 특허를 출원하려고도 하지 않았다.

인공 심장은 다시 원점으로 돌아왔다. 불분명하고 미심쩍게 시작한 이 프로젝트는 휴스턴의 유명 외과의 마이클 드베이키의 증언에 힘입어 의회가 국가적 목표로 지정하는 단계에까지 이르렀다. 1960년대 말에서 1970년대 초 사이, 열광의 도가니였던 그 10년 동안 미 국립보건원은 연구 센터와 기술 우량주 회사들이 기울이는 노력을 통합 조정했는데, 이는 아폴로 호 같은 우주 프로그램만큼이나 경이로운 업적이 될 장비를 발명하기 위해서였다. 단, 이 조치는 내부로의 여행, 인간의 중심을 향한 여정을 위한 것이었다.

매년 5만 명에 달하는 사람들이 인공 심장의 수혜자가 될 것이라 추산되었지만, 일정 지연과 실패가 이어지고 국가적 차원에서 낙관주의가 쇠퇴하게 되면서 국립보건원은 목표치를 하향 조정하고 프로그램의 가치를 덜 강조하게 되었다. 하지만 콜프는 정책이 변경되었다고 해서 의기소침해지는 사람이 아니었다. 그는 끈질기게 연구를 계속했다. 다른 사람들과 마찬가지로 그에게도 심장이 있으니까. 그는 일정 지연과 답답한 결정들을 우회하는 방법을 찾아내는 사람이다. 최근 그는 정부의 무관심에도 불구하고 기존의 부피가 큰 모델보다 훨씬 진보된 휴대용 인공 신장을 개발했다. 이 신장은 환자가 착용할 수 있을 정도다.

"정부는 사회보장제도로 말기 신장 환자에게 연 10억 달러가 넘는 돈을 쓰고 있는데, 나한테 1만 달러만 있으면 개량된 인공 신장을 만들 수 있단 말입니다. 이해가 안 가요."

콜프는 오전 여덟 시에 직원들과 회의를 하며 하루를 시작한다. 긴 테이블을 따라 일군의 남녀가 앉아 있는데, 어떤 사람들은 하얀 가운 차림이고 어떤 사람들은 체크무늬 셔츠와 청바지를 입고 있다. 그는 희미한 독일 악센트가 느껴지는 부드러운 목소리로 허세 따위 부리지 않고 회의를 시작한다.

"송아지들 상태는 어떻습니까?" 그가 질문했다.

알고 보니 양 한 마리가 심실 세동을 앓고 있었다. 일이 분 정도 이 문제가 논의된 다음 진공 성형 방식으로 심장을 만드는 문제로 주제가 바뀌었다. 사람들이 흥미를 갖고 있는 전기 모터를 주제로 기술자가 짧게 강의를 했다. 집적회로, 1700개의 게이트 회로를 가진 맞춤형 칩, 새로 나온 마이크로프로세서 등도 언급되었다.

"이 새 컴퓨터를 살 7000달러가 있나요?" 콜프가 물었다.

"어떻게든 마련할 수 있을 것 같습니다." 자빅이 대답했다. "어딜 뒤지느냐에 달렸죠."

제프라는 이름의 강사를 해고하면 그 사람 월급으로 구입 비용을 마련할 수 있지 않겠느냐는 얘기가 나왔다.

"빠듯하게 맞겠네요." 제프가 덤덤하게 말했다.

5×10센티미터 에뮬레이터 카드 얘기도 나왔다. 진짜 칩을 구할 때까지는 이 카드로 칩이 하는 일을 다 할 수 있다. 콜프는 비즈니스 정장에 하이킹 부츠 차림으로 테이블 모서리에 앉아 있었다.

"그걸 에뮬레이터 카드라고 한다고요." 그가 메모를 하며 물었다.

"네."

"매일 새 단어를 배우네요."

콜프는 사람들에게 애정을 불어넣는 남자다. 그의 높은 이마, 신뢰와 유머로 가득한 얼굴을 보면 그가 평생토록 헌신한 연구만이 아니라 세상 돌아가는 일을 잘 아는 사람 같다는 느낌이 든다.

자빅이 처음 설계한 인공 심장은 동물에게 실험하지 못했다. 두 번째 모델도 썩 훌륭하지는 않았다. 두 번째 심장은 콜프의 아이디어에서 출발한 것인데 모양이 납작해서 팬케이크 심장이라는 소리를 들었다. 콜프가 자빅을 호출했을 때 그는 막 또 다른 모델에 착수한 참이었다.

"새 심장은 언제 준비될 수 있겠나?" 콜프가 물었다. "우리가 졌어. 노제 박사가 우릴 이겼거든."

노제는 클리블랜드 시절의 동료로 콜프가 클리블랜드를 떠날 때 거기 남았다. 심장 내부에서 조직층의 형성을 촉진하는 솜털 모양 표면에서 아이디어를 얻어 실험한 결과 그는 송아지 한 마리를 17일 동안 살아남게 하는 데 성공했고, 이는 신기록이었다. 콜프는 그 결과를 능가하기로 마음먹었다. 당시 자빅은 의대 재학 중이었지만—그는 콜프의 도움으로 입학했다—연구소에 고용된 몸이기도 했다. 자빅은 그해 크리스마스 내내 새 심장 작업에 매달렸다고 회상했다.

처음 인공 심장을 이식한 송아지는 6일을 살았다. 사망 원인은 대량의 혈액 응고였다. 이 실험의 경우 심장 안쪽이 제대로 청소가 되지 않은 것이기는 했지만, 혈액 응고는 처음부터 계속 문제였다. 자빅과 콜프는 혈액이 가능한 방해 없이 부드럽게 흐를 수 있도록 인공 심장 내부에 매끄러운 재질의 표면을 사용하고 있었다.

너댓 번의 실험 끝에 그해 ASAIO전미인공장기협회 회의가 열리기 바로 직전 그들은 송아지를 19일 동안 살려 놓았다.

"정말 조마조마했어요." 일레인 자빅이 말했다. "그 2주 동안요. 당신 부모님이 밤마다 전화를 걸었죠."

"매일매일이 신기원이었죠." 자빅도 동의했다.

초기 인공 심장은 전부 실리콘 고무로 만들었다. 폴리우레탄이 더 나은 재료라고 여겨지기는 했다. 내구력도 더 있고, 마모 저항도 강했으며, 더 부드럽고 혈액 손상도 적었다. 하지만 폴리우레탄으로 만든 심장은 모양이 잘 잡히질 않았고, 시험 장치에서 며칠 혹은 몇 주가 지나면 격막이 찢어졌다. 그러자 자빅이 아이디어를 냈다. 여러 겹의 폴리우레탄 막 사이사이에 데이크론 메시를 넣어 형태를 지지하자는 것이었다. 약제용 메쉬는 너무 비쌌기 때문에 그는 포목점에서 야드당 4.95달러를 주고 천을 끊어 왔다.

그렇게 만든 인공 심장을 이식한 첫 번째 송아지는 석 달을 살았다. 1974년의 일이었다. 그 전까지 최고 기록은 36일이었다.

새 인공 심장은 J-3이라 불리게 되었다.

"그게 제가 진짜로 발명한 첫 번째 심장이었죠." 자빅이 말했다. "우리는 그 심장을 그 형태로 꽤 오래 사용했습니다. 넉 달, 넉 달 반까지 해냈죠."

매 동물마다 미지의 세계로 떠나는 여행이었고, 중요한 수술이었으며, 완벽한 의학의 역사였다. 심장을 움직이는 공기 관이 몸 안으로 들어오는 곳에서 감염이 일어나고 있었고, 격막과 심실을 잇는 이음매에서는 여전히 혈액이 응고되었다. 초기 심장을 설계한 콴게트는 내부 표면을 액상 폴리우레탄으로 덮길 원했다. 그러면 심장 바닥에 얇고 오목한 틀이 생길 것이고 그로 인해 형성된 폴리우레탄은 격벽이 될 것이다. 자빅은 콴게트에게는 통하지 않았던 이 아이디어를 받아들여 심장을 만들었다. 그렇게 만들어진 이음매 없는 인공 심장이 J-5였다.

1977년, 이 심장으로 아베베라는 이름의 송아지가 처음으로 6개월 생존했다. 그 뒤로 장수 송아지가 쏟아져 나왔다. 시리우스, 클라우디우스, 로물루스, 푸미 조, 그중에서도 268일, 거의 아홉 달을 산 테니슨. 지금도 우뚝한 기록이다. 이 장기 생존 송아지들은 모두 J-5를 이식받았는데, 푸미 조에게만 인간 이식용으로 설계된 J-7을 사용했다. 제약이 하나 있다면 송아지가 너무 자라 심장이 맞지 않게 된다는 점이었다. 심장이 감당하기에 몸이 너무 자라서 심장 기능 부전으로 동물이 사망했던 것이다. 반면 양은 작업하기에는 까다로웠지만 이 문제를 해결할 수 있을지 확실치 않았다. 자빅이 솔트레이크 시티에 왔을 때는 인공 심장을 장착한 동물 중 사흘 이상 살아남는 것은 한 마리도 없었다.

인공 심장의 다음 단계는 장신(약 196센티미터)에 휘펫 사냥개처럼 호리호리한, 윌리엄 드브리스라는 이름의 외과의사 손으로 넘어갈 것이었다. 유타 대학의 흉부외과 과장이었던 그는 인공 심장에 대해 익히 잘 알고 있었다. "어찌 보면 인공 심장과 더불어 자라난 셈이죠." 그가 말했다. 그는 콜프가 고용한 신참 직원 중 한 명이었고 콴게트처럼 초기 형태의 심장을 제작했다. FDA에서 임상 시험 허가가 떨어지면 드브리스가 실제 수술을 담당했다.

드브리스는 모르몬 교도이고 솔트레이크 시티에서 성장했다. 아홉 자녀의 아버지였던 드브리스의 부친은 해군 군의관으로 제2차 세계대전 당시 남태평양에서 전사했다. 어머니는 간호사였다. 드브리스 본인은 다섯 자녀를 뒀고, 야구 코치를 하며, 전설에나 나올 법한 서부 사람이다. 껑충하고 느릿한 말씨에 솔직 담백하다. 그에게 외과 쪽으로 흥미를 갖게 한 사람이 콜프였다. 두 사람이 만났을 때 드브리스는 이미 의대생이었고, 나중에 콜프의 조수로 일하면서 듀크 대학에서 일류 수련의 과정을 거쳤다. "아마 저 혼자서는 거기서 일하지 못했을 겁니다." 수련의 과정이 끝나고 나서 콜프의 제안에 따라 유타로 돌아가는 건 정해진 수순이었고, 그는 그렇게 했다. 드브리스는 자기가 돌아갈 때까지는 인공 심장이 시도되었을 것이라고 충분히 예상했다. "그때 저는 임상 현장을 떠났죠." 그가 말했다. "몇 년 안에 인공 심장이 이식될 거라고 확신했습니다."

드브리스는 문자 그대로 수백 마리의 동물 수술을 집도했고, 그중에는 테니슨과 푸미 조도 포함되어 있었다. 그의 업무는 외과 기술을 완벽히 다듬는 것이었다. "제가 지금 현재 이 세상 누구보다 인공 심장 이식을 잘 해낼 수 있다는 걸 알죠." 그가 믿음직스럽게 말했다. 그는 한 해 200건의 심장 수술을 집도한다. 이 중 약 5퍼센트는 무척 위험한 수술이다. 이 환자들은 심장 수술 성공 가능성이 높지 않은데, 보통 좌심실 기능에 이상이 있는 경우다. 만약 수술 결과 모든 노력에도 불구하고 환자를 인공 심폐 장치에서 빼낼 수 없다면, 심장이 다시 뛰도록 만들 수 없다면, 인공 심장이 이식될 것이다. 물론 사전 동의를 받은 상태에서.

"작년에는 아마 세 명의 환자가 그 기준에 들어맞았을 겁니다." 드브리스가 그렇게 말하고는 덧붙였다. "모두 사망했죠."

마지막 단계는 오롯이 그가 맡게 될 것이다. 그는 신중하게 준비된 프로필에 따라 잠재적 이식 대상자를 선정하고, 심장을 사용할지 여부를 결정적인 순간에 판단하여, 심장을 이식할 것이다. 심장병 전문의인 자문 두 명이 그의 결정을 승인하겠지만, 그 부분을 제외하고서는 그의 권위만이 전부일 것이다.

수술이 성공할 경우, 환자는 그 결과로 다수의 큼지막한 장비, 다시 말해 컨트롤 박스, 대형 컴프레서, 예비 컴프레서, 긴급상황에 대비하여 마련된 압축 공기 탱크, 그 외 여러 가지에 평생토록 묶여 있게 될 것이다. 많은 사람들이 이런 모습을 불편해하는 듯 보인다. 하지만 콜프는 처음부터 환자의 편안함과 행복이 우선이라고 줄곧 말해왔다. 그는 심지어 환자가 원한다면 그에게 가위를 준 다음에 그걸 사용하는 걸 막지 않겠다고까지 말했다.

그들에 대한 명성은 이미 퍼지기 시작했다. "우리가 유명세를 좇지는 않습니다." 콜프가 말했다. "하지만 피할 수는 없는 거죠."

"그게 규모가 참 커서…… 너무 크긴 하죠." 드브리스가 동의했다.

그들은 전국 텔레비전 방송, 기사, 인터뷰에 등장했다. 지난여름 자빅은 도널드 서덜랜드가 주연하는 영화 〈스레시홀드 Threshold〉에 사용될 심장을 설계해달라는 요청을 받았다. 서덜랜드는 이 영화에서 파괴할 수 없는 심장을 완성하는 외과의사역을 맡았다. 영화 제작 중에 자빅은 서덜랜드, 그리고 세계에서 가장 유명한 심장 외과의사일 덴튼 쿨리를 만났다. 쿨리는 1968년에 이식 기증자를 기다리는 동안 인공 심장을 달아 환자를 며칠간 살려둔 바 있었다. 쿨리는 서덜랜드에게 외과 수술에 대한 것들을 가르쳤고 심지어 영화에 잠깐 출연하기도 했다. 그들은 토론토의 호텔에서 술을 마셨고, 쿨리가 자기 얘기를 들은 적 없을 것이라 확신한 자빅은 어쩌다 이 일에 끼어들었냐고 물었다. 쿨리의 냉정한 파란색 눈동자가 그에게 고정되었다.

"제 얘기니까요." 그가 말했다.

자빅이 〈스레시홀드〉를 위해 설계한 심장은 원자력으로 작동하는데, 그 심장을 이식 받은 젊은 여성의 진짜 심장이 영원히 제거되는 순간은 소름이 돋는다. 인공 심장의 이러한 측면, 곧 이것이 되돌릴 수 없는 단계를 의미한다는 사실이 바로 임상 시험을 반대하는 여러 의견 중 하나다. 미 국립 보건원은 사실상 반쪽짜리 심장인 중간 연결 장치 쪽으로 지원 방향을 틀었다. 이 장치는 병약한 좌심실에 임시로 부착하여 심실의 작동을 원활히 하고 회복토록 하는 펌프다. 이것이 바로 좌심실보조장치LVAD로, 현재 제한적으로 사용되고 있다.

LVAD는 말이 되긴 하지만 그 결과는 그리 좋지 않았다. 이 장치는 주로 보스턴과 휴스턴에서 사용되었는데, 대략 20명당 1명 정도의 환자만 살아남았다. 콜프의 사람들은 이식과 마찬가지로 보조장치도 제 역할이 있다고 생각은 하지만 LVAD가 보조할 수 없는 심장도 있는 것이다.

문제는 LVAD가 인공 심폐기를 너무 오래 사용한 환자들과 모든 시도를 다 해본 환자들에게 사용되어왔다는 점이었다. 혈액의 응고력이 사라지는 바람에 대량 출혈이 일어나는 것이다. LVAD를 지지하는 의사들조차 LVAD를 더 일찍 사용했다면 더 좋은 결과가 나왔을 것이라고 말한다.

이 문제는 J-7을 처음 사용할 때에도 적용될 수 있다. 환자는 대안이 다 떨어져서 인공 심장을 사용할 수 있기 전 대여섯 시간 동안 인공 심폐기를 달고 있었을지 모른다. 이 시간은 너무 길다.

자빅은 인공 심폐기를 그런 식으로 사용하게 되는 데 동의하지 않는다고 거리낌 없이 말했다. 그는 심폐기를 심근증, 진행성 심장 근육 질병을 앓는 환자에게 자유의사에 따라 그 자리에서 사용하곤 했다. "환자에게 대여섯 시간 동안 바이패스가 삽입되어 있다면," 그가 말했다. "살아나게 될 것 같지 않아요." 드브리스도 그게 문제라는 데 동의했다.

그래도 온갖 것들이 실시되고 예측된다. 지난 1년 반 동안 드브리스는 인공 심장 프로그램 시설이 수용되어 있는 폐병원인 세인트 마크 병원을 매주 방문하여 이식 수술을 하고 있다. 그는 동물뿐 아니라 해부용 시신에도 이식을 했다. 5월 초 뇌파가 평평해져 사망 선고를 받은 여성의 몸에 J-7을 집어넣는 시험이 수행되었다. 수술은 필라델피아에서 심장외과의로 일하는 콜프의 아들 잭이 집도했다. 심장은 여러 시간 동안 몸에 들어가 있었고 생명을 유지시켰으며 잘 작동했다.

수술실 간호사들은 이런 수술에 익숙해졌고, 특수 장비가 잘 맞게 통과하는지 확인코자 입구 점검도 이루어졌다. FDA 승인만 떨어지면 모든 시스템이 작동하게 될 것이다.

의학계의 의견이 모두 우호적인 건 아니다.

"유타에서 벌어지는 일은 정상이 아니에요." 어느 저명한 외과의는 이렇게 말했다. "완전히 잘못 나가고 있는 겁니다…… 사실 굉장히 나쁜 아이디어예요. 자빅과 드브리스는 제 무덤을 파는 중입니다. 콜프 노인네는 은퇴했잖습니까. 그분이 의학계와 맺는 관계는 지엽적이에요…… 우린 그런 걸 준비할 단계에 있지 않아요."

"인공 심장을 사용할 여지는 있지만 연구가 더 필요하다고 생각합니다." 또 다른 의사도 말했다. "LVAD 이식을 허가한다는 협의를 하는 데도 5년이 걸렸어요…… 유타는 아직 배워야 할 게 많습니다."

순전히 과학적 문제라고만은 할 수 없는 고려 사항들도 있다.

"우리는 심장 네 개를 아르헨티나에 팔았습니다. 파바로로 박사한테요." 드브리스가 말했다. "어쩌면 그쪽 사람들이 처음으로 심장을 환자에게 이식할 수도 있겠죠. 사람들이 여기서는 안 되는데 아르헨티나에서는 된다고 말하면 어떡하죠?"

르네 파바로로 박사는 클리블랜드에 있을 때 관상 동맥 우회

수술을 개발한 외과 의사다. 현재 미국에서 10만 명 이상의 환자가 매년 이 수술을 받는다. 시간이 촉박하다.

기괴한 낙관주의, 진보에 대한 맹목적인 추동, 과학을 위한 과학, 미지의 것에 대한 완벽한 믿음, 유타의 팀에 동기를 부여하는 건 이런 우려스러운 생각이 아니다. 콜프, 자빅, 드브리스, 의사들과 그들의 계승자들 모두가 자신들이 탁월하고 유용한 기구라고 간주했던 것을 완벽하게 만들고자 분투했던 19세기 이상주의를 기묘한 방식으로 재현하고 있다. 그들은 결론 따위 상관없는 기괴한 환상을 좇지 않는다. 몇몇 비평가들의 말처럼 병약한 인종을 창조하고자 하는 것도 아니다. 그들의 목표는 훨씬 단순하고 직접적이다. 병자를 치료하는 것. 영원히? 그건 거의 불가능하다. 육체란 불멸의 심장이 있다 해도 죽음으로 통하는 길을 찾아낼 것이니까.

<타이프스크립트>(1981년 5월 26일)

인간은 자신의 별
— 로열 로빈스

요세미티에는 아름다운 창문과 대저택에나 있을 부지를 갖춘 '아와니Ahwahnee'라는 이름의 멋진 호텔이 있다. 교회 크기의 객실은 영국제 테이블과 카프카스제 양탄자, 오래된 일본 항아리로 만든 램프를 갖추고 있다. 또한 친구들이 말해준 바에 따르면 10년 치 크리스마스 예약이 모두 차 있기도 하다.

예전에는 투숙객을 위한 야간 전시도 있었다. 저녁 아홉 시에 공원 관리인들이 납작한 나무껍질과 목재로 쌓은 거대한 장작에 불을 붙인 다음 낭떠러지에서 떼밀고는 했다. 이 행사는 '파이어폴Firefall'이라는 이름으로 알려졌다. 계곡 저쪽 끝, 하프돔Half Dome 외벽의 고도 609미터 지점에서 첫 등반을 시도하는 등반가들은 밤을 나기 위해 야영을 하는 좁은 바위 턱 어디서든 이 불의 강을 볼 수 있었고, 시간도 골라 지상의 친구들에게 반짝거리는 신호를 쏴 보낼 수도 있었다.

등반가들을 이끄는 사람은 탁월한 재능의 소유자인, 마르고 뾰족한 얼굴의 진취적인 캘리포니아 청년으로 10대 시절부터 명성을 떨치던 사람이었다. 그들은 하프 돔의 거대한 크기와 반드시 넘어야 했던 정상 돌출부 때문에 무척이나 고생하면서 하프 돔 외벽에 닷새 동안 머물렀다. 다섯째 날 아침 그들은 여분의 장비를 홀 백에 집어넣은 다음 백을 공중으로 집어 던졌다. 그들은 백이 암벽을 한 번도 건드리지 않은 상태로 아래로 끝없이 추락하다가 마침내 땅에 떨어지는 광경을 지켜보았다. 그런 다음 계속 나아갔다. 발 하나 겨우 걸칠 수 있는 좁은 틈새를 의지하면서 그 끝에 손을 걸치고 올라간 끝에 그들은 결국 정상에 도달했다. 이것이 미국 최초의 6등급 등반, 최고난도의 등반 시도였다. 1957년의 일이었다. 등반가들의 리더였던 스물 두 살의 청년이 바로 로열 로빈스였다.

얼마 전 로빈스가 모는 차를 타고 요세미티 국립공원으로 간 적이 있다. 우리는 계곡 입구 근처 전망대에 차를 세운 다음 거기에 앉아 말없이 계곡을 응시했다. 얼음처럼 매끄러운 거대한 절벽, 숲, 깊은 계곡은 아직 멀리 떨어져 있었고 내가 생각했던 것보다는 작아 보였다. 그래도 무척이나 마음을 움직이는 경치였다. 로빈스는 설명이나 회상 등의 말은 한 마디도 하지 않고 내가 이 첫 번째 이미지를 간직할 수 있도록, 다시 말해 눈앞의 광경에서 한 발 물러나 내 눈으로만 이 광경을 볼 수 있도록 해줬다. 물론 그는 이 경치를 수없이 봐왔다. 본인 계산에 따르면 로빈스는 1년 이상을 요세미티에서 보냈고, 그중 절반은 이런저런 등반을 하느라 보냈으며 거대한 암벽 위에서 60일 이상 야영을 했다.

로빈스—라이벌 등반가마저 그를 '누메로 우노Numero uno', 곧 '넘버 원'이라 일컫는다— 는 마흔셋이다. 보통 키에 탄탄한 체구이며, 눈동자는 파란색이고 머리카락은 갈색 직모다. 그에게는 깔끔한 분위기가, 심지어는 학자적인 풍모마저 감돈다. 안경에 턱수염, 잘생긴 귀와 높은 이마까지, 어쩌면 그는 뒤에서 중요한 일을 하는 인류학자일 수도 있다. 사실 그는 고등학교를 중퇴했다. 교육은 나중에 받았다. 그는 낮고 퉁명스러운 목소리로 말한다. 대답은 종종 단답형이다.

차를 몰고 가는 동안 그가 하나 둘 가리키기 시작한 요세미티의 바위들은 모두 매끄럽고 가파르고 얼음처럼 반들거렸다. 손으로 붙잡을 만한 곳은 거의 없었다. 등반가들은 암벽에 특징적인 수직으로 갈라진 금을 활용해야 한다. 이 금들은 종종 길게 뻗어나가는데, 5, 6센티미터에서 60~90센티미터까지 다양한 너비에 이르며, 그러다가 연필로 그은 선만큼이나 좁아진다. 매우 기술적이고 고도로 진보된 등반 방식이 요구되며, 그러고도 암벽등반은 쉽지가 않다.

"지나치게 힘들지 않은 가파른 암벽을 오르는 게 멋진 등반이죠." 로빈스가 설명했다. "요세미티의 급경사를 오르기란 종종 어렵습니다. 요세미티 등반은 사람 기를 꺾는 경향이 있어요. 신체적 조건과 인내력도 필요하고요. 그렇다고 특별히 신나는 일도 아닙니다. 기술로 극복하기보다는 몸으로 씨름해야 하는 문제들이죠."

물론 암벽등반을 하지 않는 사람에게는 가파른 경사야말로 받아들이기 가장 어렵고 사람의 기를 꺾는 요소인 듯하다. 다른 상황에서 이런 이야기를 꺼낸 적이 있었는데, 로빈스는 어려워 보이는 게 사실은 그렇지 않은 경우가 무척 자주 있다고 대답했다.

"예를 들어 경사도는 등반을 어렵게 만드는 요소에 속하지 않아요."

"그럼 뭐가 그런 요소죠?" 내가 물었다.

"잡을 데가 부족한 거요." 그가 간단히 답했다.

그때 우리는 계곡 밑바닥까지 내려갔었다. 늦은 오후였고, 나무들은 풍성하고 푸르러 보였으며, 머세드 강은 바닥의 조약돌이 다 보일 정도로 맑았다. 별안간 어스름 속에서, 정확히 우리 쪽을 향하고 있지는 않은 거대한 배의 둔탁한 이물처럼 거대한 방벽의 정상이 희끄무레하게 나타났다. 그걸 알아본 순간 전율이 나를 뚫고 지나갔다. 바로 수많은 사진에서 보았던 '엘 캐피탄El Capitan'이었다. 아직 햇빛이 남아 있었고, 로빈스는 차를 세운 뒤 글러브 박스에서 쌍안경을 꺼내 암벽 외벽을 관찰했다. 여러 팀에서 암벽등반을 하는 중이라고 그가 말했다. 최소 한 팀은 '노즈' 지점에 다다라 있고, 정상까지 3분의 2 지점에 나와 있는 돌출부인 '루프'에서 누가 야영을 하는 중이라고도 했다. 야영을 한다는 건 아래 펼쳐진 160미터 높이의 허공과 더불어 해먹에 얼굴을 묻고 밤을 지내야 한다는 뜻이었다. 엘 캐피탄 등반은 어느 길로 가도 며칠이 걸리고, 등반가의 몸 상태와 능력에 따라 때로는 그보다 더 걸린다. 정말로 어렵고 위험한 일이다. 이게 어느 정도인지 가늠하려면 엠파이어스테이트 빌딩 높이의 두 배를 상상해야 한다.

며칠 전 우리는 모데스토에 있는 로빈스의 집에서 또 다른 유명 등반가 T. M. 허버트와 같이 저녁을 먹었다. 맘에 쏙 드는 자리였다. 허버트는 머세드 근방 소도시의 학교 교사로, 멋진 위트를 가진 생기 넘치는 남자였다. 그가 내게는 놀라운 고백처럼 보이는 얘기를 털어놓았다. 소년 시절 자기는 높은 곳이 정말로 무서웠는데, 그 두려움의 싹이 여전히 내면에 남아 있다는 것이었다.

"T. M.은 절대 안 떨어져요." 로빈스가 말했다. "90센티미터마다 안전장치를 설치하고, 그러고도 가끔 밧줄을 타고 내려가서 설치된 걸 다시 점검하죠."

허버트가 인정한 바에 따르면 그가 낙하한 가장 긴 거리는 9미터였다. 반면 로빈스는 종종 떨어진다. 일반적으로 진지한 등반가들 사이에서 추락이란 없을 수가 없는 일이다. 추락은 불가피하다. 빌레이 로프가 이 추락에서 등반가를 보호해주기는 하지만 그래도 위험할 수 있다.

"많든 적든 예상치 못했을 때 떨어진 적이 있습니까?" 한번은 로빈스에게 이런 질문을 해봤다.

"네." 그가 말했다. "처음 등반을 시작했을 때 방금 박은 피톤 piton. 암벽등반에 쓰이는 쇠못에 등을 기댔는데 그게 뽑혀나간 적이 있어요. 9미터 위에서 떨어져서 팔이 부러졌죠."

이는 등반가들이 '지상 낙하'라 부르는, 땅에 떨어지는 상황이었다. 9미터는 상당한 거리지만—사람들은 발판사다리에서 떨어져 죽기도 한다—나는 이미 45미터, 심지어는 60미터짜리 지상 낙하를 겪은 사람들이 그저 살아남은 것만이 아니라 다시 등반에 복귀했다는 얘기도 들은 바 있었다.

생존하는 가장 위대한 암벽등반가 중 한 명인 로빈스가 손을 놓치고 떨어진다는 생각은 아무래도 불편하지만—그런 사람도 추락한다면 나는 어쩌란 말인가?—이는 능력 부족과는 무관한 이유 때문이다. 로빈스가 추락하는 건 무언가를 시도할 때 자기 힘이 한계에 달하는 경우고, 이 한계를 연장하려 드는 것이 그의 본성이다. 그는 항상 추락을 예측하고 그에 대비한다.

허버트와 그의 부인은 요세미티로 가던 중에 로빈스의 집에서 밤을 보냈다. 마흔 살이 다 되어가는 허버트는 암벽등반에 대해 줄곧 열정적이었다. 벌써 거실에서 한 시간 정도 혼자 연습도 했다. 그는 로빈스에게 자기는 예전처럼 올라간다고 말했다. 허버트는 요세미티에 매주 갈 계획이었다. 그의 몸과 마음은 여전히 그곳에 있었다. 물론 암벽등반의 세계가 변했다는 것은 그도 인정했다. 새로운 세대가 나타났다.

"이제는 등반가들이 죄다 약을 해요." 그가 체념하듯 말했다. "등반 중에 대마를 피우죠. 심지어 LSD까지 한다니까요."

로빈스는 아무 말도 하지 않았다. 그와 허버트는 20년 이상을 알고 지냈다. 로빈스는 암벽등반을 시작했을 때 감명받은 것은 만난 사람들이라고 말했다. 그는 그 사람들을 존경했다. 그들은 그가 '저 아래' 도시에서 만난 누구보다도 우월했다. 그가 암벽등반에 자기 인생을 걸겠노라 마음먹은 이유 가운데 하나이기도 했다. 요세미티 야영에 마리화나가 필수품이라는 얘기는 그에게는 명백히 낯선 것이었다.

"엘 캡에 얼마나 많이 올라갔지?" 로빈스가 어느 순간 물었다.

"수백 번." 허버트가 대답했다.

"상상 속에서 말고."

"세 번." 허버트가 말했다.

요세미티에 빛이 들었다. 우리, 그러니까 로빈스와 그의 부인 리즈, 두 사람의 어린 딸, 그리고 나는 산장 레스토랑에서 수백 명의 방문객과 함께 식사를 했다. 나이 든 부부, 캠프족, 관광객, 거기에는 물론 외양부터가 보통 사람들과 다른 소수의 등반가들도 있었다. 등반가들은 변변찮은, 심지어 빈곤하기까지 한 옷차림이었다. 체크무늬 셔츠, 낡은 스웨터, 턱수염, 지저분하기 짝이 없는 바지. 그들은 식사를 하거나 나중에 여자친구와 바에 있을 때 한쪽 다리를 위아래로 초조하게 떨어댔다. 저게 등반가들 특징이라고 로빈스가 말했다.

다음 날 나는 로빈스와 같이 '마누레 파일'이라는 지역에 있는 짧은 코스로 암벽등반을 했다. 그가 고른 건 '애프터 식스'라는 이름의 코스로, 『시에라 클럽 가이드북』에 따르면 그레이드 II에 5.7등급이며 1965년 이본 쉬나드와 루스 슈나이더가 최초로 등반했다. 등반로의 난이도를 분류하는 여러 체계가 있다. 요세미티 체계는 길이와 난이도를 전반적으로 고려하여 로마 숫자를 부여한다. 이를테면 그레이드 I은 몇 시간 남짓 걸리고, 그레이드 III은 거의 온종일 걸린다. 가장 힘든 구간의 등급에는 아라비아 숫자를 매긴다. '애프터 식스'는 두세 시간 정도 걸리는 무난한 등반 코스다.

우리는 첫 번째 경사 바닥 부근에서 로프에 몸을 묶었는데, 알고 보니 그곳이 가장 어려운 구간이었다. 탄탄한 체구의 젊은 여성 두 명이 열심히 암벽을 오르고 있었다. 나중에 리즈가 그들에게 말을 걸었다. 여성들은 와이오밍에서 왔고, 요세미티에서는 첫 등반이었으며, 그냥 몸을 좀 풀려고 오르는 것이었다. 우리는 거기서 기다리느니 오른쪽으로 6미터 정도, 바위 형태가 조금 다른 곳으로 이동하여 등반을 시작했다. 수준이 같은 등반가들은 선두를 바꿔가며 오르지만 우리는 당연히 그렇게 하지 않았다. 로빈스가 처음으로 출발했다. 그는 코듀로이 바지에 셔츠와 스웨터 차림이었고 하얀색 구식 골프 모자를 썼다. 어깨 한쪽에는 알루미늄 웨지가 달린 나일론 고리들을 걸어놓았는데, 이 고리는 요세미티와 여타 다른 곳에서 피톤 대신 종종 쓰이는 것이었다. 모양이 무척 다양한 이 고리들을 좁아지거나 불규칙한 틈새에 꽉 끼워 넣는다. 피톤과 똑같은 용도인 셈인데, 피톤은 끝부분에 고리가 달린 납작한 강철 스파이크로, 끝부분의 고리에 등산 밧줄을 묶어 자유롭게 조이거나 풀면서 산을 오른다. 하지만 웨지를 쓰면 등반가들이 피톤 설치를 일컫는 행동인 '못 박기'로 인해 생기는 손상에서 암벽을 보호할 수 있다.

로빈스는 3.5센티미터 정도 되는 틈새에 신발 끝을 걸치고 이따금 옆으로 옮길 수 있는 지지점을 찾아내기도 하면서 땅에서부터 무척 쉽게 암벽을 오르는 것처럼 보였다.

내 옆에 서 있던 리즈가 말했다. "문제는 저이 하는 걸 보면 저 지점이 쉬운지 어려운지를 알 수가 없다는 거예요. 저이가 등반할 때는 다 똑같아 보이거든요." 리즈는 남편과 수없이 많이 암벽등반을 했고, 그중에는 하프 돔의 저 굉장한 정면을 반복 등반한 업적도 포함되어 있다. 그녀는 내게 하프 돔 정상 부근에 있던 길게 튀어나온 바위 턱 얘기를 해줬다. 암벽에 천천히 밀려나다가 결국 한쪽 무릎은 꿇고 다른 한쪽 다리는 허공에 대롱대롱 매달린 채로 올라갔다고 했다. 그녀는 남편과 같이 엘 캐피탄의 코 부분 중간까지 오른 적도 있었다. "내가 해본 것 중 가장 스릴 넘치는 일이었어요." 그녀가 말했다.

"빌레이 내려요." 위에서 목소리가 들렸다. 로빈스였다. 그는 2.4미터 정도 위에 있었다. 그가 하는 리드는 끝났다. 이제 내 차례였다.

거의 첫 순간부터, 그러니까 지상에서 2~3미터 위에 있을 때부터 바다에 뛰어드는 것만큼이나 다른 영역 속으로 들어간 느낌이 든다. 로빈스는 내가 끙끙거리는 모습을 바라볼 수 있는 위치에 있었다. 나는 그가 낮은 지점에 있을 때 어떻게 했는지 어느 정도 분명히 다 봤고, 그래서 그와 똑같이 해보려고 했지만, 직접 몸을 움직인 지 얼마 안 되어 암벽에 오르는 길을 찾고자 발버둥을 치고 있었다. 초보인 내 눈에는 잡을 수 있는, 혹은 잡을 가능성이 있음직한 지점이 수없이 있는 듯했다. 이 지점들 대부분이 적당치 않다는 걸 금방 알 수 있었다. 다른 곳들은 막다른 길로 이어졌다. 그러다 보면 정신을 바짝 차리고 노력해야 하는 순간이 온다. 많지는 않지만 나도 암벽등반을 해본 적이 있었다. 기본적인 사항들도 알고는 있었지만, 때로는 이런 쉬운 코스에서조차도 마치 그는 자기만의 비밀스러운 등반

요령을 알고 있는 것 같았다. 내가 길이 막혀서 멈춰 있으면 그는 가끔씩 내게 조언을 내려 보내곤 했다. "그 지점을 눌러서 오른쪽으로 건너가보세요." "왼발을 그쪽으로 갖다 대고 오른손으로 거기 작은 부분을 잡아보세요." 나는 핸드 잼과 피스트 잼^{암벽등반 기술명}을 하는 중이었다. 그냥 매달려만 있는 것 같은 때가 왔고, 다리가 떨리기 시작했다. 그렇게 오 분 내내 이어지는 길을 못 찾고 있다가 마침내 처음에 건너뛰었던, 그러다가 다시 돌아가고는 재차 건너뛰었던 아주 작은 지지점이 알고 보니 제대로 짚은 지점이라는 걸 알게 되었다.

두려움은 전혀 없었다. 그가 밧줄을 매었으니, 발을 헛디디고 잡고 있던 곳에서 손가락이 미끄러지는 등 언제든 일어날 수 있는 일이 생긴다 해도 기껏해야 일이 미터 정도 떨어질 것이었다. 하지만 괴롭기는 했다. 해낼 수 있을지 알 수가 없어서 무척이나 괴로웠다. 로빈슨은 그 괴로움은 변하질 않는다고, 처음 암벽등반을 했을 때부터 늘 그대로라고 내게 말했다. 자기도 가끔은 어느 한 지점에 한 시간 이상 머무르면서 움직일 길을 찾으려 애썼다고, 마치 암벽이 은행 금고문이라도 되는 것처럼 문제를 해결하려 노력한다고 했다.

'애프터 식스' 코스를 등반하는 데는 약 세 시간이 걸렸다. 바람이 강해지더니 코스 끝에서는 세차게 불었다. 우리는 로프에 몸을 감은 상태로 정상에 일이 분 정도 서 있다가 옆쪽 길로 내려가기 시작했다. 이십 분 뒤 우리는 아래로 내려왔다. 내 위에 있던 그가 시야에서 사라지는 바람에 그가 부르는 소리를 들을 수 없을 때도 있었지만, 나는 로프에 매달린 채 움직이기 시작하라는 신호를 기다렸다. 그때 나는 완전히 혼자였다. 코스를 끝내자 피곤했지만 행복했다. 로빈스는 가볍게 산책이라도 하고 온 것 같은 모습이었다.

그날 저녁 우리는 아와니에서 저녁을 먹었다. 바깥에 눈이 내리기 시작했다. 커다란 식당은 사람들과 대화의 온기로 가득했고, 우리는 창가에 자리를 잡았다. 눈발이 겨울처럼 평평한 각도로 날리며 어둠을 헤집었다. 로빈스가 우리가 엘 캡에서 봤던 등반가들을 언급하면서 아마 그 사람들 감기도 좀 걸렸을 테고 겁도 먹었을 거라고 말했다. 5월에 눈 폭풍은 고려하지 않았을 테니까. 큰 암벽등반을 시작한 사람들 상당수가 놀라울 정도로 장비를 허술하게 챙긴다는 것이었다. 그의 말투에서 실망하는 듯한 기색이 배어 나왔다. 나중에 알게 되었지만 그건 상당한 수준의 예측이기도 했다.

비싼 호텔에서 하는 멋진 식사가 늘 그의 인생 일부로 따라다닌 건 아니었다. 로빈스는 1935년 2월 3일 웨스트버지니아주 포인트 플레젠트에서 태어났다. 부모는 그가 여섯 살 때 이혼했다. 어머니는 그를 데리고 캘리포니아로 가 재혼했다. 그들은 레돈도 비치에 살다가 할리우드로 갔다. 제2차 세계대전 후 어머니는 다시 이혼했다. 그녀는 드럭스토어에서 화장품 담당 점원으로 일했고, 모자는 비용을 아끼기 위해 친척집에 얹혀살았다.

그는 지역 라디오 방송국 KFI의 후원으로 보이스카우트 단원들과 함께 하이 시에라 산맥으로 여행을 갔을 때 처음으로 산이라는 것을 맛보았다. 단원들은 레 호수 근방의 핀 돔이라는 산을 올랐다. "우린 로프를 사용했습니다. 등반이 제겐 터무니없을 정도로 쉬웠다는 사실이 기억나요. 다른 사람들은 고생했죠. 저는 전혀 아니었어요. 그냥 오르고, 오르고, 또 오르고 싶었습니다. 저는 등반에 중독됐어요." 10학년에 학교를 그만뒀을 때—그는 성적도 낮았고 배우는 것도 없었다—로빈스는 열등감을 느꼈다. 그는 스포츠도, 다른 것도 잘하지 못했다. 하지만 동시에 그는 "남들보다 앞서고 싶었습니다. 내가 다른 사람들과 다르다는 느낌이 들었어요. 열등감도 우월감도 느꼈죠. 뭔가 영웅적이고 훌륭한 일을 하고 싶었어요." 그는 등반을 하려고 할 수 있는 한 자주 산으로 갔다. 산행은 종종 혼자 이뤄졌다. "파트너를 모집하는 데 늘 어려움을 겪었습니다." 시에라 클럽에서 이뤄진 등반에 처음 모습을 드러내면서 그의 명성이 치솟았다. 한쪽 팔에 깁스를 하고 있었는데도—등반 2주 전 피톤이 멋대로 빠지는 바람에 추락했다—등반을 해냈던 것이다. 그는 이내 반들반들한 바위를 오르는 데 탁월해졌고, 여기서 배운 움직임을 팜 스프링스에서 그다지 멀지 않은 유명 지역인 타키츠 록의 아득한 높이에 대담하게 적용했다. 그는 그 지역에서 눈에 띄는 젊은 등반가였고, 타키츠 안쪽 구석에 있는 61미터짜리 '오픈 북'을 오른 것은 미국 최초의 5.9등급 등반이었다. 해당 코스는 예전에 이미 개척이 되기는 했지만 로빈스는 그걸 '고 프리'로, 곧 피톤이라는 직접적인 도움 없이 등반을 해냈다. 1952년, 그가 열일곱 살 때의 일이었다.

그가 처음으로 올라간 대형 코스는 요세미티에 있는 '센티넬'의 북쪽 외벽 2차 등반이었다. 첫 등반대는 등반에 나흘 반이 걸렸다. 로빈스와 동료들은 이틀 만에 해냈다. 수년간 거듭 올라간 끝에, 그는 마침내 등반 시간을 고작 세 시간 남짓까지 줄였다. 현재는 두 시간까지 단축되었다.

1958년까지 로빈스는 하프 돔 등반이라는 목표를 뒤에 남겨 놓은 채 텍사스주 포트 블리스의 장교 기록실 직원으로 군 복무를 했다. 1년 반 동안 그는 위조한 출입증으로 거의 매 주말마다 비행기를 잡아 타 북쪽으로 가서 이곳저곳에서 등반을 한 뒤 일요일에 히치하이킹으로 복귀했다. 가끔은 딱 면도하고 환복할 시간만 남았을 때 돌아와 출근 신고를 했다. 톰 프로스트, 일찍이 등반을 시작하여 훗날 로빈스의 주요 등반 기록 중 세 곳을 함께 오르게 되는 항공 기술자가 미래의 동료를 만난 것이 바로 이 시기였다. 프로스트는 노스 아메리칸 항공사에서 근무 중이었고 로스앤젤레스 쪽 등반가 무리와 어울린 바 있었다.

"우리는 늘 타키츠로 가곤 했죠." 프로스트가 말했다. "거길 올랐다는 로열이란 친구 얘기를 엄청 자주 들었어요. 누가 그랬더라. 아무튼 알고 보니 그 로열이 내가 군대에서 알고 지내던 친구였던 겁니다. 한번은 우리가 파시피코 산을 오르고 있었어요. 거기에 6미터 높이 정도 되는 작은 암반 절벽들이 있죠. 누가 손가락이 겨우 들어갈 얇고 비스듬한 틈을 가리켰는데, 암벽이 아주 살짝 돌출돼서 발만 간신히 걸칠 정도였어요. 그 부분 이름이 '로빈스의 탈락 지점'이었죠. 그쪽으로 오른 사람이 딱 둘입니다. 로빈스하고 다른 사람. 나도 그쪽 길을 생각은 했지만 그리로 오를 수는 없었죠. 나는 로스앤젤레스로 돌아와서 한 달간 식이요법과 운동을 병행했어요. 그다음에 파시피코로 갔는데 우연찮게 로빈스도 거기 있더군요. 나는 낮은 쪽으로 등반을 시도해서 빌레이 로프를 내려달라고 한 다음 암벽을 올랐습니다. 로빈스가 암벽 위에 앉아 있었어요. 아무 말도 않더군요."

하지만 그다음에 만났을 때 로빈스는 프로스트를 한쪽으로 데리고 가서 엘 캡의 노즈를 등반할 계획이라고 털어놓았다. 프로스트에 따르면 그건 "비범하고 심상찮은 프로젝트"였다. 2년 전 유명 시즈 클라이머siege climbing. 한 번에 오르기 힘든 암벽을 여러 차례 오르내리면서 등반하는 방법인 등반가 워렌 하딩이 띄엄띄엄 이어진 45일의 낮과 30일 밤에 걸쳐 처음으로 그곳을 오른 바 있다. 하딩이 사용한 방법은 논란을 불러일으켰고, 그 논란은 지금도 계속되고 있다. 그는 등반 중 반들반들한 암벽 표면에 오르면 드릴로 거기에 구멍을 뚫어 그 구멍에 소형 익스팬션 볼트를 박아 넣은 뒤 거기에 매달려 한 걸음 한 걸음 위로 올라갔다. 볼트 사용법은 제2차 세계대전 전부터 이미 알려져 있기는 했지만 과도한 사용이 많은 사람들의 반감을 샀고, 로빈스도 그중 한 명이었다. 로빈스의 계획은 고정시킨 로프에서 내려갔다 다시 올라가지 않고 한번에 몸을 밀어 올리면서 등반을 하는 것이었다. 프로스트는 자기가 같이 등반하자는 제안을 받은 건 더 실력 있는 등반가들이 거절을 했기 때문일 거라고 생각하고 있다. 그들은 그게 가능하다는 걸 믿을 수 없었던 것이다. "그 사람들은 그랬다간 망할 거라고 생각했던 거죠." 프로스트가 말했다.

가장자리에서

등반은 1960년 9월에 이루어졌다. 로빈스, 프로스트, 척 프 랫, 조 피셴이 한 팀이 되었다. "로빈스는 엄청나게 자신만만해 했습니다." 프로스트가 말했다. "그는 보기 드문 리더예요. 야영 을 할 때 살라미를 얇게 잘라 건네주고, 치즈도 얇게 잘라 건네 주고, 빵도 얇게 잘라 건네주고, 물도 딱 세 모금만 마시게 한 다음 자러 갔죠. 무척 엄격하게 규율을 강조하는 사람이에요. 등반가로서 그 친구가 지닌 가장 훌륭한 자질 가운데 하나는 자신에 대한 통제입니다. 자기 마음과 몸을 잘 다스리는 거죠. 로빈스와 같이 등반을 하면 뭐든 걱정할 필요가 없습니다. 그 친구 말대로만 하면 다 괜찮을 거예요."

로빈스의 팀은 하루에 한 사람당 약 1리터씩 마실 수 있도록 열흘 치 물을 충분히 챙겨 갔다. 그들은 7일 만에 정상에 올랐다.

이듬해 봄 로빈스와 프로스트는 아직 아무도 오르지 않은 엘 캡의 남서부 방향 왼쪽 암벽을 꿈꾸듯 멍하니 바라보고 있 었다. 그쪽 벽면에는 공략할 만한 지점이 많았지만 그것들을 이 을 방법이 없어 보였다. 그러다 갑자기 가능성이 눈앞에 나타났 다. 우회로이기는 했지만 갈 수 있을 것 같았다. 1940년대 요세 미티를 오른 위대한 등반가 존 살라테의 이름을 따 '살라테 월 Salathé Wall'이라는 이름으로 알려진 이 암벽은 현재 세계에서 가장 멋진 암벽등반지로 여겨진다.

등반 중에는 34종의 리드, 곧 로프 길이가 필요했고 A3과 A4 네일링이 동원되는 5.8내지 5.9등급 지점이 수없이 많았다. 인공 등반—피톤, 볼트 같은 것들에 직접 매달리는 것—은 난이도에 따라 A1에서 A5까지 표시된다. 요세미티의 거대 암벽등반 과정 중 상당수, 절반 이상이 인공 등반으로 이루어진다.

로빈스 본인은 자신이 성공한 이유가 추진력과 결단력이었다는 점을 수긍한다. 많은 사람들이 재능으로는 그를 앞섰다. "저는 첫 시도에 5.9를 해냈죠. 하지만 프랫은 5.10을 해냈습니다. 만약 제가 프랫 같은 재능이 있고 프랫이 저 같은 추진력이 있었다면……." 그가 말끝을 흐렸다. 로빈스가 등반을 하며 배우게 된 건 등반이 전투라는 사실이다. 그냥 도전이 아니다. 그는 분투해야 한다. 이는 그의 내면에서 큰 비중을 차지하고 있어서, 그가 좋아하는 경기를 할 때 맞상대를 찾지 못할 경우 그는 스스로와 싸울 것이다. 20년 넘게 그의 인생에 가장 큰 영향을 끼친 사람은 랠프 월도 에머슨으로, 나는 그 사실을 알고 난 후 에머슨이 쓴 「자립Self-Reliance」을 다시 읽어보았다. 그 글은 보몽과 플레처가 쓴 시구로 시작한다.

인간은 자기 자신의 별,
정직하고 완전한 인간을 만드는 영혼,
모든 빛과, 모든 영향력과, 모든 운명을 통제하는 존재이니……

하지만 그 에세이에서 나를 일깨운 건 이 한 문장이었다. "성격의 힘이란 축적의 결과이다." 이 문장을 읽자 로빈스가 지난 8, 9년 동안 고른 독특한 등반 코스를 이해할 수 있을 것만 같았다. 1962년에서 1967년 사이 요세미티와 알프스 양쪽 모두에서 주요 등반 코스를 따라 올라가던 로빈슨은 1968년에는 엘

캡을 단독으로 등반했다. 그는 열흘 만에 정상에 올랐다. 우리
는 통상 그런 시도가 얼마나 어려운지 이미 알고 있다. 혼자 등
반을 한다는 것은 그가 무척 특별한 사람이라는 의미다.

단독 등반은 역사가 길다. 헤르만 벌이 낭가파르바트 정상을
혼자 올랐고, 다르벨레이가 아이거 북쪽 빙벽을 혼자서 정복했
다. 하지만 로빈슨에게 "최고의 모범은 월터 보나티입니다. 드류
필라(샤모니 근방에 있는 약 914미터 높이의 화강암 산봉우리로, 로
빈슨도 여기에 두 개의 경로를 만들어놓았다) 단독 등정은 등산 역
사상 최고의 업적 중 하나예요. 등정에 엿새가 걸렸죠. 하산은
정말 어려웠고요."

위험한 암벽을 혼자 오르려면 상당한 양의 내적인 힘을 들여
야 한다. 심지어 보나티조차도 나중에는 단독 등반가는 제 운
을 다 써야 하는 거라고 느꼈으니까. 나는 이 점에 대해 로빈슨
에게 물어보았다. 그런 상황에서 자신의 안전을 보장해줄 수 있
는 것이 무엇이냐고.

"바깥에는 없습니다." 그가 말했다. 그를 보호하는 건 내면에
서, 네 군데 지지점 중 세 군데를 확실히 해두지 않는 한 섣불
리 움직이지 않는 데서 나온다. 그래야 설사 한쪽 발이 미끄러
져도 나머지 한 발과 두 손으로 버틸 수 있을 테니까. 그가 이렇
게 덧붙였다. "제 인생이 완전히 균형을 잡고 있는 순간들이 있
었죠."

그는 엘 캡 등반이 "조금은 직감에 따른 것"이라는 사실을 인
정한다. "다른 사람들이 하는 것과는 달랐죠. 약간의 비전도 필
요했고 단독 등반에 소질도 있어야 했죠."

그는 그 뒤로 상당한 수의 단독 등반을 소화했다. 대부분은 '자유' 단독 등반으로, 밧줄 하나 정도 말고는 아무것도 들고 가지 않았다. 밧줄은 현수 하강을 할 경우에 쓰는데, 보통은 이 방법으로 하강한다. 등반가는 밧줄을 피톤에 이중으로 통과시키거나 암석의 튀어나온 부분에 둘러 묶은 다음 발을 바위에 딱 붙인 채 뒤로 걷는다. 그를 지탱하는 밧줄은 그가 가는 동안 제 쓸모를 다한다. 로빈스는 이 최근 등반에 대해서는 별로 얘기를 하지 않았다. 그는 그 등반에 복잡한 기분을 느끼고 있었는데, 명성이라는 문제에 오랜 기간 형성된 경멸감에 대해서도 마찬가지의 심정을 품고 있었다. 대중의 관심을 피하고자 기울였던 노력에도 불구하고 유명해진 남자가 누리는 명성이란 마치 무언가가 바깥에 노출되면서 가치가 퇴색하는 상황과 마찬가지인 것이다. 에머슨이 말했듯 "내 삶은 삶 자체를 위한 것이지 구경거리용이 아니다."

로빈스의 가장 유명한 등반 중 하나는 1970년에 이루어졌다. 하딩은 27일 연속으로 암벽에 머물면서 엘 캡의 정상까지 올라가는 또 다른 길을 개척했는데, 이는 미국에서 가장 긴 등반 기간이었고, 그 과정에서 그는 300개 이상의 볼트를 암벽에 박았다. 로빈스와 돈 로리아는 한겨울에 두 번째 엘 캡 등정을 하면서 올라가는 동안 하딩이 박아놓은 볼트가 마치 이 스포츠의 오점이라도 되는 양 그것들을 제거했다. 그들은 두 번 생각하지 않고 40개 남짓한 볼트를 빼냈지만 그 결과 격렬한 논쟁이 벌어졌다.

로빈스와 리즈는 1963년에 결혼했다. 그들은 유럽에서 여러

해 동안 등반과 스키를 가르치다가 샌프란시스코와 요세미티 중간에 있는 부유한 농업 도시 모데스토로 이사를 했는데, 이곳에 그녀가 살던 집이 있었다. 리즈의 아버지는 모데스토에서 페인트와 벽지를 파는 가게를 운영했다. 로빈스는 언젠가 그 사업을 넘겨받을 요량으로 거의 1년 가까이 페인트 판매원이 되어보려고 애를 썼지만 잘 되지 않았다. 대신 그와 리즈는 남는 시간에 등산용 부츠를 팔기 시작했는데, 처음에는 부엌 테이블에서 물건을 배송했다. 그들이 판매했던 건 프랑스제 갈리비에 수입 부츠로, 훗날 둘의 사업이 성공적인 아웃도어 장비 회사로 변모하는 데 있어 중추적인 역할을 하게 되었다. 그들은 '로빈스 마운틴 숍'이라는 간판을 단 가게를 하나는 모데스토에, 다른 하나는 프레스노에 두고 있으며, 상당한 규모의 도매업체도 운영하고 있다. "모데스토의 상인이죠." 그가 스스로를 놀리듯 말했다. 하지만 그의 내면에는 채워지지 않는 무언가가 자리하고 있다. 1974년 전미 산악회 모임에 갔을 때 그와 리즈는 오클랜드로 몰래 빠진 다음 포틀랜드행 화물열차에 올라타 스물네 시간 동안 눈보라를 뚫고 포틀랜드에 도착해 거기서 택시를 잡아 모데스토로 돌아왔다.

요세미티에서는 눈보라가 밤새 몰아쳤다. 다음 날 아침 우리는 엘 캡의 출발기지로 갔다. 나는 대형 코스의 시작 지점이 어떻게 생겼는지 보고 싶었다. 오전 아홉 시를 조금 지난 시각이었다. 우리가 다가가자 엘 캡이 나무를 헤치고 우리 머리 위로 우뚝 솟아올랐다. 희미한 외침을 들은 게 그때였다. 외벽에서 누군가 딱 한 단어를 거듭 외치고 있었다. "도와주세요!" 로빈스가 멈춰 섰다. 그가 귀를 기울이고는 손을 확성기 모양으로 입에 갖다 댔다.

"어딥니까?" 그가 소리쳤다.

"도와주세요!" 목소리가 울부짖었다.

우리는 더 빨리 걷기 시작했다. 다른 등반가 두 명이 합류했다. 그러는 동안에도 머리 위에서는 계속 울부짖음이 들렸다. 잠시 뒤 우리는 엘 캡의 맨 밑바닥에 쌓여 있는 돌무더기를 서둘러 넘고 있었다. 화강암이 거대한 앞치마처럼 가파르게 솟아올랐다. 마침내 우리는 등반가들의 위치를 찾아냈다. 그들은 '레지'라 불리는 지점에 있었고, 로빈스의 쌍안경을 통해 그들 모습을 볼 수 있었다. 로프 하나가 그들 왼쪽 옆에 대롱대롱 매달려 있었다. 기묘할 정도로 한가롭게 매달려 있는 별무소용인 로프였다. 여기서 소리를 치면 위쪽까지 들리는 게 가능했다. 우리는 등을 대고 누워 약 210에서 240미터 위를 올려다보았다. 등반가들은 들쑥날쑥한 커다란 아치형 바위 위에 있었는데 그 뒤에 있는 암벽은 보이지 않았다. 그들은 자기들이 로프를 타고 내려올 경우 외벽에 손이 닿을 수가 없어서 공중에 매달리게 될 거라고 생각했다.

로빈스는 어쨌든 내려오라고, 보이는 것만큼 상황이 나쁘지는 않기 때문에 로프를 걸 다른 지점을 찾을 수 있을 거라고 소리쳤다. "로프 끝매듭을 크게 매요!" 그가 주의를 줬다.

로빈스가 내게 말하길, 특출하게 강인했던 등반가인 짐 매드슨이 아주 천천히 올라오고 있던 다른 등반가 두 명의 상태를 확인하려고 현수 하강을 했던 벽면이 바로 여기라고 했다. 그건 일종의 잠정적인 구조 작업이었다. 매드슨은 어깨에 여분의 밧줄을 더 감은 다음 맨 꼭대기에서 내려오기 시작했다. 그다음 벌어진 일에 대해서는 누구도 정확히 모를 것이다. 그는 로프 끝을 놓쳐버렸고, 우리가 서 있던 곳에서 그리 멀리 떨어지지 않은 지점에 추락해 사망했다. 그 엄청난 높이에서의 추락과 떨어지는 등반가가 품었을 무력감은 지금도 내 상상 속에 남아 있다.

잠시 뒤 파란색 옷을 입은 남자가 아주 조심스럽게 내려오기 시작했다. 로프 끝에 커다란 매듭이 묶여 있는 게 쌍안경을 통해 잘 보였는데, 아주 탄탄하게 매여 있어서 하강 중 멈췄을 때도 미끄러지지는 않을 것 같았다. 거기에 더해 일이 꼬일 경우를 대비해 따로 빌레이 라인도 설치했다. 눈이 다시 내렸다. 눈발이 화강암 주위를 유리 문진 속 눈처럼 휘감아 돌고 있었다.

"밑에 돌출부가 있으면 진짜로 깜짝 놀랄 수 있습니다." 로빈스가 말했다. "저 친구들은 기가 푹 죽어서 내려올 준비를 하고 있었으니까요. 한 발 한 발 나갈 때마다 기분이 좋아지죠." 그런 다음 덧붙였다. "210미터보다 30미터 위에서 추락하는 게 훨씬 낫다는 겁니다. 결과는 똑같죠. 하지만 왜 그 고생을 다 겪을까요?"

한 시간 뒤 두 사람은 밧줄 한 가닥으로 안전하게 내려오는 데 성공한 뒤 다음 동작을 준비하고 있었다. 이제 됐습니다. 로빈스가 말했다. 우리는 옆에 앉아 있던 등반가 두 명이 그 사람들을 감독하도록 놔뒀다. 그 등반가 중 한 명은 같은 코스를 오른 적이 있었다.

"앵커는 괜찮아요?" 등반가가 위에 있는 사람들에게 소리쳤다. "그건 뭐예요?"

"볼트 하나하고 고정 핀(피톤) 두 개요!" 대답이 돌아왔다. 그는 뒤로 기대앉아 긴장을 풀었다.

요세미티에서 가장 험한 코스에 도전하려는, 젊고 경험도 상대적으로 부족한 등반가들이 종종 있다. 혜성처럼 번쩍 하고 나타났다가 사라지는—로빈스는 그들을 '3년짜리 사람들'이라 부른다—등반가들도 있다. 전용 신발에 스와미 벨트를 매고, 그 외에 나머지 장비는 모두 자기와 같이 등반하는 사람 것을 쓰는 등반가도 있다. 가난하기 그지없는 참가자들도 기꺼이 환영할 수 있다는 이런 모습은 무척이나 매력적이다. 다른 대부분의 종목들과 마찬가지로 암벽등반에도 크고 피할 수 없는 위험이 존재하며, 이 종목을 순수하게 정화하여 으뜸으로 올려놓는 것도 바로 이런 위험이다. 로빈스는 암벽등반에 평생을 바쳤고, 내 생각에 그가 반감을 가지는 것은 아무것도 모르면서 이런 위험에 맞닥뜨리는 사람들, 혹은 이런 위험을 외면하고서는 그런 건 별로 중요하지 않았다는 양 부인하는 사람들이다.

"로빈스는 언제나 더 낫고, 더 뛰어나고, 더 순수한 방식으로 등반을 하고 싶어했죠." 프로스트가 말했다. "그는 이 종목의 기준을 계속 올리고 있습니다. 로열과 등반을 할 때 저는 어디서도 얻을 수 없는 값진 경험을 쭉 해왔어요. 그는 이 분야의 개척자였습니다. 그저 선두에 섰다는 뜻이 아닙니다. 그는 옳은 방향을 상징하는 인물이었어요. 믿을 수 없을 정도로 긴 시간 동안 로열은 경쟁이라도 하듯 그 바닥에 있던 모든 등반가들과 알고 지냈어요. 다들 자기 전문 분야가 있죠. 균열, 틈, 뭐든 간에요. 하지만 누구도 그보다 더 어려운 코스를 개척하지 못했고, 누구도 그보다 더 어려운 볼더링 문제를 해결하지 못했죠. 그는 자기 위치를 오랫동안 유지했습니다. 만약 나보다 더 잘할 수 있는 젊은 등반가가 나타난다면, 나는 상관없습니다만, 로열은 더 잘해야 했죠."

우리는 모두 죽고 잊힐 것이다. 하지만 등반에는 사람들을 끌어당기는 신화적인 요소가 있다. 하프 돔, 엘 캐피탄, 드류. 이는 거의 지구 자체만큼이나 오래도록 이곳에 남아 있을 존재에 우리가 붙인 이름들이다.

<영스트>(1978년 3월/4월)

진퇴양난

월드컵을 향해

확성기가 독일어로 아침 일곱 시 삼십 분을 알리기 시작한다. 겨울의 끝이다. 산은 거의 보이지 않는다. 빛이 호텔 창문으로 들어오기 시작한다. 케이블카 정류장으로 첫 번째 손님들이 터덜터덜 걸어가고 있다. 잠시 뒤면 선수들이 올라갈 것이다. 아침마다 선수들이 프리 스키를 하는 동안, 혹은 어떤 코치의 표현대로라면 신나게 달리는 동안 군중들이 모여들면서 물가에 달라붙은 까만 조약돌처럼 코스 양쪽을 따라 늘어선다. 선수들은 매끈하게 나아가고, 우아하게 회전하면서 자기 스키를 조정한다.

"저는 늘 노력하고, 제가 잘하고 있다고 스스로에게 말합니다." 스티브 포드보스키는 이 단계에서 자기가 하는 일을 이렇게 말했다. 그는 작고 정중한 캐나다 사람으로 전도유망한 챔피언이다. 군중들이 그의 주위를 마치 별처럼 따라다닌다.

경기 시작 약 한 시간 전, 선수들은 근처 레스토랑이나 호텔에서 실크 스타킹처럼 착 달라붙는 반들반들한 일체형 복장으로 갈아입는다. 그 밑에는 아무것도, 심지어 알루미늄으로 만든 사타구니 보호대도 안 입는다. 입는 거라곤 속옷 한 벌이 전부다. 선수들의 승패는 100분의 1초 안에 결정된다. 시속 96킬로미터 이상의 고속에서는 바람의 저항이 대부분의 장애를 유발한다. 이 저항을 줄이는 것이 중요하다. 선수들은 옷을 입은 뒤 울타리로 관중들과 분리된 지역으로 들어간다.

월드컵 경기. 전 유럽에 텔레비전으로 중계되는 이 경기의 서막이 오른다. 시작은 늘 같다. 재난 보도를 연상시키는, 헬리콥터에서 내려다보는 코스 풍경, 주요 구간에 대한 토론, 선수들의 순위표, 구름, 눈 쌓인 뾰족한 산, 군중들. 마지막으로 경기 참가자들이 나온다. 선수들은 가벼운 옷을 입은 투우사 같다. 딴생각에 빠져 있고, 퉁명스러우며, 임무를 수행해야 할 순간이 오면 정말로 강해진다. 흥분이 고조된다. 출발을 알리는 시계가 돌아가고, 뭔가가 삑 하는 소리를 내기 시작한다. 선수들은 신경이 곤두서 있고, 신호원이 숫자를 센다. 출발!

코스를 내려가면서 속도가 오른다. 스키 날이 긁히고, 눈 색깔은 푸르스름하다. 돌연 무서울 정도로 뛰어오르면서 공중으로 날아오른다. 나무들이 뒤로 가고, 얼굴들은 흐릿해지고, 산장들이 날듯이 지나간다. 힘들게 회전하고, 재난 같은 상황에서 의연하게 일어선다. 관중들은 위험한 장소에 가장 많이 몰린다. 선수들이 지나가는 소리를 들을 수 있다. 선수들은 총알이 날아가듯 휙 소리를 낸다. 그러고 나면 결승선을 향한 최후의 직선 활강이 이뤄진다.

눈을 흩뿌리면서 미끄러지듯 멈추자마자 선수들은 뒤를 돌아보며 기록을 확인한다. 좌절 또는 승리의 기쁨이 그들의 얼굴을 가로지르고, 새하얀 이가 빛난다.

다른 종목의 경기도 있기는 하지만 이렇지는 않다. "자이언트 슬랄롬은 흥미롭지가 않죠." 포드보스키가 차분하게 말했다. "큰 회전이 많거든요. 슬랄롬도 재미있지는 않아요. 하지만 활강은 누구나 이해할 수 있거든요."

월드컵 시즌은 12월 스위스 락스에서 남자 활강 경기를 열고 난 다음 프랑스 발디제에서 전통의 개막식 행사를 개최하면서 시작된다. 3월까지 여러 나라를 이동하면서 '월드컵'이라 이름이 붙은 커다란 수정 트로피를 획득하기 위해 60개 이상의 경기가 동시다발적으로 진행된다. 마지막 날에 우승자가 결정되는 아슬아슬했던 시절도 있기는 했지만, 이 대회의 가장 큰 스릴은 매해 1월, 선수들과 수많은 수행원들이 티롤에 위치한 700년 역사의 소도시를 방문할 때 찾을 수 있다. 옹기종기 모여 있는 옛 교회들, 값비싼 호텔, 눈에 파묻힌 아늑한 작은 호텔, 어두운 전나무들, 레스토랑과 멋진 공기가 있는 이 작은 도시에는 또 다른 특성이 있다. 이곳은 소위 고전적이라 불리는 가장 유명한 두 개의 활강 코스 중 한 곳의 고향이다. 이 소도시는 키츠뷔헬이다. 코스 이름은 하넨캄이다.

"스키 선수가 유럽에 오면," 미국 대표팀 멤버 마이크 파니가 말했다. "하넨캄 얘기만 계속 들어요. 코스가 엄청 힘들다, 누구누구가 거기서 망했다더라. 어떤 선수들은 처음엔 하도 예민해져서 아침도 못 먹는다니까요."

247

"단연코 가장 힘든 하강 코스예요." 밥 비티도 동의했다. 그는 전직 미국 대표팀 코치였고 현재는 ABC 방송 취재기자다. "지형이 급격하게 변해요. 언덕도 가로질러야 하고, 테니스공을 밟고 도는 것처럼 확 바뀌는 회전 구간도 있죠. 기술적으로 상당히 힘듭니다." 그가 냉정하게 말했다. 밥은 그 코스에 경외감을 느끼지는 않는다. 그가 1964년 올림픽에서 천재 소년 소리를 듣고 있을 때, 같은 팀 선수였던 빌리 키드와 지미 휴가가 미국 최초로 은메달과 동메달을 땄다. 아직까지 금메달을 딴 미국 선수는 없다.

오스트리아는 작은 나라고, 상당수가 산이다. 키츠뷔엘은 생 안톤, 그슈타드, 생 모리츠 등과 목걸이처럼 이어져 있는 눈 덮인 알프스 소도시 중 하나로, 1928년 영국 왕세자가 방문하고 난 뒤 명소로 등극했다. 하지만 이곳은 위대한 스키 선수들, 1950년대에 활약한 경이로운 스키팀으로도 유명하다. 이 팀에는 프라브다, 힌터지어, 몰터러, 자일러가 속해 있었다. 그들의 사진이 아직도 가게에 전시되어 있다. 챔피언 특유의 무관심한 태도로 스키 폴에 몸을 기댄 채 햇살 속에 얼굴을 내놓고 있는 젊은이들. 이중 가장 높이 오른 사람은 토니 자일러였다. 그는 1956년 이탈리아 코르티나에서 세 개의 금메달을 석권했고(이와 동률의 업적을 거둔 건 장클로드 킬리뿐이다) 2년 뒤 월드 챔피언십에서 금메달을 두 개 더 땄다. 슬랄롬 경기에서는 졌다. 키츠뷔헬은 메달에 대한 보답으로 자일러와 몰터러에게 약간의 토지를 수여했다. 자일러는 자기 땅에 작은 호텔을 지었다.

"예전에는 여기에 챔피언이 많았는데 지금은 너무 겉만 번지르르해요." 하네캄에 온 언론사 부장 미하엘 폰 호픈은 키츠뷔헬에 대해 이렇게 말했다. "핵심 요소가 빠져버린 거죠. 엉뚱한 것들 천지예요. 상업적으로 변해버린 거죠. 요즘은 무스발트 같은 오지에서 챔피언이 나와요."

매일 밤 뮌헨과 빈에서 온 멋진 얼굴들이 란트하우즐이나 그 위쪽 로메르호프에 출몰한다. 고민도 걱정도 없는 자신만만한 얼굴들이다. 생 모리츠는 더 고급스럽지만 훨씬 격식을 차려야 하고 훨씬 비싸다. 스캔들, 새로 유입되는 돈, 꼭 좋다고는 할 수 없는 명성을 떨칠 기미가 보인다. 도시는 사람들로 북적인다. 카지노는 미어터진다. 심지어 사람들은 뮌헨에서 택시를 타고 오기도 한다. 비용은 약 120달러 정도로, 여러 명이 나누면 그렇게 많은 액수는 아니다. 호텔이 택시를 보내줄 것이다. 여러 군데의 바와 댄스홀은 유행하는 장소라는 이유로, 또는 오케스트라 음악이 텅 비다시피 한 플로어에서 울리고 있는 광경이 이상하리만치 공허하다는 이유로 사람들이 들어찬다.

골드너 그라이프 호텔의 바는 사람들이 모이는 장소다. 코치, 선수, 기자들 모두 느지막이 바를 찾는다. 이 호텔은 원래 시장에서 돌아오던 농부들이 한잔 걸치려고 들렀던 여인숙이었다. 지금은 하리쉬 삼형제 소유로, 무척 잘나가는 곳이다. 하리쉬 집안은 몇 세대에 걸쳐 여인숙을 운영해왔다. 형제의 어머니는 에드워드 8세가 왕자였을 때 영국 음식을 요리해 대접한 적도 있었다. 켄트 공작도 묵었고, 케네디 집안도 왔다 갔다. 채플린은 바에서 노래도 했다.

이 지역의 다른 호텔인 뮈니하우는 도시에서 몇 마일 떨어진 요새처럼 생긴 전진기지로, 미국 대표팀이 여기 묵고 있다. 선수들은 작은 식당에 앉아 본인들의 연습 장면이 담긴 비디오테이프를 보고 있다. 용기, 기술, 기교, 힘, 그리고 체력. 이것들이 킬리가 코스를 달리는 데 요구되는 것이 무엇이냐는 질문을 받았을 때 언급한 자질이다. 테이프에는 실수, 잘못된 질주, 충돌 장면들이 기록되어 있다. "아, 이 아저씨 좀." 한 선수가 중심을 잃자 누군가 중얼거린다. 또 다른 선수가 넘어진다. "ABC 방송국에서 저걸 TV에 내보낼 거야." 코스 윗부분은 엄청나게 가파르다. 첫 30초에 얻은 속도를 가지고 선수는 느린 중간 부분을 통과한다.

미국 대표팀 활강 종목 코치 안드레아스 라우치는 스물아홉 살에 조용하고 세련된 말씨를 쓰는 사람이다. 그는 오스트리아인으로, 4년 동안 오스트리아 대표팀에서 코치로 활동하면서 명망을 얻었다. 현재 그는 맨땅에서 경주 팀을 만들고자 노력하고 있다. 그는 무척 세심한 사람이다. 여자친구가 담당한 비디오 촬영을 제외한 모든 사소한 부분에 참여한다. 라우치는 여기서 지겹도록 이어진 재난에 대해 잘 안다. 그도 예전에 키츠뷔헬에 있었으니까. "에르윈 스트리클러라고, 이탈리아 사람이었습니다. 여기 하우스베르크 압축 지점에서 선수 생명이 끝났죠." 그가 회상했다. "안토니올리도 같은 지점에서 사고가 났습니다. 역시 선수 생활이 끝장났죠. 한스 엔은 마지막 압축 지점에서 그랬고요. 거기가 속도가 가장 빠르죠. 작년에 파니는 여기서 넘어진 뒤에 세 경기를 결장했습니다. 1979년에는 처음 출전한 선수 열다섯 중 여덟이 넘어졌어요."

넘어진다는 건 잔인한 일이다. 그때까지 만들어온 선수로서의 존재가 일순간에 폭발하고 만다. 자신감을 회복하고 그 일을 극복하는 데는 시간이 걸린다. 때로는 두세 경기 이상이 걸리기도 한다. 올해 코스는 믿을 수 없을 정도로 빠르다. 예전 연도와 비교가 어렵다. 1930년대의 최고 기록은 약 3분이었다. 하지만 코스의 길이는 세월이 흐르면서 조금씩 변해왔다. 구간은 넓어지고 장애물은 제거되었으며 기문의 수는 줄어들기도 늘어나기도 했다. 날씨도 늘 다르다. 눈이 오기도 하고 햇빛이 쨍하기도 하다. 더 중요하게는 장비가 바뀌었다. 완벽한 기준이라는 건 없지만 1950년대까지는 주파 시간이 2분 30초로 내려갔고 1960년대에는 더 줄었다. 시즌이 시작된 현재 이 코스의 기록은 프란츠 클라머르가 보유하고 있다. 그는 1975년에 2분 3초 22로 코스를 주파했다.

이제 뭔가가 일어나고 있는 중이다. 연습 주행에서 선수들이 2분을 깼다. 하나같이 굉장하다고 말한다.

"선두가 빨랐어요." 비티가 상황을 설명했다. "보통 굴곡이 있는데 오늘은 진짜로 깔끔하게 나갔죠." 미국 대표팀 선수가 그랬던 것처럼 속도가 너무 빨라서 떨어지는 눈에 닿지도 않을 정도로 달리게 되면 장갑이 열 때문에 구멍이 난다.

연습 주행 때 달리는 것으로 경기를 가늠하기가 어렵긴 해도, 코치들은 결승선에 먼저 들어오는 순서를 늘 눈여겨보고 어떤 선수들은 점찍어두기도 한다. "훈련 때 선두에 있는 친구들이 보통은 경기에서도 늘 선두입니다." 라우치의 의견은 그렇다. "훈련 때는 전속력으로 달려야 압니다. 달릴 기회가 많지 않으니까요. 경기 전에 최대로 뽑아낼 수 있는 게 4라면 경기에서는 보통은 3이나 그 이하가 나오죠." 선수들은 대부분의 시간 동안 있는 힘을 다 짜낸 뒤 코스 끝에서는 속도를 낮추는데, 그래야 나가떨어지지 않기 때문이다. 최고의 선수들은 이렇게 한다고 라우치는 말한다. 나가떨어지는 걸 방지하기 위해 라이벌 코치들은 결승선 100미터 앞에서 타이밍을 끊는다.

경기 전날 저녁에 출발 위치가 정해진다. 선수들은 열다섯 개의 시드에서 예전 기록에 따라 등급이 매겨지지만 시드 내 순서는 제비뽑기로 정한다. 위치는 중요하다. 활강에서는 보통 첫 번째 시드 후반에 출발하는 게 좋다. 눈이 약간 얼어 있어서 더 빨라지기 때문이다. 하지만 날씨에 따라 상황이 달라질 수 있다. 경기 때 눈이 내리고 있을지도 모르는데, 그러면 코스가 느려진다.

밤에는 사방에 빛이 번쩍인다. 레스토랑은 만원이다. 마을에는 〈코리에레 델라 세라〉〈스턴〉〈아사히 신문〉〈런던 타임스〉 등에서 온 500명의 신문, 라디오, TV 관계자들이 돌아다닌다. 오스트리아에서만 66명의 기자가 왔다. 대화 주제는 온통 경주, 과거의 챔피언들, 시처럼 읊는 이름들이다. 6년 전에는 인스부르크에 캐나다인이 찾아오기 시작했다. 클라머르가 거기서 우승했다.

"1980년에는?"

"플라시드 호수. 우승자는 레온하르트 스톡이었고."

"그거야 당연하지. 맞아. 그럼 2등은 누구였게?"

침묵.

"알면서. 세상 일이 그렇잖아." 누가 말한다. "2등은 아무도 기억 못해."

금요일에는 이달 초 모르진에서 취소되었던 시합을 벌충하는 경기가 열린다. 1위는 오스트리아 선수 하르티 바이라테르, 2위는 포드보스키, 3위는 또 다른 캐나다 선수 켄 리드다. 무스 발트의 베테랑 클라머르는 11위다. USA 마크가 새겨진 은색 수트를 입은 필 마레는 37위로 결승선을 통과했다. 활강은 마레의 전문 분야가 아니다. 내일은 3만 명의 군중이 올 것이라 예상되는데, 특히 오늘 오스트리아 선수가 우승을 했으니 사람들 말에 따르면 이럴 경우 보통 만 명은 더 온다.

토요일 아침은 맑고 쌀쌀하다. 오전 아홉 시가 되자 군중이 산으로 몰려든다. 밴드가 음악을 연주하고 있다. 머리 위에서 헬리콥터가 요란하게 돌아다닌다. 사람들은 오늘을 위해 자동차와 기차를 타고 왔다. 키츠뷔헬 주위로는 철도가 고리처럼 빙 둘러져 있고, 트랙 아래로는 터널이 있다. 이 터널 때문에 내 친구 하나가 스키를 그만뒀다. 멋진 하루를 보내고 의기양양해진 친구가 스키로 터널을 통과해 마을에 가겠다고 결심했던 것이다. 그 친구 말에 따르면 마지막 순간 자기가 중요한 사실을 잊어버렸다는 걸 깨달았다고 했다. 터널에는 눈이 내리지 않는다는 사실을.

시범경기가 끝나간다. 스키 강사들이 밀집 대형을 이루면서 내려오고 있다. 어떤 이들은 깃발을 들고 있다. 날개에 광고를 붙인 행글라이더가 군중 위를 날아다닌다. 미국인 무리가 눈 덮인 지붕 위에 올라 미국 국기를 흔들고 있다.

선두권 선수들이 도착한다. 경기를 모두 다 보는 건 불가능하다. 대회는 산의 면적 전체를 아우른다. 아무려나, 대회는 시작되었다. 출발 게이트에서부터 가파르게 떨어지는 좁은 경사로가 급격한 좌회전 구간으로 이어진다. 그런 뒤 선수들은 '마우스팔레', 훨씬 더 가파른 활강로로 뛰어드는데, 여기서는 거의 허공을 날게 된다. 경기 중에 선수들은 이 첫 번째 얼음 비탈에서 목숨을 부지하려 애쓰지 않는다. 대신 그들은 스키 폴을 지치면서 속도를 더해 미끄러지듯 아래로 내려간다. 매번 소소하게 쌓이는 속도가 중요하다. 선수들은 자기들이 갖고 있는 여덟 내지 열 쌍의 스키 중 가장 좋은 것, 제대로 된 베이스가 달려 있고 제대로 날을 갈고 제대로 왁스칠을 한 스키를 탄다. 하단부에서 첫 번째 압축, 곧 별안간 엄청난 힘에 의해 몸이 다리로 눌리면서 납작해지는 현상이 일어나고, 뒤이어 '스타일항'으로 이어지는 세 번의 회전 구간이 나타난다.

바이라테르는 2위다. 아마 특출하게 빠르지는 않기 때문일 것이다. 뒤를 따르던 러시아 선수가 스타일항에서 무너진다. 이제 클라메르 차례다. 군중들이 뭔가 벌어지길 기대하고 있다. 함성이 높아진다! 중반부에서 최고 기록이다! 클라메르를 기다리던 사람들이 소리를 지르기 시작한다. "뛰어! 뛰어! 뛰어!" 갑자기 작은 얼룩 같은 형체가 나타난다. 클라메르다. 그가 아래로 떨어지듯 내려오면서 환호 속에 결승선을 통과한다. 1분 57초 78. 환호성이 터진다. 그가 일등이다! 클라메르가 서 있는 동안 선수들이 차례로 들어온다. 포드보스키는 14위다. 그는 자기가 연습 주행에서 절대 전속력으로 달리지 않는다고 말한다. "예전에는 그랬죠. 최고 기록도 내고요. 그러다 실전에서 넘어지

진퇴양난

는 거죠. 연습보다 조금 더 기록을 내려고 하다가요. 그러다 마침내 깨달음을 얻었죠. 이제는 저 자신에게 경기 때 써먹을 수 있는 여유를 약간 둡니다." 사실 스키는 자신의 능력 이상을 쏟아부어야 한다. 동기를 부여하는 특별한 무언가가 있어야 하는 것이다. 포드보스키는 코스 상단부에서 압도적이다. 중반부에서는 괜찮다. 그의 스키들은 훌륭하다. 왁스도 좋은 걸 쓴다.

경기에서는 100분의 1초가 문제다. 샛노란 수트에 검은 헬멧을 쓴 포드보스키가 훨훨 날아서 마지막 경사로인 하우스베르크를 찍고 바닥으로 내려와 회전한다. 100분의 1초들이 이온처럼 흘러나오고 있다. 결승선을 향해 마지막으로 몸을 쭉 뻗자 눈이 흩뿌려진다. 1분 57초 24. 그는 2년 연속으로 우승을 차지했다. 켄 리드는 3위다. 필 마레는 14번째로 결승선을 통과한다. 포드보스키보다 1.7초 뒤처진 기록이다. 상위 16명의 순위를 가르는 시간을 합하면 고작 2초다.

그날 밤 선수들과 그들이 데리고 온 손님들을 위한 파티가 인기 있는 바인 '런더너'에서 열린다. 호텔 전화기에서는 캐나다 팀을 찾는 전화벨이 쉴 새 없이 울리지만 전화는 모두 코치에게 넘어간다. "안 그랬다간 우린 전화만 받느라 아무것도 못할 거예요." 포드보스키가 말했다. 사람들은 심지어 토론토에다가 전화를 건다. 그는 거기에 녹음기를 설치해 놓았다. 사람들은 서독에서 전화를 걸어 "오, 스티브, 사랑해요"라고 말하고는 전화를 끊는다.

"여자들 꽁무니나 쫓으려고 여기 온 게 아니에요." 그가 말했다. "스키 타러 왔죠."

그렇기는 하겠지만, 눈 쌓인 거리에서 검게 눈화장을 한 아름다운 소녀 두 명이 차창 문을 내리고 초초하게 묻는다. "야거비르트는 어느 쪽 길로 가죠?" 캐나다 선수들이 묵고 있는 호텔이 야거비르트다. "알아요." 소녀들이 소리쳤다. "그러니까 어디냐고요. 어느 거리예요?"

일요일엔 슬랄롬 경기가 열린다. 슬랄롬에는 다른 종류의 짜릿함이 있다. 기교적인 것이 마치 체조경기를 보는 듯하다. 선수들은 차례차례 총알처럼 내려가 무릎을 올렸다 내리면서 어깨로 폴을 탁 때리고 지나간다. 그러는 동안 관중들은 구호를 외치고 카우벨을 울린다.

스웨덴 출신 잉게마르 스텐마르크가 이 종목의 스타다. 그는 경이로운 재능을 가진, 한 세대에 하나 둘 나올까 말까 한 선수다. 큰 키에 지적이고 초연한 분위기를 풍기는, 마치 커다란 빨간 털의 개처럼 보이는 그는 한해 50만 달러를 버는 걸로 알려져 있다. 잉게마르는 1976년, 1977년, 1978년 월드컵 우승 이후 쭉 정상의 자리에 있었고, 주최 측에서는 그 때문에 대회가 지루해지는 걸 막기 위해 규칙을 바꿔버렸다. 잉게마르는 스물여섯 살이다. 그는 이 대회를 끝으로 돌아오지 않을지도 모른다. "10년 동안 10위권 안에 들 수는 있겠죠." 그가 말했다. "더 이상은 안 돼요. 저는 8년 동안 그래왔습니다. 육체적으로 지쳤다고 생각하지는 않습니다만 정신적으로는 다 소진된 거죠."

현재 그가 이 마지막 대회 기간에 필 마레와, 그리고 자기 쌍둥이 형제인 스티브와 경쟁하고는 있지만 사실 잉게마르 같은 사람은 없다. 그에게는 무엇보다 사랑받는 위대한 자질이 있다.

누가 봐도 알 수 있는 경기 스타일이 그것이다. 경기에서 자기 스타일을 보여줄 가능성은 제한되어 있다. 60개의 기문이 있는 가파른 언덕에서 선수들은 다른 사람들보다 빨리 번개처럼 코스를 통과해야 한다. 해야 할 일은 그것뿐이다. 그렇지만 스텐마르크는 다른 선수들과 또렷이 구분된다. 그는 정말로 부드럽고 힘 있게, 마치 배트로 공을 때리듯 경첩 달린 폴을 치고 나간다. 이 자신만만한 챔피언은 활강 종목과 자신이 대회에 참가하여 우승함으로써 획득한 '서류상의' 월드컵 포인트를 경멸하며 자신의 영역에서 절대적인 제왕이 됐다는 사실에 만족스러워한다(비록 필 마레가 이 시즌이 끝나기 전에 잉게마르의 주종목 두 개 모두에서 그를 앞설 것이기는 하지만). 잉게마르는 길이길이 기억될 권위와 더불어 스키를 탄다. 1차 시도에서 앞섰다고 안주하지 않고 2차 시도에서 실패를 자초하면서까지 새로운 것에 도전하는 위험을 무릅쓴다. 그가 결승선을 통과하자 전광판에 기록이 뜬다. 마레보다 거의 2초나 빠르다. 전광판을 올려다보며 기록을 확인할 때 그의 잘생긴 이목구비에 희미한 미소가—미소라고 하기는 부족한, 안으로 머금는 표정이—지나간다. 오늘은 그의 날이다. 팔다리가 길쭉한 그의 약혼녀가 미소 짓는다. 아마 이번이 그의 마지막 시즌일 것이다. 관중들이 겨울 햇살 아래 서 있는 그의 마지막 모습을 흘끗 바라본다. 오든의 시구가 머리에 떠오른다. **새하얀 알프스가 반짝였다.** 그는 정말 위대했다.

〈지오〉(1982년 12월)

더 위로

　더 올라가자 정상이다. 해는 아직 떨어지지 않았다. 계곡은 거의 비어 있다. 제비들이 황혼을 질주한다. 헐렁한 하얀색 바지를 입은 사람이 길 위에 거의 수직으로 솟아 있는 바위, 이름하여 '바스티유'로 혼자 걸어간다. 그는 마치 말 옆구리라도 만지는 것처럼 바위에 잠시 두 손을 얹었다가 바위를 오르기 시작한다. 그건 경솔한 시도 같다. 이내 관둘 게 빤한 행동이다. 잡고 올라갈 곳이 없으니까. 우툴두툴한 부분이 약간 있고, 갈라진 금이 하나, 틈새로 하나 둘 정도다. 그 이상은 없다. 등반가는 신비스러우리만치 부드럽게 움직인다. 그는 살펴보고 생각할 때만 잠깐 멈춘 뒤 계속 올라간다. 그에게는 로프도 장비도 없다. 마치 다른 세계에 속해 있는 사람 같다. 그는 절대 아래를 내려다보지 않는다. 가끔씩 멈춰 손을 털고는 다시 올라간다. 점점 더 위로. 바위는 심지어 더 가팔라진다. 그는 태양을 향해,

저 멀리 위에 머물러 있는 존재에 최후의 손길을 뻗고자 올라간다.

볼더는 로키산맥 발치에 있는 인구 8만 3000의 도시다. 이곳은 외국인들이 사랑할 만한 지방 소도시다. 잘생긴 주민들, 아름다운 거리, 도시 중심부에 위치한, 멋진 옛 유물 같은 호텔. 이 호텔 이름은 '볼더라도'로, 1906년에 지어졌다. 호텔에는 사람들의 생기가 넘치는 바 세 곳과 두 개의 레스토랑이 있고, 금광 개발 시절부터 있던 로비에서는 리바이스 청바지를 입은 젊은 남자들이 게으름을 피우며 놋쇠에 윤을 내고 있다. 콜로라도 주립대학 학생이 2만 명이나 돼서 도시의 평균 연령은 고작 24세다. 도시 동쪽 지역에는 대형 쇼핑센터와 모텔들이 있다. 서쪽에는 산들이 있다. 볼더는 평야 맨 끝에 있는 도시다.

또한 이곳은 미국 암벽등반의 수도이기도 하다. 만약 수도라는 게 극장과 벽돌 길을 갖춰야 한다면 말이다. 동부에서 요세미티로 향하는 등반가들은 볼더를 거치지 않을 수가 없고, 엘도라도 캐니언 아니면 롱스 피크의 동쪽 암벽을 한 번은 타본다. 사람들 말에 따르면 겅크스(뉴욕에서는 '샤왕겅크스'라 부른다)는 지붕이다. 요세미티는 갈라진 금이다. 콜로라도는 가파르고, 힘든 암벽등반이다.

아무도 볼더에 얼마나 많은 등반가가 있는지 알지 못한다. 아마 수천 명은 될 것이다. 학생, 의사, 대학 교수들. 암벽등반은 유럽에서는 오랫동안 인기를 누렸지만 미국에서는 비교적 최근에야 소수의 열정적 추종자들이 생겨났다. 지난 10여 년 사이 암벽등반에 대한 관심이 엄청나게 불어났다. 이제 암벽등반은 텔레비전에서 방영되고 잡지에서도 앞다퉈 다룬다. 조만간 속도 경쟁이 붙을지도 모른다. 암벽등반 경기 같은 것 말이다. 러시아인들이 오랫동안 이 분야를 독점해왔다.

산에서 멀리 떨어진 곳에 사는 사람들에게는 암벽등반이라는 생각 자체가 특별하고 이국적인 듯 보일 것이다. 등반을 이해하기 위해서는 산 근처에 살아야 하고, 산 앞에서 전율을 느낄 것임에 틀림없다는 생각. 암벽등반의 위험성은 과장된 면이 있지만, 그 위험들은 인간 내면에 가장 깊이 자리 잡은 핵심적 공포, 곧 아찔한 높이와 추락에 대한 공포다. 어떤 등반가들에게 이런 공포는 중요하지 않다. 어떤 등반가들에게는 극복되어야 할 문제다.

볼더 남쪽 고속도로에서 방향을 틀어 서쪽으로 향한다. 탁 트인 시골 풍경이 나온다. 도로를 따라 집들이 드문드문 흩어져 있고, 멀리 숲으로 덮인 낮은 언덕이 보인다. 구덩이도 있다. 벌판에서 말들이 차를 빤히 바라본다. 2, 3킬로미터 정도 차를 몰고 가자 협곡 입구가 나타난다. 입구에는 바위가 버팀목처럼 떡하니 서 있다. 개울가를 따라 여름 별장, 판잣집, 트레일러가 늘어서 있는 판자촌이 나타난다. 이곳이 인구 225명의 엘도라도 스프링스로, 등반가, 자동차 애호가, 고참 노인들이 살고 있다. 이곳은 한때 유니언 퍼시픽 철도회사에서 매입한 토지에 세운 휴양지였다. '미주리주에서 가장 멋지고 자연 친화적이며 따뜻한 봄날' 수영장은 아직 남아 있다. 예전에는 마구간, 대형 호텔, 댄스홀도 있었다. 1350개의 계단을 밟아 계곡 한쪽으로 올라가면 아이비 볼드윈이라는 줄타기 곡예사가 180미터 상공을 건너면서 관객들의 심장을 들었다 놓곤 했다. 아이젠하워는 1916년에 여기로 신혼여행을 왔다. 덴버에서 유람 열차도 왔다. 영원히 나이를 먹지 않는 듯한 가파른 협곡 암벽은 자연의 아름다움 그 자체다. 사람들이 엘도라도 스프링스를 소생시킨 건 그로부터 50년 뒤의 일이었다.

절벽은 아주 단단한 사암 재질로, 표면의 울퉁불퉁한 부분들을 잡을 수 있다. 이 부분들은 종종 아주 작다. 최고로 어려운 등반에서는 잡을 수 있는 부분의 두께가 셔츠 단추보다도 얇다. 더 북쪽, 볼더 캐니언과 록키 산 국립공원의 바위는 수직으로 난 균열이 특징적인 화강암이 주성분이다. 같은 암석을 요세미티에서도 발견할 수 있다. 등반가들은 보통 크랙 클라이밍 혹은 페이스 클라이밍 중 하나에 뛰어나다. 둘 다에 능숙한 사람은 드물다.

엘도라도의 모든 집에는 '하드 타임스' '트레일스 엔드' '로미오' 같은 이름이 붙어 있다. 마을 중심부에는 다음과 같은 간판이 달린 녹색 오두막이 있다. '국제 알파인 학교International Alpine School.' 글자 몇 개는 없어진 상태다. 계단을 올라가면 문이 나온다. 현관을 작은 사무실로 쓰고 있는데, 책상과 타자기가 있고, 구석에 '안 쓰는 파일'이라 적어둔 상자가 놓여 있다. 거실에는 로프와 등반용 철제 고리가 걸려 있다. 뒤쪽에는 작은 탕비실과 화장실이 있다. 물은 관개용 배수구에서 나오고 보온은 난로로 한다. 단열 처리 같은 건 되어 있지 않다. 월세는 70달러다. 다락이 두 개 있는데, 하나는 침낭, 다른 하나는 매트리스로 꽉 차 있다. 이 왕국을 지배하는 사람은 교장 케빈 맥도널드다. 그는 서른세 살이고, 큰 키에 날렵한 몸매이며, 상반신을 탈의하고 다닌다. 그는 이 마을의 사람뿐 아니라 개들과도 모두 알고 지낸다. "안녕, 차르, 안녕, 친누크, 안녕, P. P." 마지막 약자는 'Perpetual Pup', 그러니까 강아지를 끝없이 낳는다는 뜻이라고 그가 설명한다. 그는 여길 찾아오는 사람들과도 많이 안다. 그는 그들에게 등반에 대해 많은 걸 배웠다.

볼더에는 최소 네 군데의 등반 학교가 있고 거기에 더하여 미인가 학원들도 있다. 국제 알파인 학교에서는 여름에는 400달러, 겨울에는 500달러를 받고 일주일 동안 등반을 배울 수 있다. 비용에는 음식, 텐트, 장비도 포함되어 있다. 케빈은 또한 하루 100달러의 비용을 내며 개인 가이드도 고용한다.

암벽등반에는 수준별 등급 척도가 있는데, 이 척도는 5부터 십진법으로 올라간다. 5.1 내지 5.2는 쉬운 등반이다. 5.6은 주저할 만한 난이도다. 원래는 5.9를 가장 높은 등급으로 의도했었는데 시간이 흐르면서 예전 한계를 훌쩍 넘는 경우가 많아 현재는 5.11과 5.12등급도 생겨났다. 케빈은 견실한 5.11등급 등반가다. 이는 실질적으로 그가 거의 모든 것을 오를 수 있다는 뜻이다. 이 '거의 모든 것'에는 건물들, 곧 전통의 콜로라도 대학도 포함되는데, 이 대학에는 도서관과 맥키 강당이 있고, 특히 후자는 인기 있는 건물 가운데 하나다. 맥키의 지하실로 통하는 입구에는 커다란 벽이 있는데 이 벽에는 모르타르 회반죽 위로 돌들이 조금씩 튀어나와 있다. 돌에는 분필로 표시가 되어 있다. 체육교사들이 표시해 놓은 것으로 등반가들에게 더 잘 잡히는 돌을 알려주는 용도다. 학생들뿐 아니라 졸업생들, 심지어 학생도 아닌 사람들까지 도마뱀처럼 돌에 매달려 있는 광경을 볼 수 있다. 가끔 오후 느지막이 강당 안에서 오르간이 울리기도 하는데 그러면 바그너 스타일의 장엄한 화음이 위로 올라가려 노력 중인 사람들 위를 흐르기도 한다.

캠퍼스 바깥에도 등반 명소가 있다. 콜로라도 서점에도 레이백을 하기 좋은 걸로 잘 알려진 장소가 있고 공공 빌딩에도 괜찮은 핸드 잼 지점이 있다. "그건 대략 5.9 정도 되죠." 케빈의 평가에 따르면 그렇다. 등반가들은 커다란 바위와 암벽 외면의 낮은 지점에서도 연습을 한다. 이 단독 기술을 '볼더링'이라고 한다. 협곡에는 어려운 볼더링 지점들이 많이 있는데 '그린 호넷' '슬랩 인 더 페이스' '튜록스 맨틀' 같은 이름이 붙어 있다. 케빈은 등반 전문가이자 마을 주민이다. 그는 자기 클라이밍 동작에 우아함을 부여하고 싶어 현대 무용을 공부했다.

"아주 멋진 등반 동작들이 있어요." 케빈이 학교를 방문한 등반가 한 쌍에게 친절하게 말했다. 그는 맨발이고 하얀색 바지를 입고 있다. "여러분들은 튼튼하니까 별 문제 없이 이걸 해낼 수 있을 겁니다."

그는 사기를 치는 중이다. 그 멋진 동작들은 알고 보니 말도 안 되게 힘들고 어렵다. 손가락 두 개만 가지고 턱걸이를 해서 천장에 수평으로 돌출된 레버까지 올라간 다음 오랑우탄처럼 획 몸을 흔들어 4센티미터 남짓한 길이의 손잡이에서 다음 손잡이로 이동하는 동작이다.

"이야, 멋져요! 거의 다 했네요." 케빈이 소리쳤다. "이제 몸을 뒤로 더 젖혀요."

방문객들은 간신히 매달려 있다. "몸무게를 오른쪽 다리에 전부 실어요. 알겠죠?"

그들은 해내지 못한다. 죽은 파리처럼 아래로 떨어진다.

"손가락 넣을 틈이 하나도 없는 거예요?" 등반가 한 명이 계속 끙끙거렸다.

곡예처럼 어려운 극단적인 동작은 실제 등반에서 할 만한 것이 아니다. 너무 위험하다. "쏘지 않으면 전리품도 없다"는 사상을 믿는 급진파가 있다. 말인즉슨 모험을 하지 않으면 승리도 없다는 소리고, 이런 생각을 신봉하는 사람들은 어려운 시도에 기꺼이 도전하겠다면서 수백 피트 위 지점에서 3내지 6미터 정도의 단발성 낙하를 연이어 감행한다. 물론 로프가 그 사람들을 지켜주고 있기는 하지만, 그런 시도를 반복하는 건 최소한 많은 등반가들의 눈에는 불순해 보인다.

테크니컬 클라이밍은 로프로 하는 것이다. 이론에는 흠잡을데가 없다. 등반가 한 명이 바위에 몸을 단단히 고정한다. 이제 다른 등반가가 암벽을 오른다. 너무 오래 낙하하지 않도록 로프가 그를 보호하고 있다. 그가 움직이는 동안 로프가 풀리고, 더 나아가 암벽의 조그만 균열들에 박혀 있는 '너트'라고 부르는 금속 고리에 고정된 카라비너 사이를 통과한다. 로프가 끊어질 일은 없다. 위험 상황은 보통 빌레이어가 낙하를 막기에 충분한 위치에 있지 않을 때, 다시 말해 그가 적합하지 않은 위치에 어쩔 수 없이 머무를 때 발생한다. "네가 지금 떨어지면 우리 둘 다 가는 거야." 이는 소름 돋는 경고다. 사고는 하강 시, 위험이 지나간 것처럼 보일 때도 일어난다. 라펠이 특히 위험하다. 정해진 절차를 신경 쓰지 않는 '쉬운' 장소에서도 위험이 상존한다. 마지막으로 낙석, 산사태 같은, 이른바 객관적인 위험도 있다. 작년에 미국에서는 42명이 등반 사고로 사망했다.

케빈은 떨어지지 않는다. 마흔 번인가 쉰 번 낙하하기는 했지만 그건 16년이라는 기간 동안의 횟수다. 보통 그는 낙하를 예상한다. 몸을 너무 쭉 뻗었다거나 지나치게 힘든 동작을 해보려할 때다. 떨어지겠다 싶으면 아래로 내려가 나중에 돌아온다. 그가 등반 생활을 하는 동안 일어난 큰 변화는 정상에 오르는 루트가 자유로워졌다는 사실이다. 협곡과 그 외 다른 곳의 등반 중 상당수는 처음에는 '에이드'라 일컫는 방법, 곧 피톤을 암석의 균열 지점에 집어넣어 고정시킨 뒤 나일론 슬링을 몸에 감아서 서는 방식으로 이뤄졌다. 그러다가 에이드 없이 등반을 하자는, 자유롭게 올라가자는 생각이 점차 퍼졌다. 이제 등반가는 암벽이 깎아지를 듯 가팔라도 손과 발만을 사용할 것이다. 이미 설치되어 있는 피톤에 손가락을 거는 것조차도 금지되어 있다.

루트 개척을 자유롭게 만든 주요 인물 중 한 명은 케빈과 동시대의 인물인 짐 에릭슨이었다. '네이키드 에지'라 불리는, 무척이나 겁나는 등반 구간이 있다. '레드가든 월' 위쪽 약 120미터 지점인데, 안내서에서도 최고의 위치라 설명하는 곳이다. 허공으로 길게 뻗어 나온 암벽 모서리로, 떨어질 경우 밧줄이 잘린다는 지점을 통과해야 한다. 에릭슨은 이 네이키드 에지를 자유 등반으로 올라간 최초의 사람이었다. 순수주의자였던 에릭슨은 절대 후퇴하지 않았다. 이 구간의 등반 등급은 5.11이고, 현재는 고전의 위치에 오른 장소다. 케빈은 여러 해 동안 암벽등반을 떠나 있었다. 볼더로 돌아오자마자 그는 친구에게 전화를 걸었다.

"안녕, 론. 나 케빈이야."

대답은 간단했다. 10년의 세월을 이어준 대답이었다. "네이키드 에지가 자유로워졌어."

케빈은 그게 자기 인생의 전환점이었다고 했다. "믿을 수 없었어요. 충격이었죠."

케빈은 턱걸이를 45번 할 수 있다. 에릭슨은 50번 할 수 있다. 케빈 쪽이 등반가로는 더 타고난 체격이다. 운동선수 같은 상반신과 긴 다리를 갖고 있다. 에릭슨은 케빈보다 키가 작고 몸도 튼실하다. 등산가의 체구에 더 가깝다. 그는 암벽등반가가 되기 위해 더 열심히 노력해야 했고, 케빈은 그런 가외의 노력이 에릭슨을 위대한 등반가로 만들었다고 믿는다. 암벽등반은 굉장한 운동이지만 다른 어떤 종목과도, 심지어는 권투와도 다르다. 암벽등반이 훨씬 더 위태롭다. 케빈은 예전에 권투를 한 적이 있는데, 1라운드에서 샌디 시스로네스에게 세 번 녹다운을 당했다.

"결국 권투를 관두기로 했어요. 다 끝났던 거죠. 하지만 암벽등반에선 그렇게 할 수 없습니다. 끝까지 가야 하죠. 저기 위에 있을 때 도망갈 수는 없잖아요. 스스로에 대해 책임을 져야 하고 해내야 하죠."

하지 못하는 일, 혹은 할 수 없을까봐 걱정스러운 일이 늘 있게 마련이다. 다른 사람들과 마찬가지로 케빈도 괴로움을 느끼는 순간이 있다. 보통은 힘든 등반을 하던 중에 되돌아갈 수 있는 지점을 지나쳐 이제 남은 방법이라고는 올라가는 것밖에 없을 때가 그렇다. 당연히 등반을 할 때마다 이런 순간이 오는 건 아니다. 하지만 정작 그런 때가 오면 그는 몸에 전기가 흐르는 것을, 아드레날린이 솟구치는 걸 느낄 수 있다. 다리를 떨게 만드는 것이 바로 아드레날린이다. 그러니 아드레날린이 너무 많이 솟구치면 끝장이다. 계속 나갈 수가 없는 것이다.

"중요한 건 나가떨어지면 안 된다는 겁니다. 통제해야 하죠. 쫄지 말고 침착해야 합니다. 끝까지 힘을 아껴야 돼요." 스포츠에서 심리적인 요소는 무척 크다. 발아래 펼쳐진 공간, 무자비한 암벽, 반드시 해야 하는 동작. 그러다 어떻게든 해낸다. 정상에 오르는 것이다. '싸이코'의 간담이 서늘한 돌출부에, '로지 크루서픽션' 혹은 '그랜드 지라프'의 정상에. 건너편 '바스티유'에는 등반가들이 점점이 매달려 있다. 동쪽으로는 평야가 끝없이 펼쳐져 있다. 환상적인 경치다. 동료애, 승리감, 우월감이 느껴진다.

스티브 코미토는 소도시 에스티스 파크에서 등산화 판매점을 운영하고 있다. 가게 입구에서 롱스 피크의 정상이 보인다. 코미토는 서른여덟 살로, 작은 키에 싹싹한 사람이다. 본인 말에 따르면 그는 전형적인 운 없는 남자이자 희생자다. 코미토의 아버지는 인디애나주 포트웨인에서 가구 사업에 종사했는데, 그는 모리스 에르조그Maurice Herzog의 『안나푸르나』를 읽기 전까지 산이라곤 구경도 해본 적 없었다. 코미토는 그 책을 읽고 압도당했다. 살면서 처음으로 자신의 정신을 사로잡은 것이 나타났던 것이다. 그는 등반 관련 책을 게걸스럽게 읽기 시작했고, 고등학교 마지막 해에 YMCA에서 개최하는 와이오밍 여행에 참가했다. 여행 팀은 등반 교실에서 하루를 보낸 뒤 '그랜드 테톤'을 올랐다. 코미토는 매혹당했다.

코미토의 부모는 그가 플로리다에서 살길 바랐고 예정대로라면 당신들이 은퇴할 때 거기에 있었어야 했지만 그는 마이애미 대학을 떠나 콜로라도로 갔다. 그게 1960년의 일이었다. 얼마 안 있어 그는 한 시대의 전설적인 인물과 어울리게 되었다. 레이튼 코르라는 약 196센티미터의 거인으로, 다 닳은 타이어가 달린 포드 자동차를 전속력으로 몰고 다니면서 이곳저곳을 등반하는 신들린 에너지의 소유자였다. 코르는 10여 년 동안 콜로라도의 암벽등반계를 이끌었고 새로운 파트너를 지속적으로 찾아다니고 있었다. 어느 날 밤 파티에서 코르는 코미토를 만났고, 그는 즉시 코미토를 낚아챘다. 다음 날 새벽 그들은 같이 첫 번째 등반을 했다. '아우터 스페이스'라는 암벽이었다. 난이도는 에이드가 동원된 5.8로, 당시로서는 높은 등급이었다.

"걱정 마, 코미토." 코르는 그들이 암벽 외면에 매달려 있는 동안 즐겨 이렇게 말했다. "우리한테 일어날 수 있는 최악의 일이라고 해봐야 떨어져 죽는 건데 뭐."

"그 사람이 제게 난이도 있는 등반을 시켰죠." 코미토가 말했다. "저는 운동선수가 아니에요. 용감하지도 않고. 제 입장에서는 제가 거둔 성공은 다 엄청난 성취인 셈이고 실패는 어쨌거나 다 예상했던 거예요. 코르와 다니면서 내내 두려웠지만 그 경험이 제게 필요한 걸 줬죠. 할 수 있다는 자신감과 자부심이요.

진퇴양난

저는 제가 존경했던 사람과 우정을 나눴습니다. 그 경험을 통해 저는 제 동시대 사람들 상당수가 받아들이지 않는 미덕으로 향하는 돌파구를 얻을 수 있었어요. 남자다움이라는 미덕 말입니다."

본인도 인정하다시피, 코미토는 앞으로도 평범한 등반가로 남을 것이다. 그는 1년에 스무 번에서 스물다섯 번 정도 암벽등반을 한다. 하지만 그에게는 아직 욕심이 있다. 가장 큰 욕심은 아주 늙을 때까지 등반을 계속하는 것이다. 유럽 여행을 갔을 때 그가 무척 감명을 받았던 모습이 있다. 그쪽에서는 흔한 광경인데, 60대 남녀 노인들이 하이킹을 하고 가끔 산도 오르더라는 것이다. 코미토에게 그 노인들은 점점 더 인공적이고 일회성으로 변해가는 사회에 남아 있는 존경스러운 일면을 대표한다.

등산화 상점에서 약 24킬로미터 떨어진 곳에는 빙하가 점점이 흩어져 있는 거대한 '이스트 페이스 오브 롱스'가 있다. 약 609미터에 달하는 수직의, 아니 수직이라는 말로는 모자란 암벽으로, 널찍한 바위 면이 떡하니 가로막고 있다. 정상부는 생김새 때문에 '다이아몬드'라 불린다. 어떤 기준으로 봐도 여길 오른다는 건 대단한 암벽등반이다. 게다가 전통적인 위험 요소인 폭풍과 낙석도 있다. 다이아몬드의 첫 등반은 1960년의 일이었다. 겨울철 등반은 1967년이 처음이었다(올라간 사람은 레이튼 코르였다). 3년 뒤 첫 단독 등반이 이루어졌다.

암벽 뒤로는 정상으로 올라가는 등산로가 있다. 오르고 내리는 데 열 시간에서 열한 시간 정도가 걸리는 긴 여정이지만 여름에는 무척 인기가 있다. 거의 한 세기 동안 쭉 그래왔다. 정상에 오르면 약 160킬로미터 바깥이 보인다. 파이크스 피크, 홀리 크로스 산, 저 멀리 와이오밍주의 메디신 보우스까지. 어린아이들도 산행을 한다. 목발을 짚은 사람들, 심지어는 85세의 목사까지도. 코미토의 마음을 따뜻하게 해주는 실례다. 해발 약 4345미터의 롱스 피크는 약 4267미터가 넘는 콜로라도주의 53개의 산 중에서 상위권에 속한다. '포티너스'라고 일컫는 이 산들 모두 로프 없이 등반이 가능하고, 놀랄 만큼 많은 사람들이 이 산들 전부를 올랐다. 몇몇은 콜로라도 산악 클럽 멤버다. 그들은 클럽 잡지에 자신들이 산을 전부 다 돌았다고 알리는 글을 보내기도 했다. 콜로라도 주지사 딕 램은 이 산들 중 열네 곳을 올랐다. 여기에는 신년 전야에 오른 파이크스 피크도 포함된다. 아마도 섣달그믐을 보내는 가장 안전한 방법 중 하나이지 싶다.

볼더에서는 알고 보면 누구든 등반가일 수 있다. '구드 테이스트 크레페 쇼프'의 점원은 긴 드레스를 입은 예쁜 여성이다. 그녀가 우리에게 메뉴판을 건넸다.

"어제도 등반했어요, 제니퍼?"

"그럼요. 재밌었어요."

"어디 갔는데요?"

"'그레이트 조트'에 올랐죠."

"훌륭하네요."

요즘 엘도라도에서는 많은 여성들이 암벽등반을 한다. 그들 중 최소 세 명은 탁월한 실력을 갖고 있다. 여성들은 상체 힘이 남성보다 약한 편이지만, 암벽등반은 주로 다리로 하는 것이다. 또한 균형감각, 지성, 능숙한 발놀림도 무척이나 중요하다.

몰리 히긴스는 병원 실험실 기사다. 그녀는 예의 바른 금발 여성으로, 응급실에서 눈을 떴을 때 곧바로 사랑에 빠질 것 같은 미국 여성의 얼굴을 하고 있다. 그녀는 빈틈없는 사람이고, 다이아몬드와 요세미티의 엘 캐피탄을 등반한 바 있다. 출신지는 필라델피아 근처 메인 라인의 작은 마을이다. 모친은 서점에서 일한다. 아버지는 그녀가 열세 살 때 세상을 떴다.

몰리는 늘 산에 끌렸다. 하루는 어머니가 콜로라도 칼리지에서 가져온 인쇄물 몇 개를 테이블 위에 툭 던지면서 말했다. "여기 가는 건 어떻겠니?" 그녀는 칼리지 등산부 유인물을 자기 방에 여름 내내 꽂아 두었다.

입학하고 2주 뒤인 1968년 가을, 그녀는 '가든 오브 더 갓'을 등반하는 중이었다. 그녀는 등산부를 좋아했지만 그곳은 운동만큼이나 사교 활동에도 신경을 썼고, 그녀는 그런 것보다 하이킹이 더 좋았다. 어느 날 그녀와 남자친구는 창고 바닥에서 로프 한 다발을 발견해 그걸 들고 밖으로 나가 암벽등반을 해보았다. 약 18미터 높이 암벽이었다. 남자친구가 등반을 하려고 애쓰는 두 시간 동안 그녀는 그 모습을 가만히 바라보았다. 결국 몰리는 자기가 해 보겠다고 했다. 무거운 밑창이 달린 부츠를 신은 채로 두려움에 찬 사투를 벌인 끝에 그녀는 정상까지 올라갔다. 그녀는 너무 감격해서 무릎을 꿇고 정상 바닥에 입을 맞췄다. 남자친구는 끝내 못 따라 올라왔다. "진짜로 기분이 좋았어요." 몰리가 말했다. "다른 곳에서는 느낄 수 없었던 걸 내

안에서 느낄 수 있었죠. 무척 두려웠지만 정상에 올라 두려움을 극복하니까 믿을 수 없을 정도로 뿌듯했답니다."

이듬해 몰리는 엘도라도 캐니언에서 암벽등반을 했다. 그녀는 바스티유 크랙, 루퍼, 그랜드 지라프를 올라갔다. 그녀는 자기가 보호조치 능력―피톤을 적절한 자리에 집어넣는 것―이 무척 부족하다는 사실을 깨닫지 못했다. 하루는 로프를 입에 물고 암벽을 오르다가 미끄러져 9미터를 낙하했다. 거의 이빨 네 개가 나갔다. 그녀는 진짜로 무서웠지만 어찌어찌 두려움을 털어냈다. 그해 가을 롱스 피크에서 같은 일이 벌어졌는데 그때는 상황이 훨씬 심각했다. 그녀는 '스테트너스 레지'를 오르던 중이었다. 그곳은 이스트 페이스 하부에 위치한 고전적 루트였다. 얼음이 낀 미끄러운 화강암에, 높은 고도, 체온 저하까지. "무서워서 얼이 빠졌어요." 그녀는 그 상황을 그렇게 기억했다.

그녀는 가장 어려운 경사로 바로 아래 지점에서 떨어졌다. 보호 장치를 충분히 해놓지 않았던 탓에 25미터 넘게 낙하했고 튀어나온 바위에 수차례 부딪혔다. 다행히도 헬멧은 쓰고 있었다. 끔찍한 추락이었다. 같이 등반하던 남자친구는 너무 두려워져서 결국 암벽등반을 포기했다. 남자친구가 유일한 파트너였기 때문에 몰리도 등반을 포기해야 했다. 3년 뒤에야 그녀는 다시 등반을 시도했다.

1973년 여름, 그녀는 거니슨 근처에 위치한 비영리 교육 조직 '아웃워드 바운드'에서 일하던 중 여자친구 한 명을 붙들고 등반길에 올랐다.

"처음부터 다 다시 했어요. 우리는 5.0대부터 시작했죠. 당시

너트가 출시됐고 우리는 그걸 사용해 안전조치를 취했어요. 우리 자신 말고는 기댈 사람은 아무도 없었죠. 저는 늘 남자한테 기댔답니다. 남자에게 전적으로 의존했죠. 하지만 우리가 이걸 시작한 순간 저는 갑자기 전혀 다른 등반가가 되었어요. 혼자 등반을 할 수 있었던 거죠. 정말 의미 있는 변화였어요."

이듬해 봄 그녀는 요세미티에 갔고, 같은 해 여름에는 어느 국제회의의 미국 대표단 일원 자격으로 소련 파미르 고원에 갔다. 여덟 명의 러시아 여성이 레닌 피크 횡단을 시도하다가 거센 폭풍에 휘말렸던 때가 그 여름이었다. 구조 가능성은 없었다. 그들은 한 명씩 죽어갔다. 베이스캠프와는 마지막까지 무선 교신이 이루어졌다. "우릴 용서해주세요. 사랑해요. 안녕."

몰리 본인도 눈사태, 높은 고도, 눈, 얼음에서 살아남았다. 그녀는 소련 원정 내내 힘들어했다. 절망적일 정도로 외로웠다. 몰리는 극도로 우울한 상태로 미국에 돌아온 뒤 친구를 찾아가 조언을 구했다. 그 역시 등반가였는데, 그녀의 말에 따르면 정말 육중한 사람이었다. 그가 그녀에게 한 말은 단순했다. "정말 하고 싶은 게 있으면 그냥 해. 할 수 있는 만큼 잘 하라고. 다른 변명은 필요 없어. 등반을 잘 하고 싶으면 매년 봄과 가을마다 요세미티에 가."

요세미티에 보통 같이 갔던 파트너는 또 다른 여성인 바버라 이스트만이었다. 1977년에 그들은 해발 914미터인 엘 카피탄의 노즈를 같이 올랐다. 노즈는 난이도 5.10에 A3인데, 후자는 등반에 필요한 에이드를 설치하는 난이도를 가리킨다.

"굉장한 등반이었어요." 몰리가 말했다. "그때 우린 정말 가까웠죠. 좋은 친구였어요. 서로의 약점도 잘 알았고요. 한쪽이 무서워하면 어떻게 달래는지도 알았어요. 하지만 노즈에서는 무서워하지 않았죠." 몰리는 높이는 신경 쓰지 않는다. 앵커만 좋은 게 있으면 아래도 곧잘 내려다본다. 그녀는 암벽에서 행복하다. "우린 정말로 자매 같았어요. 진짜 피곤한데 힘든 경사를 올라가야 하면 저는 징징거리기 시작했죠. 그럼 바버라는 내 안경을 닦아주면서 이렇게 말하곤 했죠. '올라가, 몰리, 할 수 있어.'"

몰리가 자기와 동급으로 치는 여성 암벽등반가로는 베스 베넷과 코랄 보우먼이 있다. 이들이 그녀의 볼더 라이벌이다. 둘 다 자기보다 나은 외면 등반가라고 몰리는 인정한다. 그러니 엘도라도는 내줄 수밖에 없다. 그들은 몰리보다 더 늘씬하고 힘도 세다. 코랄은 학교 선생님인데 작년에 훗날 전설적인 낙하로 남게 될지 모를 일을 겪었다. 그때 코랄은 네이키드 에지에 있었다. 두 번째 경사로 정상에 있을 때, 그러니까 아마 152미터 위 허공이었을 텐데, 그녀는 꼬인 하울 로프를 풀려고 현수 하강을 해야 했다. 그녀는 파트너인 수 길러에게서 떨어져 로프에 매듭 여덟 개를 묶은 뒤 카라비너에 고정시켰다. 그런 다음 그녀는 허공에 몸을 내맡긴 채 내려가기 시작했다. 그러던 중 카라비너가 옆으로 밀려나면서 삐딱해졌다. 잠금장치가 열리면서 로프가 분리되었다. 그녀는 떨어졌다. 그 공포의 순간에 코랄과 수의 눈이 마주쳤다. "죽겠구나 싶었어요. 죽고 싶지 않았죠." 그녀는 6미터를 낙하하다가 믿을 수 없는 반사 신경을 발휘하여 손을 뻗어 하울 로프를 붙잡았다. 버틸 수 없을 줄 알았지만 그녀는 버텨냈다. 로프가 손에서 미끄러지는 동안 그녀는 3도 화상을 입었다. 차츰 낙하속도가 느려졌다. 추락이 멈춘 뒤 그녀는 발판을 찾았다. "수! 도와줘!" 그녀가 파트너를 불렀다.

그녀는 닷새 동안 손에 석고를 두르고 다녔다. 3주 뒤 코랄은 다시 등반을 시작했다.

1950년대에 이 지역에는 다 합쳐봐야 스무 명 남짓한 소수의 고립된 등반가들만 있을 뿐이었다. 이제 암벽등반가는 어디에나 있다. 볼더 산악회와 넵튠 산악회 게시판에는 매물로 내놓은 스키, 침낭, 자전거 부품 관련 공지와 등반 파트너 구인 요청 (**5.9등급 리드 경험 있음. 봄이 되었으니 워밍업합시다. 전화번호 남겨주세요. 저는 밴에서 지냅니다**)으로 빼곡하다.

암벽등반은 단순한 스포츠 이상이다. 그것은 신화로 통하는 입구다. 저항할 수 없을 정도로 암벽등반에 끌린 사람들에게 등반은 인생이 된다. 이전에 암벽을 올랐던 사람들의 자취를 밟는 눈부신 등산가 무리들이 계속 새롭게 등장한다. 중요한 루트는 이미 다 정복되었다. 그중 상당수에서는 현재 자유 등반이 이루어진다. 때로는 혼자서 등반하기도 한다. 거의 상상할 수 없을 정도로 멀리 나가는 도전을 하는 것으로 유명한 찰리 파울러는 지난해 다이아몬드를 단독으로 등반했다. 여덟 곳의 수직 절벽을 로프 없이 한 시간 반 만에 오른 것이다. 이 업적은 젊은 등반가들의 기를 꺾는 게 아니라 오히려 그들을 끌어들이는 듯 보인다. 어떤 분야든 간에 소수의 사람들만이 자신을 널리 알릴 수 있는 재능과 집중력을 갖고 있게 마련이다. 그들 대부분은 위로 올라가기 위해 노력하고 있다는 기분에서 충분한 기쁨을 누린다.

　반면 짐 에릭슨은 야심이 충족되었을 때 그 끝자락에 있는 어둠을 목도한 바 있다. 그는 작은 공장의 관리인으로 일하면서 가끔씩 암벽등반을 한다. 에릭슨은 음악을 공부했고 바이올린 연주자와 결혼했다. 둘 사이에는 아들이 있다. 에릭슨의 이름은 팻 아멘트와 로저 브릭스의 이름과 같이 묶여서 콜로라도 암벽 등반 역사의 한 시기에 언제까지나 이어져 있겠지만 모든 걸 다 바친 베테랑 등반가에게 그 이후의 삶은 공허다. 인생이 전과 같지 않다.

　암벽등반에는 심판도, 경기장도, 선수권도 없다. 이 분야에는 최근 몇 년 동안 점점 극단으로 치달아온 특정한 윤리가 존재한다. 엘도라도에서는 힘든 등반 코스를 쉽게 알아볼 수 있는데, 손으로 쥘 수 있는 중요한 지점이 어디인지 알려주는 분필 자국이 그 코스들 위에 표시되어 있기 때문이다. 에릭슨은 분필, 용기를 주는 하얀 가방이라 일컬어온 그 도구를 쓰지 않으려 한다. 더 나아가 첫 등반에서 낙하할 경우 그 등반을 계속하지 않으려 한다. 낙하가 일어날 경우 그는 그대로 내려가서 자기가 했던 시도를 영원히 폐기한다. 그가 느끼기에 암벽등반은 로프 없이 단독으로 하는 것 외에 다른 방식으로는 하면 안 된다. 설사 후퇴를 해야 할 경우에도 보호 장비를 내려 보내는 것과 같은 인위적인 조치는 절대 취해서는 안 된다.

　당연히 모두가 이런 기준에 따르지는 않는다. 모두가 그럴 수도 없다. 암벽등반에도 챔피언이 있다. 그 사람들이 챔피언으로 선택되는 데는 아마도 한 가지 길밖에 없을 것이다. 사람들이

질시와 사랑이 혼란스럽게 뒤섞인 마음으로 그들을 챔피언으로 점찍는 길. 그들이 챔피언이 된 이유는 일부는 명료하지만—업적과 개성—또 어떤 이유는 그렇게 쉽게 규정되지가 않는다. 홀륭하게 등반한다는 점만으로는 누군가를 만신전에 올리기 충분치 않은 것이다. 산은 암살할 수 없고 고지는 하루 만에 정복되지 않는다. 영광이란 오로지 그걸 획득한 사람에게 일정 기간 동안만 속해 있는 것이다. 이런 관점에서 보자면 도덕이 가장 중요하다. 예상 밖의 우승도, 부당한 승리도 없다. 어떤 의미에서는 운이라는 것도 없다. 이런 엄격함이 스포츠에게 힘을 부여한다. 이곳에는 천국과 최후의 심판이 존재한다. 무엇보다 암벽등반은 정직하다. 명예야말로 이 종목의 본질이다.

여기까지 와도 질문은 여전히 남아 있을지 모른다. "사람들은 커다란 숫자들이 붙어 있는 등반 코스를 오르길 좋아하죠." 에릭슨이 말했다. 그건 마약 같은 것이다. 많은 사람들에게 이런 등반은 효과가 떨어지기 시작할 때까지도 효력이 계속 강해지는 약물인 것이다. "문제는 그런 등반은 중구난방이라는 겁니다. 아무런 목적이 없어요. 개인적인 즐거움 말고는 아무것도 얻지 못하는 겁니다." 그는 가끔 자기가 이 나이에 아직도 암벽등반을 하는 것이 창피할 때가 있다고 말했다. 그는 서른 살이다.

'로건 건설회사'는 작은 쇼핑센터 2층에 있다. 사무실 두 개에 제도대들이 있고, 벽에는 계획표가 압정으로 고정되어 있으며 아래쪽에 '아빠 사랑해'라는 손글씨가 적혀 있는 칠판이 걸려 있다. 짐 로건은 이혼했다. 자식은 쌍둥이 둘이다. "일주일 중 절반은 제가 애들을 키웁니다." 그가 말했다. "매주 수요일부터 토요일까지 애들을 보죠."

로건은 홀쭉한 사람이다. 머리칼은 밝은 갈색이고 턱수염은 불그스름하다. 서른두 살에 안경을 썼으며 태도는 차분하고 편안하다. 몇 년 전 그는 도시 밖으로 나가 빙벽 등반을 배웠다. 그해 여름에 그는 아이거 북부 빙벽을 올랐다. 그게 그의 첫 번째 빙벽 등반이었고, 미국인이 해낸 몇 안 되는 빙벽 등반 중 하나이기도 했다. "제 첫 번째 아이스 스크루를 아이거에 꽂았죠." 그가 말했다. "저는 언제나 산에 흥미를 가졌습니다. 어릴 때부터 훌륭한 등반가였죠. 어머니가 말씀하시길 제가 누구보다도 나무와 건물을 잘 올라갔대요. 공중에 있는 게 좋았던 거죠."

텍사스에서 태어난 그는 열여섯 살 때 콜로라도로 와서 사립 고등학교에 입학했고, 2년 뒤 대학에 들어갔다. 그때도 그는 이미 썩 괜찮은 등반가였다. 어느 날 그는 볼더 캐니언에서 두 명의 젊은이들—그중 한 명은 아멘트였다—이 '파이널 이그잼'이라는 암벽을 오르려고 끙끙거리는 모습을 보았다. 아직 그렇게 많이 올라가지는 않은 상황이었다. 카우보이 부츠를 신고 있던 로건이 그쪽으로 걸어가서 자기도 해보면 안 되겠느냐고 물었다. 그들은 웃었지만 로건은 신발을 갈아 신은 뒤 첫 번째 균열을 밟았다. 다음 날 아멘트는 대학 카페테리아에서 친구들에게 그를 소개했다. "얘는 짐 로건이고 5.10등급 등반가야."

하지만 그는 뒤에 물러나 서 있었다. 1차 등정도 몇 번밖에 안 했다. 당시 이 바닥의 거물은 코르, 아멘트, 래리 덜키, 밥 컬프, 웨인 고스였다. 그는 그들에게 경외심을 품었고, 자기는 그들 수준이 아니라고 생각했다. 그럼에도 로건은 암벽등반의 세계로 들어갔다. 학교를 자퇴한 다음 요세미티로 갔다. 등반할 수 있는 기회는 다 잡아서 올라갔다. 그는 기계 공장에서 견습공 자리를 얻었다. 부모는 크게 실망했다. "그러다간 나중에 막일이나 하게 될 거다." 그의 어머니는 그렇게 말하곤 했다. 어느 날 덜키와 같이 다이아몬드를 등반하면서 그는 자기 인생의 어떤 고지에 올랐다. 그게 1968년의 일이었다. 그 뒤 그는 징집되었다.

등반가 집단은 베트남 전쟁에 반대했고 복무할 준비도 되어 있지 않았다. 통상적인 병역 회피 방법은 정신적 문제로 징병 연기를 받는 것이었다. 그들은 너저분하게 차려입고 약에 취한 채 앞뒤가 안 맞는 말을 하면서 검사를 받으러 들어갔다. 로건은 텍사스 사람이었고, 정직하게 행동했다. 그는 엘 파소에 배치되어 기초 훈련을 받았다.

"전쟁이 저를 황폐하게 만들었습니다." 그가 말했다. "인간으로서의 가치관을 모두 상실했죠. 육군에 2년 동안 있었어요. 1년은 베트남 깜마인란에서 지냈고요. 베트남 미 육군 본부의 인사과 계원이었습니다. 정말 싫었어요. 교도소에 갇힌 기분이었죠.

어떤 마을에 가곤 했는데 거기서 베트남 여자와 밤을 보냈어요. 남자친구가 두 명인가 세 명이 있는 여자였죠. 그녀 친구들과 위자보드 게임을 하곤 했어요. 다들 미군 남자친구가 있었는데 살해당했죠. 한 친구는 호랑이한테 죽었어요. 그 여자들이 제게 이렇게 묻곤 했습니다. '아직 거기 있어요? 아직 나 사랑해요?'

제대하고 샌프란시스코로 날아갔습니다. 웨인 고스가 날 선택해서 우리가 같이 요세미티에 갔죠. 등반할 수가 없었어요. 살면서 처음으로 두렵더군요. 육체적으로나 정신적으로나 완전히 망가졌던 거예요. 군대에서는 사람들의 자신감을 파괴한 다음에 찔끔찔끔 그걸 돌려줘요. 암벽등반에서는 자신감이 정말 중요한데 말이죠. 다음번 동작이 나올 거라는 걸, 이번 경사 다음에 다음 경사가 나올 거라는 걸 알고 있다는 자신감 말입니다. 저는 전쟁에서 잘못된 편에 서서 싸웠습니다. 정말 씁쓸했어요."

로건은 결혼한 뒤 베트남에서 모은 돈으로 볼더에 약간의 땅을 사 거기다 집을 지었다. 그는 목수 일을 배워 소규모 도급업을 시작했다. 그와 두 명의 사업 파트너는 1년에 서너 채의 주택을 설계하여 건축했다.

그는 천천히 암벽등반으로 돌아갔다. 그는 2주에 한 번 정도 등반을 하러 갔다. 1974년쯤 되자 로건은 어느 정도 정상으로 돌아왔다. 그는 5.11등급의 등반을 했다. 이듬해 여름 그는 날개를 활짝 폈다. 친구인 웨인 고스와 같이 다이아몬드를 자유 등반한 것이다. 다이아몬드의 모든 루트를 통틀어 첫 번째 자유 등정이었다. 그 일이 로저 브릭스의 코를 납작하게 만들었다고 로건은 천진난만하게 말했다. "로저는 진짜로 자유 등반을 하고 싶어했죠."

동료를 앞서는 일에는 모종의 즐거움이 있다. 이런 기분을 느끼지 않는다면 천성이 성자일 것이다. 다른 사람들도 그렇듯 로건도 등반의 미래는 큰 산이라고 느끼기 시작했다. 거기야말로 등반이 가야 할 곳이었다. 암벽등반이 의미 있는 업적을 거두던 시절은 끝났다. 개념적으로 흥미로운 것이 필요하다는 생각을 가졌던 로건은 북미 대륙에서 가장 어렵다고 일컬어지던 등반에 도전했다. 1978년, 그는 캐나다 로브슨 산의 '엠퍼러 페이스'를 등정했다.

"그건 모두가 등반하길 원했던 곳이었어요." 로건이 말했다. "이본 쉬나드도 오르고 싶어했죠. 그는 그곳이 가장 어려운 등반 장소라고 말했어요. 제프 로우에게도 인생의 야심이었죠." 로건이 악의 없이 말했다. 그는 해냈고, 그들은 못했다. 그 반대일 수도 있었다. 그는 자기한테 그저 최고의 말馬이 있었을 뿐이라고 사실대로 설명하는 위대한 기수와 같은 남자다. 1500에서 1800미터 높이를 올라가는 극한의 등반, 로건에게는 그게 그 최고의 말이었다. 마지막 경사를 넘어 정상에 오르는 데만도 여덟 시간이 걸렸다.

사업은 1년에 여덟 달만 하면 된다. 나머지 시간에는 자기가 좋아하는 일을 할 수 있다. "다시 등반계의 정상에 올라섰다는 느낌이 들어요. 내가 선두에 서서 한계까지 밀어붙일 수 있는 활동분야가 있다는 사실에 흥분되고요. 그게 저한테는 상당히 매력적이죠."

로건이 계속 말했다. "제가 엘도라도에서 등반을 하던 시절에는 거기로 들어오는 차들을 전부 다 알았어요. 우리나라의 훌륭한 등반가들은 다른 훌륭한 등반가들과 전부 알고 지냈죠. 파트너를 찾으러 하이킹 클럽에 갔을 때가 생각나요. 저는 5.7에서 5.8대를 오르고 있었고, 가끔은 5.9대까지도 올랐죠. 거기 사

람들이 이렇게 말했어요. '여기서 나가, 애송이. 네가 등반을 잘
할 수 있게 되면 우리가 네 말을 들어주지.'"

그가 입을 다물고 잠시 가만히 앉아 있었다.

"웨인 고스는 시카고에서 상품 중개인 일을 해요. 덜키는 볼
더에서 포목점을 하고요. 레이튼 코르는 벽돌공이자 여호와의
증인입니다." 로건이 잠깐 말을 멈췄다. "다들 등반과는 연을 끊
었죠." 그가 말했다.

〈라이프〉(1979년 8월)

알프스

장대한 알프스는 사람들을 어떻게든
그들의 불멸과 연결 짓는다.

— 힐레어 벨록Hilaire Belloc

언젠가 샤모니 위쪽 산맥에 있는 동굴 모양의 커다란 바위 밑에서 뒤숭숭하게 밤을 지낸 적이 있었다. 460미터 높이로 치솟아 있는 전설적인 화강암 첨탑 드루의 기슭에서였다. 나는 홀로 외로이 그 암벽에 경의를 표하고 있었다. 자정이 지나자 이따금씩 멀리서 천둥소리가 들렸다. 뇌성이 점점 가까워지더니 이내 엄청난 폭풍이 몰아치기 시작했다. 내 바로 위에 있는 바위가 우렛소리에 흔들리는 듯 보였다. 번개로 바위가 쪼개지면서 한낱 벌레 같은 내 모습이 우뚝 솟아 있는 성난 산신의 발치 앞에 드러나는 광경이 상상이 갔다. 마침내 폭풍은 지나갔지만 나는 새벽까지 잠을 이루지 못했다. 알프스는 급격한 날씨 변화로 유명하다. 한여름에도 등산가들이 눈 폭풍에 휘말릴 수 있고, 가끔은 비극적인 결과로 이어지기도 한다.

내가 처음 등산을 한 곳은 샤모니에서였다. 스키는 생 안톤에서 배웠다. 모두 이름난 명소로, 전자는 프랑스, 후자는 오스트리아 영토이지만 두 곳 모두 알프스라는 유럽의 거대한 상층부에 속해 있다. 산맥에서부터 모든 방향으로 거대한 강이 흐른다. 라인 강, 론 강, 포 강, 다뉴브 강. 언덕과 평야에 둘러싸여 있는 불멸의 도시들이 목걸이처럼 이어진다. 니스, 그레노블, 제네바, 투린, 밀라노, 뮌헨, 잘츠부르크, 빈, 그리고 약간 더 뻗어나간 곳에 있는 베니스. 문명의 중심과, 가장 장대하고 스릴 넘치는 황야에 동시에 있게 되는 것이다.

알프스는 본질적으로 지질학적 황야다. 사납게 들쭉날쭉한 봉우리들이 나란히 늘어서 있다. 수목 한계선은 상대적으로 낮다. 나무들 위쪽으로는 수세기 동안 여름 방목용으로 사용해 온 전형적인 목초지대가 있다. 야생동물은 많지 않다.

이 험준한 지역에서 생겨난 문명의 모습이 수많은 마을과 산속 여관과 오두막에서 발견된다. 유럽 대부분의 지역과 마찬가지로 알프스에서도 좋은 식사를 즐길 수 있다. 음식은 이 지역 문화의 일부다. 빵은 여전히 손으로 만들고 버터는 신선하며 근처 농장에서 많은 재료가 들어온다.

이 격동의 세기 동안 많은 것이 변했다. 도시로 인구가 유입되었고, 떠들썩하고 다소 인위적인 생활 방식이 자리 잡으면서 많은 것들이 숲, 하천, 침묵으로부터 멀어졌다. 하지만 알프스는 마치 거대한 섬처럼 개발로부터 안전하게 떨어진 채, 말의 가장 고귀한 의미에서 무용하게 서 있다.

이것이 알프스다. 높이 올라가면 하늘에 가까워진다. 인간이 만든 모든 것으로부터 멀리 거리를 두고 길을 걷다 보면 문득 카우벨 소리가 들린다. 여기 구름 속에서, 농부의 조그만 가축 떼가 개울굽이 바로 건너편에 나타난다.

〈내셔널 지오그래픽 트래블러〉(1999년 10월)

팻 보이에게 무릎을 꿇다

파우더 스키powder ski. 인공 눈이 아닌 자연적으로 쌓인 눈 위에서 타는 스키를 언제 시작했는지 기억이 안 난다. 아마 해야 해서 시작했을 것이다. 호된 교훈이 다 그렇듯 그 일도 깊은 각인을, 상징이기도 한 단어 하나를 남겼다. 왜냐하면 손끝 하나 대지 않은 깨끗한 눈밭을 지나는 스키 자국은, 그 순수하고 고독한 서명은, 전혀 유쾌한 일이 아니기 때문이다.

그 하고많은 시간들 중 내 기억에 또렷이 떠오르는 순간은 뉴욕에서 알고 지내던 의사가 한 주 동안 스키를 타러 와서 내게 이렇게 말했을 때다. 아침에 정상에서 만나지 않을래요? 그날 밤 눈이 왔다. 아침이 되자 최소 45센티미터 깊이의 새로 내린 눈이 만물을 뒤덮고 있었다. 올라가는 길은 추웠다. 꼭대기에서 눈발이 날렸다.

그 의사는 강사도 대동했다. 데니스라는 깡마르고 성격 좋은 사람이었다. 우리 셋은 아스펜 산의 '숄더 오브 벨' 코스에 서 있었다. 비탈길이 저 아래 있는 나무 사이로 돌멩이처럼 떨어졌다. 데니스가 미소 지었다. 멋져 보이네요. 그가 말했다. 데니스가 조언을 좀 해줬다. "항상 스키를 아래쪽으로 똑바로 겨눈 상태로 출발하세요." 그러고는 아래로 멀어져갔다.

다들 살면서 한 번쯤은 불신의 대상이 된다고들 한다. 하지만 나는 이렇게 생각했던 게 기억난다. 저 사람도 그럴까? 데니스는 마치 물 위를 흐르는 나뭇잎처럼 내려가고 있었다. 양 옆으로 통통 튀면서 둔덕과 그루터기를 뛰어넘는 것이 뭘 좀 아는 사람이었다. 데니스의 다리에서 눈이 흩날렸다. 선택의 여지가 없었다. 그가 가면 나도 가는 거다. 인생의 수많은 스키 타기 중 하나에 불과하지 않겠나.

물론 보통 스키를 타고 말이다. 당시 전문가들의 의견은 만약 스키를 소유할 경우 검은색 '헤즈' 제품이 파우더 스키에는 최적이지만, 실력만 좋다면야 뭘 타도 스키를 잘 탈 수 있다는 것이었다. 그리고 보니 예전에 잭슨 홀에 산다는 영웅 이야기를 들은 바 있었다. 저목장에서 끝부분을 뾰족하게 깎은 두께 5센티미터, 폭 10센티미터에 길이 2.1미터짜리 나무 한 쌍을 가져와 스키용 바인딩을 달고 경주에 참가했더란다.

세상은 변한다. 새 시대가 왔음을 보여주고자 겉에 아무것도 안 적어놓은 길쭉한 상자 하나가 도착한다. 상자 안에는 기묘한 스키 한 쌍이 들어있다. 스키 폭이 부자연스러울 정도로 넓다. 거의 12센티미터는 되어 보이는데, 야구공에 익숙했던 사람이라면 소프트볼처럼 보일 만한 넓이다. 스키는 아토믹 파우더 플러스 제품으로, 가운데쯤에 그려진 노란 사선 안에 '팻 보이Fat Boy'라는 글자가 적혀 있다. 내가 알기로는 최근 몇 년 동안 주변에서 자주 눈에 띄던 물건이다. 이 스키를 타면 커다란 변화가 생긴다는 것도 안다. 이걸 타고 눈 표면에 제대로 서 있으면 떠다닌다는 거다. 말이 되는 아이디어다.

이 널찍하고 끝이 둥그런 스키를 보고 있자니 내 안에서 익숙한 갈등이 벌어진다. 복잡함 대 단순함 사이의 갈등. 장비를 다 갖추고 다니는 스키 애호가는 값비싼 옷은 제하고서라도 두 종류의 크로스컨트리 스키, 활강과 슬랄롬 스키, 텔레마크 스키, 랜더니 스키를 소유하고 있는데, 이제는 파우더 스키도 갖고 있다. 파우더 스키도 최소 세 종류가 있다. 팻 스키, 첩 스키, 보타이 스키. 뭘 가지고 구분하는지는 신경 쓰지 마시라. 눈신과 스노보드는 언급도 안 했다. 예전에는 훨씬 쉬웠는데.

내가 알고 지내는 프로듀서인 마이크 번스에 얽힌 이야기가 생각난다. 번스가 자기 의붓아버지와 밖에서 골프를 친 적이 있다. 첫 번째 티에서 웬 낯선 사람이 낡은 바지에 작업용 신발 차림으로 클럽이 세 개 들어 있는 캔버스 골프백을 들고 나타났다. 그가 물었다. 라운드에 좀 끼어도 되겠습니까?

마이크의 의붓아버지가 첫 타를 쳤다. 첫 타는 코스를 빗겨났지만 두 번째 드라이브로 선두에 섰다. 공이 페어웨이로 통통 튀어갔다. 마이크가 앞으로 나와서 똑같은 과정을 밟았다. 캔버스 백을 들고 나타난 사내는 낡은 우드 세 개를 꺼내더니 180미터 넘게 날아가는 장타를 날렸다. 직선거리로 따질 때 도시의 한 구획 정도 되는 길이였다. 나는 그 이야기에서나 현실에서나

그 남자를 좋아했다. 그 사람은 네드 바레로, 몇 년 전 아스펜
에서 살기도 했던 뛰어난 골프 선수였다.

나와 있어주오, 아름다움이여, 불이 꺼져가고 있다오……존 메이
스필드John Masefield의 시「온 그로잉On Growing」의 첫 구절

폭풍이 지난 뒤에 내가 '숄더 오브 벨'에 오르게 될지 더는
잘 모르겠지만, 여러분은 파우더 스키에 대한 취향을 잃지 말
길 바란다. 나는 그곳에서 스키를 타고 싶고, 네드 바레가 골프
를 쳤던 방식으로 그 망할 코스를 일도양단으로 주파하고 싶
다. 하지만 그러려면 아무래도 '팻 보이'를 사용해야 할 것이다.
내 수많은 친구 중에서도 5×10센티미터 스키를 탄 남자 이야기
를 들어본 사람은 그렇게 많지 않다.

〈아웃사이드〉(1995년 12월)

삶

열정적인 거짓말

나는 브레머하펜에서 프랑크푸르트로 가는 열차가 독일의
황량한 시골을 훑고 지나가는 동안 객실에 앉아 있었다. 빗방
울이 창문에 떨어졌다. 푸르스름한 색깔의 여성 잡지를 읽던
중—작은 모자를 쓰고 하얀 장갑을 낀 모델들이 미친 듯이 점
잔을 빼고 있었다—기사 하나가 눈길을 끌었다. 통통한 웨일스
시인에게 찬사를 바치는 기사였는데, 해변 마을에 위치한 시인
의 작업실 문 바깥에서 촬영한 묘하게 매력적인 사진이 실려
있었다. 시인의 재킷 주머니에는 원고가 꽂혀 있었다. 그 시인은
딜런 토머스였고, 존 맬컴 브리닌이 쓴 특집 기사가 실린 잡지
는 〈마드모아젤〉이었다. 시인의 허름하면서도 낭만적인 삶에 대
해 쓴 브린의 서정적인 글은 그 뒤에 나오는 시로 들어가는 입
구이기도 했다. 그 작품은 바로 「우유 나무 아래서Under Milk
Wood」로, 불꽃같은 인물들과 대사가 들어 있는 짓궂고도 의기

293

양양한 작품이었다. 그 작품의 단어들에, 그 단어들의 장대함과 위트에 나는 아찔해졌다. 빗방울이 창문에 줄을 그으며 내려오는 동안, 편안하고 부드럽게 덜컹거리는 기차 안에서 목소리들이 말했다. 가정주부, 가게 점원, 못돼먹은 여자들, 어느 매춘부에 대한 꿈을 꾸는 은퇴한 장님 해군 대령인 '캡틴 캣' 로지 프로버트("올라와라 애들아, 난 죽었다")의 목소리들이.

그때 나는 미 공군 장교로 복무 중이었다. 아마도 전쟁에서 살아남았을 이 독일 연방철도 소속 기차를 타고 가던 나는 아주 약간—내면적으로— 불편해졌다. 나는 내가 읽은 이 시처럼 신성하거나 아름다운 걸 만들어본 적이 없었다. 이런 걸 하고 싶다는 갈망이 내 안에서 솟아올랐다. 나는 창밖을 보았다. 1954년 겨울이었다. 내가 할 수 있을까?

내가 살아남은 전쟁은 한국전쟁이었다. 나는 2년 전에 전쟁에서 돌아왔고, 머릿속은 전투기 조종사로 비행했던 기억으로 가득했다. 나는 쭉 일기를 썼다. 글은 예전에도 쓴 적 있었다. 학생 시절에는 단편소설과 시를 썼고, 나중에 공군에서는 장편소설을 썼는데, 출판사에 보냈지만 퇴짜를 맞았다. 하지만 그 비참한 편지는 나를 고무시켰다. 만약 내가 또 다른 책을 쓴다면 출판업자들은 그걸 보고 싶어할 테니까. 그래서 나는 어느 날 오후 조지아의 막사에 있는 철제 침대 위에서 겉보기에는 아무 힘도 들이지 않고 소설의 개요를 써냈고, 그 뒤 2, 3년 동안 주말과 밤 시간을 이용하여 소설을 완성했다. 그 책, 『사냥꾼들』은 출간 즉시 각광을 받았다. 1957년의 일이었다.

때가 왔다. 나는 작가가 되겠다는 생각으로 공군에서 전역했다. 아마도 내가 그때껏 한 행동 중 가장 어려운 일이었을 것이다. 나는 12년 동안 군 생활을 했다. 아내도 있고 어린애도 둘이었다. 매일매일 내가 두고 온 삶을 생각하면서, 그 삶과 멀어진 나 자신을 믿을 수 없어 하면서, 나는 필사적으로 자리에 앉아 글을 쓰려 노력했다. 몇 년 뒤 두 번째 소설이 출판되었다. 데뷔작보다 훨씬 야심찼지만 동시에 훨씬 진부했던 그 작품은 흔적도 없이 사라져버렸다. 하지만 그럼에도 불구하고 나는 작가였고, 적어도 한동안은 그렇게 소개될 수 있었다. 문제는 먹고살 방법이 전혀 없었다는 것이었다. 그러다가 마치 큐 사인이 떨어지기라도 한 것처럼 다른 세상으로 통하는 문이 열렸다.

그 세상으로 들어간 건 서류가 잔뜩 쌓인 어지러운 뒷방을 통해서였다. 그 방은 뉴욕의 저명한 연극계 변호사 두 명과 일하는 말단 직원인 하워드 레이피엘의 소유였다. 레이피엘은 큰 덩치에 온화하고 활기찬 사람으로, 아버지는 변호사였고 형제는 영화 각본가였다. 또한 자기 시간에는 유령 회사의 기획자 일도 했다. 그 유령 회사에는 다른 멤버도 있었는데, 그는 약간의 성공을 거둔 적 있는 연극 연출가였다. 그 두 사람이 내게 영화 대본을 써보는 게 어떻겠느냐고 권유했다. 제안에 우쭐하기도 했고 돈도 필요했으며 고독하게 새 소설을 쓰던 처지—이게 내 평상시 생활이었다—에 싫증도 난 데다 나 정도면 무엇에든 손을 댈 수 있을 거라고 믿기도 했기 때문에, 나는 영화계가 내게 던진 잠깐의 미소에 화답해—참으로 황홀한 순간이었다—알고 보니 엄청 긴 작업이 될 일을 시작했다.

「잘 가요, 곰Goodbye, Bear」이라는 제목의 내 대본은 모든 세대의 꽃이라 할 수 있는 유형의 여성, 젊고 냉소적이며 거부할 수 없을 정도로 매력적인 뉴욕 여성의 발치에 놓인 애달픈 꽃다발 같은 작품이었다. 이 작품에서 그녀는 〈엘 모로코〉와 〈스톡 클럽〉 같은 그 옛날 타락의 온상에서 양육된 인물로, 그녀에게 푹 빠져 있지만 별다른 매력은 없는 남자의 눈을 통해 비춰진다. 이야기는 밋밋했다. 그냥 시간 순서대로 쭉 흘러가는 이야기라서 시로 썼으면 더 나았을 수도 있었을 것이다. 하지만 모종의 사랑스러운 품위가 있는 이야기이기도 했다. 또한 이 대본은 뜻밖의 결과를 낳았다. 낚싯바늘 대신 쭉 뻗은 바늘로 강가에서 고기를 낚던 관리가 등장하는 중국의 고사를 떠올리게 하는 일이었다. 고사에서 이 별난 행동에 대한 소문은 황제의 귀까지 들어갔고, 황제가 그 모습을 보러 관리를 찾아갔다. "그런 낚싯바늘로 뭘 잡으려는 게냐?" 침착한 대답이 돌아왔다. "당신입니다, 황제시여." 여기서 황제는, 당시에는 왕좌에 오르진 않은 상태였지만, 막 뉴욕 연극계에서 알려지고 있던 배우 로버트 레드퍼드였다. 어쩌다 보니 그가 이 대본을 알게 되었고, 우리는 만나서 점심을 먹었다. 햇살이 비치는 도시에서 순진한 남자 두 명이.

레드퍼드가 순수한 청년 이미지의 신인 배우였던 시절의 수많은 기억이 떠오른다. 어느 날 아침 런던 사보이 극장 입구에 있을 때 여성 서너 명이 다가와 그에게 사인을 요청했다. 레드퍼드는 사인을 해주면서 내게 당혹스럽다는 듯 미소를 지었다. "당신이 **고용했으면서** 왜 그래요." 나중에 나는 그에게 그렇게 말했다. 그가 멋지게 박장대소했다. 아뇨, 아니에요, 안 그랬어요.
그날 우리를 태우고 공항으로 가던 차가 터널에서 고장이 났다.
히스로 공항이 목전이었다. 우리는 차에서 내려 가방을 들고 비
행기로 달려갔다. 그 시절 레드퍼드의 삶은 참으로 편하고도 단
출했다.

　나중에, 그러니까 1968년에 우리는 동계 올림픽을 보러 같이
그르노블에 갔다. 방이 없어서 복도에서 잤고 이동할 때는 버
스를 탔다. 그 당시 나는 여러 편의 영화 대본을 썼지만 영화로
제작된 건 하나도 없었고, 〈다운힐 레이서〉라는 레드퍼드 주연
의 스키 영화 각본가로 고용되어 있었다. 우리는 미국 대표팀과
몇 주 동안 돌아다녔다.

　어느 날 밤, 나는 저녁을 먹다가 영화 속 주인공의 모델로 빌
리 키드를 생각한다고 말했다. 키드는 미국 팀에서 가장 우수한
선수였고, 태도도 챔피언 같았다. 좀 거만하고 냉담했다. 그는
강인한 선수였다. 나는 그가 도시 빈민가 출신으로, 동부의 빙
판 위에서 몇 년 동안 실력을 갈고닦았다는 상상을 했다.

　레드퍼드가 고개를 저었다. 그가 관심을 갖는 선수는 다른
테이블에 앉아 있었다. 저쪽. 나는 고개를 돌렸다. 금빛 머리칼
에 별다른 특징은 없어 보이는, 그래도 레드퍼드 본인과 약간
닮기도 한―그러니 당연하게도 처음부터 그를 주목했어야 했
다―스파이더 사비히라는 거의 알려지지 않은 선수가 앉아 있
었다.

　"저 사람?" 내가 말했다. "사비히요?"

　네. 레드퍼드가 말했다. 자기가 저 나이일 때 딱 저랬다고. 허

영심도 있고, 꾀바르고.

　그런 연기는 그래도 참 쉬운 것이다. 뉴욕으로 돌아와 레드퍼드와 함께 레스토랑으로 들어갔을 때, 우리가 실내를 가로지르는 동안 시선들이 따라왔다. 이 영광도 당신 것이에요, 라고 하는 듯. 그런 일에는 마치 꿈결 같은 분위기가 있었는데, 아마 그건 레드퍼드가 그 상황에 진짜로 빠져드는 게 아니라 그냥 슥 지나치는 듯 굴었기 때문일 것이다. 그런 일은 마치 가벼운 연애처럼 그를 스쳐갔다. 레드퍼드는 검은색 실크 셔츠를 입고 다녔고 포르셰를 몰았으며 열정적인 에이전트가 자기를 '바비'라 부르는 걸 좋아하지 않았다. 그리고 최소 한 번 이상 이렇게 말했다. "영화 스타가 되는 게 싫어요." 그럼에도 그는 스타가 되었다. 도망가야 하는 삶을 감수하고, 사람들의 눈에 띄지 않고자 노력하며, 친구들하고만 지내는 인생, 지명수배자처럼 맨 나중에 비행기에 탑승해서 맨 앞좌석에 앉는 인생을 사는 사람 말이다.

　몇 년 뒤 마흔 살이 되자 레드퍼드는 우리가 처음 알게 됐을 때보다 훨씬 나아진 듯 보였다. 잘생기긴 했지만 약간 경박한 어린 대학생 같던 분위기는 사라졌고, 통찰력 있는 탄탄한 사내가 자기 자리에 우뚝 서 있었다. 그는 태평스러운 쾌활함과 자연스러운 신중함으로 놀라운 성공을 거두었다. 전성기가 이어졌고, 그는 그 기간 동안 중요한 업적을 이루었다. 그는 마치 식당 메뉴를 흘끗 보기라도 하는 양 자기 인생을 고를 수 있었다.

　우리는 소원해졌다. 나는 그를 염두에 두고 또 다른 각본을 썼지만 영화로 제작되지 않았다. 그가 사과하듯 말했던 게 기억난다. "제가 나오면 영화에 인위적인 분위기가 생겨나요." 그는 자기 한계를 잘 알았다.

그를 마지막으로 본 건 시사회장에서였다. 군중들이 그를 기다리고 있었다. 극장 안은 만석이었다. 푸르스름한 빛 속에서 관객들이 웅성거렸다. 사람들이 일어서기 시작했다. 여기저기서 플래시가 터지면서 빛으로 이루어진 가상의 빗줄기가 내렸고, 통로를 따라 내려가는 사람들의 작은 무리 사이로 스타의 금발머리가 보였다. 나는 멀리 떨어져 있었지만—사실 시간적으로도 그랬다—모종의 진저리나는 끌림을 느꼈다. 팔스타프와 대관식 부분이 떠올랐다. **나를 은밀히 부르실 것이오**. 나는 그렇게 생각하며 스스로를 달랬다. **밤에 곧 나를 부를 것이오**. 셰익스피어의 「헨리 4세」 2부 5막 5장에 나오는 팔스타프의 대사

작가 경력의 초기를 생각하면 그 시절과 떼어놓을 수 없는 것들이 생각난다. 스릴 만점의 도시—그게 뉴욕이었다—와 모든 것 위에 내리쬐던 아테네풍의 광휘. 아마 그건 영화제가 열렸던 그 가을 링컨 센터 아치형 입구의 드높은 유리를 통해 들어오던 빛이었을 것이다. 영화제에 가면 엘리트가 된 것 같은 기분에 끌렸다. 유럽의 위대한 감독들—안토니오니, 트뤼포, 펠리니, 고다르—이 우리보다 훨씬 상상력과 통찰력 넘치는 신작 영화들을 선보였다.

도시에는 영화들, 영화 학교들, 광대한 미지의 세계를 향해 돌진하는 영화들, 그리고 마치 쇄빙선이 바다로 가는 길을 뚫기 위해 돌진하는 것처럼 다양하고 과감한 영화들로 들끓었다.

나는 뉴욕에는 살지 않았다. 뉴욕에서 50여 킬로미터 떨어진 록랜드 카운티의 반쯤 개조한 헛간에서 아내와 아이들과 같이 살았다. 우연찮게 레인 슬레이트라는 작가를 만나게 되었는데—길 바로 아래쪽에 그 사람 집이 있었다—나는 즉시 그에게 끌렸다. 슬레이트는 불경스럽고 박식한 사람이었으며, 제임스 조이스, 영화, 회화에 정통했다. 내가 고대하던 바로 그런 벗이었다. 우리는 〈팀, 팀, 팀〉이라는 12분짜리 단편영화를 만들었다. 미식축구를 소재로 땀과 먼지투성이의 연습 과정을 다룬 작품이었다. 그게 내 첫 영화였다. 몇 달 뒤, 정말 놀랍게도 그 영화가 베니스 영화제에서 1등상을 받았다.

첫 성공에 힘입은 레인과 나는 영화사를 차려 다큐멘터리를 제작했다. 제작비를 박박 긁어모아 열 편인가 열두 편을 만들었는데, 그중 몇몇은 설득력 있는 작품이었다. 우리는 전국을 돌아다녔다. 비행기를 타고, 운전을 하고, 모텔에 숙박하면서 미국의 생각 없는 기쁨을 목도하고 길가에 널브러진 맥주병과 종이처럼 굴러다니는 빈 깡통 사이를 여행했다. 레인의 불가사의한 매력이 기억난다. 그는 정말 순식간에 사람들이 자기를 좋아하게 만들 수 있었다.

우리가 만든 마지막 영화는 미국의 화가들에 대한 것이었다. 진짜로 자신에 대해 깨닫기 전의 앤디 워홀, 라우센버그, 스튜어트 데이비스, 그 외 여러 화가들을 다뤘다. 그러고 나서 레인의 큰아들이 자전거를 타고 가다 차에 치여 며칠 뒤 사망했다. 우리는 그때 이미 천천히 멀어지고 있었다. 아마 우리는 서로를 기쁘게 해줄 힘을 잃어버렸지 않았나 싶다.

레인과 내가 공동 작업을 중단했을 즈음인 1963년, 친구 하나가 피터 글렌빌을 소개시켜줬다. 영국인인 글렌빌은 『라쇼몽』을 연극으로 연출했고 영화 〈베켓〉을 감독하기도 한, 부인할 수 없는 재능을 가진 사람이었다. 초대받은 저녁 식사 자리에서는—뉴욕에 있는 그의 타운하우스에서였는데, 참석자는 네 명이었고 모두 남자였다— 유니폼을 입은 하녀가 시중을 들었다. 식사가 끝날 무렵 글렌빌이 내게 영화 각본에 관심이 있느냐고 물었다. 이탈리아에서 찍고 싶은 이야기가 있다는 것이었다. 제안만으로도 무슨 상을 받은 것 같았다. 그는 내게 깊은 신뢰를 보여주고 있었다. 애초에 나를 점찍었던 것이다.

타자기로 친 초안이 내게 왔다. 초안을 읽고 나서 나는 실망했다. 형편없는 내용이었다. 로마에 사는 어느 젊은 변호사가 아름다운 젊은 여자와 사랑에 빠지는데, 그녀는 자기 사생활에 대해 이상할 정도로 얼버무린다. 그녀는 변덕스러우면서도 순수한 사람 아니면—증거는 거의 없지만 그의 의심은 커져만 간다—콜걸이다. 그는 어쨌든 그녀와 결혼을 하지만 신경 쓰이는 사건들이 자꾸 일어난다. 상투적인 절정부는 기억도 안 난다. 자살하려고 하던가? **산부인과**의 하얀 시트에 둘러싸인 채 결국은 화해에 이르게 되던가?

초고의 제목은 '약속'이었다. 나는 글렌빌에게 이 이야기에서는 최소한의 장점도 얻어낼 수 없을 것 같다고 솔직히 말했다. 그는 내 우려를 이해했지만 질투라는 주제는 여전히 흥미롭고 배경도 그렇지 않느냐고 말했다······.

영화의 프로듀서가 캘리포니아에서 내게 전화를 걸었다. 그는 글렌빌과 오랫동안 얘기를 했다고 했다. 그들은 내가 이 영화 각본을 쓸 유일한 사람이라는 데 확신을 갖고 있었다. 눈 딱 감고 해보자. 나는 심호흡을 했다.

나는 글렌빌이 건네준 크레스피 백작이라는 사람의 명함을 들고 로마에 도착했다. 전화를 받은 백작은 시원시원한 사람이었다. 약속을 잡으려면 며칠 정도 기다려야 했다.

백작이 사무실에서 나와 자기소개를 했다. 볕에 탄 피부에 잘생긴 얼굴이었고, 귀가 머리에 바짝 붙어 있었으며, 미소를 실실 흘리고 있었다. "내가 크레스피요." 그는 그렇게 말한 다음 나를 작고 밋밋한 방으로 데려가 내 맞은편에 앉았다.

나는 영화 줄거리를 백작에게 설명했고, 크레스피는 망설임 없이 의견을 제안하기 시작했다. 여자 직업은 모델 대신 다른 걸 합시다. 그건 좀 흔해빠졌으니까. 〈보그〉에서 일하는 건 어떨까요. 제 아내가 전직 비서였어요. 4개 국어인가 5개 국어를 하는 똑똑한 여잡니다…… 하지만 〈보그〉도 벌써 약간 많이 유행이 지나긴 한 것 같네요. 그가 그렇게 마무리 지었다. 백작의 생각에 여자는 부티크에서 일하는 판매사원, 아니, 그것보다는 콘도티 거리에 있는 '푸르케' 같은 양장점에서 모델로 일하는 게 훨씬 나을 듯했다. "월급은 고작 8만 리라밖에 안 되지만 흥미로운 일인 거죠. 사람들을 만나니까요. 돈도 있고 취향도 고급스러운 사람들. 그녀가 어디 참석할 일이 생기면 아마 푸르케에서 자기네 가게 있는 비싼 드레스를 빌려주겠죠."

크레스피는 엄청난 매력을 내뿜으며 영화 속 변호사, 그 그럭

저럭 훌륭한 변호사의 모습을 그리기 시작했다. 그는 좋은 차를 타고, 춤도 추러 가며, 해변에도 간다. 다른 이탈리아인들처럼 그도 스포츠를 좋아하지만 거기 참가하지는 않으며, 당연히 전통도 잘 따른다. 아직도 매일 점심마다 집에 가서 어머니와 식사를 하는 것이다.

크레스피가 열정적이고 적극적으로 제안하는 세부사항들을 듣다 보니 내 자신감도 상승했다. 그 영화를 그려낼 수 있는 방법, 그러니까 영화를 살려낼 수 있는 톤을 잡을 수도 있겠다는 느낌이 들기 시작했던 것이다. 우리가 대화를 나누는 동안 크레스피는 자기 생각을 바꾸기 시작했다. 변호사를 덜 세련된 인물로 만들어보자는 것이었다. 사람들이 이미 볼 만큼 본 펠리니 영화 속 로마 사람이 아니라 피아첸차나 베로나 같은 지방 도시 출신 남자로 말이다. 그래요, 그가 말했다. 정말 로맨틱한 이야기가 되겠어요.

일주일쯤 뒤, 나는 이 나라의 어느 저녁 식사 자리에서 테이블을 오가는 대화와 폭소를 따라가느라 애쓰고 있었다. 대화들은 장난기가 넘쳤고 모두 이탈리아어였다. 우리는 정원에 앉아 라우라 베티라는 활기찬 여성 주위에 모여 있었다. 그녀는 가수이자 배우였다. 파졸리니와 모라비아가 그녀 노래의 가사를 썼고, 그녀는 쿠르트 바일과 베르톨트 브레히트가 쓴 레퍼토리 전부를 이탈리아어로 불렀다. 그녀는 담배를 손가락에 끼운 채 끊임없이 말했다. 그녀의 웃음에는 저항할 수 없는 매력이 있었다. 담배연기가 그녀의 입에서 흘러나왔다. 그녀는 금발이었고, 약간 덩치가 있었으며, 서른 살쯤 돼 보였다. 슬픔을 자랑스럽게 두르고 다닐 수 있는 그런 종류의 여성이었다.

　우리는 마치 고대 세계에 앉아 있는 듯했다. 공기가 차가워졌고 어둠이 포도밭에 깔렸다. 참석자는 여섯 명인가 일곱 명이었다. 다들 남의 접시에 있는 음식을 먹으면서 그 자리에 있는 모든 사람과 이야기를 나눴다. 양다리 걸치기를 좋아하는 유명 여자 배우에 대한 얘기가 나왔다. 그런 여자는 언제든 알아볼 수 있어요. 라우라 베티가 말했다. 어깨 너머로 다 안다는 듯한 미소를 지으면서 돌아보거든요. 어떤 소년이 기르던 비둘기를 자기 혀로 건드렸다는 노래를 부르는 미친 여자 이야기도 나왔다. 그건 전적으로 사랑에 대한, 아니 더 진실되게는 욕망에 대한 노래였다. 로마는 비밀이라고는 없는 동네였다. 사람들은 전부 다 알았다. 심지어는 열한 살짜리 집시 여자애를 데려다가 유명한 기자에게 팔아넘겨 그가 그 아이를 가지고 자기 쾌락을 충족시키는 광경을 구경한 네 명의 백작부인 이름도 알았다.

　내가 쓰던 대본 얘기도 나왔다. 사람들이 물었다. 어떤 종류의 대본이에요? 질문이 좀 건성이라는 느낌이 들긴 했지만 나는 설명을 해줬다. 아무래도 로마에서 일어나는 일이 되지는 않을 것 같다고도 했다. 그러자 누가 피아첸차를 언급했다.

　"볼로냐." 라우라 베티가 말했다. "딱 그런 데서 일어날 만한 일이네요. 볼로냐는 세 가지로 유명하답니다. 거긴 배움의 터전이에요. 이탈리아에서 가장 오래된 대학이 있죠. 음식도 유명하고, 마지막으로……." 이 대목에서 그녀는 구강성교를 설명하는 가장 일반적인 단어를 사용했다.

　"그게 장기인 거죠." 그녀가 말했다. "온갖 형태가 파스타 이름으로 불려요. 예를 들면 리가테가 있죠. 그게 가늘고 길쭉한 홈이 파인 파스타잖아요. 그걸 먹으려면 여자들이 이빨을 부드럽게 사용하죠. 거기 유곽이 있을 때 '볼로네즈 파스타 양'이라는 아가씨가 있었어요. 그게 그 여자 장기였죠."

하지만 나는 로마에 남았다. 더위는 한풀 꺾였다. 시칠리아의 암흑가 사람들은 오후 두 시에 일어났다. 테베레 강은 녹색으로 고여 있었다. 일요일 아침마다 바다로 가는 도로는 자동차로 미어 터졌고, 수백 개의 라디오에서 흘러나오는 음악이 녹초가 된 푸른 공기를 두드려댔다. 로마는 여자들의 도시였다. 어디서든 여자들이 보였다. 하슬러나 드 라 빌 호텔에 있는 비싼 옷을 입은 여자들. 남편과, 그리고 남편 없이 여행하는 여자들. 배우가 되겠다는 젊은 여자들. 그들이 무엇이 될지 누가 알겠나. 레스토랑 메뉴를 꼼꼼히 읽고 있는 한 쌍의 여성들. 콩깍지는 떨어졌지만 작별인사는 못 하는 여자들. 자기 가게가 있고 여름에는 치르체오로 가는 여자들. 한때는 트라스베레테에서 살았던 이혼한 여자들. 노출이 심한 옷차림으로 레스토랑에 앉아 있는, 씻지 않은 것처럼 보이지만 건강하고 하얀 치아를 가진 여자들. 빈에서 태어나 커다란 아파트에서 고독하게 사는 공작부인들. 힐튼 호텔에서 좀체 멀어지지 않는 나이 든 패션 에디터들.

그들의 대척점에 남자들의 군단이 있었다. 잘생긴 건달들. 결혼생활을 쭉 이어가는 남자들. 결혼할 생각이 없는 남자들. 수상한 직업의 남자들. 길거리와 바에서 나온 아무것도 아닌 남자들. 멋진 이름과 험한 입을 가진 남자들. 남부 출신의 세련되고 심지가 굳은, 새끼손가락 손톱 길이가 2센티미터인 남자들.

6월의 어느 저녁, 나는 아파트를 임대해서 살고 있는 모양인 한 여성을 소개받았다. 작은 체구에 멋지게 차려입은, 그렇지만 신뢰는 가지 않는 사람으로, 내가 알아낸 바로는 프랑스계 캐나다인이었다. 이름은 개비였다. 원래 이름은 가브리엘이 아닌가 싶었다. 그녀는 매혹적이었지만 동시에 남을 무시하는 인상을 풍겼다. 그녀는 살면서 쓰디쓴 교훈을 많이 배웠고, 그중에 내가 감지했던 건 늘 돈 생각을 한다는 것과 남자를 싫어한다는 것이었다. 그 결과 그녀는 인간의 나약함에 열정적인 관심을 품게 되었다.

그녀는 영화와 문학계 사람들의 약점과 비밀스러운 악덕을, 다소 씁쓸한 듯 굴면서도 무척이나 기꺼워했다. 그 사람들로는 이탈리아에서 가장 유명한 작가인 모라비아, 영화감독 비스콘티, 존 치버(로마에서 한두 계절 정도 살았던 적이 있다), 젊은 여배우 때문에 아내를 떠났다가 그 여배우에게 치욕적으로 배신당한 피에트로 제르미, 부유한 미술품 수집가 티센, 그 외에 수도 없었다.

한번은 개비가 내가 예전에 만난 적 있는 어느 가수에 대한 이야기를 들려줬다. 배우로 경력을 시작한 그 가수는 부끄럼을 많이 타는 사랑스러운 여성으로, 한 시사 풍자극에서 노래할 수 있는 기회를 얻게 되었다. 그녀는 처음에는 그 연극의 주연 배우, 나중에는 제작자와 같이 잠을 자야 했다. 하지만 그들은 그녀가 노래하는 대목을 빼버렸다. 그녀는 주연 배우의 남자 형제와, 그러다 결국 무대 매니저와도 동침하게 되었다. 무대 매니저가 그녀를 어떤 큰 집의 2층 방으로 데려갔다. 방은 어두웠다. "옷 벗어." 그가 말했다. 그녀가 옷을 벗자 그가 말했다. "이거 입어." 그러면서 엄청나게 굽이 높은 하이힐을 건넸다. 그런 다음 그녀보고 침대 위에 엎드리라고 했다. 갑자기 조명이 켜졌다. 방에 다른 남자들이 있었다. 그녀의 예전 남자들, 주연배우, 제작자, 전기 기사, 그들 모두가 웃으며 그녀에게 다가왔다.

그녀는 제2차 세계대전 이전 시절의 프랑스 스타 코린느 뤼셰르 얘기도 했다. "그 여자 괴링의 정부였어요."

나는 호리호리하고 아름다운 금발 여인의 모습을 어렴풋이 떠올렸다. "괴링의 정부라고요? 설마요."

"당연히 그랬죠!" 그녀가 콧방귀를 뀌며 말했다. "정말 아무것도 모르시는군요!"

그녀 말에 따르면 코린느 뤼셰르는 파리의 아파트에서 프랑스 레지스탕스에게 체포되었고, 거기 갇힌 채 마흔 명의 남자들에게 밤새 강간을 당했다. 그녀는 감옥에서 3년을 보냈다. 재판에서 그녀의 변호사는 부역자를 다룬 모파상의 단편 「비계 덩어리」 전체를 큰 소리로 읽었다. 자기를 만나러 온 군인이 독일인이라는 사실을 몰랐던 창녀 이야기였다. "그 사람은 벗고 있었는걸요." 나는 모파상이 처음으로 출판했던 그 단편을 읽은 적이 없었고, 사실 지금까지도 개빈이 얘기한 내용이 맞는지 잘 모르겠지만, 내가 기억하는 건 그런 내용이었다.

당연히 개비도 괴롭힘을 당한 적이 있었다. 그건 그녀가 그런 악덕에 집착하게 된 근본적인 원인 중 하나였다. 시실리 공작과

무도회장에서 춤을 추고 있었는데 그가 그녀의 손을 잡아끌더니 "여기 이거 어떻게 생각해?"라고 말하면서 그녀의 손을 자기 벌거벗은 음경에 갖다 대더라는 것이었다. 호색적인 기자들과 법률가들도 있었다. 그녀는 내게 그런 이미지들을 비처럼 쏟아부었고, 그중 몇몇은 너무 강렬해서 내 몸에 상처처럼 남을 정도였다.

개빈은 내게 펠리니도 소개해주었다. 그녀는 펠리니에게 이야깃거리들을 가져다주었다. "말해봐요, 나한테 말해봐." 그는 글로 쓴 건 전혀 원하지 않았다. 듣는 데서 영감을 얻는다고 그는 말했다. 당시 유럽에 진짜 예술가는 딱 둘이라는 얘기가 있었다. 피카소와 펠리니. 피카소는 신 같았다. 오래전 사람이고 너무 멀리 있었다. 펠리니는 내 앞에 와이셔츠 바람으로 앉아 있는 남자였다. 그는 자기 사진과 많이 닮아 있었다. 머리는 헝클어져 있고, 귀에서는 거무스름한 털이 자라고 있었다. 마치 불우한 삼촌 같았다.

나는 그가 일하던 스튜디오에서 그를 만났다. 대화는 이탈리아어로 시작되었다. 그는 자기가 영어를 못한다며 사과했다. 얼마 전 나는 뉴욕 현대미술관에서 열렸던 슬라브코 보르카피치 Slavko Vorkapich에 대한 강연회에 참석한 적이 있었다. 그 강연회는 본질적으로 보르카피치에 바치는 찬사로, 그는 1930년대와 1940년대에 일종의 몽타주 기법을 사용했다. 그는 하루 혹은 한 달이 지나가는 걸 보여주고자 달력 페이지들을 떨어뜨렸다. 원양 정기선 다음에 기차를 보여줌으로써 장거리 여행을 표현했다.

나는 동부 해안 전역의 영화인들이 그 강연에 참석했다고 말했다. 자리를 잡기가 힘들 정도였다. 몽타주 개념을 설명하기 위해 선택된 작품들 가운데 펠리니의 작품이 가장 자주 사용되었고, 그다음이 에이젠슈타인이었다고 말했다. 펠리니가 겸손하게 고개를 끄덕였다. 영광이라며 감사하는 듯했다. 그가 한 질문은 딱 하나였다. "보르카피치가 누굽니까?" 그는 궁금해했다.

그가 종이쪽지에 자기 전화번호를 적어주었다. 그는 자기가 도움이 될 만한 일이 있으면 꼭 전화를 하라고 했다.

어느 날 밤 나는 레스토랑에 앉아 있었다. 여성 두 명이 옆 테이블에 자리를 잡았다. 한 명은 미국인이고 나이가 많았으며 손이 가느다랬다. 다른 한 명은 젊고 금발에 이목구비가 인상적이었다. 둘은 막 카프리 섬에 다녀온 참이었고, 그곳의 생동감 넘치는 분위기에 대해 대화를 나누고 있었다. 잠시 뒤 그들은 내가 주문했던 음식을 먹어보았고 나는 그들이 시킨 와인을 마셨다. 젊은 쪽이 개방적이고 친근한 시선으로 나를 보았다. 나는 내가 손금을 볼 줄 안다고 말했다. 그녀의 손을 만지고 싶었던 것이다. "이름을 말해주세요." 내가 말했다.

"일리나요." 그녀가 대답했다.

나는 짐짓 권위 있게 그녀의 손바닥을 살폈다. "아이를 셋 낳겠군요." 내가 손금 몇 군데를 가리키며 말했다. "재치도 있어요. 여기 나와 있네요. 부와 명예가 보입니다." 그녀 손가락이 내 손가락을 누르는 게 느껴졌다.

"아저씨 바보네요." 그녀가 쾌활하게 말했다. "멋지다는 소리예요."

일리나는 그녀의 진짜 이름일 수도, 아니면 그냥 그녀가 두르고 다녔던 이름이었을 수도 있었다. 마치 벗겨내고 싶은 실크 드레싱 가운처럼. 그녀에게서는 온기가 파도처럼 밀려왔다. 그녀는 스물세 살에 몸무게는 62킬로그램이었는데, 몸의 어느 부분이든 살이 빠졌다면 참으로 큰 손실이었을 터였다. 나는 일리나가 존 휴스턴의 정부라는 사실을 알게 되었다. 휴스턴은 영화를 감독하느라 로마에 와 있었다. 또한 그녀는 파루크 1세, 망명한 이집트 왕의 친구이기도 했다. 그녀는 파루크 1세를 치과 병원에서 만났다. 자기 변호사랑 같이 있더라고 그녀가 말했는데, 내 느낌에 그런 세부사항은 아무도 꾸며낼 수 없는 것이었다.

파루크의 하루는 저녁에 시작되었다. 그는 진정한 바람둥이가 그렇듯 늦게 일어났다. 그는 고급 차를 좋아했고, 롤스로이스와 재규어가 있었다. 먹는 것도 좋아했다. 내가 개인적으로 알았던 거물들이 떠올랐다. 그들 상당수가 춤꾼이었고, 고상했으며, 심지어 미식가였다. 그도 그랬을까? "우린 춤은 안 췄어요, 자기야." 그녀가 말했다.

그녀가 그를 좋아했다는 점은 분명했다. 그들은 같이 몬테카를로로 여행을 떠나 슈망드페르chemin de fer. 바카라 게임의 일종를 하는 테이블에 앉았다. 그는 거기서 '로코모티브'라는 비범한 도박사로 통했다. 카시아 거리의 어느 레스토랑에서 그가 심장마비로 쓰러져 죽었던 날 밤, 그녀는 기자들이 오기 전에 뒷문으로 빠져나가도 된다는 허락을 받았다.

일리나가 배우였는지 아니면 나중에 그렇게 되었는지는 모르겠다. 물론 그녀는 배우가 되고 싶어했다. 이미 큰 배역도 연기한 바 있었다.

우리 셋은 '블루 바'에서 술을 마시고 '피아차 나보나'에서 젤라토를 먹었다. 베네토 거리에서 그녀는 걸음을 멈추고 나이 든 이탈리아 사업가들과 이야기를 나누었다. 그 모습이 사랑스러워 보였다. 그녀의 다리, 날염된 실크 드레스, 부드러운 볼, 그 모든 것이 마치 인간의 운명을 관장하는 별자리처럼 빛났다.

우리는 미국 여성을 그녀가 묵고 있던 엑셀시로 호텔에 내려주었다. 나는 운전석에 앉아 있다가 일리나에게 고개를 돌려 솔직히 말했다. "당신을 경애합니다. 처음부터 그랬어요."

그녀는 대답 대신 내게 키스한 다음 이렇게 말했다. "오른쪽으로 꺾어주세요." 밤이 늦었다. 그녀는 아침에 엘리자베스 아덴과 약속이 잡혀 있었기 때문에 집에 가고 싶어했다.

"결혼했어요?" 차를 몰고 가는 동안 그녀가 물었다.

"네."

"저도요."

결혼 상대는 80대 남자였다고 일리나가 설명했다. 나는 그 이야기가 신문에 나온 것이라는 사실을 알아차렸다. 여자는 여권을 얻으려고 남자와 결혼했다. 그는 '이스티투오', 요양원에 있었다. 자기가 그 남자를 찾아갔다고 그녀는 말했다.

우리는 아르키메데 거리 파르리올리에 위치한 다소 수상쩍은 건물로 갔다. 일리나는 거기 살았다. 아파트는 작았고 세간은 보잘것없었지만 벽에는 〈라이프〉지에 실렸던 존 휴스턴의 커다란 사진이 걸려 있었다. 바닥에는 휴스턴이 그녀보고 읽으라며 준 책들이 널려 있었다. 어쩌면 화학실험 세트나 현미경을 주는 편이 나았을지도 모른다. "배우는 걸 멈추면 절대 안 돼." 그는 그녀에게 그렇게 말했다. 그녀는 그를 위한 일이라면 완벽하게 해낼 수 있었다. 산 피에트로 전투를 다룬 다큐멘터리를 통해 알게 된 그의 목소리가 들리는 듯했다. 깊고 구르는 듯하며 희미하게 냉소적인 기운을 띠던 그 목소리.

"배우는 걸 멈추지 마." 그가 다시 말했다. "그건 아주 중요해. 나한테 약속해."

"물론이죠, 존." 그녀가 대답했다.

앨범에는 두 사람의 사진이 오려붙여져 있었다. 휴스턴은 원로처럼 하얀 턱수염을 기르고 있었다. 그는 '코콜로네', 곧 아기처럼 보살핌을 받는 걸 좋아하는 사람이자 무척 엄격한 사람이었다. "그 사람한테서 1000달러 얻어내기가 정말 힘들어요." 그녀가 말했다. 그는 또한 외로운 사람이기도 했다. 그는 그녀에게 이렇게 전화를 걸곤 했다. "뭐 하고 있어, 자기?"

"아무것도요."

"그럼 이리로 와. 당장."

그는 친구도 없었다고 그녀는 말했다. 밖에 나가는 것도 싫어한다고 했다. 그랜드 호텔 스위트룸에서 살면서 식사는 보드카와 캐비어로 때웠다. "존," 그녀가 그에게 묻곤 했다. "여자들 부를까요?"

"데리고 와봐." 그가 말했다. "재미있게 놀자고."

일리나는 여자 세 명을 데리고 왔다. 그중 한 명은 열여덟 살이었다. 그녀는 자기가 어리고 부드러운 여자애들을 좋아한다고 말했다. 그날 오후는 최고였다. "자기야," 그녀가 루아시에서 일어났음직한 장면을 설명한 다음에 내게 말했다. "자기는 작가잖아요. 이런 것들을 알아야 해요."

그녀는 휴스턴이 카시노에서 전투에 참가했다고, 마치 정당화라도 하듯 말했다.

"아니, 안 그랬어요."

"그랬어요. 내게 그렇게 얘기했다고요."

"그 사람은 전쟁 중에 영화감독이었어요. 전투는 안 했다고요."

"뭐, 그럼 자기가 그랬다고 **생각하나** 보네요" 그녀가 말했다. "그게 그거죠."

나는 일레나가 너그럽고 도덕에 구애받지 않는다는 사실이 좋았고—그것들은 이상적인 삶의 조건에 근접해 있는 것인 듯 보였다— 말을 하는 동안 거울에 자기 이빨을 비쳐 보는 모습이 좋았다. 나는 그녀가 '캐시미어'를 인도의 지역명인 '카슈미르'로 발음하는 게 좋았다. 그녀의 화장품 가방은 옷장에 구두가 꽉꽉 차 있는 것처럼 처방전으로 가득했다. 한번은 우리가 대형 알파로메오 옆을 지나치는데 그녀가 그게 자기 친구, 로마에서 근무하는 형사과장의 차라는 걸 알아차렸다. 물론 그녀는 그와도 사랑을 나눈 적이 있었다. "자기야," 그녀가 말했다. "다른 방법이 없었어요. 안 그랬으면 내 여권에 큰 문제가 생겼을 거거든요. 체류가 불가능했을 거예요." 나는 휴스턴뿐 아니라 이탈리아인 사업가도 그녀를 돕고 있다는 사실을 알게 되었다.

타오르미나에서 영화제가 열렸다. 일리나는 며칠 동안 영화

313

제를 고대했고, 마침내 그녀가 가자 나는 로마에서 풀이 팍 죽었다. 한 주가 무척이나 느리게 흘러갔다. 수화기 너머로 멀리 떨어진—나는 타오르미나가 어디 붙어 있는 데인지도 몰랐다—곳에 있는 그녀의 목소리가 들렸다. "오, 자기야," 그녀가 울부짖었다. "너무 굉장해요." 그녀는 자기에게 모니카 비티를 담당하는 에이전트가 생길 거라며 흥분해서 말했다. 어느 감독이 제임스 본드 영화 배역을 주겠다고 약속했다고도 했다. 일리나는 산 도메니코 팰리스 호텔이 아니라 엑셀시어에 묵고 있었다. 내일은 임페리알레에 묵을 예정이었고—나는 그게 무슨 의미인지 확실히 이해했다—일요일에는 상을 받을 것이었다.

"무슨 상이요?"

"몰라요, 자기. 믿을 수가 없어요." 일리나가 말했다.

그러다 그녀 이름으로 서명이 된 전보가—난 그녀를 다시는 못 볼 줄 알았다—왔다. '라피도 5호 차, 월요일 오후에 와요.' 전보는 유고슬라비아의 루블랴나에서 온 것이었다.

나는 기차역으로 마중을 갔다. 뒤에 가방을 든 짐꾼을 달고 플랫폼을 걸어오는 그녀를 보자 가슴이 두근거렸다. 어떤 것들은 그저 처음에만 좋지만 그녀를 보는 건 늘 처음 같았다. 나는 그녀가 "자기야,"라고 말하리라는 걸 알았다. 나는 내가 **"경애하옵나이다"**라고 말하리라는 걸 알았다.

영화제에서 불꽃이 일었다. 리셉션 자리에 참석했을 때 수많은 얼굴들 중 풀라르 천으로 만든 넥타이를 맨 젊은이가 그녀의 눈에 띄었다. 흐트러지지 않는 환하고 넓찍한 미소를 짓는 젊은 남자였다. "살인자의 미소 같았어요." 그녀는 구슬이 달린

하얀 드레스 차림이었다. 팔은 맨살을 드러낸 채였다. 십오 분
내지 이십 분 뒤 그녀는 다시 그를 보았다. 변호사들이 말하듯
두 번째 충격은 치명적이다. 그녀는 이렇게만 말했다. "여기 나
가요." 그는 한마디 말도 없이 그녀에게 자기 팔을 맡겼다.

　나는 그 이야기를 좀 울적한 마음으로 들었지만 화는 나지
않았다. 정숙함은 내가 일리나에게서 기대했던 게 아니었다.

　"당신은 성공할 거예요." 나는 거의 마지못해 말했다. "하지만
그래서는……."

　"뭘요?"

　"아니에요." 내가 말했다. "나중에 말할게요."

　"내가 너무 창녀처럼 살지 않으면 그럴 거라는 말인 거죠." 그
녀가 말했다.

　우리는 파리로 차를 몰고 가는 동안 론 계곡을 통과했다. 디
종을 지난 뒤 뒷길로 들어가 운하를 따라가자 널찍한 댐이 나
왔다. 낚시꾼들이 14~15미터 깊이의 맑고 푸른 물에 낚싯대를
던져놓고 줄줄이 앉아 있었다. 거무스름한 형태의 물고기들
이—강꼬치고기인 듯했다—느긋이 돌아다니고 있었다. 우리는
개중 가장 큰 녀석이 다가오는 걸 지켜보았다. 녀석은 미끼를
무시한 채 다시 멀어지더니 움직임을 멈췄다. "술탄 같아요." 그
녀가 자기 생각을 말했다. 나는 그녀가 술탄을 알고 있다는 느
낌을 받았다.

　별다른 확신 없이 각본을 집필했던 그 영화는 내가 아무런
놀라움 없이 받아들인 신비스러운 과정을 거쳐 1968년 제작에

들어갔다. 이듬해 칸느에서의 상영은 참패에 가까웠다. 관객들은 크나큰 감동을 느꼈어야 할 대목에서 폭소를 터뜨렸다. 상영 후 칼튼 호텔 테라스에서는 신랄할 평가가 계속해서 내 귓전을 지나갔다. 그래도 내 우려가 들어맞았다는 약간의 기쁨은 있었다.

영화란 열정과 같다. 화려하지만 정해진 테두리가 있다. 끝나면 공허가 남는다. 누군가는 이를 이렇게 표현했다. "영화라는 속된 거짓말." 영화는 마취제다. 영화는 잊어버리도록, 상상했다가 잊어버리도록 해준다. 돌이켜보면 나는 항상 배우를 영웅으로 간주하는 생각을 거부해왔다. 그들과 나눈 친분 때문에 생각이 바뀌지도 않았다. 배우는 우상이다. 영웅이란 무언가를 걸고 사는 사람들이다.

내 기억에 전쟁 동안 우리는 거의 매일 밤 영화관에 갔다. 이브닝드레스를 입은 칸느의 남녀가 내 영화를 보고 웃었듯 우리도 그 영화들을 보고 웃었다.

그럼에도 나는 내 영화를 감독해보고 싶다는 야심을 가득 품고 살았다. 어윈 쇼의 단편으로 만든 이야기도 갖고 있었고, 출연에 동의한 스타—샬럿 램플링—도 있었다. 그런데 그녀가 마음을 바꿨다. 마지막 순간에 우리는 로마로 비행기를 타고 날아가 그녀가 다른 영화를 찍고 있던 현장을 찾아 설득했고, 그녀는 다시 영화에 출연하기로 했다. 램플링은 비스콘티—그때 그가 그녀를 감독하고 있었다—는 진짜 천재라고 했다. 나는 낙담하지 않으려고 애썼다. 나는 그녀를 그녀가 한 말과 그녀의 성격만으로 잘못 판단하고 있었다. 하지만 현장에서 본 램플링은 살과 피를 가진 사람이었고, 기꺼이 연기에 임하고 있었다. 그녀는 저녁 식사를 하자는 제안을 거절했고—남자친구한테 가는 거라고 나는 확신했다—이삼십 분 뒤 차를 몰고 떠났다. 하지만 그녀가 영화에 출연하겠다고 동의한 덕에 제작비를 마련할 수 있었다.

램플링에 대해 알아야 할 것들이 많았다. 그녀는 껌을 뭉텅이로 씹었고 머리는 지저분했으며 의상 담당 여성에 따르면 냄새 나는 옷을 입고 다녔다. 툭하면 지각했고, 절대 사과하지 않았으며, 성마르고 비열했다. 금발 노상강도처럼 생긴 남자친구는 채식주의자였다. 그가 두 사람의 메뉴를 정했다. "고기." 그가 레스토랑에서 메뉴를 보다가 중얼거렸다. "이게 널 죽일 거야." 둘은 가끔 아침에 길에서 조금 전 엄청난 행운을 거머쥔 사람들이라도 되는 양 미친 듯이 춤을 추기도 했다. 그녀는 하루 종일 매 신의 촬영이 끝날 때마다 아이처럼 남자친구의 품으로 달려갔고, 그는 그녀에게 키스를 하고 달래주었다.

촬영이 중반으로 접어들었을 때—우리는 아비뇽 근처에 있었다—램플링이 자기 출연료를 두 배로 올리고 남자친구를 감독으로 모시지 않으면 촬영을 거부하겠다고 했다. 그녀는 돈은 받았지만, 제작자는 반란을 용인하지 않았다. 무슨 일이 일어났는지 얘기를 들었을 때 혐오감을 억누르기 힘들었지만, 돌이켜보면 그게 꼭 나쁜 건 아니지 않았을까 싶기도 하다. 남자친구나 그녀에게서 상상치 못한 자질을 끌어내서 꽤 그럴싸한 영화를 만들었을 수도 있었으니까. 조잡하지만 통렬한, 설득력 있는 영화를 말이다.

사실 스타들의 괴팍하고 말도 안 되는 행동은 그들 매력의 일부다. 그들이 분통을 터뜨리면 사람들은 즐거워한다. 신들에게도 열정과 나약함이 공존했고, 이 역시 신화의 일부다. 현대의 신이라고 다를 건 없다.

마침내 영화가 완성되었다. 〈세 타인들〉이라는 이 영화에는 점잖으면서도 부드러운 매력이 있었다. 영화는 칸느에서 인기를 끌었고 미국에서도 호의적인 평이 실렸다. 젊은 여성을 대상으로 하는 잡지에서 '이달의 작품'으로 선정되기도 했다. 평론가들도 연말 베스트 열 편 중 하나로 꼽았지만 그들의 의견은 이 영화에서 소수파였다. 관객들은 다르게 생각했다.

다시 감독을 할 수 있는 기회가 있었지만, 그럴 때면 어느 늦은 오후 니스의 돌 많은 해변에 누워 있었던 일이 기억난다. 촬영은 거의 끝나가던 중이었고, 우리는 바티스토니 제 신발을 신은 채 완전히 나가떨어진 듯한 기분을 느끼고 있었다. 나는 맬컴 로우리 같은 알코올중독자가 된 기분이었다. 숙취인 듯했다. 고개를 숙이자 내 아버지의 하얀 다리가 보였다. 그 모든 것이 내가 다시 기꺼이 바치고자 했던 것보다 더 많은 걸 요구했다.

삶의 진정한 신봉자들에게 삶은 결코 끝나지 않는다. 나는 두세 명의 태평한 여자들과 함께 컨버터블을 타고 앙티브 곶으로 차를 몰고 내려가던 제작자들이 해주던 이야기가 좋았다. 방치된 채 따분하게 앉아 있던 사회 지도급 인사들의 부인들이 이런저런 방식으로 "연락 줘요"라고 말하면서 내 손에 쪽지를 건네준 적도 있었다. 베니스 다니엘리 호텔에서 배우들이 가을 날씨에 맞서 모피를 두른 비싼 코트로 몸을 둘둘 두른 채 나오는 걸 본 적도 있었다. 코트의 안에는 모피가 덧대어져 있었고, 천은 하나도 사용하지 않았다. 모피는 그들이 사는 화려한 세계를, 천은 그들과 멀어진 평범한 세계를 상징하는 것이었다. 그들은 점심을 먹으러 토르첼로로 가면서 널찍한 석호를 덜컹거리며 가로질렀다. 암녹색 바다에는 바람이 불면서 하얀 포말이 일었다. 돌벽으로 둘러싸인 산 미켈레, 스트라빈스키와 디아길레프가 묻힌 섬을 지나쳤다. 그들은 진짜 영광과 거짓된 영광 사이를, 한쪽에서 다른 한쪽으로 움직이지만, 어느 쪽이 어느 쪽인지 분간할 수 없는 때가 있게 마련이다.

*

최고의 대본이라는 것이 늘 뚝딱 만들어지지는 않는다. 참으로 수많은 요소들이 있다. 타이밍, 충동, 헛수고, 우연. 만들어진 영화라는 건 부서지고 망실된 돌무더기들, 다시 말해 굉장한 대사, 장면, 물고기가 알을 낳듯 아낌없이 쏟아 부은 엄청난 노력 사이에 우뚝 서 있는 선돌과 같다. 에이전트와 스타들은 그 무더기들을 툭툭 발로 차면서 빈둥빈둥 지나간다. 하지만 그 영광에 자양분을 주는 것이 바로 이 허접쓰레기, 엄청난 부스러기들인 것이다.

나는 10년, 15년 동안 **매춘부** 같은 존재였다. 어쩌면 더 오래 그럴 수도 있었을 것이다. 사방에 잔해가 쌓여 있었지만 그건 레스토랑 뒤편에 버리는 음식물 쓰레기 같은 것이었다. 나는 그런 건 생각하지 않았다. 앞에서는 사람들이 내게 허리 숙여 인사하고 테이블로 안내하니까.

내가 각본을 집필한 마지막 영화가 토론토에서 우호적인 조건 하에 제작되었다. 영화 제목은 〈스레시홀드〉로, 내게는 예언적인 제목이었다'threshold'는 '문턱'이라는 뜻. 다른 각본을 쓰기는 했지만 속으로는 탈영병 같은 생각을 품었다.

영화는 심장외과의사와 최초의 인공 심장에 대한 이야기였다. 돌아보면 자주 그렇듯 각본은 불완전했지만 당시에는 그걸 어떻게 개선해야 할지 궁리해낼 수가 없었다. 예산은 빠듯했고 배우도 우리가 원하는 사람만 있던 게 아니었다. 그 결과 최고의 장면들이 누락되거나 아니면 형편없는 연기로 촬영되었다. 늘 그렇듯 관객 앞에서 벌거벗은 기분을 느끼면서 마침내 영화를 보았을 때, 내 눈에는 주로 영화의 결점만 보였고, 그중 상당수는 순전히 내 잘못이었다.

몇 년 뒤, 나는 (내 생각에는) 마지막 각본을 집필했다. 무리해서 쓴 거라고 말할 수밖에 없겠다. 다시 한 번 이야기의 씨앗 정도만 주어진 상태였다. 몇 년 동안 인터뷰를 허락한 적 없는 1급 은둔 스타가 무척 비대중적인 문학 작가에게 인터뷰를 허락한다. 그가 쓴 책을 그녀가 우연찮게 좋아하게 되었기 때문이다. 스타는 모든 걸 갖고 있는 여자고, 작가는 위대한 망자들과 그 망자들이 정의하는 세계를 친밀하게 여긴다는 것 말고는 아무것도 없는 남자다. 그 사실이 어찌어찌 그녀의 마음을 사로잡고, 한 시간 내지 한 주 만에 그들은 사랑에 빠진다.

아마 나는 내가 그 작가고, 최소한 스스로를 부정하는 변덕을 부리지는 않았던 그 저항할 수 없는 매력의 여자는 영화 그 자체에 대한 상징이라는 몽상을 했던 것 같다.

또 다른 마지막 각본이 있긴 했다. 사실 감독의 말도 안 되는 요구 때문에 엎어지기 전까지 어느 정도 진행되던 각본이었다. 어쩌면 또 다른 각본들을 쓰게 됐을지도 모르겠지만, 어떤 지점에 이르면 지협 위에 서서 대서양의 인생과 태평양의 인생을 분명히 보게 된다. 이쪽 아니면 저쪽으로 가는 운명이 있고, 그 사이에서 선택을 해야 한다.

그리하여 유령, 사실 나 자신이었던 그것은 시야에서 사라졌다.

잉길테라 호텔과 보르 오 락 호텔의 직원들 이름은 잊은 지 오래다. 하지만 그 익명의 이미지들은 여전히 또렷이 남아 있다. 남프랑스의 도로를 달리던 일도 생생하다. 고대로부터 오랫동안 경작을 해온 시골 마을 베지에, 아그드. 로마인들은 자기 땅의 구획을 표시하고자 마르멜로 나무를 심었다. 그곳에는 아직도 후손들이 늠름하게 자라고 있다. 햇볕에 불그스름하게 그을린 여성이 새벽부터 뱀장어 한 마리를 들고 거리를 걸었다. 나는 이 뱀장어에 대해 많이 썼다. 뱀장어는 매끄러웠고, 죽어가고 있었다. 어둑어둑한 제방의 신비를 담고 있는 어둔 빛깔이었고, 자갈도 좀 묻어 있었다. 이 뱀장어는 내게 성자와도 같다. 이미 다른 세상에 속해 있는 망각의 존재.

사람들에 대해 쓴다는 건 그들을 철두철미하게 파괴하고 이용해먹는 것이다. 나는 이것이 경험에 대해서도 사실이라고 생각한다. 한 세계를 묘사하는 동안 그 세계는 절멸되고 수많은 기억이 폐허로 돌아간다. 사물들과 사건들은 포획된 뒤 생명이 모두 빠져나가 다시는 반짝이거나 빛을 되돌려 받지 못한다.

그렇지만 영화와 함께 보냈던 이 세월의 경우에는 보드라운 꽃가루 같은 것이 아직 남아 손끝에 달라붙어서 한때 즐거웠던, 참으로 기뻤던 것을 돌이키게 해준다. 어쩌면 그건 오래된 인쇄물 속 장면인 마냥 어두운 물 위에서 춤추는 빛, 저 멀리서 무척이나 희미하고 유혹적으로 들리는 목소리, 웃음, 음악 같은 것일지 모른다.

〈뉴요커〉(1997년 8월 4일)

첫 여성 졸업생도

"페네시!" 식탁 상석에 앉은 4학년생이 소리쳤다. 여섯 개의 대형 별실이 날개처럼 뻗어 있는 식당에서였다. "여길 봐라."

페네시가 고개를 들었다.

"내 손을 보고 뭔가 알아챈 거 없나?" 그가 손을 들어올렸다.

"없습니다." 그녀가 말했다.

"기수반지를 안 끼고 있다." 일종의 여권이자 육군에서는 금방 알아볼 수 있는 묵직한 금반지가 사라지고 없었다. "이 자리에 사기꾼이 있는 한 나는 반지를 다시 끼지 않을 거다."

"알겠습니다."

"그리고 여자가 대위가 된다면 영원히 빼고 다닐 거다. 어떻게 생각하나?"

"멋진 반지를 버리는 짓이라고 생각합니다." 페네시가 대답했다.

1976년, 웨스트포인트 역사상 최악의 부정행위가 일어난 직후였다. 로빈 페네시는 신입생이었다. 그녀는 스물한 살이었고 콜로라도 대학에서 ROTC 장학금으로 분자생물학을 3년간 공부했다. 최초의 여생도들과 함께 웨스트포인트에 입학할 기회가 찾아왔을 때 그녀는 말했다. 안 될 게 뭐야? 그녀는 이달에 졸업할 예정이다. 처음 입학했던 119명의 여성 중에서 졸업까지 남은 61명의 일원으로.

세계에서 가장 유명한 사관학교는 허드슨 강이 내려다보이는 장대한 토지에 자리 잡고 있다. 이곳은 뉴욕시에서 약 80킬로미터 상류에 위치하고 있지만 이 거리를 그런 단위로 측정할 수는 없다. 사실 이곳은 50년 상류에 위치한다. 우아한 공원 도로를 타고 북쪽으로 올라가 팰러세이즈 협곡의 숲과 작은 마을들이 있는 지대를 통과하면 미국 독립전쟁 이후 거의 변하지 않은 채 남아있는 시골로 들어가게 된다. 당시 웨스트포인트는 요새였다.

지금도 이곳은 일종의 요새다. 거대하고 고요하며, 대도시의 군중과 번쩍이는 에너지와 엉망진창인 거리에서 멀리 떨어진 요새. 웨스트포인트는 육군의 예배당, 패튼의 엄숙한 표현에 의하면 '성소'다. 또한 이곳은 대학이자, 컨트리클럽이며, 포레스트론 공원묘지다. 이곳은 아이젠하워와 브래들리가 위대한 별자리로 추앙받는 격리된 세계이며, 연장자나 높은 계급의 사람들을 여전히 '서sir'라 부르는, 질서와 낡은 벽돌 막사의 세계다.

육군에서 현역으로 복무 중인 웨스트포인트 출신은 1만 500명 정도다. 장교 여덟 명당 한 명꼴인 셈이다(제2차 세계대전 당시 육군이 확대되었을 때는 100명당 1명이었다). 하지만 그들이 소유한 영향력은 숫자로 계산되는 비율을 넘어서며, 언제나 군 장성들을 크게 대표해 왔다. 그들이 다른 군인들과 하도 확실히 구별되다 보니 비 웨스트포인트 출신이 이렇게 썼을 정도였다. "만약 내가 웨스트포인트에 대해 아무것도 모르는 상태에서 거기 출신이 내 부대에 전입할 예정이었다면, 나는 그 친구가 오로지 학벌 하나로 다 해먹겠구나 싶었을 것이다." 모든 졸업생들은 복무를 하건 않건 간에 다 같이 뭉쳐 대단히 충성스럽고 응집력 강한 조직체를 형성한다. 사관생도의 경험을 통해 생겨난 강력한 향수가 그들을 묶는다. 그들은 여행도 함께 다닌다. 그들에게 학교란, 견고하게 땅에 붙어 있는 학교라는 일반적인 이미지에도 불구하고 소중히 아끼는 배와 같다. 대가 없이 사랑하는 배.

최근 웨스트포인트는 계속해서 두드려 맞았다. 육군에게 굴욕적이었던 베트남에서의 패배는 이 학교의 기풍을 규정하고 이끌었으며 가장 헌신적이고 야심찬 종복이었던 이들에게 특히나 쓰라린 상처를 주고 있었다. 학교의 사기 저하는 1970년, 당시 교장이었던 코스터 장군이 메스 홀의 석재 발코니에 서서 사임을 발표했을 때 절정에 달했다. 그는 미라이 학살1968년 3월 16일, 남베트남 미라이에서 미군에 의해 저질러진 민간인 학살. 희생자는 347명에서 504명으로 추정되며, 상당수가 여성과 아동이었다사건 이후 벌어진 은폐공작에 연루되어 있었다. 코스터는 재판에 회부되지는 않았지만 군 경력은 끝장이 났다.

생도 집단의 규모는 2500명에서 4400명으로 점점 불어났고, 그런 숫자에 상응하여 1976년에는 학교 역사상 최대 규모의 부정행위가 터졌다. 152명의 생도가 집에서 각자 해결하라고 내준 전기공학 과목 문제를 짜고 쳐서 푼 사건에 책임이 있다는 게 드러나 퇴교 조치를—나중에 98명은 재입학이 허용되었다— 당했다. 속임수가 훨씬 더 광범위하게 퍼져 있다는 점에 사람들의 의견이 일치했다. 같은 해, 격렬하고 깊은 반감을 넘어 처음으로 여성들이 입학했다. 1977년에 나온 대단히 비판적인 보고서는 웨스트포인트가 다른 무엇보다 변화에 부정적인 태도와 저항을 보인다고 언급했다. 이 모든 것에 더하여 미식축구 팀이 빈사 상태에 이르렀다. 해군 팀도 이기지 못했고 거의 20년 동안 전국적인 명성도 얻지 못했다.

웨스트포인트가 직면하고 있는 문제는 또 다른 직업 장군이 학교를 관리하는 것 이상을 요구하는 듯 보였다. 제1차 대전 이후인 1919년에 맥아더가 학교를 바로잡기 위해 파견되어 쇠고리 없는 모자와 낡은 가죽 각반 차림으로 눈부시면서도 비군사적으로 입장했을 때 그랬던 것처럼 육군은 아주 멀리까지 손을 뻗었고, 이번에는 은퇴자 명단까지 뒤졌다. 그렇게 해서 고른 사람은 아이젠하워 대통령 당시 백악관 보좌관으로 근무했고 국방과 대외정책 분야에서 케네디, 존슨, 닉슨 대통령의 고문이라는 최고 자리까지 올라갔던 인물이었다. 바로 앤드류 굿패스터 장군이었다. 그는 합동참모본부장 자리를 놓친 뒤 1974년 은퇴했지만 베트남에도 갔고 나토 최고 연합군 사령관으로 유럽에서 5년을 일했다. 그곳에 있다가 사람들을 가르치고자 성채로 가게 된 것이다.

굿패스터는 전형적인 장군이 아니다. 그는 큰 키에 백발이고 내성적이다. 손자가 있고 하얀색 메르세데스를 몬다. 태도에는 학자 같은 분위기가 있고 말은 정확하게 하는 것이 권력자에게 종종 조언을 주는 사람이라는 그의 위치와 잘 어울린다. 1976년 크리스마스에 그는 통상적인 학문적 자격을 갖춘 사람보다 더 뛰어난 인물을 교장으로 선정하면 어떻겠느냐는, 그 사람이 통상적인 임기인 3년보다 더 오래 그 자리에 머무를 수도 있는데 이에 대해 어떻게 생각하느냐는 질문을 받았다. 굿패스터는 자기는 찬성한다고 대답했다.

"재미있는 질문 하나 해보죠." 참모총장이 말했다. "그 생각 고려해보시겠습니까?"

이듬해 봄, 그는 자기에게 달린 별 네 개 중 하나를 뗀 다음 교장으로 현역 복무를 수행하기 위해 돌아왔다. 비록 학교는 그가 관심을 기울여야 할 여러 분야 중 하나에 불과했지만, 명예—와 그에 관련된 제반 문제—는 그에게 가장 중요한 것이었다. 그 명예의 문제가 자신이 복귀를 준비한 가장 결정적인 이유였다고 굿패스터는 말했다.

웨스트포인트의 명예 제도는 학교만큼이나 오래된 것이다. 원래 그것은 장교 사이의 규범, 곧 장교는 신사이므로 행동도 말처럼 훌륭하다는 귀족적 생각에서 파생된 것이었다. 세월이 흐르면서 장교 집단은 무척이나 사사로이 친밀해졌고 장교의 명예라는 개념도 사회의 그것과 너무 닮다가 보니 맥아더의 치세에 이르러 절대 부술 수 없는 명예의 정의가 생겨나게 되었다. 사관생도는 거짓말하지 않고, 속이거나 훔치지 않는다. 처음에는 명문화되지 않았던 조항이 여기에 덧붙여졌다. 그런 행위를 하는 자를 용납하지 않는다.

명예 위원회는 모호하고 비밀스러운 조직으로, 비공개 재판과 손에서 손으로 전달되는 위원장 규정집을 가지고 규약을 적용했다. 생도는 유죄 판결을 받으면 자퇴를 권고받았다. 만약 그가 이를 거부했는데 그를 퇴학시킬 수 있는 군사 규정이 없을 경우, 전통이 그를 침묵시켰다. 그는 혼자 지내고 밥도 혼자 먹었다. 공식적인 문제 외에는 누구도 그에게 말을 걸지 않았다. 집단의 눈에서 보자면 그는 존재하기를 멈춘 것이었다. 침묵은 평생 지속되었다. 이 가혹하지만 스릴 넘치는 학생들의 정의구현은 1973년에 폐지되었다. 그때까지도 학교 당국은 이런 사실을 굳이 알아보려 들지 않았지만, 다른 종류의 젊은이가 학교에, 사실은 모든 사관학교에 입학하기 시작했다. 공군에서는 상황이 얼마나 나빴던지 1970년 졸업식에서 특정 생도가 졸업장을 받을 때 사람들이 불만을 표하는 소리가 신임 교장 귀에 들릴 정도였다.

웨스트포인트는 경고 신호를 잡아내는 데 실패했다. 일찍이 부정행위가 터지고, 생도들의 태도 변화가 눈에 띄고, 심지어 명예 위원회에서 뇌물이 오갔다는 소문까지 돌았는데도. 베트남과 워싱턴에서의 부정직함과 은폐 공작, 자유방임과 저항의 시절이 영향을 미쳤다. 1976년의 추문은 마치 댐이 무너지듯 사람들을 연이어 휩쓸었고, 거의 학급 전체가 날아가 버리는 경우도 있었다.

명예 규약의 가장 까다로운 부분은 묵인 조항, 즉 생도는 다른 생도를 신고할 의무가 있다는 조항이다. 진실함이 미국적 가치에 이질적이지는 않을지 몰라도, 밀고는 확실히 이질적이다. 아이러니한 것은 맥아더 본인도 부모의 훈계에 따라 살아왔다고 주장했다는 점이다. 절대 거짓말하지 말고, 절대 고자질하지 말라는 훈계. 해군사관학교에는 묵인 조항이 없지만 웨스트포인트에서는 명예 위반 사항을 보고도 신고하지 않은 생도는 본인이 명예 위반을 저지르는 셈이 된다.

문제는 이것만이 아니다. 규정은 간단하지만 제도가 작동하는 방식은 훨씬 복잡하기 때문에 철저히 교육을 받아야 한다. 생도는 거짓말을 해서도 안 되겠지만 그렇다고 얼버무리면서 부분적으로만 사실을 말해서도 안 된다. 단정치 못한 차림으로 늦게 출근한 생도에게 장교가 이렇게 물었다. "어디 있었나?"

대답은 다음과 같았다. "도서관에 있었습니다." 이는 사실이었지만, 그는 자기가 여자친구를 만난 장소가 바로 도서관이고 둘이 들판에서 두 시간을 보냈다는 사실은 건너뛰고 말했다. 그는 명예 위원회 재판에 회부되었다.

훔친다는 문제도 겉보기처럼 분명치가 않다. 다른 사람이 흘린 돈을 봤는데도 돌려주지 않는다면 규칙 위반죄가 성립한다. 복지관인 아이젠하워 홀에서 한 생도가 다른 사람이 휴대품 보관소에서 자기 비옷을 들고 가는 걸 봤다. 비옷은 모양이 다 똑같다. 그는 다른 사람 비옷을 들고 간 것이었다. 그는 유죄 판결을 받았다.

위반사항을 본인이 직접 신고해도 조치는 달라지지 않는다. 위반이 얼마나 심각하느냐 하는 문제도 중요하지 않다. 그야말로 강철처럼 뻣뻣한 규정이다. 다행히 사회생활을 감안한 몇몇 예외를 만들어두기는 했는데 그마저도 없었다면 생도들은 솔직함으로 무장한 괴물이 되었을 것이고 바보 같은 사랑고백 하나로 경력이 결딴 났을 것이다.

거의 신학적이다시피 한 이런 복잡한 규정에도 불구하고, 굿 패스터는 규범은 최소한에 불과하다고 느낀다. 그는 규범 저편에 있는, 미덕이라는 더 큰 질문을 본다. 한때 생도였던 사람들에게 이렇게 물어볼 수 있을 것이다. 그는 사람들을 공정하게 대하는가? 그는 용기 있게 도전에 임하는가? 그는 인정받기 위해 버티는가?

명예는 웨스트포인트가 자신의 입장을 정하고자 선택한 전선이다. 그것은 체스판에서 모든 말들이 향하는 단 하나의 사각형 같은 것이다.

사령관으로서 생도들의 군사훈련을 책임지고 그들의 일상생활을 감독하는 조 프랭클린 준장은 이렇게 말했다. "제가 느끼기에 이 나라는 웨스트포인트를 명예를 중시하는 집단으로 간주합니다. 만약 여기서 명예를 유지할 수 없다면 파멸인 거죠."

최근 명예 제도에 약간의 변화가 있었다. 재판은 공개적으로 진행되고, 위원회 위원들뿐 아니라 전체 구성원들도—신입생을 포함하여 각 학년당 2명씩—재판에 참여한다. 치안판사 역할을 하는 법무관이 있지만 절차는 본질적으로 생도들 사이에서 진행된다. 결과가 유죄로 나올 경우 보통 처벌은 딱 하나다. 퇴교. 하지만 교장이 형을 조정할 수 있다.

"명예 제도를 강력하게 지지하는 사람들이 있고 아닌 사람들이 있어요. 저는 후자고요." 한 여성 생도가 말했다. 그녀는 4학년이고 높은 평가를 받는다. "마녀사냥이 너무 심해요."

"저는 명예 규약을 신뢰해요." 다른 생도가 말했다. "하지만 제도에는 문제가 좀 있어요."

"가끔 사람들이 좀 멀리 나갈 때가 있는 것 같아요." 또 다른 남자 생도가 말했다.

현 명예 대장은 제임스 코다. 키는 약 196센티미터에 잘생긴 외모고, 머리칼은 옥수수 빛깔이며 한쪽 눈이 약간 사시다. 미네소타 출신에 농구선수로 활약하다가 경기에 환멸을 느끼게 되어 운동을 포기한 뒤로 다시는 공에 손을 대지 않았다.

"제가 순진한 사람이라는 건 제가 가장 먼저 인정할 겁니다." 그가 말했다. "하지만 우리가 가장 크게 노력해야 할 일은 명예의 윤리를 가르치는 거라고 생각해요. 규약을 지키는 것 이상의 윤리 말입니다. 개인 차원에서요." 그는 뒤이어 다음과 같은 사실을 인정했다. "제 생각에 생도를 신고하는 것과 명예위원 전체 구성원 쪽 문제에 대해서는 어느 정도 재량권이 있다고 봅니다."

코는 좀 더 단순한 개념으로 돌아가길 바란다. "제가 하고 싶은 건," 그가 생각에 잠겼다. "전체 크기를 줄이는 거예요. 지금은 집단 속에 숨을 수 있잖아요. 예전에는 사람들에게 집중할 수 있었는데."

육군의 규모가 작고 보통의 장교가 정치와 속임수와는 아무 관련이 없던 시절이 있었다. 여기에는 예외도 없었고 그런 적성을 가진 사람도 없었다. 오늘날 문제는 다음과 같다. 웨스트포인트는 국가보다 더 위대한 고결함을 숭배해야 하는가? 만약 그렇다면 그 고결함은 얼마나 더 위대해야 하는가? 대령과 장군들이 스스로를 부패에 맞서는 외로운 수호자라 생각하는 건 분명 위험하다. 반면 장교들에게 명예가 결여되는 것 또한 똑같이 두려운 일이다. 우리는 베트남에서 그로 인해 군의 기개가 퇴색되는 광경을 목도한 바 있다.

"군대에서 타협할 필요가 없다는 말은 않겠습니다." 1969년 졸업생인 어느 대령이 말했다. "하지만 여기는 달라야죠."

여단장 생도이자 로즈 장학생이었던 이도 덧붙였다. "우리는 아직 명예라는 문제를 해결 못했습니다."

그 예배당은 마치 유럽 도시의 성당처럼 회색의 화강암 건물들을 여전히 내려다보고 있지만, 모든 것을 확고하게 유지시켰던 생각, 곧 매주 일요일 아침뿐 아니라 매일의 식사, 행진, 그리고 삶의 관점에 이르기까지 젊은이들을 단일하고 통일된 집단으로 묶어놓았던 그 생각은 다른 것으로 대체되었다. 새로운 생도 집단은 다른 정체성을 갖고 있다. 인종적으로도 다양하고 남성과 여성 모두가 있으며, 견고하지만 복합적인 덩어리 내부에서는 숨겨져 있던 스트레스가 발견되고 있다.

다가오는 5월에는 처음으로 여성들이 졸업반에 들어가게 된다. 그들은 소위가 되어 그동안 극복했던 것들만큼이나 커다란 문제에 직면하게 될 것이다. 육군 내 모든 사람들이 그들을 주시하고 있다는 건 분명하다. 기혼자들―대략 절반 정도가 몇몇 예외를 제하고는 동기나 최근 졸업생과 결혼한다―은 육군에서 가능한 노력을 다하기는 하겠지만 남편과 같이 배치될지 확실치 않다. 게다가 부모가 모두 전업 군인인 집에서 아이를 키우는 어려움도 있다.

1980년 졸업생인 여성 생도들은 4년 전 여름에 입학했다. 그 중 몇몇은 자기들이 무슨 일을 저지르는 것인지 알고 있었겠지만 그들조차도 막연하게 알고만 있었을 것이다. '야수의 막사'는 생도 생활을 시작한 첫 두 달 동안 엄청난 강도의 육체적이고 정신적인 스트레스가 가해지는 통과의례 기간이다. 고함, 열기, 구보가 이어지고, 너무 짧은 시간 안에 너무 많은 일을 해내야 하며, 악몽 같은 불안이 살아 움직인다. 스트레스의 정도가 0에서 100까지일 경우 거주지를 바꾸는 건 20, 결혼은 50, 배우자의 사망은 100이다. 야수의 막사는 300으로 추산된다. 11월까지 생리가 멈춘 여성 생도들이 있었다. 어떤 여성들은 마치 강제수용소에 있기라도 했던 것처럼 1년 동안 생리가 중단됐다.

절대적 평등주의의 정신에 따라, 체력 단련 시 약간의 차이를 두는 것 외에는—예를 들어 여성 생도는 권투와 레슬링을 하지 않는다—봐주는 건 전혀 없었다. 여성들은 남자들과 똑같은 제복을 입고, 똑같은 음식을 먹고, 똑같은 훈련을 받으며 생활했다.

가장 큰 문제는 달리기였다. 중퇴한 여성들은 남성들에게 업신여김을 받는 듯 보였다. 짐 코는 이렇게 회상했다. "제가 말했어요. 얘네들 여기 뭐 하러 온 거야? 제 분대에 여성이 왜 여기 들어오면 안 되는지 확실히 보여주는 여자가 있었어요. 그 여자는 노력도 안 하는 것 같았고, 뭘 해내지도 못했고, 분대를 신경 쓰지도 않았거든요."

그 여름의 마지막 날, 신입생들이 야영지를 떠나 정식으로 생도 집단에 합류하기 직전에 기자들이 몰려와 인터뷰를 했다. 기자들은 여성 생도 대부분과 인터뷰를 했지만 남자 생도는 딱 둘만 인터뷰했다. 이 일이 더 큰 반감을 불러일으켰다. 상급생들은 이 신입생들이 여성들을 받아들임으로써 생도 집단을 파괴했다고 말했다.

야수의 막사에서 살아남은 여성 생도들은 학교 생활 내내 적대감이 지속되고 있다는 사실을 깨달았다.

"안녕하십니까." 여성 생도가 이렇게 말하면 다음과 같은 대답이 돌아오곤 했다.

"네가 여기 오기 전까진 안녕했지, 이년아."

남자들이 그들 뒤에서 열 맞춰 행진하면서 중얼거리기도 했다. "꿀꿀." 이런 식이었다.

로즈 장학생으로 졸업하는 앤드리어 홀른은 이렇게 회상했다. "스스로에게 이렇게 말하면서 버텼어요. 울지 않을 거야. 울지 않을 거야."

여성 신입생들은 상급생들에게 질책을 당하고 쓸모없다는 소리를 듣는 것과 동시에 그들로부터 편지를 받기 시작했다. 남성 전제정과 친목 금지 규칙보다 더 강력한 무언가가 작동하고 있었다. 막사에 여성들이 있었다. 유람선 선원의 헤어스타일처럼 남자같이 짧게 깎은 아름다운 머리를 한 생도들이 있었다. 그 사실이 환상을 건드리는 매력이었다. 어느 맑은 가을 아침 또는 어스름이 깔린 겨울날에 보이는 군모 아래 부드러운 볼, 미소의 흔적, 조잡한 옷 속에 감춰진 여성적인 체구에 대한 환상. 이런 환상이 전우에 대한 애정을, 딱 한 번만이라도 포옹하고 싶다는, 그럼으로써 형제이며 생도 집단이기도 한 여성을 소유하고 싶다는 고통스런 몽상을 막사 안에 불러일으켰다.

수수한 화장은 할 수 있지만 가짜 속눈썹이나 과도한 마스카라는 허용되지 않는다. 상급생과 신입 여성 생도 사이에는 데이트도, 어떤 형태건 감정적 관계를 성립하는 것도 금지된다. 그렇긴 해도 혹자의 추정에 따르면 "95퍼센트의 여자들이 신입생 시절에 지나치게 친한 교제를 하고 있었죠. 지금도 그러고 있고요."

"제가 입학하기 전에," 베키 블리스가 말했다. "아버지께서 자기 때 흑인들이 어떤 취급을 받았는지 말씀해주셨어요. 저는 저도 그렇게 될 거라고 예상했죠. 하지만 더 높은 수준으로 변화를 받아들이리라는 예상도 했어요."

베키 블리스는 긴장하고 있었다. 검은 머리의 아름다운 여성인 그녀는 웨스트포인트 졸업자의 딸이다. 오빠는 1977년에 졸업했고 동생은 1년 후배이며 막내는 입학원서를 넣고 있다. 그녀는 늘 육군이 되길 바랐다. 목소리는 낮고 빠르며 분명한 말투로 터뜨리듯 말한다.

"사람이 감정적으로 달라졌어요." 그녀가 털어놓았다. "예전에는 무척 부드러운 사람이었거든요. 이제는 신경질을 부리고 살게 됐죠. 아무래도 이 쓰라린 여정에서 벗어나려고 하는 건가 봐요. 가장 큰 건 루머예요. 말이요. 누가 무슨 얘길 하면 그게 돌고 돌아요. 제가 신입생 때 사람들이 주말 미식축구 경기에 대해 얘기하기 시작했어요. 저는 이 호텔에서 이 방 저 방 뺑뺑이를 돌고 있었고요. 선배 하나가 날 부르더니 내가 생도들의 수치라고, 그 밖에도 다른 말을 많이 했어요. 저는 저도 말해도 되냐고 물었죠. 그러라더군요. 제가 말했어요. '저는 그 축구 경기 때 없었습니다.'"

점프 휘장을 두른 여성도, 박격포를 쏘고 탱크를 운전한 여성도 있다. 골수 사회주의 국가인 중국 같은 분위기도 좀 난다. 여성 생도들은 웨스트포인트에서 놀랄만한 업적을 이루었다. 하지만 그들은 계속 소수로, 남성 생도가 압도하는 학교에서 약 15퍼센트 정도만을 차지하게 될 것이다. "저는 그 사람들이 우리를 별개의 기수로 인식하는 것 같아요." 여성 생도 한 명은 그렇게 말했다. "1980년 졸업생과 여자 졸업생이 있는 거죠."

"저는 여성해방주의자나 뭐 그런 사람이 아니에요. 그게 제 사상적 근거가 아니라고요." 앤드리어 홀른이 말했다. "하지만 여기는 최후의 전쟁터예요. 저는 남자와 여자를 분리하는 문제에 대해서도 충분히 인식하고 있고요."

"너희들 대부분 아직 원한이 남아 있지." 한 남자 생도가 자기 소견을 말했다.

"그건 사실이야." 그들이 동의했다.

쓰라림이 사라지고 일종의 기묘한 애정이 생겨나면서 다들 어느 지점에서 흉터를 천천히 지우면 되는지 아는 사람들로 변모한 듯하다. 여성의 기수반지는 남성들 것보다 작다. 그들은 반지를 보통 오른손에 낀다. 남성들은 왼손, 심장에서 가까운 손에 낀다.

마지막 장벽이 남아 있다. 여성들은 전투 병과, 곧 전선에 배치되는 분과를 고르는 게 허용되지 않는다. 어떤 여성 생도들에게는 이것이 최종적인 야망이다. 그들은 자신들이 거칠고 똑똑하며 체력 조건도 갖췄다는 사실을 안다. 그들은 그저 전투부대에서 지휘를 받는 데 망설임이 없는 정도가 아니다. 그들은 거기 가길 간절히 원한다.

릴리언 플루크는 자기 기수에서 가장 체력이 뛰어나다. 그녀는 호리호리한 몸매에 연한 푸른색 눈동자와 갈색 머리를 갖고 있다. 그녀는 턱걸이를 일곱 번 할 수 있고 전투화를 신은 상태로 13분에 3킬로미터를 주파한다. 그녀는 보병을 원했다. "저는 제가 할 수 있다는 걸 알았어요. 하지만 그쪽에서 제가 지원을 못하게 하더라고요."

플루크는 여성 라크로스 팀 주장이다. 그녀는 화장을 하지 않고, 1979년 졸업생 출신 중위와 결혼했다. "제 생각에 저는 자신감 있고, 과감하며, 체력도 무척 좋아요." 그녀가 말했다. "사람들과도 잘 일하죠. 저는 좋은 지휘관이 될 거예요."

현재 벌어지고 있는 듯 보이는 일 중 하나는 남성들이 자기 경력을 선택하는 데 제약이 덜하다고 느낀다는 사실이다. 예전엔 그렇지 않았다. "남자들이 비전투 병과로 가고 있습니다. 전에는 한 번도 본적 없는 일이에요." 한 중령은 이렇게 말했다. "여성들의 존재가 그런 상황을 가능하게 했습니다."

허례허식도 예전만큼 많지 않다. 집합과 열병도 줄었다. 아침식사도 신입생을 제외하고서는 선택사항이다. 시대에 뒤떨어진 전통이 가차 없이 사라지고 있지만 그 정신은 손상되지 않은 채 남아 있다.

"생도들은 3, 40년 전과 똑같은 이유로 여전히 여기 입학하고

있습니다." 입학과장 맨리 로저스 대령이 말했다. "우리 학교의
교육은 늘 최고예요."

세계적 명성의 학교에서 누리는 무상교육, 매력적인 약속, 육
군 경력. 합격자들의 프로필은 다른 대학보다 두드러지게 보수
적이다. 웨스트포인트는 성취욕 있는 사람, 견실한 인재, 실리적
인 젊은이를 뽑는다. 생도의 80퍼센트가 자기 사고방식이 중도
나 보수라고 말한다. 절반은 고등학교에서 운동부 주장이었다.
3분의 1은 거듭난 기독교인이다.

육군에서 출세한 맥아더는 임명에 어려움을 겪었다. 그랜트
도 그랬다. 하지만 오늘날은 제도가 훨씬 열려 있다. 여전히 흑
인의 수는 적다. 10퍼센트라는 목표에 한참 미치지 못한다. 가
장 큰 어려움은 학업을 수행할 준비가 부족하다는 점이다. 흑
인 생도의 감소율은 평균보다 높다. 소수민족 응시자를 성적순
에 따라 선발하여 쿼터를 채우고자 노력하지만, 그럼에도 불구
하고 들어올 만한 인원이 많지는 않다.

올해 연대장, 생도 중 성적이 가장 높고 가장 돋보이는 생도
는 흑인이다. 그는 빈센트 브룩스로, 육군 준장을 아버지로 둔
큰 키의 믿음직스러운 남자이며 전직 연대장들인 퍼싱, 맥아더,
웨인라이트, 웨스트모어랜드 같은 이들의 후계자다.

웨스트포인트는 아직도 '공장'으로 알려져 있다. 특정한 유형
의 사람, 자신감 넘치고 유능하며 천편일률적인 사람을 도장처
럼 찍어낸다는 것이다. 트로피 포인트에서는 매일 아침 여섯 시
마다 대포가 울린다. 동쪽 언덕 너머 하늘에는 줄무늬가 드문
드문 져 있다. 막사에 불이 켜진다. 어스름한 형체들이 거대한

식당을 향해 서둘러 움직인다. 첫 집합은 일곱 시 십오 분에 이뤄질 것이다. 벨이 울리고 신입생들이 복도에서 지금이 몇 분인지 외치고 있다. 네 곳의 개별 구역에서 생도들이 집합을 시작할 것이다.

첫 해가 가장 힘들다. 신입생들이 알아야 할 것들의 목록은 끝이 없다. 식당 메뉴, 규율에 대한 스코필드의 정의Schofield's definition. 1989년 당시 웨스트포인트 교장 존 스코필드가 생도들에게 훈시하면서 언급한 규율의 정의, 학과장들, 코치들, 팀 주장들, 워스의 대대 규칙('하지만 복무 중인 장교는 공평무사해야 한다—편파적인 행동은 그 자신과 잘못 조언한 대상 모두에게 불명예를 안긴다……'). 진도도 집중적으로 나간다. 생도들이 머리 위에 담요를 뒤집어쓰고 손전등을 켜서 공부하던 시절은 지났다. 이제 그들은 빛이 반사되는 플라스틱 깃을 목에 달고 어둠 속에서 속보로 걷는다. 늦은 밤 불 켜진 창문은 끝없이 늘어선 도시의 아파트 같다.

말馬도, 콧수염도, 여자도 허용하지 않았던 건 고리짝 시절 금지사항이었다. 이 금지사항들은 본질적으로는 아직도 적용되고 있다. 생도들은 대부분 2인실에서 지낸다. 벽은 파스텔색이며, 의자 두 개, 책상 두 개, 단출한 침대 두 개, 옷장 두 개, 옷장 두 개, 사물함 두 개, 전축 한 대가 있다. 벽에는 아무것도 걸려 있지 않고 반대 성의 생도가 방문했을 경우에는 완전히 열어둬야 한다. 텔레비전은 일과시간에 사용하는 휴게실에 있다. 노틸러스 제품 운동기구는 지하실에 있다. 차를 소유할 수 있는 건 4학년뿐이다. 〈뉴욕 타임스〉가 매일 각 방에 배달된다. 토요일 밤에는 아이젠하워 홀에 똑같은 블레이저, 회색 바지, 하얀 셔츠를 입고 모인다. 일요일에는 예배당에서 목사가 이렇게 선언한다. "기도하노니, 교관, 직원, 학생들에게 힘을 주시옵소서, 우리가 성장할 수 있도록 영감을 받길, 우리가 규칙을 따르는 것 이상을 할 수 있기를 기도하나이다……."

"생도들은 무척 좋은 사람들이에요." 심리학과 방문 교수인 프랜신 홀 박사는 그렇게 말했다. "하지만 상당수가 사회적으로는 미성숙하죠."

임상심리학자인 테레사 론 대위도 이에 동의했다. "생도들은 다른 사람과 잘 지내는 데는 서툴러요. 그럴 기회가 별로 없거든요. 내내 조직된 상황에만 있으니까요."

"그들이 감정적으로 편안하다고는 보지 않습니다." 홀 박사가 말했다. "남자 생도들은 확실히 여성들을 불편해해요. 그들 대부분이 봐 왔던 여자들의 역할은 어머니와 데이트 상대뿐이었으니까요. 여성들이 여기 나타나는 게 무척 비현실적인 거죠. 자기네들이 보기에 여자들은 남자 팔에 매달려서 걸어가고 그래야 하는데 말이에요. 저는 남성들이 사회적으로 발전하고 있다고 보지는 않아요."

웨스트포인트 출신의 어느 대위는 자기 동기들 상당수가 결혼생활에 문제가 있다고 말했다. "아내들이 불평을 하죠. 대화를 하지 않는다고요. 사실 동기들은 약점을 인정하라고 배우질 못했습니다. 의심이나 불안을 소통하라고 배우지도 못했고요. 그런데 아내들이 듣고 싶은 건 바로 그런 거죠."

"나약해서도 안 되고, 약점을 보여서도 안 됩니다." 론 대위도 말했다. "1년에 한 명 정도의 생도가 정신적으로 무너집니다. 1년 반 정도마다 한 명씩 자살 시도를 하고요. 이 아이들은 무척 순응적입니다. 저는 스트레스와 문제를 감당할 수 없는 사람들이 그 길을 스스로 선택했다고 믿어요."

"생도들은 지적으로 발전할 시간을 갖지 못합니다." 홀 박사는 이렇게 말했다. "독서를 할 시간이 없어요. 해야 하는 것과 하면 안 되는 것에 대한 규범이 딱 정해져 있어요. 만약에 자리에 누워서 책을 많이 읽는다면, 그건 해야 할 일이 아닌 거죠."

"동기간에 압력이 있어요." 로빈 페네시가 말했다. "에누리 없이 감점이죠. 계산기를 혁대에 차면 안 돼요. 아무리 늦어도 강의실로 뛰어가면 안 되고요. 양말에 슬리퍼도 안 돼요. 생도랑 데이트도 못 하죠."

대학으로서 웨스트포인트는 확실히 요구사항이 많다. 하버드보다도 이수 과목이 많다. 수학, 물리학, 화학, 역사, 경제학, 법학, 이 모든 것이 필수 과목이다. 수업은 소규모로 이루어지고 매일 매 과목마다 생도들이 해야 했던, 한때는 신성했던 복무신조 암송도 폐지되기는 했다. 하지만 교수진 거의 전체가 군인이고, 이 교수진 중 56퍼센트가 현역 복무 중인 웨스트포인트 졸업생이라는 점은 독특하면서도 편협한 측면이다. 이곳은 유명인을 발견할 수 있는 학교가 아니다. 이는 다른 점들도 마찬가지다.

"천재나 준천재는 별로 없습니다." 역사 과목 방문 교수가 말했다. "하지만 크게 부족한 학생도 없어요."

훌륭한 타이트 엔드tight end. 미식축구에서 태클 가까이에서 뛰는 공격수를 찾을 수 있는 학교도 아니다. 육군은 오랫동안 미식축구 선수를 모집하지 않았다. 그들이 제발로 찾아왔을 뿐. 1940년대에 얼 블레이크가 나타나면서 상황이 바뀌었다. 블레이크가 다른 학교에서보다 더 많이 훈련과 지도를 받아야 하긴 했지만 경쟁 수준은 올라갔다.

"더 이상은 그럴 수 없습니다." 어느 부원이 이렇게 말했다. "예전에는 하루에 두 시간을 활용할 수 있었어요. 이제는 다른 학교 팀들이 일주일에 여섯 시간씩 웨이트 운동을 할 때 우린 그걸 할 장소를 찾으러 돌아다녀요. 게다가 멤버도 구해야 하죠. '머리를 꼭 짧게 쳐야 해요?' 같은 게 궁금한 애들이요."

더 나아가, 미식축구 선수들이라도 졸업 후 군대에서 5년을 복무해야 한다. 현 코치인 베테랑 선수 루 사반의 말에 따르면 마이애미에 진입하는 데 필요한 고득점을 따야 한다는 문제에 직면했을 때도 자기에게 있는 건 SAT를 더 중요하게 여기는 라인맨이라는 것이다.

만약 육군이 축구를 잘하는 크고 빠른 선수들을 확보할 수 없다면 큰 경기를 뛸 수도 없다. 그럴 수 없게 되면 공공의 모금을 받아야 착수할 수 있는 다른 체육 종목을 지원하는 돈을 벌 수 없게 된다는 문제는 제하더라도 사기진작에 중요한 요소가 사라지게 될 것이다. 피츠버그, 노트르담, USC 농구팀이 학교의 자랑이듯, 육군은 자신들의 정체성을 내보일 수 있는 미식축구팀을 원하고 있으며, 독일의 탱크 막사에서 근무하는 사병과 알래스카의 레이더 관측병도 그 팀을 자기 것으로 생각하고 싶어 한다. 그건 최고 수준의 팀과 관련된 문제다. 지난겨울 참모총장이 다음과 같은 질문을 들고 웨스트포인트를 찾았다. 미식축구 프로그램을 지원하기 위해 뭘 할 수 있을까? 학교가 자기 명성을 걸었던 원칙을 위반하지 않고서는, 할 수 있는 대답이 그리 많은 듯 보이지는 않는다.

하지만 그럼 해군은? 해군은 잘하고 있는 듯하다. 해군사관학교는 학교의 성격도 다르고 운영 방식도 다르다. 훨씬 실용적이고, 더 합리적이며, 더 융통성 있다. 아무도 해군사관학교가 훌륭한 장교들을 배출하는 데 실패하고 있다고 말하지 않는다. 하지만 웨스트포인트에 대해서는 그렇게 말한다.

웨스트포인트는 신 없는 종교다. 성자와 순교자들의 조각상이 평야 주위에 널려 있다. 웨스트포인트는 창조하지 않는다. 보존한다. 아름다운 돌벽, 거대한 부지, 나무들은 거대한 가문의 저택 같은 역할을 한다. 졸업생들은 가문의 자손이다. 어딘가에는 졸업생들을 보호하는 유산이 있다. 비록 졸업생들이 그것을 받을 일은 결코 없겠지만.

의무, 명예, 국가. 금요일 밤 학교 정문 근처의 테이어 호텔에는 원정 팀들이 묵고 있다. 다른 학교에서 온 학생들이 편안한 복장으로 아래층에 둘러앉아 있다. 생도들과 비교하면 그들은 미심쩍은 배경에 수상쩍은 속마음을 품고 있는 느슨하고 열등한 존재처럼 보인다.

강 건너편에는 레드 리더의 저택이 있다. 늙은 외다리 대령인 레드 리더는 웨스트포인트의 영웅들에 대한 소년용 책을 시리즈로 여러 권 저술했고, 이제는 은퇴하여 자신이 사랑하는 학교 근처에서 살고 있다. 저택의 조명이 어스름 속에서 반짝인다.

〈라이프〉(1980년 5월)

프랑스

거의 순수한 기쁨

브로델Fernand Braudel. 프랑스 역사학자의 책에는 손이 간 적이 한 번도 없었다. 조지 엘리엇의 『미들마치』도 그랬다. 오래전 바이킹 출판사의 선임 편집자가 자기는 『미들마치』를 매해 다시 읽는다고 말했던 적이 있다. 나도 최소 한 번은 재독이 가능했다. 포드 매덕스 포드의 『퍼레이즈 엔드』, 폴 퍼셀의 『거대한 전쟁과 현대의 기억』, 거기다 더하여 거의 무게가 나가지 않는 〈뉴요커〉와 〈뉴욕 리뷰 오브 북스〉 서너 권. 이 책들 전부와 더 많은 책들이 아내 케이가 어슬렁거리며 들어올 때 침대 위에 널려 있었다.

"옷 들어갈 자리가 있을까나?" 그녀가 짐짓 순진하게 물었다.

"이건 후보들일 뿐이야. 아무것도 결정 안 했어."

"알겠지만 파리에도 서점이 있어."

"모험하고 싶지는 않은데." 내가 말했다.

우리는 10주째 준비 중이었다. 우리 부부, 개, 절친한 친구 빌. 모두 같이 움직이고 있었다. 우리 부부는 프랑스에 여러 번 갔었고 개도 그랬지만, 빌은 미술상이자 엄청난 독서가였는데도 한 번도 프랑스에 가본 적이 없었다. 빌도 다른 사람들만큼이나 파리를 사랑했다. 그런데 직접 본 적은 없었다. 이제 이 문제가 바로잡힐 예정이었다.

마침내 나는 가방 두 개에 물건을 다 집어넣었고 케이도 자기 가방 두 개에 짐을 쌌다. 휴대용 가방에는 특별한 경우를 대비해 1976년산 샤토 라투르도 한 병 집어넣었다. 휴 존슨의 말에 따르면 '보르도에서 가장 한결같은 훌륭한 와인이자 어쩌면 세계적으로도 그럴지 모르는' 와인이었다. 당시 9년 차였던 샤토 라투르 1976년산이 아마 파리에도 있긴 하겠지만 아까도 말했듯 모험을 하고 싶지는 않았으니까······.

우리는 오랫동안 여행을 계획했고 심지어는 답사 차 짧게 미리 다녀오기도 했다. 부유층 지역인 파리 제20구의 빅토르 위고 거리 바로 뒤편 벨 푀유Belles Feuilles — '아름다운 이파리' — 가에 아파트도 하나 임대했다. 아파트는 '스텔라'라는 브라스리brasserie. 맥주 등을 파는 비싸지 않은 식당에서 그리 멀지 않았는데, 알고 보니 스텔라는 제16구의 구내식당 같은 곳으로 일요일 저녁이면 시골에서 돌아온 멋진 커플들로 꽉꽉 들어찼고, 여자들은 밍크코트에 청바지 차림이었다.

빅토르 위고 거리 반대 방향으로 쭉 가면 철제 울타리를 두른 정원이 있는 저택과 대사관들에 둘러싸인, 엄청나게 널찍한 포슈 거리가 있었다.

파리에 사는 친구가 우리를 위해 아파트를 살펴본 뒤—우리가 직접 물건을 보지는 못했다— 괜찮다고 했다. 나중에 가서 보니 테라스도 있는 집이었다. 1층에는 독일 셰퍼드가 있었는데, 우리가 우리 개 수모와 같이 지나갈 때마다 사납게 짖어댔다.

수모는 웰시 코기 종이고, 당시 아홉 살이었다. 똑똑하고 침착하며, 다리를 약간 절었지만 필요하면 산토끼처럼 뛸 수 있었다. "오! 저 작고 불쌍한 것!" 프랑스 여자들은 녀석이 절뚝거리며 걸어갈 때 그렇게 소리치곤 했고, 그 동정 중 일부는 내게도 쏟아졌다. 파리에는 다른 종의 개는 많아도 코기는 별로 없어서 수모의 혈통에 대한 질문을 종종 받았다. 그 덕에 내가 아는 개 관련 어휘가 점차 튼실해졌다.

포슈 거리의 널찍하고 푸르른 잔디 화단을 따라 걸어 내려가 벨 푀유 가의 병원을 지나치면 뷔조 거리와 마주친다. 시인이자 소설가였던 루이즈 드 벨모렝이 미국인 남편과 세 자녀와 더불어 전쟁 전 이 거리에 살았다. 귀족적이고, 문학적이었으며, 미모로 명성이 자자했던 그녀는 그 시대의 여신이었다. 그녀가 살았던 아파트는 당연히 아직 그 자리에 있고—이게 파리가 세워지는 방식이다—골목 근처의 작은 담배 가게도 그대로다. 루이즈 드 벨모렝은 마음도 가라앉히고 지루함도 달랠 겸 담배가게에 가서 담배를 좀 사오겠다고 남편에게 말했지만 사실 그녀는 거기서 연인을 만나 그와 떠났다. 사람들 말마따나 **그렇게 된 것이었다**comme ça. 그녀는 남편과 이혼한 뒤 헝가리 백작과 결혼했고, 그러다 제2차 세계대전이 끝난 후에는 앙드레 말로의 정부이자 친한 친구가 되었다. 〈보그〉 지에 실린 사진을 보면 그녀의 매력에 대해 감을 잡을 수 있고, 그녀의 문학적 스타일은 그녀가 쓴 여러 책 중 한 권인, 간결하지만 저항할 수 없는 매력을 가진 소설 『마담 드Madame De』를 통해 파악할 수 있다.

포슈 거리를 걸을 때 나는 고개를 들어 루이즈 드 벨모렝의 아파트 창문을 올려다보며 그녀가 떠나는 동안 창가에 앉아 신문을 읽던 남편의 모습을 상상하곤 했다. 전해지는 말에 따르면 그녀는 고개를 돌려 그가 신문 읽는 모습을 바라보았더랬다.

우리는 파리에 도착하자마자 점심을 먹으러 갔다. 나는 굴과 화이트 와인을 먹었다. 그런 다음 우리가 걸었는지 낮잠을 잤는지는 기억이 나지 않지만, 그날 저녁 빌이 있는 롱샴 로路의 호텔에 도착해 덧문을 열자 거리의 거의 끝부분쯤에 타오르는 듯한 에펠탑이 서 있었다. 믿을 수 없을 만큼 화려한 불꽃놀이 같았다. 그게 계속되었다는 사실만 아니라면 말이다. 이보다 더 눈부신 환영 인사는 상상하기 어려울 것이다.

우리는 차를 대여했다. 이 문제로 말다툼이 있었다. 렌탈 업체가 소형차라고 확언을 했는데 도착해보니 그들이 가진 건 대형 여행용 차량이었고 어쩔 수 없다는 듯 어깨를 들썩이면서 가격 할인도 해주지 않았던 것이다. 우리는 스위스로 차를 몰고 갔고, 약간의 모험을 겪은 뒤 라인 강을 따라 독일을 통해 돌아왔다. 당연히 개도 우리와 동행했다. 짐도 대부분 들고 다녔다. 파리에 돌아오고 나서 며칠 뒤 우리는 베르사유 궁전으로 소풍을 갔다. 당연하게도 빌은 궁을 본 적이 없었다.

화창하고 따뜻한 날이었다. 우리는 자갈이 깔린 커다란 안뜰에 차를 세운 다음 그 유명한 정원들을 느긋이 거닐면서 이 거

프랑스

대한 궁전의 관광 코스 중 하나를 돌았다. 거울의 방에서 케이는 몸 상태가 좀 이상하다는 느낌이 들기 시작했고, 몇 분 뒤 금빛으로 번쩍이던 극장에서 자기 생각에는 우리가 파리로 돌아가야 할 것 같다고 말했다.

*

케이가 임신 8개월하고도 4분의 3달째였다는 얘기를 내가 깜박한 것 같다. 진심 어린 조언('넌 도움이 필요해, 가족이 곁에 있어야 한다고')과 간청('오, 제발, 파리에서는 애 낳지 마')에도 불구하고, 우리는 지리멸렬한 토론 끝에 딱 잘라 결정을 내린 뒤 파리로 출산을 하러 왔다. 왜냐고 물을지 모르겠다. 철없는 생각이라고 비판할지도 모르겠다. 우리는 실제적인 절차를 밟았다. 파리 바로 외곽 뇌이에 있는 '아메리칸 호스피틀'을 찾아가 거기 근무하는 프랑스인 산부인과 의사와 진료 약속을 잡았다.

아메리칸 호스피틀은 오래된, 어떤 의미로는 우아한 시설로, 영어를 사용하며, 일반적으로는 부자들이 마지막까지 편안함과 존엄을 찾아 방문하는, 가끔은 그렇게 지내다 사망하는 곳이다. 청동 판에 새겨 기리는 수많은 후원자들 중에는 머콤버라는 이름도 있는데, 내 짐작에는 헤밍웨이가 이 이름을 사용해 그 유명한 단편「프랜시스 머콤버의 짧고 행복한 삶」을 가리킨다을 쓰지 않았나 싶다.

어떤 이들은 프랑스의 의학이 좀 원시적이라고 보나, 내 경험에 의거하자면 만족스러운 것 이상이다. 지방 의사들은 접수원, 곧 환자들의 삶을 고달프게 만드는 걸 목적으로 하는 듯한 그

고르곤을 두지 않는다. 그들은 직접 전화를 받고 청구서를 작성한다. 프랑스에서는 소정의 금액을 지불하면 의사들이 왕진을 온다. 비록 그 의사들이 간肝을 촉진하는 방식으로 모든 증상에 접근하기는 하지만, 훌륭한 음식에 와인이 넘치는 나라에서 그게 잘못된 방법은 아닐 수도 있다.

우리는 이른 저녁에 파리로 차를 몰았다. '오후의 초대cinq à sept'라 부르는 아름다운 황혼녘이었다. 빌은 우리와 헤어져 오베르캄프 로에 있는, 나보코프 집안의 사람에게서 임대한 자기 아파트로 갔다. 그는 며칠 전 스웨덴 여성을 만났다. 말하자면 새로이 발을 디딘 것이었다. 벨 퓌유에서 우리는 초조하게 진통 시간을 쟀다. 삼 분 간격이 되기 전까지는 병원에 오지 말라는 지시를 받았다.

우리는 아홉 시에 밖으로 나와 포르 마이요를 지나 대로로 나섰다. 파리는 한량없이 빛났다. 어디서건 사람들이 앙트레를 대접 받고 소믈리에들은 와인을 땄다.

병원 입원 절차는 무척 빠르게 진행되었다. 우리는 위층 산부인과로 올라갔다. 다른 여성이라고는 레바논인 한 명뿐이었는데 아마 그녀도 환자였을 것이다.

한 시간 정도 지나자 분만대기실의 고요 속에서 진통이 점점 더 강해지고 받아졌다. 열한 시경 바쟁 박사가 도착했다. 나는 그가 디너파티에 있다가 온 게 확실하다는 인상을 받았는데, 그전에는 골프코스에서 즐거운 오후를 보냈음에 분명했다. 입고 있는 저것은 아마 격자무늬 바지인 듯했다. 바쟁은 호리호리한 체구에 침착한 남자로 대화를 많이 하지 않았다. 브루타뉴 사람이었으며, 그쪽 사람들 특유의 냉철함도 조금 풍겼다. 그는 간단간단한 영어로 자기가 검사를 하는 몇 분간 대기실 밖으로 나가주시지 않겠느냐고 했다.

그다음에 내가 알고 있는 건 그들이 케이를 바퀴 달린 들것에 신고 갔다는 것이다. 바쟁을 보러 다시 들어갔다. 좀 복잡한 상황이라고 그가 설명했다. 아기가 정확한 방향을 보고 있지 않고 목에 탯줄도 감겼다는 것이었다. 또한 양수 안에 검은색 조각들이 좀 떠다니는데 이는 출산을 미뤄서는 안 된다는 사실을 강하게 의미하는 것이었다. 그래도 걱정은 마시라고 그는 말했다.

"바쟁 박사님." 내가 말했다. "저는 걱정 안 합니다. 우리는 세상 모든 신뢰를 선생님께 드리고 있으니까요."

그는 알았다는 듯 겸손하게 고개를 끄덕이고 자리를 뜨려 했지만 나는 계속 말했다.

"우리는 이 병원에서 다름 아닌 선생님께 이 아이를 받으려고 프랑스로 온 겁니다. 그게 정확히 우리가 원하고 계획했던 거예요. 딱 그거 하납니다."

"그래요?" 그가 미심쩍은 듯 말했다.

"아기가 태어나면 애 입술을 훌륭한 프랑스 와인으로 적실 겁니다. 그러면 평생 그 맛을 기억하겠죠."

이거야말로 낭만적인 클라이맥스였다. 오래전에 이 관습은 프랑스 왕의 탄생 의식이었다. 바쟁이 나를 이해가 안 간다는 표정으로 잠시 바라보았다. 그러고 나서 주위를 둘러보던 중 싱크대 위 유리 선반에 놓여 있던 샤토 라투르 병에 시선이 멎었다. 그가 그리로 가서 병을 집었다.

"이게 그 와인입니까?" 그가 물었다.

"네."

"아주 형편없는 와인은 아니군요." 그가 병에 붙은 라벨을 읽으며 말했다.

나는 분만실로 같이 들어오지 않겠느냐는 초대를 정중히 거절한 뒤 빌에게 전화를 걸었다. 분만 시각 직전이었고 지하철도 멈춘 때였다. 전화를 끊고 나서 분만실 문 근처에 서 있었다. 안에서 케이의 신음과 울부짖음이 들렸다. 냉정한 프랑스인의 목소리는 바쟁과 간호사, 마취의였다. 바쟁의 조언과 지시는 영어로 이루어졌고, 그 외 의료기구들의 공허한 소리가 들렸다. 그러다가 돌연 들린 소리에 전율이 나를 뚫고 지나갔다. 절대 착각할 수 없는 소리, 갓 태어난 영아의 울음소리였다.

그간의 모든 일이 꿈같았다. 임신, 아내가 느낀 엄청난 행복, 마지막 순간에 결정한 파리행, 벨 푀유, 전부 다. 아기 울음은 자명종 시계가 울리는 것 같았다. 하얀색 덧옷 밑에 검은색 망사스타킹을 신은 멋진 외모의 여성 간호사가 나타나 말했다. "아들이에요." 그와 거의 동시에 바쟁이 분만실에서 외쳤다. "코르크 따요!"

아이의 입술에 와인을 적신 뒤—아이는 벌써 제 모습을 갖춘 상태였다. 호리호리하고, 도도하고, 차분했다—우리, 그러니까 케이, 바쟁, 간호사, 마취의, 나는 남은 와인을 비웠다. 어딘가에서 진짜 와인 잔이 나왔다. 빌은 우리가 술을 다 마실 때

프랑스

쯤 도착했다.

케이는 당연히 피곤했고, 어떤 것과도 비교할 수 없는 종류의 승리감에 젖어 있었다. 그녀는 곧 자기 방으로 옮겨졌다. 가서 보니 하얀 가죽 소파가 있고 둥근 아치형 천장에 구름 그림이 그려진 구석 쪽 스위트룸이었다. 병원 측에서는 이미 케이와 함께 메뉴를 검토하여 다음 날 음식을 고른 뒤였다. 병원에는 훌륭하면서도 젠체하지 않는 식당이 있었다. 음식이 무척 맛있었다. 프랑스 법에 따르면 어머니는 병원이나 클리닉에서 일주일을 꽉 채워서 머물러야 했는데, 집으로 돌아가 자기 의무를 마주하기 전에 힘을 완전히 회복해야 하기 때문이었다. 외국인인 케이는 이 법의 면제 대상이었지만 며칠 동안 호사스럽게 지냈다.

빌과 나는 이른바 '극장 관람 뒤 식사'라 할 만한 자리를 가지러 '오 피에 드 꼬숑'으로 갔다. 내가 이 식당을 처음 알게 된 건 파리의 대형 시장인 '르 알'이 길 건너편에 있던 시절이었다. 우리는 샴페인을 마셨다. 나는 피곤하면서도 들떠 있었다. 지금껏 모든 게 꿈이었는데 지금도 또다시 꿈이었다. 안개가 도시에 내려앉았다. 나는 새벽 네 시에 빌을 집 앞에 내려다준 다음 반시간 정도 거리를 헤매며 간판을 읽으려고 하다가 다섯 시에 집으로 돌아갔다. 새벽이 막 기지개를 켰고, 그날의 첫 번째 물기어린 빛이 침실 창문으로 들어왔다. 너한테 동생이 생겼단다. 개에게 이렇게 말했던 것 같다.

뒤이어 찾아온 건 거의 순수한 기쁨이었다. 우리는 저녁에 방문해서 우리가 식사를 하러 나가 있는 동안 집에 있어줄 의

향이 있는 수습 간호사 명단을 받았다. 정오에도 두세 시간 정도 있어 주는 사람이 종종 있곤 했다. 매일 밤 춤추러 나갔다는 말은 못하겠지만 거의 그럴 수 있을 정도였다. 우리는 아들에게 테오라는 이름을 붙였다. 테오는 2위 후보였지만 1위가 테오보다 훨씬 이국적이라 할아버지 귀에는 외국 라디오에서 듣는 이름 같아서였다. 당시 환율은 1달러당 10프랑이었다. 우리는 어딜 가든 택시를 탔다. '쉐 르네'와 '쥘 베른', '발자'와 '라 쿠폴'에서 저녁을 먹었다. 나는 종종 스콧과 젤다 피츠제럴드 부부, 그리고 그들의 딸이 찍힌 사진을 떠올렸다. 1920년대의 파리에서 그들은 크리스마스트리 앞의 합창단처럼 함께 춤을 주고 있었다. 우리도 그와 같았다.

테오의 입술에 와인을 바른 것이 제대로 효과를 봤는지 알기에는 너무 이르다. 하지만 파리에서 태어났다는 것은 아이에게 많은 것을 뜻한다. 아이는 자기가 에펠탑에서 태어났다고 믿고 있다. 우리가 뭐라고 그런 낭만적인 생각을 바로잡으려 들어야 할까?

〈워싱턴 포스트 매거진〉(1995년 8월 13일)

프랑스

먹으라, 기억이여

어떤 의미에서는 프랑스와 음식 사이의 관계가 내게 다가온 건 1939년 뉴욕에서 열린 만국박람회에서였다. 프랑스관French Pavillon에 있던 레스토랑이 박람회에서 큰 성공을 거뒀다. 부모님을 포함하여 모든 사람이 레스토랑 얘기를 했고, 예약은 무척이나 힘들었다. 내가 아는 한에서 아버지는 예약을 해보려고도 하지 않았다.

1940년에 박람회가 끝나고 난 뒤, 레스토랑 관리자였던 앙리 수레는 직원들과 함께 미국에 남기로 결정하고 직접 레스토랑을 열었다. '르 파빌리온'이라는 예상 가능한 이름을 붙인 레스토랑은 1941년 1월, 진주만 공습 직전에 55번가 세인트 레지스 호텔 맞은편에 개업했다. 완벽에 헌신한 이 식당은 전쟁에서 살아남았을 뿐 아니라 30년 넘게 이 도시의 보석 같은 존재로 군림했다. 물론 가격은 비쌌지만 오늘날에는 그 숫자가 우스꽝스러워 보일 정도다. 당시 샤또 마고 1929년산이 병당 4.5달러였으니까.

알고 보니 나는 르 파빌리온에서 식사를 한 적이 한 번도 없었다. 너무 완벽하고, 너무 비싸고, 너무 상류층 대상이었다. 내가 처음으로 가봤던 프랑스 레스토랑은, 그 단어의 범위를 조금만 넓혀서 말해보자면, 지금은 사라진 '롱샹' 체인점으로, 중산층 고객의 수준에 맞췄던 식당이었다. 크림 시금치, 눈치 빠르게 포크와 스푼을 제공한 디너 롤, 하얀색 식탁보, 나직한 대화, 가끔씩 터지는 웃음.

나는 공군 장교가 되었고, 그러다보니 전쟁이 끝난 후 1950년에 파리에 갈 일이 생겼지만 그건 요리에 눈을 뜰 틈이 없었던 바쁜 방문이었다. 다만 나이트클럽에서 만난 여자들이 형편없고 말도 안 되게 비싼 샴페인을 먹자고 고집을 부리며 밤을 보내고는 자기네 단골인, 아사할 정도가 될 때쯤 데려간 어떤 조그만 레스토랑에서 마찬가지로 말도 안 되게 비쌌던 비둘기 요리를 좋다고 주문하긴 했다.

그로부터 4년 뒤 나는 유럽에 파견되었고, 기억이 더 또렷해지는 것도 이 시점이다. 우리, 그러니까 아내와 나는 수차례 남프랑스에 갔다. 믿을 수 없을 정도로 놀라운 발견들이 이루어졌다. 파리 암스테르담 로에 있는 '앙드루에'에서는 메뉴에 있는 모든 음식이 치즈로, 혹은 필요할 경우 치즈를 곁들여 만들어졌다. 르 알 시장과 그라탱 수프도 있었고, 웨이트리스가 하녀처럼 차려입은 어떤 곳에서는 라블레풍의 익살맞은 요리가 나왔다. 처음으로 후추를 친 스테이크와 퀘넬 드 브로셰quenelles de brochet. 생선이나 고기를 갈아 크림 혹은 빵가루와 섞어 달걀 모양으로 삶은 요리를 먹어보았고, 오데옹 광장에 있는 '메디테라니'에서 그 식당의 유명 단골이 피카소와 장 콕토 같은 사람이었다는 건 모른 채 식사를 하기도 했다. 우리는 '아르모리크 랍스터lobster à l'armoricaine'가 그냥 프랑스 사람들이 철자를 잘못 쓴 건 줄 알았다.

이렇게 말하고 싶다. 일단 프랑스 요리와 프랑스식 삶을 접하고 그것 받아들이고 나면 길고 행복한 여운이 남을 거라고. 그건 마치 칠면조 속을 파거나 보트를 모는 법을 배우는 것과 같다. 한 단계 상승하는 것이다. 물론 이탈리아 같은 곳들도 있다. 우리도 다른 사람들과 마찬가지로 마르첼라 하잔Marcella Hazan. 이탈리아의 요리책 저술가의 책과 『쿠치나 루스티차Cucina Rustica』를 보면서 요리를 한다. 하지만 프랑스는 생선이 제때 도착하지 않는 바람에 콩데 왕자의 수석 웨이터였던 바텔이 칼로 자결하고 그의 명예까지 실추된 나라다. 중세의 가장 유명한 요리사 타유방은 샤를 6세의 주방에서 비천하게 시작하여 사실상 귀족의 자리까지 올랐다. 정치가이자 외교관이었던 탈레랑은 전쟁에서 패한 프랑스를 대표해 회의에서 협상을 하러 1814년 빈으로 떠날 때 왕에게 폐하의 지시보다 소스팬이 더 필요하다고 말했다. 프랑스는 그런 나라다.

프랑스인들은 요리를 자기네들의 정당한 소유물로 간주한다. 루이 14세의 정부였던 맹트농 후작부인이 설립한 르 꼬르동 블루는 몇 세기를 거치며 세계에서 가장 유명한 요리학교가 되었다. 줄리아 차일드도 여기 졸업생이었다. 역시 왕의 정부였던 퐁

파두르 부인은 젊은 시절 음식이 남자를 사로잡을 수 있는 본질적인 방법 중 하나라는 가르침을 받았는데, 그녀는 음식과 남자 둘 다 잘 이용했던 사람으로 유명하다. 프랑스의 위대한 인물들을 찾을 수 있었던 곳도 '르 그랑 베푸르'와 '라 쿠폴'(쿠폴은 전문적으로 따지고 들자면 브라스리이긴 하다) 같은 파리의 레스토랑이었다. 정부가 조직된 곳은 '리프'지만 무너진 곳은 라 쿠폴이라는 말이 있었을 정도니까.

시농, 쇼몽, 그라스 근처의 작은 마을 마가뇨스Magagnosc, 빌르레알, 그리고 가끔 파리. 이 지역들이 우리, 또는 내가 프랑스에서 살았던 곳이다. 보통은 임대 주택에서, 때로는 빌린 집에서 지냈다. 파리에서 빌린 아파트들이 최고고, 내게 가장 좋은 여행안내서는 오래되어 식상할지 모르겠으나 빨간색 미쉐린 가이드다. 다른 안내서도 제각각 장점이 있지만 미쉐린은 견실하고 두꺼우며 믿을 만하다. 1900년, 타이어 회사 미쉐린이 도로에 위치한 주유소와 호텔과 정비소를 알려주기 위해 처음 안내서를 출간했을 때 그 책은 고작 스무 페이지에 불과했다. 세월이 지나면서 미쉐린 가이드는 프랑스의 모든 마을과 도시를 포괄하면서 그곳에 있는 호텔 또는 주목할 만한 가치가 있는 식당의 이름, 주소, 전화와 팩스 번호, 음식 종류, 가격, 명물 요리, 영업 시간, 심지어는 개를 데려가도 되는지 여부까지 수록된 명실상부한 안내서가 되었다. 프랑스에서 개들은 보통 레스토랑 입장이 허용되는데, 안에서 거의 늘 착하게 군다.

어느 여름 우리가 프랑스 남서부 뻴레장스에 위치한 '라 리파 알타'를 발견한 것도 미쉐린 가이드북에서였다. 그 식당은 미쉐린 스타 한 개를 받은 곳이었는데 그런 등급을 받을 만했다. 우리는 정말 멋진 식사를 했다. 디저트로는 놀랄 만큼 과육이 풍부하고 부드러운 무화과가 알코올이 살짝 들어간 매끄러운 액체에 담겨져 나왔다. 식사가 끝난 뒤 주인이자 셰프인 모리스 코스켈라가 우리 테이블에 들렀고, 우리는 무화과를 어떻게 조리한 거냐고 물었다. 그는 자기가 만든 레시피라고 했다. 우리가 해먹을 수 있을까요? 나는 대가로 드럭스토어에서 산, 계산서를 읽으면서 썼던 안경을 그에게 주었다.

위스키에 담근 무화과

말린 무화과 한 팩, 터키 혹은 그리스산이 가장 좋음
설탕 두 컵
스카치 위스키 한 컵과 ½컵

설탕을 녹인 물 약 1리터에 무화과를 넣고 20분간 끓인다.
그런 다음 미지근해질 때까지 식힌다.
남은 물을 절반 혹은 그보다 조금 더 따른 다음
스카치 위스키를 넣는다.
음식을 내기 전 뚜껑 달린 사발에 넣어
물이 충분히 배어들게 한다.

뻴레장스의 그 레스토랑은 현재 미쉐린 가이드에는 실려 있지 않다. 코스켈라 씨가 별을 잃고 잊힌 사람이 되었을 거라고는 상상할 수 없다. 주방에서 오랫동안 정직하게 일한 뒤에 은퇴했을 거라고 생각하고 싶지만, 가이드에서는 새 주소를 제공하고 있지 않다.

<뉴욕 타임스 매거진>(2005년 1월 2일)

파리의 밤

1920년대는 파리에 있어 위대한 시절이었고, 20세기 중 최상의 나날이었다. 전쟁은 끝났고, 프랑은 쌌으며, 도시는 전성기였다. 화가와 작가가 살았고, 그 사이에 영원히 남게 된 이름들이 있었다. 피카소, 스트라빈스키, 프루스트, 거투르드 스타인. 훗날 〈뉴요커〉의 저명한 저널리스트가 된 리블링은 당시 소르본 대학에 그냥저냥 재학 중이었는데, 살아 있는 신들과 어울리기에는 너무 젊고 이룬 것도 없었는데도 그 시대를 다룬 훌륭한 회고록 『식사 시간 사이에』에서 그 시절의 상당 부분을 불러낸다.

쌩딴 로에 '멜라뷔요Maillabuau'라는 레스토랑이 있었다. 외관상으로는 별 특징도 없고, 심지어는 초라해 보이는 이 식당은 굉장한 음식과 엄청난 가격으로 유명하다. 리블링은 멜라뷔요의 문턱도 넘어본 적이 없었다. 부모님과 누나의 방문이 아니었더라면 앞으로도 절대 그럴 일은 없었을 것이었다. 그들이 리블링에게 첫날 저녁을 어디서 같이 먹는 게 좋겠느냐고 의견을 구했을 때, 리블링은 마치 거기서 정기적으로 밥이라도 먹는 양 멜라뷔요가 어떻겠느냐고 제안했다. 그는 사전에 안내서에서 그곳에 대한 설명을 읽어뒀다. 그날 밤 메뉴는 간단했다. '가르부르'라는 이름의 맛있는 수프에 뒤이어 송어 그르노부르아, 앙리 4세의 닭고기 요리가 나왔고, 디저트로는 오믈렛 오 키르슈가 나왔다. 음식은 비할 데 없이 훌륭했고, 와인은 호사스러웠으며, 계산서는 리블링의 회상에 따르면 "역사상 가장 엄청난 것 중 하나였다."

얼마 전 나는 쌩딴 로를 걸으며 일본식 식당, 나이트클럽, 여행사를 지나갔다. 멜라뷔요는 흔적도 없었다. 파리에서 가장 호화롭던 매음굴인 르 샤바네와 루보아 호텔과 마찬가지로 멜라뷔요도 현대가 삼켜버리고 말았다.

물론 나는 이럴 줄 알고 있었다. 나는 그저 비비앙 로에서 점심을 먹고 난 뒤 두어 거리 정도를 산책하면서 1920년대와 지나간 시절을 생각하고 있었을 뿐이었다.

나는 파리에 너무 늦게 왔다. 내 인생을 살고 있을 때가 아니라 이 도시가 살아 있을 때 왔어야 했다. 나는 그 영광스러운 시절이 그리웠다. 1950년대에 처음으로 이 도시와 안면을 텄을 때는 체류 기간이 충분치 않아서 파리에 대한 애매한 인상 말고는 얻을 수 없을 상황이었다. 하지만 결국—어떻게 그리 됐는지는 잊어버렸다—어느 날 밤 나는 어느 레스토랑으로 걸어 들어갔고, 그곳은 나를 위한 파리의 레스토랑이 될 것이었다. 만약 내가 런던에서 자주 가는 레스토랑 이름을 말해달라는 요청을 받았으면 아마 두어 군데쯤 확신 없이 답했을 것이다. 로마도 똑같았을 것이다. 하지만 파리의 경우라면 의문은 없다. 한 순간도 망설이지 않는다. 내 대답은 '라 쿠폴'이다.

음식 때문에? 꼭 그렇지는 않다. 음식은 훌륭하고 서비스도 그렇다. 하지만 그런 것만으로 사람이 레스토랑을 마음에 담지는 않는다. 결정적인 요소는 (비록 그것들이 영원히 지속되지는 않는다 해도) 레스토랑의 스타일과 (더 나은 단어가 없어서 쓰긴 하는 것인데) 개성이다. 라 쿠폴의 경우는 그 이상의 것이 있다. 어느 시간에 방문해도 그렇긴 하지만, 특히 밤에 그곳을 찾으면 파리 전체를 발견할 수 있으리라는 기대를 품어도 좋다. 다시 말해 맨 꼭대기부터 맨 밑바닥까지 모든 종류의 사람을 볼 수 있다. 배우, 지식인, 기자, 음악가뿐 아니라 뭘 하는 사람인지 판단하기 어려운 다수의 인물 군상들 말이다.

밤. 널따란 몽파르나스 거리 맞은편 널찍한 정면 유리 위에 네온 글자가 번쩍거린다. 사람들이 울타리가 쳐진 테라스에 앉아 느긋이 커피를 마시며 이야기를 나누고 있다. 입구를 통과하면 엄청난 소리가 사람들을 덮친다. 대화, 웃음, 나이프와 포크가 달그락거리고 병뚜껑이 퐁퐁 열리며 접시들이 쌓여 있다. 양옆에 테이블과 긴 의자가 놓인 긴 통로의 처음부터 끝까지 얼굴들이 넘쳐난다. 각 구역마다 도박판의 딜러만큼이나 굳센 주임 웨이터들이 디너 재킷 차림으로 대기하고 있다. 이름은 몰라도 얼굴은 아는, 예의바르지만 속내를 드러내지 않는 남자들이다. 이것이야말로 직업이요 인생이다. 이런 남자들이 스틱스 강을 건너는 나룻배를 운행하고 있다면 운이 좋은 것이다. "테이블이 필요하시다고요? 네 명 말씀이십니까?" 그가 자기 관할을 살피는 눈길을 던진다. "십 분만 기다려주시죠, 선생님." 그 추정은 믿어도 좋다. 그가 여러분을 곧 바에서 부를 것이다.

그곳에서 보낸 수없는 밤들. 한번은 라 쿠폴에서 식사를 하고 있는데 도둑들이 몇 블록 떨어진 곳에 주차되어 있던 내 차를 훔쳤다. 최소 열두 명은 되는 사람들이 경찰서에서 초조하게 줄을 지어 기다리는 동안 사건 조서들이 퍽이나 신중하게 타이핑되고 있었다. "걱정하지 마십시오." 내가 이 조서가 그냥 파일을 만들려고 하는 건지 아니면 실제로 순찰차에 통보가 되고 있는 건지 묻자 그런 대답이 돌아왔다. 경찰관 말로는 도둑맞은 차의 95퍼센트가 월요일 아침에 파리 **입구**—그가 쓴 단어는 'portes' 였다—외곽에서 버려진 채 발견된다는 것이었다. 비록 내 차는 5퍼센트에 속하는 바람에 다시는 찾을 수 없게 되었지만.

라 쿠폴은 늦게 문을 열었다. 나는 거기서 영화감독 로만 폴란스키와 그와 같이 일하는 각본가 제라르 브라슈를 종종 보았다. 브라슈는 영국에서 2년 동안 살다 돌아왔는데, 자기는 그 기간 동안 영어라고는 한마디도 배우지 않았다고 자랑스레 얘기했다. 소설가 윌리엄 스타이런과 배우이자 감독 끌로드 베리도 거기서 봤다. 물론 파리가 작기는 하다. 적어도 뉴욕과 비교하면 그렇다.

당시는 내가 영화계에 발을 걸치고 있던 시절이었다. 어느 잊을 수 없는 밤, 나는 방금 막 안면을 튼, 영화 촬영차 파리에 와 있던 어떤 배우와 같이 앉아 이야기를 나누었다. 그 배우는 바로 립 톤Rip Torn이었다. 여러분도 그의 얼굴을 알 것이다. 그 얼굴에는 희미하게 악마적인 기운이 감돈다. 이 얘기는 몇 년 전 일이긴 하지만, 심지어 당시에도 그랬다. 늦은 저녁이었고, 나는 그가 자기 인생 얘기를 시작하자 거기에 매료되었지만 듣던 도중 점점 이상한 느낌이 들었다. 내가 속고 있으며 바보 취급을 당하고 있다는 느낌. 톤의 소년 시절 속 세부적인 사항들—사관학교에서 보낸 시절, 그가 품고 있는 이상과 희망—이 전부 내 얘기였던 것이다! 대체 그가 어떻게 이걸 다 안 거지? 아무도 몰랐는데. 그는 어떻게 알 수 있었던 거지? 나는 사기의 증거, 그러니까 거짓을 말하는 바람에 희미하게 떨리는 입술의 움직임 같은 것을 발견하고자 그를 유심히 관찰했다. 그는 조금도 빈틈을 보이지 않았다. 마침내 나는 거의 겁을 먹다시피 하면서 그에게 말했다. "그거 당신 얘기 아니죠."

"무슨 말씀입니까?"

"지금 얘기하고 있는 것 말이요. 그거 당신 인생 아니죠." 내가 말했다.

하지만 그건 그의 인생이었다. 한마디도 빠짐없이. 내가 뭐라고 했는지는 기억나지 않는다. 머릿속이 너무 혼란스러웠다. 나는 라스파유 대로에서 그리 멀지 않은 호텔에 묵고 있었는데, 마치 파멸한 인간처럼 그곳으로 걸어 돌아갔다. 나약해진 기분이 들었다. 내가 들은 것을 믿을 수 없었지만 어찌해야 안 믿을 수 있는지도 알 수 없었다. 마치 비밀스러운 나처럼, 나와 거의 똑같은 사람이 있었다. 다 탄로 나서 망한 기분이었다.

기묘한 점은 라 쿠폴 자체도 원래의 라 쿠폴이 아니라는 사실이다. 현재의 식당은 매각된 뒤에 새로 단장한 복사품이다.

새로운 라 쿠폴은 예전 식당이 갖고 있던 모든 것—외관, 위치—을 갖췄다. 소소한 것 한 가지, 곧 영혼만 제외하고. 그건 덧칠되어버렸다. 시간에 닳아버린 질감, 외따로 떨어져 있어서 마치 나중에 생각나 설치한 것 같은 바, 1920년대에 진수되었는데도 지금껏 운행 기록을 유지하는 노쇠한 배에 승선한 느낌—계승되지 않은 건 이런 것들이다. 그래도 나는 그곳을 방문하는 습관을 깨뜨리지도, 그곳에 끌리는 마음을 어찌하지도 못한다. 가장 좋아하는 파리 레스토랑은 어딘가요? 두 번 생각 않고 즉시 대답이 나온다. 라 쿠폴. 나는 늘 거기로 돌아간다. 곱게 갈아 수북이 쌓은 얼음에 얹어 나오는 굴 요리도 그대로이고, 네온사인, 정면 유리창, 붐비는 사람들과 소음도 똑같다. 우리 모두 알다시피, 저쪽에 앉아 있는 개성적인 길쭉한 얼굴과 높은 이마는 장 콕토이고, 저 아래쪽의 얼굴들 사이에 있는 매력적인 여성은 분명 듀나 반스다.

〈푸드 앤 와인〉(1998년 10월)

프랑스

우리 집에서

친구 하나가 프랑스 여성과 결혼을 하고는—내가 늘 마음속에 어렴풋이 품고 살았던 일이었다—그녀에게 미국 생활을 준비시켜야겠다는 생각이 들었다. 그는 그녀에게 저녁 식사 자리에서 절대 토론하면 안 되는 것들이 있다고 말했다. 다음의 주제들은 금기였다. 정치, 종교, 섹스.

"그건 불가능해요!" 그녀가 대답했다. "프랑스에서는 그것만 얘기하는데!"

사람들은 '타유방'이나 '루카 카르통', 어쩌면 심지어는 '리프'의 1층에도 앉을 수 있을 테다. 나도 살면서 한두 번 정도 이뤄볼 수 있었던 일이다. 하지만 이런 곳에서 본고장의 프랑스어 대화를 엿들으려 드는 건 아무 의미가 없다. 무엇보다 옆 자리 사람들은 영어로 이야기할 것이니까. 그네들 표현대로 '우리 집 chez nous'이야말로 사람들이 가고 싶은 곳이겠지만 문제는 절대 거기는 갈 수 없다는 사실이다. 프랑스인, 특히나 파리 사람들은 사생활을 드러내지 않는 것으로 악명이 높고 그에 대한 그럴 듯한 이유도 있는 듯하다. 만약 저녁 식사 자리에서 섹스 얘기가 나온다면, 다른 곳에서는 무슨 일이 일어나고 있을지 누가 알겠나? 어떤 경우든 저녁 식사 초대는 받기가 어렵다. 그럼에도 불구하고, 삶에서 본질적인 것들에 대한 전설적인 솔직함을 호흡해볼 기회가 궁금하고 또 그런 기회를 바라는 건 이해할 만한 일이다.

*

프랑스의 영광은 파리 바깥에, 시골에 있다. 대성당에는 수세기가 어둠 속에 누워 있고, 강은 끝없는 세월을 흐른다. 다른 곳과 이어지지 않는 도로가 지나는 작은 마을 중 하나에 어디서나 봤음직한 것처럼 생긴 이사벨의 집이 있다. 특징이라고는 전혀 없는 집이다. 밋밋한 정면이 거리를 면하고 있고, 납작한 창문이 네다섯 개 나 있는데, 아래층 창문에는 구식 레이스 커튼이 매달려 있고, 낡은 문에는 유리 패널이 몇 개 붙어 있다. 안으로 들어가면 조그만 현관에 또 다른 문 한 쌍이 나 있다. 문을 열면 천장이 낮은 입구와 미지를 향해 올라가는 좁은 계단이 보인다. 그렇게 해서 앞으로 나아가다 보면 돌연 다른 세계로 진입하게 된다. 길쭉한 두 개의 방 끝에 바다로 향한 정원을 내려다볼 수 있는 커다란 창문이 있다. 아니, 정원은 바다뿐 아니라 포도밭, 농장과 집들, 상상할 수 있는 가장 잔잔한 경치를 향해 있다. 현기증 비슷한 것이 찾아온다. 마치 낙원을 보기라도 한 양 어질어질하다. 심지어 이십 분쯤 걸으면 해변으로 갈 수 있는 길도 나 있다. 몇 마일에 걸쳐 온전히 보존되어 있는 그 유명한 생 트로페 해변이다. "우리가 이 집을 샀을 때는 여기에 아무도 없었어요." 이사벨이 말했다. "텅 비고 가난한 마을이었죠. 옆집에는 마구간들이 있었고요. 아니, 그거 말고 뭐더라, 건초 쌓아두는 장소요."

사실 이 집은 예전에 호텔이었다. 그러고 보니 부엌에 걸려 있던 사진이 작은 호텔의 심장부, 철제 화덕과 아연 조리대가 있는 길고 좁은 방을 찍은 것이다. 소설가 시도니 가브리엘 콜레트도 여기 묵곤 했다. 그녀 이름이 숙박부에 올라 있고 그녀가 적은 글자도 있다. 호텔이었을 때의 인상은 지금은 희미하게 남아 있지만 한때는 음울했고 아마 초라하기도 했었을 것이 우아하게 탈바꿈하여 순수함과 빛에 헌신하게 되었다.

점심은 훌륭하다. 게와 아보카도 샐러드에 이어 메인 요리로 양다리살과 그린빈이 나오고 구운 감자가 곁들여진다. 어른들은 와인을 마시며 테이블 한쪽 끝에 앉아 있고 맞은편 끝에는 아이들이 앉아 떠들면서 자기네 손으로 잡기에는 너무 큰 돼지고기를 먹고 있다. 그 아이들 중 한 명이 내 아들이다. 파리에서 태어났고, 방문차 프랑스로 돌아왔다. 이것이 앞으로 있을 수많은 방문의 시작이었으면 좋겠다. 아들은 세 살이다. 이 나이의 애들에게서 가장 귀여운 건 아이들이 자기 어머니를 사랑하는 방식이라는 이야기가 나온다.

"아이들은 모두 자기 어머니를 사랑하죠."

"오, 아니에요!" 이사벨이 소리쳤다. 남편은 가만히 있었다. 그가 기억하는 어머니에 대한 유일한 추억은 어머니가 뿌리던 향수와 저녁에 집에 돌아와서 자기 뺨을 만지던 장갑 낀 어머니 손의 보드라운 감촉이다. "아이일 때 받는 사랑은", 이사벨이 말했다. "은행 같은 거예요. 나중에 다른 사람들에게 줘야 하는 거죠."

말들이 출발선에 나란히 서기 시작했을 때처럼 기대감이 나를 뚫고 지나간다. 우리가 어쩌면 그 세 가지 금기 주제 중 하나에 다가가고 있다는 느낌이 들자 프랑스식으로 그에 대해 얘기하는 걸 무척이나 듣고 싶어진다. 어쩌면 높은 광대와 커다란 눈을 가진, 거듭 수많은 관객들에게 감동을 준 이사벨의 친구 여배우가, 근처에 살지만 현재는 휴가 중이라 아무것도, 이를테면 점심을 먹으러 와서 사랑에 대해 이야기하는 일 같은 건 하기 싫은 여배우가 말하는 방식대로 그 주제에 대해 듣고픈 건지도 모른다. 나는 그녀가 그 주제에 대해 말하는 걸 들을 수 있다면 뭐든 바칠 터였고, 여러분도 아마 그랬을 테지만, 우리 대화는 어찌하다 보니 이사벨 아버지의 성생활에 대한 이야기로 갈음하게 되었다. 그는 여든네 살이고, 얼마 전 재혼했다. 이사벨은 그게 무척 불만이다. 그녀의 어머니—아버지의 첫 부인—이 사망한 지 얼마 안 되었기 때문이다.

"돌아가신 지 얼마나 되었는데요?"

"4년요."

"그럼 서두르신 건 아닌 것 같은데요?"

"그래요, 그건 아니죠." 이사벨이 말했다. "하지만 재혼한 부인이 아버지 연배란 말이에요. 그게 무슨 의미겠어요? 젊은 사람과 결혼을 하셨어야 했어요. 그럼 최소한 '리골로rigolo'라도 있었지."

프랑스인들은 '리골로'라는 단어를 좋아하는데, 이 단어는 재미있거나 우습다는 뜻이다. 누군가 혹은 무슨 일이 무척 '리골로'하다. 도르도뉴에 큰 집을 갖고 있는 내 친구의 저택 관리인이 연못 한가운데 띄워놓은 보트에서 떨어져 물에 빠졌을 때—그가 취하지 않았다는 점은 거의 확실하다—집주인도 그를 구하려다 같이 빠졌다. 관리인은 그 얘기를 하는 걸 무척 좋아했다. 그는 주인이 무척 리골로하다고 했다.

우리는 프랑스의 다른 지역에도 친구가 있었다. 베르주락에서 멀지 않은 곳에 사는 폴과 모니크다. 둘은 세계주의적 커플로, 폴은 파리 근방에서 건축업 일을 했었고 모니크는 캘리포니아에 있는 대학을 다녔다. 폴은 요리를 무척 많이 하는데—내가 겪은 바로는 그가 다 도맡아 한다—음식이 그냥 해보는 솜씨가 아니다. 로스트, 구운 생선, 지역 야채로 만든 요리들, 멋진 디저트. 그는 신장개업한 레스토랑 주인이 가질 법한 평정심과 뚜렷한 기대감을 내비치며 식탁에 앉아 있다. 어느 일요일 오후 우리가 거기 있었을 때, 손님 중에는 그 부근에 사는 프랑스인 정신과의사와 의사의 부인도 섞여 있었다. 의사의 아내는 내 희망을 다시 일깨우는 외모의 여성이었다. 쇼데를로 드 라클로의 책에서 걸어 나왔을 수도 있겠다는 생각이 드는 사람으로, 침착하고, 세련되며, 환대받는 재능이 있다는 걸 즉각 알 수 있었다. 이미 얼굴에 반쯤은 즐거운 표정이 떠올라 있었다. 사람들이 마을에 사는 한 상인 얘기를 들려줬다. 의사의 직업에 대해 꿈에도 모른 채로 몇 년 동안 그에게 와인을 팔았더랬다. 놀라운 일이었죠. 와인 상인이 말했다. 그 사람이 의사인 줄은 전혀 몰랐다는 것이었다.

"뭐가 놀랍다는 거죠?" 폴이 물었다. "선생님이, 뭐랄까, 무척 우울할 때 그 의사를 찾아가는 게 망설여지실 것 같아서요?"

"제 생각엔 그 부인께서 저를 더 빨리 치료할 수 있을 것 같아서요." 와인 판매상이 대꾸했다.

정신과 의사를 포함하여 모두 웃었다. 나는 그 대화를 흥미진진하게 따라가고 있었고, 그래서 심지어는 와인 판매상이 자기 와인 통 속에서 미소를 머금은 채 발견되었다는 이야기마저도 아무 의문 없이 받아들일 정도였다. 나는 사람들이 '미소 sourire'라 했다고 알아들었다. 실은 와인 통에 '쥐souris'가 있다는 소리였는데 말이다. 하지만 내가 말할 수 있는 한에서는 섹스나 정치 비슷한 주제는 이 이상 나오지 않았다.

그 뒤 가스코뉴에서 우리는 대저택에 사는 부부를 만났다. 빤한 도시인들 모임이 될 수도 있었던 저녁 식사 자리에서, 나는 20년쯤 젊었을 때 만났다면 얼마나 좋았을까 하는 생각이 드는 안주인 옆에 앉았다. 정말로 그렇게 됐다면 그때 그녀는 일곱이나 여덟 살이었겠지만 말이다. 그녀는 멋진 외모의 활력 넘치는 여성으로, 우리는 처음 만났을 때부터 즐겁게 대화를 했고 나는 내가 아는 걸 모두 그녀에게 말했다. 그녀의 매력이 나로 하여금 우리 사이의 나이 차이를 간과하도록 만들었고,

나는 빅토르 위고가 어느 젊은 여성에게 육체적 매력을 정당화하려 했던 말을 떠올리려 노력했다. 그들은 천국에 가까이 있다는 공통점이 있는데, 남자는 그의 나이 때문이요 여자는 그녀의 아름다움 때문이라, 뭐 그런 말이었다. 안주인이 내게 했던 말 중에 좋았던 것은 그녀가 다시 그림을 그리려 하고 있다는 얘기였다. 어릴 적에 그림을 그렸는데 그게 그립다는 것이었다. 그때는 천장에다 그림을 그렸어요. 그녀가 말했다.

비록 그녀 옆자리에 앉은 다른 사람에게도 그녀가 관심을 나눠주기는 했지만, 나는 그녀가 내게 흥미를 갖고 있다고 확신했다. 우리는 아이를 가지려 했던 그녀의 시도와, 그게 완전히 실패로 끝났다는 사실에 대해 이야기를 나누기 시작했다. 대화는 친밀하다기보다는 좀 의학적인 느낌이 나긴 했지만 이야기의 물꼬가 섹스 쪽으로 가겠다 싶은 느낌이 들었는데, 그때 뜻밖의 일이 벌어지기 시작했다. 저 위에 있던 말벌들이 떨어진 것이다. 첫 번째 말벌이 옆 테이블 손님의 옷깃에 떨어졌고, 그래서 그 손님은 일종의 해석 불가능한 무언극처럼 보이는 춤을 춰야 했다. 그러다 다른 말벌들이 떨어지기 시작했다. 분명 말벌들은 쇠시리에서 자고 있었을 것이었는데, 촛불의 열기 아니면 내가 듣지 못한 대화가 그것들을 자극했던 것이다. 날아가기에는 흡족치 않지만 깜짝 놀라 휘청거리다 잡고 있던 걸 놓쳐서 과일처럼 떨어질 정도로는 말이다. 이 일은 효과적으로 파티를 망쳤다.

그들이 우리를 찾을 때도 있었다. 그럴 때는 우리가 'chez nous'라 말할 수 있었다. 대화가 우리 식탁에서 이뤄지긴 했지만 엄밀히 따지자면 여전히 프랑스어로 진행되었으니까.

몇 가지 이유로, 우리는 어느 시점에서 모니크와 폴에게 진정한 미국 요리를 선보이기로 결정했는데, 당시 만들기로 한 건 칠리 요리였다. 하지만 재료 중 하나를 구하는 데 애로사항이 있었다. 두 군데의 소형 슈퍼마켓 모두 어떤 종류의 칠리 파우더도 없었던 것이다. 나야 내 칠리 요리에 확고한 믿음이 있다. 수없이 만들어보기도 했거니와 텍사스 갤버스턴 출신 친구와 요리사도 내 칠리가 훌륭하다고 선언했으니까. 하지만 파우더 없이 요리를 시도해서 만드는 건 무모해 보였다. 결국 우리는 40킬로미터 떨어진 전문점에서 캔 하나를 찾아내긴 했다. 그게 딱히 자신감을 북돋지는 못했다. 중국제에다 영국 상표를 붙여 팔던 제품이었다. 효능을 알 수 없다는 점에서는 고춧가루나 매한가지였다.

우리는 어느 여름날 자갈이 깔린 마당에 있는 커다란 나무그늘 아래서 점심을 대접했다. 폴과 모니크가 있었고, 로베르와 아네스라는 젊은 부부도 자리했는데, 그 부부는 친구 집에서 집들이—프랑스에서는 '크레메이예crémaillere'라고 하는—를 하고 나서 새벽 다섯 시에야 잠에 들었던 상황이었다.

처음에 샐러드가, 그다음에는 칠리가 나왔다. 나는 이게 원래 칠리에 살짝 변화를 준 거라고, 보통은 간 소고기보다는 소고기와 돼지고기를 뭉쳐서 만들기는 하는데, 그 점만 제외하면 진짜 칠리 요리라고 설명했다. 나는 이런 얘기를 대수롭지 않은 듯 말했는데, 그러면서도 우리가 지금 평상시보다 훨씬 더 강한 맛의 요리를 앞에 놓고 앉아 있다는 걸 의식하고 있었다. 중국제 가루가 알고 보니 엄청나게 독했던 것이다. "아시겠지만, 텍사스에서는 매년 세계 최고의 칠리 요리를 선발하는 대회가 열린답니다." 내가 주의를 분산시킬 요량으로 말했다. "칠리 요리계의 수퍼 볼Super Bowl 대회인 셈이죠."

"'사발bowl'이 '굉장하다super'고요?" 아녜스가 말했다.

"아뇨. '수퍼 볼'이라는 게임이라고요."

그녀가 맛을 봤다. 잠시 침묵이 흘렀다.

"어때요?" 내가 물었다.

"목청이 트이네요." 그녀가 잠시 뒤 간신히 말했다. 그런 다음 다소 확신 없는 말투로 말했다. "멋진 음식이에요."

아녜스의 남편이 음식 맛을 보고 있었다. 그가 음식을 넘길 때 움찔하는 걸 봤다.

"너무 맵나요?" 내가 대수롭지 않은 듯 캐물었다.

다행히 모니크는 예전에 미국에서 먹어본 적이 있어서 칠리를 좋아했다. "먹고 땀을 흘려야 제대로 된 칠리라 할 수 있죠." 내가 말했다. "'땀 흘리다'를 프랑스어로는 뭐라 하죠?"

"'Respirer'요."

"그렇군요." 로베르가 속삭이듯 말했다. 내 생각에 그는 자기 아내에게 '뤼아드ruade', 그러니까 말 뒷발질에 대해 말한 것 같았다. 그들은 점심을 먹고 난 다음에 첫 성찬식에 참석할 예정이었다.

"칠리가 노래하는 데 도움이 되겠어요." 아녜스가 마지못해 인정했다.

음식에 대해 잘못된 인상을 갖는 걸 막기 위해, 나는 핵심 재료인 칠리 가루를 구하기가 힘들었는데 애써 구한 게 알고 보니 우리가 평소 사용하는 게 아니었다고 해명했다. "프랑스에는 아예 없는 게 몇 개 있어요. 구할 수가 없더라고요."

"어떤 거요?" 모니크가 말해달라고 했다.

"일단 피넛버터요." 내가 말했다.

"난 그거 싫어요." 그녀가 말했다. "또 뭐가 있어요?"

"베이킹 소다요."

"베이킹 소다는 구할 수 있잖아요!"

"슈퍼마켓에 없던데요."

"당연히 거긴 없죠. '약국pharmacie'에 가면 돼요."

"네? 처방전이 있어야 하는 건가요?"

"아뇨, 아뇨. 가서 '비카르보나 드 수드bicarbonate de soude'를 달라고 하면 돼요."

"물론 그렇겠죠." 내가 동의했다.

"그건 어디에 써요?" 아녜스가 물었다.

"야채 요리할 때요." 모니크가 도도하게 말했다.

우리는 섹스 얘기는 근처도 못 갔다. 사람들 입이 너무 화끈거렸음에 틀림없었다. 그와 가장 비슷한 것으로는 폴과 모니크가 페루에 여행을 간 이야기였다. 그들은 쿠스코와 마추피추 사이를 오가는 기차를 탔다. 모니크 말로는 기차가 두 대였는데, 한 대는 관광객용이었고, 다른 한 대는 매 역마다 서는 더 느린 기차였다. 그들이 탔던 건 후자였다.

"어떤 여자가 짐을 잔뜩 들고 탔는데—온갖 종류의 마분지 팩하고 상자였답니다—스커트를 네 장인가 다섯 장인가 껴입은 덩치 큰 여자였어요. 기차에 타고 나서는 좌석 한쪽 줄을 몽땅

차지했죠. 차장이 와서 티켓을 보여달랬어요. 여자 말이 자긴 표
가 없대요. 왜 없는데요? 차장이 궁금해했죠. 난 돈 안 내요. 여
자가 말했어요. 돈 내셔야죠. 차장이 그렇게 말하는데 여자는
자긴 안 내겠대요. '이 철로를 지을 때 나는 공사현장에서 일하
던 모든 남자랑 잤어. 이미 요금은 냈다고. 또 낼 필요는 없지.'"

　나는 이 문학 작품에 '쿠스코에서 온 여인'이라는 제목을 붙
이고 싶었지만, 그랬다가는 프랑스인의 식탁에서 오가는 솔직
함에 대해 잘못된 생각을 심어줄 것이라는 결론을 내렸다.

〈유러피언 트래블 앤 라이프〉(1990년 봄)

아스펜

한때도 앞으로도 여왕

파리의 몽파르나스 대로에는 1920년대부터, 그러니까 조세핀 베이커, 피카소, 헤밍웨이, 거트루드 스타인, 스트라빈스키, 그 외 수많은 이들이 활약했던 신화적인 시대부터 영업을 해 온 레스토랑이 있다. 그 레스토랑의 이름은 '라 쿠폴'이고, 거기 가면 그때나 지금이나 '파리 전체le tout Paris'를 볼 수 있다. 이 '파리 전체'를 대략 번역하면 '모든 사람들'이란 뜻인데, 이때 이 '모든 사람들'은 특정한 부류, 그러니까 글을 쓰거나 글감이 되는 사람들이다.

라 쿠폴은 무척 큰 레스토랑이며 늘 늦게까지 문을 열었다. 명성을 누리는 굉장한 사람들, 명성을 얻길 원하는 사람들 모두가 닳아빠진 불그스름한 재질의 길쭉한 의자에 들어앉아 사시사철 내내 먹고, 마시고, 듣지도 못하거니와 상상조차도 못할 내용의 대화에 빠져 있었다. 그 광경 위로 말들의 연무와 갈루아 담배의 희미한 향기가 떠다녔다. 아는 사람을 무척 많이 볼 수도, 한 명도 못 볼 수도 있었다. 레스토랑 아래에는 댄스홀이 있었다. 거긴 가본 기억이 없지만 존재감은 확실했다.

몇 년 전 라 쿠폴의 주인이 바뀌었다. 새 소유주는 외관은 약간만 바꿨지만 내부 공사는 대대적으로 해야 했다. 벽은 새로 칠해졌고, 의자는 원 상태로 돌아왔으며, 불편했던 바는 다른 곳으로 옮겨졌다. 실내는 여전히 널찍하고, 서비스는 나무랄 데 없으며, 가격도 그렇게 높지는 않다. 밤이면 사람들로 늘 북적이고 사람들이 바라마지 않는 활기가 잔뜩 넘치지만 뭔가 예전 같지 않다. 그곳은 완벽했었는데 공사를 거치자 일종의 복제품 같은 것이 되어버렸다. 원래 가게를 본 적이 없는 사람들에게만 멋진 곳이 되어버린 것이다.

미국 스키 도시의 여왕 격인 아스펜도 이와 비슷한 경우다. 이 도시의 중심, 그러니까 아스펜의 라 쿠폴은 제롬 호텔이다. 외관은 예전과 똑같아 보이지만 로비와 바를 제외하고는 완전히 새로 단장해서 호화로운 수준으로 끌어올렸다. 예전 제롬 호텔은 객실은 수수하고 배관은 미심쩍었다. 파티를 열기 위해서는 A나 B 팔러 중 하나를 빌릴 수 있곤 했다. 거기가 호텔에서 가장 좋은 곳이었다. 가격은 30달러 정도였다. 그때나 지금이나 창밖으로는 아스펜 산이 보이고, 기억 속에서 늘 눈으로 하얗게 덮인 반짝이는 마을도 굽어보인다. 그 시절 제롬 호텔의 바는 주요 모임 장소였다. 스키를 타고 길을 따라 산자락으로 내려갈 수 있었는데, 리프트 운행이 끝나는 때부터 자정이 지날 때까지 모두들 거기 있거나 있다가 갔다. 한 아리따운 여성—

당시 그 도시에는 눈에 띄는 사람이 몇 없었다―이 매일 밤 거기서 다른 남자를 데리고 집으로 간다는 소문이 돌았으니까.

그 시절 아스펜에는 대형 회의도 없었고 단체 관광객도 아스펜을 찾지 않았다. 아스펜 연구소에서 격주로 열리는 세미나 참석차 찾아오는 기업 경영진 무리가 아닌 이상 가족 한두 집 규모보다 더 큰 관광객은 없었다. 스키 수준은 걸음마 단계까지는 아니었지만 확실히 부주의한 청춘이기는 했다. 운행 전에 줄서는 자리를 찜해두겠다고 리프트 출발 지점 바닥의 눈에다 스키를 꽂아 놓고는 아침을 먹으러 가던 시절이었고, 비탈 코스가 죄다 똑같은데도 더블 블랙 다이아몬드double black diamond, 스키의 최상급자 코스 마크가 붙던 시절이었다.

사람들이 기차로 여행을 하고, 해안에서 해안을 가로지르는 거대 유성을 보며 남성 사중창단이 노래하고 요리사들이 진짜 음식을 준비하던 시절에 도시 토박이 소년이었던 나는 스키에 대해서는 들어본 적이 없었다. 스키를 처음 접한 건 전쟁이 끝난 지 10년 뒤의 유럽에서였다. 겨울이었고, 유럽은 여전히 가난했지만 호텔 시트는 잘 말려서 빳빳했고 깔끔하게 세탁이 되어 있었다. 겨울과 추위를 스키의 본질적인 요소로 떠올리게 만든 것이 바로 이 첫 번째 경험이었다.

나는 눈보라가 치고 얼음이 언 날에 스키를 타는 걸 좋아한다. 눈에 쌓인 나뭇가지와 북극이라도 된 듯한 침묵이 좋다. 사람들이 봄날에 비키니와 쇼트팬츠 차림으로 스키를 타고, 5월과 6월에는 스노모빌을 이용해 멀찍이 있는 가파른 분지를 향해 올라가는 모습을 보는 것이 사실이긴 하다. 나는 시즌이 아니라서 리프트가 운행하지 않게 되었을 때는 직접 올라갔다. 마운틴 스키를 신고 몇 시간 동안 올라갔다가 도로 내려왔다. 눈은 상당히 짧은 시간만에 무척이나 축축해졌지만, 내게는 이모든 게 어찌 보면 놀이 같았다. 내게 있어 스키를 타는 진짜 시기는 여름이 끝난 지 한참이 되어서야 시작된다.

내가 묘사할 수 없는, 아마 사람들도 각자 다른 관점과 시대에서 다양하게 바라보고 있을, 이른바 진정한 삶이라는 것이 있다. 어떤 면에서 그 삶은 여행이고, 어떤 관점에서는 여성이며, 또 어떤 견지에서는 죽을 때까지 경탄할 수 있을 경치를 끼고 있는 집일 것이다. 진정한 삶이란 돈과는 멀어진 삶, 야망을 옆으로 제쳐놓은 삶, 어떻게 해서든 아름답게 살아가는 삶이다. 그런 삶이 언제까지나 지속되지는 않지만, 그 삶에서 빠져나온 사람들이 그렇게 산 탓에 가난해지는 경우는 보통 없다. 어느 날 늙고 보수적인 판사와 길 위에서 말다툼을 벌였던 아스펜 여성이 있었다. 그녀는 이렇게 말했다. "나는 다섯 번 결혼했고, 사창가도 운영해봤고, 온 세계를 돌아다녔어요. 난 당신 같은 사람이 아니야. 난 인생을 살았다고." 이걸 진정한 삶이라고 딱 부러지게 분류할 수는 없겠지만, 그래도 큰소리를 칠 수 있다는 점에서는 같다.

아스펜 주변의 산에서도 진정한 삶이 있었다. 레나도를 지나가면 나타나는 원뿔형 천막에서 초원의 하얀 말, 그리고 자신의 작은 아이와 1년 내내 살았던 젊은 여성, 오두막이나 낡은 집에서 살았던 사람들, 결코 늙지 않을 뉴에이지 신봉자들. 그곳에는 진정한 삶이 있었다. 비록 줄어들었을지언정 지금도 여전히 존재한다. 가을과 더불어 하늘이 어두워지고, 바람이 불기 시작하며, 집 없는 벌들이 절연 처리를 한 오두막 주변을 배회하다가 옷 위에 절망적으로 내려앉고, 꽃들은 말라붙는다. 개중 꽤 많은 꽃이 샐비어다. 겨울이 온다. 살아남는 녀석은 없을 것이다.

좋아하는 사람과 하루 종일 스키를 타면서 같이 위로 올라가고 빛을 들이마신다. 경사 코스 맨 꼭대기에 서면 이렇게 중얼거릴 것이다. **지금 영국의 침상에 있는 귀족들은 이 자리에 함께 하지 못한 자신을 저주할 것이며, 자신들의 남자다움도 보잘것없게 느끼리라……**「헨리 5세」 4막 3장의 대사

언젠가 빌리 키드가 자기가 좋아하는 서구권 코스, 그러니까 가장 어려운 코스를 꼽은 적이 있다. 많은 코스가 내게는 이름만 들어본 것이었는데, '엘리베이터 샤프트'나 '리지 오브 벨'은 그렇지 않았다. 둘 다 아스펜에 있었으니까. 스팀보트 스프링스의 '화이트 아웃'이나 베일의 '프리마'도 가본 곳이었다. 이유는 모르겠지만 빌리 키드는 텔룰라이드에 있는 긴 코스를 빠뜨렸다. '스파이럴 스테어케이스'와 '플런지' 말이다. 오후가 느지막해지면 코스 맨 꼭대기에 그 지역의 남녀 무법자들이 마지막 하강을 위해 모이곤 한다. 어느 날 코스 아래 스키용품점에서 나는 한 소녀가 스파이더 사비히에 대해 말하는 걸 어쩌다 듣게 됐다. 그저께 아스펜에서 그가 총에 맞아 죽었다는 것이다. 우리는 전쟁 때 그랬던 것처럼 라디오 저녁 뉴스를 들었다. 진짜였다.

사비히는 성격이나 외모나 감탄할 만한 인물이었다. 나는 한

번도 그와 스키를 타보지 않았다. 당연하다. 그는 프로 선수이
자 챔피언, 진정한 1위였으니까. 하지만 나는 가끔씩 그를 친근
한 분위기 속에서 만났다. 사비히는 연인과 말다툼을 하던 중
살해당했다. 치정범죄였다. 그는 모두의 부러움을 샀을 나머지
인생을 놓치고 말았다. 그를 '전직' 무언가라고, 과거의 사람으
로 상상하기란 불가능했다. 그는 그 점에 있어서는 너무도 믿음
직스럽고 매력적이었다.

그렇게 겨울은 눈과 함께한다. 땅은 순백이다. 길 건너 집에
서 실내복을 입고 있는 여성이 발코니 문을 열고는 난간의 눈
을 털어낸 다음 방 안의 온기로 물러나기 전에 산을 바라본다.
고작 아침 여덟 시다. 커피를 마시고 옷을 입을 시간이다. 침대
는 정돈하지 않을 것이다. 그녀는 스키를 들고 곤돌라로, 온통
방금 내린 눈으로 덮여 있는 저 위쪽 세상으로 갈 것이다. 재능
있는 여성이 스키를 타는 것보다 더 짜릿한 건 없다. 대담함, 우
아함, 속도.
아침이다. 또 다른 큰 집에서 노란색 래브라도견이 튀어나오
자 그 뒤를 검은 개가 따라오고, 뒤이어 아침마다 개들을 산책
시켜주는 소년이 주머니에 손을 찌르고 길게 늘어진 스키 모자
를 머리에 쓴 채 나온다. 개 인식표가 모두 'ZG'로 시작하던 시
절이 있었다. 그때는 개도 어느 정도 시민 대접을 받았고 다들
누구네 집 개인지 잘 알았다.
팀 하위, 한때 해양생물학자의 인생을 살기도 했으나 그보다
훨씬 더 오랫동안 스키 순찰대에서 잔뼈가 굵은 전문가였던 그

인물이 아무 특징 없는 블레이저와 타이 차림으로 법원 계단을 오르던 모습이 기억난다. 개를 멋대로 풀어놨다는 혐의를 변호하기 위해서였다. 팀의 개는 늙고 잘생긴 검정색 래브라도로 목에 반다나를 두르고 있었으며 관절염에다가 눈도 거의 안 보였다. 사람들이 개를 법정으로 옮겨야 했다.

개 주인은 녀석이 평생 자유에 익숙한 삶을 살았다고 탄원했다. 그건 지금껏 녀석의 타고난 권리였고, 이제 와서 자기가 목줄을 달게 되리라는 사실을 알게 되는 건 비인간적이라는 것이었다.

사건 기록에 따르면 경찰은 팀의 개를 여섯 블록이나 쫓아가야 했다. 이 기록이 정확한가요? 판사가 물었다. 그렇습니다, 판사님. "이 사실로는 개가 힘차게 빨리 달렸다는 건 잘 모르겠군요." 판사가 기록을 들여다본 다음 말을 이었다. "하위 씨, 아스펜이 변했다는 사실을 이해해야 합니다. 여기는 더 이상 개가 길 한가운데 앉아 있거나 자유롭게 뛰어다닐 수 있는 곳이 아니란 말입니다."

결과가 어찌되었는지는 잊었다. 아마 벌금을 물었을 것이다. 혹자는 아스펜 스키 협회가 스키도 타지 않는 사람에게 팔린 일을 꼽을 것이다. 아니면 할리우드 배우들이 크리스마스에 행차하거나 거대한 리츠 칼튼 호텔을 건설한 일을 꼽을 것이다. 하지만 내 기억에는 스페이드, 누가 봐도 늙어빠진 팀 하위의 개에 대한 재판이야말로 옛 여왕이 사라지고 새 여왕이 즉위했음을 표시했던 사건이었다.

〈로키 마운틴 매거진〉(1994년)

낙원이라 부르는 곳

덴버 서쪽의 우툴두툴한 산악 지대 위를 사십 분가량 비행하면 첫 번째 풍경이 공중에서 내려다보인다. 숲, 눈 덮인 꼭대기, 찾는 이 없는 푸른 호수, 아주 드물게 잠깐씩 보이는 거주지. 그러다 별안간 작은 도시가 나타난다. 층진 계곡 안에 위치한 그 도시는 무척이나 작아 보여서 한 손바닥 안에 다 들어갈 것 같다. 겨울에는 널찍한 산길 같은 스키 활주로가 마을 위 경사면에서 급전직하한다. 여름에는 널찍한 방목장이 이곳이 윤택한 땅이라는 사실을 말해주는 듯하다. 도시에 더 가까이 갈수록 집들이 낮은 경사에 모여 있다는 사실을 알 수 있다.

공항에서 아스펜까지 차를 몰고 가다 보면 풀을 뜯고 있는 말과 목초지 가장자리에 세워져 있는 산장들을 지나치게 된다. 그곳에는 버스들, 우연히 서로 알게 된 여행자들, 자전거들, 달리는 사람들이 있다. 어지럼증이 확실히 느껴지기 시작하는데,

그건 영웅적 여정을 거쳐 최종 목적지에 도달했다는 단순한 사실 탓만은 아니다. 아스펜은 해발 2438미터로, 이 고도에서는 개에게 벼룩이 달라붙지 않는다. 이곳은 알프스의 여느 휴양지보다 훨씬 높은 곳에 위치한 곳이다. 숨이 가빠지는 건, 특히나 처음 며칠간 그러는 건 드문 일이 아니다. 공기 또한 극도로 건조한데, 그 덕에 눈*의 질이 상당히 뛰어나지만 피부에는 우려스러운 영향을 미친다. 그 영향은 샹그리라에서 받을 수 있는 것과 정반대다. 여기서는 도착하자마자 피부가 말라붙어서 별안간 600년을 산 라마 신이 된 것 같은 느낌을 받는다.

아스펜의 메인 스트리트는 길고 무척 넓다. 빅토리아 양식의 집이 많고, 거대한 나무 몇 그루가 살아남아 있다. 한쪽 끝까지 가면 네댓 블록 규모의 상가 지역이 나온다. 이곳에서는 신축 건물과 옛날 건물이 뒤섞여 있다. 법률상 어떤 건물도 4층 이상의 높이로 지을 수 없다. 레스토랑, 가게, 바, 서점이 있다. 이 중 몇몇 가게는 임시로 문을 연 것이고, 어떤 가게는 무척 잘 지어져 있다. 아스펜에서는 무엇이건 10년 동안 있으면 오래 있는 것이다. 20년이면 전통이 된다. 어디서나 즐겁고 편안한 분위기가 흐른다. 거리의 군중들은 누가 봐도 확실히 관광객인 사람들, 이곳을 잘 아는 듯 보이는 사람들, 확실히 여기 주민인 사람들로 이루어져 있다. 이 셋 중 뒤쪽의 두 그룹을 구분 짓는 선은 희미하다. 갈레나, 듀런트, 밀과 같은 거리 이름은 여기가 광산이던 시절에 유래가 있다. 아스펜 위쪽에는 신비로운 숲, 산들, 개울들이 도시를 감싸고 있다. 쉽게 접근할 수 있고, 하이킹 부츠를 신은 사람에게라면 상시 열려 있다.

"아스펜에는 얼마나 오래 사셨습니까?" 1970년대에 이따금씩 아스펜을 찾았던 소설가 솔 벨로가 한번은 어느 아름다운 외모의 주민에게 물어보았다.

"아, 오래요." 그녀가 대답했다. "다른 데 살 생각은 할 수도 없었어요."

"5년만 계셔보세요. 못 떠날걸요." 다른 사람이 말했다.

"결핵이 없는 『마의 산』 같군요." 벨로가 멍하니 말했다. 그는 결코 그 도시에 완전히 속아넘어가지 않았다. 그는 어느 정도는 아스펜을 간파했다. 벨로가 관찰한 바에 따르면 "이 젊은 사람들의 얼굴에 쓰여 있다. 존재의 의미가 본인들이라는 사실이."

아스펜은 미국 휴양지 중에서 싸구려 보석 같은 도시로는 으뜸가는 곳이다. 호화로움과 수수함이, 한철로 끝나고 마는 것과 오래도록 지속되는 것이 화려한 방식으로 혼합되어 있다. 마치 파리처럼 아스펜도 빛과 즐거움이 있고, 사람들은 보통 예의 바르게 행동하며, 거리에는 유쾌함이 넘치는 도시다. 사람들은 아스펜을 성性의 낙원이라고 생각하는데, 사실 그곳에는 남성이건 여성이건 파트너가 널려 있으며, 그 파트너들은 보통 남들이 부러워할 만한 구릿빛 피부를 갖고 있다. 멋진 상점, 특별한 아파트와 주택이 절대 예상할 수 없는 곳에 콕 박혀 있다. 영화관, 박물관, 미술 갤러리도 있다.

아스펜에 '사회'는 없다. 오래되고 고귀한 가문도 없다. 이곳에 미리 당도한 부자와 대지주가 특별한 지위를 점유하고는 있지만 나머지는 순수한 민주주의다. 다들 이름만 부르는 게 기본이다. 디너파티에서 일을 돕는 여성은 거의 틀림없이 손님 중

한 명과 데이트를 한다.

멋진 외모를 가진 사람이 자기 배경을 슬쩍 흘리면 잘나가게 마련이다. 아스펜은 정복할 수 없는 도시가 아니다. 심지어 똑똑한 주민조차도 속아넘어갈 수 있다. 내가 알았던 한 가게 주인이 무척 멋진 외모를 가진 커플이 가게로 들어오는 걸 봤다. 두 사람은 서부식 복장을 입고 있었는데, 블루밍데일 백화점 같은 데서 파는 게 아니라 농장을 소유한 사람이 입고 다니는 진짜 서부 옷이었다. 남자는 키가 컸고, 굉장히 멋지게 닮은 스테트슨 카우보이모자를 쓰고 있었다.

"그 모자는 어디서 난 겁니까?" 가게 주인이 물었다.

"모자요? 뉴욕에서요." 남자가 대답했다.

"하지만 뉴욕 출신은 아니죠, 그렇죠?"

"네."

"하지만 당신 모자는," 주인이 "당신 모자는, 정말 진짜처럼 보인단 말입니다. 당신은 몬타나 출신인 게 확실해요. 저 얼룩하며……."

남자가 모자를 벗어 살펴보았다.

"아, 이거요." 그가 말했다. "베어네이즈 소스가 묻은 거예요."

1945년, 월터 페프케Walter Paepcke라는 시카고의 사업가가 아스펜을 살펴보러 차를 몰고 왔을 때 이곳은 사실상 유령 도시였다. 그가 본 것은 한때 번성했던 은 채굴 광산 도시가 남긴 아름다운 뼈였다. 부패하기 쉬운 것은 여위어갔고, 그러다 골격만 남았다. 주변의 산과 숲은 온통 믿을 수 없을 만큼 찬란했다. 로어링 포크 강이 흐르면서 잊을 수 없는 황폐한 풍경을, 텅 빈 들판을, 망가진 거리를 지나쳐갔다. 그럼에도 불구하고 그 모습은, 내가 아는 어느 아스펜 목수가 자기 낡은 톱에 대해 말했듯이, "새것보다 더 잘 닳아빠졌다."

페프케는 아스펜을 되살렸다. 그의 유럽적 취향 때문에 페프케가 내는 아이디어는 크기보다는 질 쪽으로 기울었다. 그는 그 지친 도시에 대한 비전을 갖고 있었다. 아스펜은 그간 사람들이 인식하지 못했던 아름다움이 완전히 다시 살아나 보존될 도시였다. 1960년 페프케가 사망할 때까지 거의 15년간 아스펜은 이러한 이상에 의거하여 크게 성장했다. 도시는 작은 크기에 귀족적이리만치 가량맞은 상태로 남게 되었다. 그 시절이 황금기였다는 사실에는 현재 합의가 이루어져 있다.

페프케는 친구들과 지인들에게 집을 사서 수리하라고 부추겼고, 본인도 상당량의 부동산을 구입했지만 투기 목적은 아니었다. 그 뒤 그는 도시를 세상에 널리 알리자는 기발한 아이디어를 떠올렸다. 1949년이 괴테 탄생 200주년이었는데, 프랑크푸르트 당국은 200주년 기념식을 콜로라도에 위치한, 괴테가 태어났을 때에는 인디언들이 살던 황무지였던 어느 오지에서 열자는 페프케(그는 독일인 혈통이었다)의 설득에 넘어가고 말았다. 소설가 존 마컨드, 영화배우 게리 쿠퍼, 언론인 노먼 커즌스 같은 유명인들은 이미 여러 번 그곳을 방문한 뒤였고, 이제는 소설가이자 극작가인 손튼 와일더, 피아니스트 아르투르 루빈슈타인, 철학자 오르테가 이 가세트, 첼리스트 그레고르 피아티고르스키에 미네아폴리스 심포니 오케스트라가 아스펜을 찾았다. 알베르트 슈바이처—그것이 그의 유일한 미국 방문이었다—가 개회 연설을 했다. 오래 지속될 수 있는 분위기가 형성되었다. 오늘날에는 도시 전체의 활발한 치과의사와 상류층 젊은이들을 위해 노벨상을 수상한 물리학자와 위대한 음악가가 테니스를 치고, 쇼핑몰에서 점심을 먹고, 오솔길에서 하이킹을 하고 있다.

페프케가 처음 데려온 사람들에 더하여, 아스펜에 대한 소문을 들은 사람들이 찾아와서는 오래도록 머물렀다. 몇몇은 10 산악사단의 일원이 되어 전쟁 중에 콜로라도에 있는 캠프 헤일에서 훈련을 받았다. 또 다른 사람들은 명문가의 골칫거리가 되어 새로운 사냥감을 찾아 영원히 배회했다. 젊은이들, 괴짜들, 재능 있는 무명인들도 있었다. 오랫동안 아스펜은 일종의 '유행 중인' 비밀, 너무 완벽해서 망쳐서는 안 될 피난처였으며, 그곳으로 이사한 사람들은 자신들이 행운아임을 잘 알았다.

"제가 진정으로 찾던 게 전부 다 있었어요." 1968년에 아스펜으로 이주한 안드레 울리히가 말했다. 그는 동부에서 주택을 설계하고 짓는 일을 했던 사람이었다. "소도시의 사고방식은 없으면서 소도시의 장점을 갖춘 곳이었죠. 사람들도 흥미롭게 뒤섞여 있었고요. 당시에는 그 장소만의 자연스러운 아름다움과 분위기가 있었죠."

울리히는 여러 해 동안 스키를 가르쳤고, 아내와 함께 레스토랑을 열어 성공했으며, 그 후 도시에서 가장 우아한 디스코텍을 개업했다. 그는 싸구려 술집 주인처럼 보이지 않는다. 울리히는 바르샤바에서 태어났는데, 그의 부친은 정부 장관이었다. 그는 런던 대학에서 건축 학위를 취득했고, 예의가 바르며, 쨍하니 푸른 폴란드인의 눈을 갖고 있었다.

울리히가 세운 업체인 '안드레스Andre's'는 도시 중심가에 있는 오래전 복원된 건물을 점유하고 있으며, 아스펜 밤 생활의 절정이 되어 왔다. 첫 두 층은 레스토랑과 바이고, 3층이 디스코텍이다. 길쭉한 방에 스트로브 불빛이 맥박처럼 고동치고 음악 소리가 둥둥 울린다. 매일 밤 행사가 열린다. 벽을 따라 푹신한 소파와 의자가 놓여 있고 의자에는 모피코트와 파카가 쌓여 있다. 아침이 되면 쿠션 사이에서 하얀 가루가 든 조그만 봉지가 이따금 발견되기도 한다. 하얀 터틀넥 위로 턱수염을 기른 머리 긴 사람들이 카우보이모자 아래서 따뜻한 미소를 교환한다. 처음에 울리히는 회원권을 판매했고, 그래서 클럽이 사람을 가려 받는 곳이라는 인식이 생겨났다. 이는 생 모리츠에서나 찾을 수 있는 그런 종류의 업소, 곧 비바 클럽의 단골과 전용 제트기로 여행하는 걸 좋아하는 젊은 여성들을 위한 사치스럽고, 비밀스러우며, 자연스러운 휴식을 제공하는 장소를 찾는 몇몇 주민들의 욕망에 대한 대답인 셈이었다. 사실 안드레스는 약간의 요금만 내면 모두에게 개방되는 곳이다. 저녁이 흘러갈수록 활기가 점점 더 살아나고, 자정이 되면 일을 끝낸 이 도시의 웨이터와 소믈리에가 새로운 얼굴이 없나 보려고 바에 나타나기 시작한다. 오전 두 시에는 모든 업장이 문을 닫고, 이때 거의 대부분의 사람들이 누군가를 데리고 집으로 돌아갈 수 있다. 이를 '두 시의 카드 섞기'라 한다. 댄스홀과 바가 텅 비었을 때도 사람들이 온갖 구석진 곳에서 최후의 협상을 벌이는 모습을 볼 수 있다. 희한하게도 이 모든 성공이 울리히에게는 울적한 감상을 불러일으킨다. "이 도시가 이제는 완전히 미쳐 돌아가는 모습이 보입니다." 그가 말했다. "우리 모두가 오래전부터 알았던 사람들, 어떤 삶의 방식에 푹 빠져 살았던 사람들은 더 이상 여기서 지낼 수 있는 여력이 없어요. 정말 많은 사람들이 여기 옵니다. 특히나 겨울에 그렇죠.

이 나라의 인간들이 믿을 수 없을 정도로 퇴보하는 게 보여요." 울리히가 슬픈 듯 말했다.

세 블록 떨어진 인기 업소 '제롬 바'의 주인은 보다 낙관적인 관점을 견지하고 있다. 주인 마이클 솔하임은 이 도시의 모든 사람들과 마찬가지로 타지에서 왔다. 그의 경우는 시카고다. 호감 가는 성격에 맵시 있는 차림새인 그는 선 밸리에서 에스프레소 카페를 운영하고 있을 때 아스펜 시장을 만났고, 그에게 큰 호감을 품게 되었다. "제가 시장입니다." 시장이 솔하임에게 말했다. "시에서 제롬 호텔을 임대했어요. 거기서 바를 운영하실 수 있을 겁니다."

일이 그렇게 순조로이 돌아가지는 않았다. 솔하임은 아스펜으로 오긴 했지만, 그러는 사이 제롬 호텔을 매입한 새 주인에게 자신이 "아프리카 투창과 싸구려 포도주로 가득 차 있고 조명도 형편없는 방"을 멋진 바로 성공리에 바꿀 수 있다는 사실을 설득해내기 전까지 5년 동안 페인트와 벽지 회사를 운영하면서 지내야 했다. 마침내 솔하임은 1972년 바를 인수했고, 자기가 숭상하던 샌프란시스코 스타일로 유행에 맞게 인테리어를 새로 꾸몄으며, 즉각적인 성공을 거두었다.

제롬 호텔은 이 도시의 랜드마크 중 하나다. 거대한 벽돌 구조물인 이 호텔은 1899년 은광 붐이 절정에 달했을 때 건설되었다. 전혀 제대로 현대화가 되지 않은 이 건물은 아스펜에서 가장 흥미로운 장소 중 한 곳으로 남아 있다. 바에서 제공하는 음식은 전혀 특별하지 않고, 가장 인기 있는 음료는 화이트 와인이지만("몇 주 동안 마티니를 안 만들면서 운영하기도 해요"라고 솔하임이 말했다), 이곳에는 장소 특유의 정신이 배어 있다. 여기야말로 순수한 아스펜인 것이다. 예전에는 사람들이 말을 타고 문을 통과했다고들 한다. "물론 그런 행동을 특별히 금지한다는 표지판이 없긴 하죠." 솔하임이 인정했다.

고객들은 대개 젊고 눈부신 사람들이고, 거기에 향수에 젖은 40대 남자들이 이따금 낀다. 마치 여러 히트 영화의 배역뿐 아니라 〈보그〉와 〈인터뷰〉 지의 페이지에서 나온 사람들까지 죄다 두 개의 방에 놓인 테이블과 의자에 쏟아진 듯하다. 그런 장소들과 더불어, 한 구역은 그보다 더 마음이 끌린다. 제롬 호텔에서 그곳은 바가 위치한 앞쪽 부분이다. 보통 오후 다섯 시 이후에는 앉을 자리가 없다.

바의 성공은 어느 정도는 곤조 저널리스트 헌터 톰슨이라는, 아스펜에서 가장 악명 높은 인물이 이곳을 은신처로 씀으로써 따라붙은 명성 덕이기도 하다. 톰슨은 도시에서 16킬로미터 정도 떨어진 외딴 계곡에서 살고 있으며, 보통 오후 늦게 아니면 저녁 즈음, 가끔은 미식축구 마지막 쿼터가 진행되는 동안 나타난다. 그는 한때 스포츠 기자였고, 그래서 그런 문제에 대한 관심은 사라지질 않았다. 그는 보통 바의 끝, 커피 메이커와 텔레비전 근처에 자리를 잡는다. 게임 때문에, 또는 인생 전반에 짜증이 나면 톰슨은 음식이나 술을 텔레비전 스크린에 집어던지곤 한다. 톰슨이 그렇게 자기 흔적을 잔뜩 남기기는 하지만, 솔하임이 철학적으로 언급한바, "높은 수압의 호스로 대부분 제거합니다."

아스펜에는 계절이 둘뿐이다. 겨울과 여름. 여름이 더 길다. 돈도 그때 더 많이 쓴다. 스키는 12월 초에 시작되는데, 개장 시기는 눈의 양과 예상 관광객 수에 달렸다. 아스펜은 스키를 타기에는 세상 어느 곳 못지않게 훌륭한 장소다. 아스펜에는 많은 양의 눈이 내리지는 않지만 늘 충분해 보이기는 한다. 눈의 질이 훌륭하고, 종종 참으로 깨끗하고 차가워서 그 위에서 스키를 타면 벨벳 위에서 미끄러지는 것 같다. 네 개의 주요 산, 아엑스(지역 주민들은 '아스펜 산'이라 부른다), 하이랜즈, 버터밀크, 스노매스에 최소 480킬로미터에 달하는 스키 코스가 있다. 좀 어려운 경사 코스가 있기는 해도 대부분은 스키를 타기에 무섭지 않고 신난다. 경치만 따로 떼놓고 말하자면, 환한 햇빛 아래 푸른 산꼭대기가 광대하게 펼쳐지는 경관은 상당히 비싼 호텔이나 콘도 객실 가격이, 레스토랑과 슈퍼마켓에서 길게 줄을 서 기다려야 하는 수고가 아깝지 않다.

아스펜의 겨울은 리프트 운행이 끝나는 날 끝난다. 여전히 눈은 자주 많이 내리고—봄 폭풍이 자주 불기 때문이다—가끔은 시즌 중 가장 춥고 순수한 스키를 탈 수도 있다. 하지만 부활절 주간 일요일 즈음, 리프트 소유주가 미리 못박아둔 날

짜가 되면 모든 게 멈춘다. 커튼이 내려가는 것이다. 마치 도시 전체가 한숨을 쉬고는 쓰러지는 듯하다. 그 후 몇 주 동안, 아스펜은 잊을 수 없는 파티를 끝낸 아름다운 집 같다.

11월부터 열정적으로 일했던 사람들의 대량 탈주가 일어난다. 스키 강사, 레스토랑 도우미, 객실 하녀 등. 그들은 이쪽 낙원과 저쪽 낙원을 맞바꾸며 하와이 아니면 멕시코의 해변으로 향한다.

최후까지 남은, 30대가 저물어가는 스키광 한 명이 마지막 날 사우나에 앉아 있다. 얼굴에는 즐거운 세월을 누린 흔적만이 남아 있다. 무릎이 나갔다고 그는 말했다. 무릎이 아무리 강하다 할지라도 그렇게 많은 충돌을 전부 다 배겨낼 수는 없다. 그 역전의 용사는 무릎이 나가면 다 끝이라는 사실에 동의했다. 캘리포니아로 떠날 거라고 왕년의 챔피언은 말했다. 그는 에설렌 연구소Esalen Institute. 미국 캘리포니아주에 있는 뉴에이지 계열의 비영리 대안 교육 기관로 갈 예정이다. 그는 너무 늦기 전에 자신의 진정한 중심을 찾고 싶어한다.

봄의 몇 달 동안 아스펜은 실질적으로 문을 닫는다. 예전, 그러니까 1960년대에 아스펜의 봄은 끝없는 진흙의 계절이었다. 봄에 얼음이 녹으면서 비포장도로가 진창으로 변했던 것이다. 이제 아스펜의 봄은 코크스크류, 로어 스테인, 프랭클린 덤프치럼 바로 최근까지 싸늘한 두려움을 풍기던 이름을 가진 비탈 코스의 눈이 한 주 한 주 녹아 없어지는 광경을 보며 한탄하는 시간일 뿐이다. 코스들은 천천히 벌거벗겨지면서 무해한 존재로 화하다가 마침내 전쟁터 마냥 녹색으로 뒤덮인다.

다른 계절인 여름은 6월의 국제 디자인 컨퍼런스와 함께 시작된다. 레스토랑들이 다시 문을 연다. 깨어난다는 기분이 감돈다. 비록 한 해의 이 시기에 밤은 여전히 무척 쌀쌀하고 진짜 군중도 아직은 당도하지 않았지만, 모종의 특권을 누리고 있다는 감이 온다. 그건 1950년대와 1960년대에 존재했던 어떤 느낌, 사람들을 이 도시와 사랑에 빠지도록 만드는 느낌이다. 큼지막한 미루나무들은 녹색으로 얼룩져 있다. 저 멀리 인디펜던스 고개, 원 정착자들이 그 너머에서 찾아왔던 고개는 눈에 덮여 하얗다. 인디펜던스 고개의 높이는 3657미터다. 거의 1년 내내 설원이 있고, 공기는 무척이나 희박해서 마치 금속 맛이 나는 듯하다. 좁고 아슬아슬한 길이 고개를 가로지르고 있는데, 그 길은 보통 날씨를 봐 가면서 6월에서 10월 사이에 열린다.

여름에 벌어지는 진정한 활동은 6월 말부터 시작되는 음악 행사다. 1949년 이래 아스펜 뮤직 페스티벌에는 크시슈토프 펜데레츠키, 벤저민 브리튼, 이자크 펄만, 핀커스 주커만, 다리우스 미요 등의 세계적인 위대한 예술가들이 참여해왔다. 아름다운 경관과 100만 달러짜리 주택들로 둘러싸인 풀밭에 세워진 대형 텐트에서 콘서트가 열린다. 900명의 학생이 참여하는 음악 학교에서는 마스터 클래스, 오페라, 현악 사중주가 진행된다. 학생들은 레스토랑과 쇼핑몰 바깥에서 연주한다. 이 2주 동안 아스펜은 페프케의 꿈에 무척이나 근접한다.

음악에 더하여 발레도 있다. 발레 웨스트가 매년 자신들의 본거지 솔트 레이크 시티에서 방문한다. 피직스 센터(물리학자들의 심각한 회의가 여름 내내 열린다), 아스펜 연구소에서도 여러 가지 행사가 개최된다. 연구소는 페프케가 자기 휴양 시설의 지적인 부서로 창안한 곳으로, 사람들을 위대한 생각에 노출시키려는 목표를 가진 곳이었다. 대학 시절 이래 중요한 저술들을 거의 읽어보지 않은 경영자들이 2주 동안 아리스토텔레스, 애덤 스미스, 존 스튜어트 밀 등을 배우는 과정을 거치고 자기가 읽은 것을 세미나에서 토론했다. 페프케의 사후 연구소는 표류했는데, 적어도 시설의 한 부서로 곧장 포함되지는 않았지만 현재 그곳은 정부, 기업과 밀접하게 연결된 여느 재단들과 사실상 구별할 수 없다. 연구소의 현재 사무실은 뉴욕에 있고, 아스펜은 그저 자유롭게 배회하는 숲 같은 장소, 이 혼란스러운 시대에 우리가 맞닥뜨리는 수많은 문제를 토론하고 난 뒤 빤한 보고서를 써서 올리는 장소 중 한 곳이다.

한번은 연구소 근처의 조그만 자연보호 구역인 할람 호수가 내려다보이는 테라스에 세계적으로 높은 지위에 있는 방문객 한 명과 앉아 있던 적이 있었다. 늦은 오후였다. 호수는 은빛이었다. 제비들이 쏜살같이 허공을 갈랐다. 나뭇잎이 우거진 도시 위로 완벽하게 깨끗한 햇살이 떨어졌다.

"안으로 들어갑시다." 방문객이 말했다.

"무슨 문제라도?"

"자연풍경 때문에 기분이 나빠요." 그가 말했다.

마지막 콘서트는 8월 말에 열린다. 겨울과는 달리 여름은 천천히 끝을 향해 흘러간다. 테니스 코트에는 여전히 하얀색 경기복을 입은 이들이 있고, '샤프트' 레스토랑 밖에 설치된 게시판에는 급히 집을 구하거나 등산 부츠와 스키를 판매하는 사람들

이 붙인 종이가 펄럭거린다. 더 노골적인 제안을 하는 종잇조각
도 붙어 있다.

여자 둘. 8월 말 미네아폴리스까지. 차 필요함. 기름과 엉덩이 교
환 가능.

나뭇잎의 색깔이 바뀌기 시작한다. 하늘은 더 깊은 푸른빛을
띤다. 도시 이름을 따 온 나무(아스펜은 원래 '유트 시Ute City'라고
불렸다)에는 바르르 흔들리는 작은 이파리가 달려 있고, 몸통은
자작나무처럼 희끄무레하다. 어떤 지역에서는 이 나무를 '떨리
는 포플러'라 부르기도 한다. 초서와 플리니우스가 이 나무에
대해 글을 쓰기도 했고, 그리스도가 매달린 십자가가 이 나무
로 만들어졌다는 전설도 있다. 나무껍질은 예전에 약으로도 쓰
이기도 했다. 10월 첫째 주쯤 되면 산 중턱의 광대한 숲이 하룻
밤 새 황금빛으로 변한다. 마지막으로 이렇게 색깔이 싹 바뀌면
서 여름은 완전히 끝난다.

미국의 가장 오래된 도시들이 생긴 시기라고 해봐야 17세기
로 거슬러 올라갈 뿐이고, 몇몇 대도시들은 고작 19세기에 그친
다. 눈 깜박할 사이에 전체적인 성장이―몇몇 경우에는 쇠퇴
가―이루어졌다. 아스펜은 한 세기도 안 되는 시간 동안 얼른
과거를 묻어버렸다. 새 도시가 옛 도시를 덮었는데, 그 아래에
는 여전히 또 다른 층이 자리하고 있다. 현재 도시 밑에는 광산
터널이 곳곳에 뚫려 있고, 버려진 도관들이 놀랄 만한 규모로
퍼져 있다. 아약스 산을 조금만 오르면 옛 듀런트 광산 입구가

나온다. 지금도 여전히 그 안으로 걸어 들어가 또 다른 영역의 오싹한 깊이에, 수직 갱도가 미지의 표면을 향해 치솟아 있고 붕괴된 터널 벽이 제롬 호텔을 사라지게 할 수 있을 만큼 커다란 수평 갱도를 드러내고 있는 완전한 어둠에 발을 디딜 수 있다. 이 모든 것들, 이 광산에 헌신한 그 모든 삶과 광산이 만들어냈던 부는 이제 잊혀졌다. 현대적 도시의 밑에는 호메로스적 폐허가 자리한다. 설령 그것이 보이지 않는다 해도, 그 폐허는 계속해서 영향을 미치고 있으며 다른 도시에는 없는 특별한 특성, 다시 말해 이 도시가 쾌락의 추구 이상의 무언가, 어떤 필연적인 결과에 기초하여 지어졌다는 느낌을 부여한다. 아스펜은 스노버드나 베일 같은 도시와 비슷할 텐데, 그 두 도시는 즐거운 곳이지만 인공적으로 만들어진 장소다. 그 도시들에는 아스펜이 그 모든 바보스러움에도 불구하고 여전히 보유하고 있는 진정성이 결여되어 있다.

하지만 휴양지라는 문제에 대해 말해보자면, 아스펜은 소수의 모험가들이 발견하는 장소에서 부유하고 성공한 사람들이 소유권을 독차지하는 지역이라는 방향으로 이어지는 길을 빠르게 지난 듯 보인다. 초기 정착민 중 몇몇이 넉넉한 사람들이긴 했지만, 그들은 인습에 얽매이지 않던 시기에 즐거운 나날을 보내던 사람들의 일부였을 따름이었다. 그중 상당수가 지금도 대략 30대 후반이다. 그들은 그리 나이 들어 보이지 않는다. 태양에 불그스름하게 그을렸고 신선한 공기를 품은 세월의 보호를 받는다. 하지만 극장에 두 개의 부분, 곧 관객이 보는 부분과 무대 뒤편이 있듯이 아스펜 또한 둘로 나뉜다. 한쪽은 눈에 잘 들어오는 부분, 다른 한쪽은 방문객에게는 숨겨진 보이지 않는 부분이다. 세월이 흐르는 동안 벌어진 일은 원 출연진의 몇몇 멤버들, 이상적인 삶의 아름다움에 만족하지 못하던 이들이 극장을 매수하여 장악하기 시작했다는 사실이다. 토지 열풍이 1970년대 초에 시작되었을 때 야심가들은 부동산을 비축했고, 몽상가, 땜장이, 국외자들은 산타바브라나 뉴멕시코로 흘러갔다.

때 묻지 않은 멋진 겨울이 있고 공동생활의 기쁨을 공유하던 아스펜은 부동산 사무소와 고급 옷가게가 들어선 곳이 되었다. 한때는 개들이 길 한가운데 느긋이 앉아 있기도 했다. 이제 개들은 목줄을 찬 채 돌아다니고, 유행의 첨단을 달리는 젊은 경찰들이 파란색 사브 승용차를 몰고 다닌다. 여기서 범죄가 일어난다는 뜻은 아니다. 사람들은 평화롭게 꿀잠을 잘 수 있다. 물론 문을 절대 잠그지 않던 시절과는 달리 어느 정도의 절도와 가택침입이 벌어지기는 한다. 하지만 사람을 대상으로 한 범죄는 실질적으로는 전혀 일어나지 않는다. 이 지역에서 마지막으로 살인사건이 벌어진 건 5년 전이었고, 그것도 미치광이 테오도어 번디미국의 연쇄살인범 때문이었다. 번디는 아스펜에서 16킬로미터 정도 떨어진 위성 휴양지 스노매스에서 젊은 여성을 살해해 벌거벗은 시신을 길가의 눈밭에 유기한 혐의를 받고 있다. 이 사건은 끝내 재판에 회부되지 않았다. 번디는 법원 2층 창문에서 뛰어내리고는—그는 법원 도서관에서 뭘 좀 찾겠다면서 감시에서 벗어난 상태였다—훤한 대낮의 거리에서 사라져 도시를 전율에 떨게 했다. 라디오 방송에서는 사람들에게 문과 창문을 잠그라고 경고했지만, 나중에 밝혀진 바에 따르면 탈주자는 누굴 건드릴 의향이 조금도 없었으며, 훔친 차를 타고 계곡을 떠나려다 다시 잡히기 전까지 며칠 동안 비참한 몰골로 숲속을 헤맸다고 한다. 두 번째 탈출 시도에서 번디는 플로리다로 튀었고, 그는 그곳에서 재판을 받아 플로리다에서 저지른 연쇄살인에 대해 유죄 판결을 받았다.

군 보안관 딕 키나스트는 탈주자들 때문에 당혹스러워했지만 마약법이 집행되는 방식에 강경하게 반대 의사를 개진함으로써 지역주민들 사이에서 위엄을 되찾았다. 그의 입장은 전국 단위 언론이 열심히 보도하기도 한바, 최소한 아스펜에서는 대부분의 마약류 사용은 집 안에서 이루어지고 있다는 것이었다. 그는 사생활의 편에 서면서 연방 기관과의 협조를 거절했고, 그 결과 대배심까지 마주하게 되었다.

상당량의 코카인—혹은 아스펜 사람들이 애정 어리게 일컫는바에 따르면 '볼리비아 행진 가루Bolivian marching powder'—가 돌고 있다고 믿을 만한 이유들이 있다. 뉴욕, 로스앤젤레스, 댈러스 같은 도시의 교양 있는 무리들 사이에서는 아스펜이 현대적인 의미에서 좋은 시간을 보낼 수 있는 장소라는 인식이 널리 퍼져 있으니까.

제인 스미스와 수전 올슨은 '헤븐'이라는 이름의 가게를 소유하고 있는데, 이 가게는 아스펜에서 가장 오래된 영화관인 '아이시스'가 들어서 있는 오래된 벽돌 건물 옆에 위치하고 있다. 둘은 영화 〈신사는 금발을 좋아한다〉의 최신 버전에서 곧바로 튀어나온 사람들이다. 생기 넘치고 마음이 따뜻하며 현명하다. 헤븐에서는 멋진 옷을 찾을 수 있다. 흔히 볼 수 없고 비싼 옷이다. 실크와 사모예드 견의 털로 짠 재킷, 스파이크 힐 구두만큼이나 에로틱한 스웨이드 가죽 바지, 250달러짜리 가죽 벨트, 노출이 심한 상의와 코요테 혹은 일본 너구리로 만든 모피 코트.

그들은 2년 전에 가게를 열었지만, 제인은 아스펜에 10년 전부터 살았고 이미 비슷한 가게 세 개를 소유했거나 운영한 경력이 있었다. 제인은 머리색이 거무스름하고 아름다운 얼굴형과 검은 눈동자, 환한 미소의 소유자다. 그녀는 앨라배마에서 태어나 대학에서 인테리어 디자인을 공부했다. 매년 그녀는 "플로리다에서 올라오신 노부인"의 감독 하에 엿새짜리 주스 단식(하루 두 시간 마사지를 받고, 관장을 한 뒤, 주스를 많이 마신다)을 시행한다. "'아스펜을 사랑하게 될 거야'라고 입버릇처럼 말하던 친구가 있었어요." 제인이 말했다. "정말 그렇게 됐죠." 당시 그녀는 20대 초반이었다. 그녀는 옷가게를 열고 잠시 운영하다가 또 다른 가게를 시작했다. 가게 이름은 '20세기 폭스'였다.

'헤븐'이라는 이름은 아스펜에 대해 노상 이야기하면서 "천국이 여기라니까……"라고 말하던 여자친구에게서 영감을 받았다. 고객 중에는 가수 셰어, 배우 안젤리카 휴스턴과 테이텀 오닐이 있다. 물론 수많은 부자 멕시코인과 남미 사람들도 있다. 가게는 잘 굴러간다. "하지만 여긴 여자들에게는 힘든 도시예요." 수전 올슨이 말했다. 그녀는 도도한 말투를 가진 멋진 캘리포니아 사람으로, 남자들이 그녀를 소유하고자 무엇이든 바칠 수 있을 여성이다. 길쭉한 다리에 금발인 그녀를 거리에서 보게 되면 세상 근심이라고는 전혀 없는 사람이라는 생각이 들 것이다. "겨우 먹고살기도 힘들어요." 수전이 말했다. "이 도시에서는 틈새시장을 찾기도 어려워서 돈을 벌기도 어렵죠. 상황이 무척 불안정해요. 많은 사람들이 많은 문제를 겪고 있고요. 사람들이 방탕한 생활에 휩쓸리죠. 너무 경박해요. 여기서는 사내들이 여자를 이용해요."

신화는 여간해서는 사라지지 않는다. 이곳에서는 독특한 행복을 누릴 수 있다는 매혹적인 비전이 있다. 그러는 동안 사람들은 차를 몰고, 비행기를 타면서 눈보라와 폭풍을 뚫고 산을 넘어 찾아온다. 덴버에서 아스펜까지 차로 오려면 다섯 시간이 걸린다. 하지만 며칠이 걸릴 수도 있다. 아스펜에 도달하는 것 자체가 전설의 일부다.

그래도 여전히 이곳에는 뾰족한 푸른 산, 장작불, 커다랗고 유연하면서도 대리석처럼 단단한 가지로 갓 내린 눈을 떠받치는, 브라우닝의 말마따나 마치 여주인 같은 나무들이 있다. 아침이 밝아온다. 강은 얼음으로 덮여 있다. 이따금 안에서 얼음이 깨지면 물살 방향으로 마치 상처처럼 틈이 쪼개진다. 물은 어두컴컴하지만 송어들은 추위를 견디며 살아남는다. 마을에서 약 1킬로미터 떨어진 곳까지 가면 강기슭으로 내려가는 동물들의 흔적이 눈 속에 새겨져 있다. 몇 킬로미터 더 이동하면 야생의 땅, 인간 없는 세상에 이른다. 여기서 심호흡을 하고 나면 있는 그대로의 전원을, 언제까지고 그렇게 남아 있을 전원의 모습을 볼 수 있다. 천국이 여기다.

〈지오〉(1981년 11월)

아스펜의 눈 내리는 밤

그 당시 우리는 쓰레기더미에서 식당 의자뿐 아니라 다른 물건들도 건졌다. 여기는 아스펜이었다. 식료품 가게는 오페라 하우스 지하실에 있었고 거기서는 외상 장부도 다뤘다. 대부분 광산 시절에 지어진 집들은 다섯 자리 숫자에 팔리고 있었다.

1960년대였다. 도시는 여전히 궁핍한 분위기가 막연히 감돌았고 대부분의 길은 비포장이었다. 아스펜은 스키 도시였고, 그 당시에도 전설적인 장소였다. 나는 '메도우스' 근처에 침실 두 개에 작은 벽돌 지하실이 있는 집 하나를 갖고 있었다. 벽돌은 모르타르도 바르지 않은 상태였다. 겨울에는 눈이 내렸다. 눈은 거의 수평으로 떨어지면서 창문을 쓸고 갔다. 묵직하고, 하얗고, 끝나지 않는 것이 마치 침묵의 갈채 같았다. 벽난로에서는 초가을에 덕을 쌓는 기분으로 베어내고 쪼개놓은 통나무가 맹렬한 소리를 내면서 타오르고 있었다. 이보다 더 크게 행복한 기분을 떠올리기란 어려웠다. 바깥에는 폭풍, 안에는 난롯불. 저 바깥세상에서는 무슨 일이 벌어지고 있을까? 그건 별로 중요치 않았다. 현관은 눈에 파묻혔고, 스키는 벽에 기대어 서 있었다. 사람들이 저녁을 먹으러 들어오고 있었다.

돌이켜보면 저녁 식사 자리가 참 많기도 했던 듯하다. 셀 수가 없었다. 친구들, 가끔은 친구들의 친구들, 도시에서 찾아온 사람들, 스키 타다 만난 사람들. 촛대가 사이드보드로 넘어져서 거울 틀에 불이 붙었던 저녁 식사자리도 있었다. 불길이 벽위를 따라 올라갈 때까지 아무도 눈치를 못 챘다. 성공적인 저녁 식사 자리도 있었고 간단히 말해 재난이었던 저녁 식사 자리도 있었다. 고기가 카드보드지처럼 질겨서 고든 포브스의 성질 급한 딸이 고기를 바닥에 팽개쳐버렸다. 불운한 우연의 일치로 그날 밤엔 감자도 설익었더랬다.

굉장한 이야기가 나왔던 저녁 식사 자리도 있었다. 말벗과 와인이 아니었다면 절대 나올 수 없을 고백과 의견이 토로되었다. 신선한 공기를 좀 쐬겠다며 나갔던 손님이 한 시간 뒤에 장작더미 위에서 잠든 채 발견되기도 했다.

그러던 도중 우리는 누가 왔었고 무슨 음식이 나왔는지 상기해두고자 서둘러 글 몇 줄을 적어두기 시작했다. 같은 메뉴를 되풀이하는 사태를 피하고자 하는 게 주된 목적이었다. 그러다 시간이 흐르면서 마치 책의 여백에 달아놓은 주석처럼 짤막한 논평과 기록이 슬금슬금 나타나게 되었다.

그리하여 연감이 만들어졌다. 로빈 폭스가 스윈번의 시를 드라마틱하게 낭송했고, 로렌초가 마치 오페라에서처럼 모피로

깃을 덧댄 코트를 입고 예고 없이 출현했다. 그날 밤은 이국적인 외모를 가진 어느 화가의 아내가 저녁 식사자리의 섹시 스타였다. 그녀는 광대뼈가 높았고 눈썹은 아치 모양이었다. 본인 말로는 프랑스에 간 적이 있다는데, 그 사실이 그녀에게는 특별한 의미를 가진 듯했다.

이 모든 것들이 적혀 있는 노트를 넘기다 보면 어떤 페이지는 분실되어 사라지고 없고 또 다른 페이지는 물—내지는 와인—얼룩이 묻어 있어서 알아보기가 어렵다. 하지만 지나간 저녁들을 생각하고 있으면 이상한 기분, 거의 성취감에 가까운 기분이 드는 것도 사실이다. 그게 무슨 일이었건 간에, 인생이 살아져 왔던 것이다. 잊어버렸던 이름들이 여기 적혀 있다. 어떤 이름들은 누구였는지 생각이 안 난다. "보르도 와인 네 병"이라는 간명하게 적힌 항목 아래 "풀 같은 스파게티 까르보나라"라고 적혀 있다. 그날 밤에는 테이블에 다섯 명이 있었는데, 거기 앉아 있던 부부는 훗날 이혼했다. 일이 벌어진 과정이 무척 기묘했다. 남편은 오랫동안 바람을 피워왔었는데, 그는 아내가 그 사실을 알고 있다는 것도, 그 사실이 그녀에게 불행을 야기하고 있다는 것도 알고 있었다. 그는 자기 정부를 무척 좋아했지만 결혼생활이 우선이라 마음먹고는 어느 날 아내에게 불륜 관계가 끝났다고 선언했다.

"뭐가 끝났는데?" 아내가 말했다.

"나랑 마야."

"당신이랑 누구?" 그녀가 말했다.

분명 수많은 밤에 포커를 쳤다. 진지하게 하는 게 아니라 마음 맞는 사람끼리 가볍게 했던 게임으로, 포커를 할 줄 모르거나 하는 법을 잊어버린 여성들을 위해 가끔씩 카드 패의 가치가 적혀 있기도 했다. 노트에 "판사가 져서 일찍 떠났다"라는 항목이 있다. 판사는 결국 아스펜도 떠나게 되지만, 그에 대한 기억이 생생하다. 다람쥐를 닮은 친절한 사람이었지만 퉁명스럽고 고집 세게 굴 수도 있었다. 젊은 시절 그는 모든 것을 끝내려고 창밖으로 뛰어내린 적이 있었다. 사랑에 빠졌는데 거절당했던 것이다. 하지만 뛰어내린 창문이 고작 2층 높이였다.

또 어떤 저녁에는 사전에 챙긴 칩의 개수를 편의상 와인 병 라벨 위에 적어놓기도 했다. 톰 허버드는 계속 지고 있었는데, 그는 다른 참가자들과 마찬가지로 여러 번 칩을 채워 넣었다. 지친 상태에서 또 다른 판에서도 지게 되자 그가 애처롭게 문의했다. "와인 병에 남는 칸 있어요?"

피델 카스트로 이전 쿠바의 감각적인 삶에 대해 누군가가 남긴 특색 없는 설명도 있다. 아마 우리는 시가를 피우고 있었을 것이다. 노트에는 이렇게 적혀 있다. "아바나에서 여자들은 손바닥으로 시가를 받은 다음 램프 위에서 덥힌다. 그런 다음 짙은 색깔 럼이 든 유리병에다 푹 찍은 뒤 다시 굴린다. 그런 다음 시가 끝부분을 램프의 불꽃에 갖다 댄다. 남자는 두 모금을 빨고……." 나는 누가 이런 매혹적인 설명을 했나 떠올리려 노력한다. 아비게일이었나, 포르티아였나, 크리스타-올이었던가— 나로서는 남에게 붙일 수 없는 이름들이다— 아니면 오케스트라 지휘자였나? 전직 부지사였나? 그날 저녁 참석했던 목사가 누구였는지도 모르겠다. "신의 사도가 취했다"라고만 적혀 있을 뿐이다. 그 밤에는 이레네도 있었다. 그녀는 젊었고, 남부 출신이었다. 남자에게든 여자에게든 매력적이었으며, 상상할 수 있는 가장 은근한 미소를 지었다. 이리나는 스론다이크라는 남자와 예전에 짧은 결혼생활을 했다. 그녀는 결혼생활보다 피로연이 더 길었다고 즐겨 말했다.

우리가 다음 날 스키를 탔던가? 그건 적혀 있지 않다. 내 기억에는 스키를 탄 다음 날에 비길 데 없이, 거의 머리가 텅 빌 정도로 지친 상태에서 저녁을 먹으려 자리에 앉았던 적은 꽤 자주 있다. 대화 주제는 비탈코스와 기어, 그 어느 때보다 훨씬 완벽했던 파우더혼의 눈에 대한 것이었다. 기온도 딱 적당한 20도 정도의 추위라서 아무도 코스를 포기하지 않았다. 우리가 낸 스키 자국은 행복하다는 선언이었다.

조 폭스가 제시한 이상적인 주말 손님이 되는 여섯 가지 규칙이 왜 생뚱맞게 여기 적혀 있는지 궁금하다. 폭스는 랜덤하우스 출판사의 수석 편집자였다. 그는 내 책을 편집하기도 했지만 트루먼 카포티, 필립 로스, 피터 매티슨과 그 외 다른 작가들의 책을 편집한 것으로 훨씬 더 유명하다. 수 세대에 걸친 필라델피아 사람인 그는 확실히 대저택들을 많이 방문했다. 2월 저녁부터 이 설명 불가하지만 참으로 의심할 바 없이 확실한 규칙들이 적혀 있다. 1) 너무 일찍 도착하지 말 것. 2) 선물을 들고 가면 안주인이 사랑할 것이다. 3) 하루에 최소 세 시간은 혼자 있을 것. 4) 게임은 다 할 것. 5) 엉뚱한 침대에서 자지 말 것. 6) 제시간에 떠날 것.

겨울을 스키로 보내는 시절은 완벽한 나날이다. 왜냐고 묻는다면 나는 다소 어쩔 수 없다는 듯한 태도로, 사람들이 그것들을 좋아하기 때문이라 답할 수밖에 없다. 저녁의 난롯불, 피로와 편안함, 그저 쾌락을 좇아 하루를 보냈다는 죄의식도 없고, 마지막으로는 따뜻하고 유쾌한 저녁 식사가 나온다. 풍요롭도다. 만약 적국의 지도자들과 함께 스키를 탈 수 있다면 수많은 곤경을 피할 수 있을 것이다.

크리스마스 직후의 어느 날 밤 누군가가 젊은 일본인을 숙박객으로 데려왔다. 나중에 알고 보니 전 일본 수상의 아들이었던 그 사람은 우리 관습에 아마 당황했겠지만, 능숙한 사교술을 발휘하며 예의 바르게 행동했다. 그가 보낸 감사 편지가 아직도 주방에 걸어놓은 액자 안에 들어 있다. 약간 빛바랜 그 편지에는 이렇게 적혀 있다. "선생님을 알게 되어 무척 반가웠습니다. 훌륭한 저녁 식사에 초대해주셔서 무척 감사드립니다. 저는 선생님의 '여리'를 무척 즐겼습니다." 편지를 고전으로 만드는 이 약간의 철자 실수야말로 바로 작가의 것이다. 몇 주 뒤 이 편지를 읽은 쿠티 반스는 감탄하며 이렇게 언급했다. "이런 매력적인 사람들과 전쟁을 했다니 굉장하군."

눈 내리는 아름다운 겨울밤에, 사람들은 모두 다 같다.

〈콜로라도 스키 컨트리 USA〉(1997/98년)

아스펜

또 다른 아스펜에 대한 메모

뭐, 모든 건 옛 시절이 무엇을 뜻하느냐에 달려 있다. 톰 사디와 쇼 판사처럼 내가 1959년에 처음 이 도시에 왔을 때부터 저명인사였던 사람들에게 옛 시절이란 25달러에 웨스트엔드에서 집과 주차장, 거기에 더해 가구 일체를 살 수 있었던 때다. 쇼 판사는 심지어 더 싼 가격에, 몇 푼 되지 않는 체불 세금 대신으로 그것들을 사곤 했다. 내가 아스펜에 왔을 때 집값은 1만 달러에서 2만 달러였다. 지금은 아마 훨씬 더 비쌀 것이다.

쇼 판사는 줄담배였고 씨근씨근 숨을 쉬었다. 그는 현 판사인 탐 스콧을, 정중한 수정 요구를 받았음에도 계속 '캠'이라 불렀다. 그는 부인과 함께 트라이앵글 파크 동쪽 끝에 있는 커다란 집에서 살았는데, 집은 그 이후 더 유명한 사람의 손에 넘어갔다. 랜드로버는 그 판사가 돌아다니던 시절에는 발명되지 않았다. 초밥도 알려지지 않았다. 쇼 판사의 집에 대한 이미지 중 내게 오래 남아 있는 것은 판사의 미망인이 죽고 난 뒤에 본 것이다. 사람들이 매트리스를 창밖으로 밀어낸 다음, 그 안에 잔뜩 있을 거라 생각되던 금화를 찾아 매트리스를 길게 찢어 안을 열었다. 내 짐작엔 그래서 그랬던 것이지 싶다.

현 스키 시대의 초기 실력자 중 한 명은 에드 브레넌으로, 그는 리츠 호텔을 지은 제럴드 하인스와 모하메드 아무개를 위해 미리 길을 닦아주었다. 그 시절 리츠 호텔은 당연히 제롬 호텔이었다. 우체국과 카페 정도를 제외하면 제롬 호텔은 만물의 중심이었다. 화재 사이렌이 지붕에 얹혔는데, 나는 호텔에 마을 유일의 배전반이 있었다고 믿어마지 않는다. 사이렌이 울리면 소방대원은 호텔로 차를 몰고 가서 화재 장소가 어딘지 물어봐야 했다. 제롬 바는 유일한 바였다. 다들 하루가 끝날 때까지 스키를 타고 여기로 내려왔고, 저녁 약속은 그렇게 자주 잡지 않았다. 밤늦은 시간에 위층으로 올라오라는 초대가 있을 수도 있었다. 그건 마치 형편없이 유지되고 있는 친목회관에 가는 것 같았겠지만, 사랑에 취했다면야 무슨 상관이겠나?

대부분 마이크 솔하임의 치세 하에 있던 제롬 바의 호시절은 1960년대와 1970년대의 장기 민주주의 시기에 핵심적 존재였던 듯하다. 이 시절 도시의 부자와 빈자는, 말하자면 어깨를 나란히 하고 화기애애하게 교제했다. 제롬 바는 심지어 아스펜의 정치가 헤아릴 수 없을 정도로 국가 이익의 문제가 되었을 때 선거대책본부 역할까지 했다. 한때 제롬 바의 바텐더였던 스티브 위시하트는 손님들을 간신히 볼 수 있을 정도로 키가 작았지만 한때는 바에서 시의회를 쥐락펴락했다. 선거일 밤 술집은 사람들로 미어터졌다. 개표 결과가 라디오에서 나왔다. 위시하트가 이겼다! 그는 양손에 술병을 들고 바 위에 서서 승리의 함성을 지르며 군중 속으로 다이빙을 했다. 다행히 사람들이 그를 붙잡았고, 그는 땅에 발을 디디면서 이렇게 말했다. "누가 내 진짜 지지자인지 보고 싶었어요."

하지만 다시 에드 브레넌으로 돌아가야겠다. 내가 처음 아스펜에 왔을 때 그는 도시 전체를 완전히 뒤덮고 있었다. 일을 어느 쪽으로 진행하건 그는 다 대비가 되어 있었다. 그의 싸구려 오두막에는 '에드 침대'가 있었다. '에드 익스프레스'는 페덱스에 영감을 줬다. '에드 무역'은 현재는 하이먼 애비뉴 쇼핑몰이 있는 장소에서 안개 같은 추억으로 존재하고 있긴 하지만, 당시에는 종이반죽으로 만든 야자수와 허리도롱이를 두른 하와이 여성 댄서를 팔았는데, 정말로 진품이었다. 당시에는 도덕의 수호자 따위는 있지도 않았고, 레드 오리온에서 매년 열리는 젖은 티셔츠 콘테스트, 누군가는 분명 미인대회라 일컬었을 게 분명한 그 행사는 슈퍼볼보다 더 인기 있었다.

아스펜에서 탄 내 첫 스키에 대한 기억은 '스파 걸취' 바닥에 등을 대고 드러누운 것인데, 눈에 약간 문제가 있기도 했고, 슬쩍 안면이 있던 멋진 커플이 강사와 함께 지나갈 때 내가 고개를 돌린 탓도 있었다. 나는 사람들이 날 알아보지 않길 바랐고, 사람들도 아마 날 알아보지 않으려고 애를 썼을 것이다. 우리 중 하나는 뭐든 해야 했으니까. 나는 팔이 부러진 상태였는데, 넘어져서 그리 된 건 아니었다. 팔은 전날 밤 메인스트리트에서 부러뜨렸고, 그래서 도시에 있는 두 명의 의사 중 하나가

팔을 고정시키고 기브스를 해 줬다. 진료비가 분명 25달러인가 그랬다.

몇 년 뒤 나는 그레이브스 스키 한 쌍을 받았다. 나는 그걸 네댓 시즌 동안 타고 다녔다. 스키는 절대 파괴되지 않는 재료로 만들어졌거나 독창적인 방식으로 조립이 되어 있었고 평생 품질보증이 되었다. 그래서 제조회사는 자연스럽게 시장에서 퇴출되었다. 스키는 짙은 밤색이었고 하얀색 대문자로 제품명이 적혀 있었다. 리프트를 기다리며 줄을 서 있을 때마다 사람들이 스키를 주목했다. "그레이브스라." 사람들은 이렇게 말하곤 했다. "어디서 만든 겁니까?" 난 몰랐다. 어떤 사람이 하도 끈질기게 질문하길래 이렇게 대답하긴 했다. "바이엘 아스피린을 만든 곳과 같은 회사입니다." 하지만 나는 이 스키가 좋았다. 잘 깎인 제품이었고 품질보증 제도에도 기대를 걸고 있었건만 결국에는 금이 가고 말았다.

현재 아스펜은 휴양지다. 늘 그랬던 건 아니다. 예전에는 스키를 타는 도시였고, 가기도 힘들었으며 전국에서 최고였다. 심지어 길에는 포장도 안 되어 있었다. 가을에는 진흙, 봄에는 진흙과 먼지투성이였다. 아이젠하워가 대통령이었는데, 그는 집무실에서 퍼팅 연습을 했다. 나는 그에게 딱히 큰 인상을 받지는 않았지만 그다음에 무엇이 오게 될지는 몰랐다. 우리가 처음 여기 올 때 어떻게 왔는지는 기억나지 않는다. 기차를 탄 다음에 누가 글렌우드에서 차를 태워줬지 싶다.

아스펜 항공은 과장 없이 말해서 요람 수준이었다. 비행기가 딱 한 대였고, 나중에 몇 대 더 생겼다. 초창기 비행기는 5인승이었는데, 자리 중 하나는 부조종사 좌석이었다. 나중에 도입된 모델들은 총알구멍처럼 생긴 미심쩍은 금속 조각을 덧대어놓았고, '금연' 표지는 스페인어로 쓰여 있었다.

그 당시 교통이 문제가 되는 건 1년에 딱 두 번이었다. 1만 마리의 양들이 도시를 지나 고지대에서 내려오거나 거기로 올라갈 때였다. 고지대라고 하기는 했지만 나는 그 장소가 정확히 어디인지 끝내 알아내지 못했다. 양들은 메인스트리트를 거의 끝까지 채웠다. 아마 양들도 여전히 도시가 옛 시절에 어땠는지 이야기를 나누고 있을 것이다. 양들도 다른 사람들과 같다면 말이다.

〈아스펜 매거진〉(1996/97년 겨울)

글쓰기와
그 앞에 놓인 것

예전엔 문학이 있었다
지금은 무엇이 있을까?

인생에서 가장 커다란 임무, 단연코 가장 중요한 것이자 모든 것을 좌우하는 그 임무는 세 단어로 표현할 수 있다. 아주 간단하다. 바로 '말하는 법을 배우기'다. 언어는—영어건, 스와힐리어건, 일본어건, 무슨 언어건 간에—인간적 조건의 필수 요소다. 언어가 없으면 아무것도 없다. 세계의 아름다움과 존재의 아름다움, 혹은 원한다면 세계의 슬픔과 존재의 슬픔도 있겠지만, 언어 없이 그것들을 말로 나타낼 수는 없다.

동물은 우리의 동반자이지만, 그들은 어떤 의미로 우리와 견주어보아도 말을 할 수는 없다. 동물들은, 심지어 가장 장엄하고 당당한 동물조차도—고래, 코끼리, 사자—신을 모시지 않는다. 어떤 형태로 이루어지건 간에 신에 대한 우리의 이해와 찬양은 전적으로 언어에 의존한다. 기도, 설교, 찬송, 성경 혹은 다른 경전들, 모두 그렇다. 언어 없이도 신은 존재할지 모르나

말로 표현될 수는 없다.

언어의 풍성함 속에, 언어의 우아함, 폭, 재주 속에 힘이 있다. 분명하게, 간결하게, 위트 있게 말하는 건 피뢰침을 쥐고 있는 것과 같다. 우리는 만사를 알고 그걸 표현할 수 있는 사람에게 끌린다. 존슨 박사, 셰익스피어 같은 사람들 말이다. 그들이 사용하는 것과 같은 언어는 풍조를 만든다. 시인의 언어, 영웅의 언어는 그렇다. 그 언어는 삶의 특정한 수준, 난공불락의 확고한 수준에 올라 있다.

하지만 언어는 한 종류만이 아니다. 말로 하는 언어와 글로 쓰는 언어 두 종류가 있다. 말로 하는 언어는 마치 숨을 쉬듯 힘들이지 않고 즉석에서 나온다. 글로 쓰는 언어는 다른 문제다. 읽고 쓰는 법을 배우는 건 힘든 일로, 언어의 두 번째 관문이다. 일단 그 관문을 통과하면 활짝 열린 곳으로, 말하자면 끝없이 펼쳐진 미래로 들어서게 된다. 여러분을 위한 '비블리오스biblios'가 거기에 있다. 비블리오스는 내가 지어낸 단어다. 도서관, 기록물, 광대한 언어적 수집물을 뜻한다. 여기나 저기나 신조어는 대단한 게 아니다. 셰익스피어는 2만 개가 넘는 단어를 사용했는데, 열두 단어당 하나꼴로 단어를 지어냈다. 적어도 그 단어들이 셰익스피어 이전에 사용되었다는 얘기는 없다. 이에 비해 킹 제임스 성경에는 8000개 남짓 되는 단어가 들어가 있다.

비블리오스에는 책, 원고, 신문, 웹사이트 인쇄출력물, 편지들, 모든 종류의 글이 있다. 그중에서 책이 가장 중요하다. 누군가를 작가가 되도록 부추기는 것, 혹은 그랬던 것이 바로 독서에서 비롯된다. 내 생각에 내가 처음으로 혼자 완독한 책은『서

부전선 이상 없다』였다. 그 책을 읽고 나서 작가가 되고 싶었다 거나 탐욕스러운 독자가 되었다고 말할 수는 없지만, 그 책 속 산문에 담긴 확신과 단순성은 깊은 인상을 남겼다.

심지어 지금도 그 책 속 구절이 기억난다. 60년이 지났는데 도. 나중에 나는 에리히 마리아 레마르크가 독일 패션 잡지의 편집자였고, 일을 그만둔 뒤 소설을 썼다는 말을 들었다. 당신 미쳤군요. 사람들은 그에게 그렇게 말했다. 하지만 그 〈디 담〉인 가 뭔가 하는 패션 잡지도, 그 수많은 점심과 저녁 식사도, 그리 고 아마 그 잡지의 모델들도 모두 사라졌지만 소설은 사라지지 않았다.

물론 나는 진정한 교육은 잘 읽는데 기반을 둔다는 점—독 단적 주장이긴 하다—을 이해했고, 10년 이상 읽을 수 있는 건 전부 다 읽었다. 이 10년은 여행, 발견, 자존감으로 이루어진 멋 진 세월이었다. 이제는 열정적인 독서가들을 결코 따라잡지 못 하겠지만, 나는 이미 예전에 높이 올라본 적이 있다.

이제는 덜 읽는다. 아마 의욕을 잃었기 때문이리라. 책을 전 보다 적게 읽기는 하지만—독서는 즐거움인데, 나는 일을 해야 한다—책에 대한 관심이 줄지는 않았다. 책이 내 삶의 중심에 서 자리를 옮긴 적은 없다.

나는 한때 죽음에 대해 자주 생각했다. 고작 서른 살 때였는 데 이렇게 중얼거렸다. "인생의 3분의 1이 가버렸구나!" 이제는 다른 이유로 다시 죽음에 대해 생각하기 시작했다. 나는 죽음에 대한 고대인의 이미지, 강을 건너는 그 이미지가 좋다. 가끔 나 는 그때가 오면 내가 들고 가고 싶은 게 뭔지 생각한다. 비싼 시계도, 돈이나 옷도, 칫솔도 들고 가지 못할 것이고, 면도도 못한 채 가겠지만, 책 없이 갈 수 있을까? 책도 책이지만 내가 쓴 것들, 반드시 출판할 필요는 없는 그 글들을 두고 갈 수 있을까?

또 언젠가는 데보라 아이젠버그의 에세이를 읽은 적이 있었다. 내가 한 번도 만난 적 없는 작가였는데, 글 제목은 「저항」이었다. 버지니아 울프의 투명함과 침착함이 떠오르는 무척 잘 쓴 글이었다. 에세이의 주제는 글쓰기였는데, 읽던 도중 이런 문장에 다다랐다. "사실상 모든 고되고 복잡한 문학적 경험을 우리 문화의 테두리 너머로 옮겨버린 똑같은 재난의 일부."

나는 거기서 읽기를 멈췄다. 머릿속에 생겨난 수많은 생각을 정리하기 전까지는 더 나아갈 수가 없었다. '똑같은 재난……' 세계의 아폴로적인 껍질이 현대에 이르러 부서졌다는 카잔차키스의 통찰이 생각났다. 그 아래 어딘가에서 디오니소스적인 것이 분출했다.

그리고 문장의 마지막 부분, '우리 문화의 테두리'를 읽고 다음과 같은 질문이 끈덕지게 떠올랐다. 문화란 무엇이며 우리 것이 된 것은 무엇인가? 사전의 정의는 모호하다. "특정 시대 혹은 사람들이 거둔 성취와 학습된 행동 양식의 총합." 이 대신에 내가 생각하는 문화의 구성 요소들을 한번 늘어놓아보겠다. 나는 문화란 언어, 예술, 역사, 관습이라고 말하련다.

우리는 이른바 대중문화가 고급문화를 압도했고 그 결과가 아직 완전히 다 현실화되지 않았다는 사실을 안다. 팝 문화의 후원자들, 곧 젊은이들과 예전에 젊은이였던 엄청난 수의 사람들이 막대한 부로 보상을 해줌으로써 대중문화가 더 멀리 나아갈 수 있도록 하고 있다. 조지 루카스의 〈스타워즈〉 3부작인지 5부작인지 하는 허섭스레기가 가장 성공적인 작품이 되어 광범위하게 논의되며, 가끔은 걸작 내지는 예술적 시도에 대해 말할 때 어울릴 용어가 사용되기도 한다. 우리는 그저 취향의 붕괴를 목도하고 있는 것일까, 아니면 이제는 시대에 뒤떨어진 트로이 전쟁을 대체할 만한, 혹은 그에 비견할 만한 가치가 있는 새로운 신화의 실질적인 기원을 목격하고 있는 것일까? 멋있기 그지없는 주식 붐이 그렇듯이, 이제 오래된 가치 기준은 내팽개쳐지는 것이다.

우리는 이런 작품을 이미 본 적이 있는 것 같다. 우리 중에 그런 걸 기억할 정도로 충분히 나이가 든 사람들이 있다. 당시는 〈플래시 고든〉이 그런 작품이었다. 배경과 배역도 비슷하고, 잔인하고 전지전능한 악당이 있었고, 주인공에게는 아름다운 여자친구가 있었고, 늙고 지혜로운 조언자도 있었고, 미래의 무기도, 우주선도, 머나먼 행성도, 공중 함대도 다 있었다. 당시 그건 그저 만화책이었다. 남학생들이 따라 읽는 책이었다. 그게 새로운 형태로 등장하면서 학자들과 영화연구라 이름 붙은 학부 과정을 위한 금광이 되었다.

15년 동안 영화 대본을 쓰면서, 나는 작가였을 뿐 아니라 영화 각본가이기도 했던 그레이엄 그린과 존 스타인벡에 대해 생각했다. 오랫동안 나는 이 모든 것이 위에서 내려다보면 어떻게 보일지 알지 못했다. 그 위치에서 보면 작가란 실제 작업에 앞서 예비로 고용해야 하는 사람인 것이다.

내가 쓴 것과 영화로 만들어진 것 사이의 균형은 잘 맞지 않

427

았다. 영화 한 편을 찍으려고 대략 네 편 정도의 대본을 써야 했고, 가장 잘 쓴 대본이 종종 쓰레기통으로 들어갔다. 그런 헛수고는 울적한 일이었고, 부패한 악취야말로 그쪽 업계의 향수다. 그렇긴 해도 영화의 지위 상승은 돌이킬 수 없는 일이다.

가끔씩 불꽃이 일기는 해도, 활기를 주는 소설은 연극과 마찬가지로 과거에 속해 있다. 이쪽에는 한정된 추종자만이 존재한다. 소설가 루이 페르디낭 셀린은 〈파리 리뷰〉와의 인터뷰에서 이렇게 말했다. "소설은 레이스 같은 겁니다…… 수녀원에나 어울리는 예술이죠." 문학은 죽지는 않았지만—학생들은 여전히 도스토옙스키와 휘트먼을 읽는다—예전에 누리던 명성은 잃었다. 추세가 문학에 등을 돌리고 있다.

권위 있는 사람들이 비틀스의 노래는 앞으로 300년 동안 재생될 것이고, 리하르트 바그너가 오늘날 살아 있다면 영화감독이 되었을 거라고 말했다는 얘기를 들은 적이 있다. 정말 그렇게 될 수 있을까? 우리는 그런 걸 알 수 있는 위치에 있지 않고, 세상이라는 거대한 배가 어느 쪽으로 방향을 돌리게 될지조차도 확신할 수 없다.

몇 가지만이 확실한 듯하다. 소설가 돈 드릴로가 썼듯, 미래는 대중의 것이다. 거대도시들이 마치 암처럼 극단적인 빈부격차와 더불어 등장하면서 자연 세계라 불리던 것, 강과 숲과 고요한 여명과 밤으로부터 사람들을 고립시켰다. 새로운 인구 집단은 콘크리트로 만든 벌통에서 영화, 텔레비전, 인터넷을 주식 삼아 살 것이다. 우리가 먹는 것이 우리다. 우리가 보고 듣는 것도 우리다. 우리는 단 한 종류뿐인 삶의 한복판에 놓여 있다.

글쓰기와 그 앞에 놓인 것

온갖 돋보이는 방식으로 성공한 사람들이 예술에 대한 감수성도, 역사에 대한 흥미도 없고, 언어에 본질적으로 무관심하다는 사실이 점점 더 눈에 들어온다. 그 사람들이 경험하는 일 중 아이의 탄생 말고 그들 입에서 **초월적이다**는 단어를 끌어낼 다른 일이 또 있을지 상상하기가 힘들다. 그들에게 희열이란 순수하게 신체적인 의미에 지나지 않지만, 그래도 그들은 행복하다. 영화와 음악을 챙기고, 아마 가끔은 베스트셀러도 찾겠지만, 그들에게 문화란 필수적인 게 아니다. 그런데 문화가 본질적인 것이긴 할까? 대중문화 말고 보다 고상한, 오래 지속될 그런 문화가?

아마 아닐 것이다. 인류 혹은 국가가 발전하는지 쇠퇴하는지 여부는 우주의 행성들과 저 너머에 있는 존재에게 전혀 중요한 문제가 아니다. 문명이 새로운 정점에 도달하는지 혹은 좌초하는지 여부는 우리에게만 중요할 뿐이고 사실 그리 큰 걱정거리도 아닌 것이, 우리가 그 문제에 대해 개인적으로 할 수 있는 일이 별로 없기 때문이다.

그와 동시에 입담 좋고 영혼 없는 팝 문화의 세계를 떠올리면 참으로 두렵다. 무의미하지 않은 것을 향한 충동, 조금의 파문도 남기지 않은 채 완전히 사라져버리는 데 저항하는 것을 향한 충동이라는 게 있게 마련이다. 이에 대한 귀결이 이전에 사라져버린 삶에 연결되고자 하는 욕망, 유서 깊은 장소에 서 있고자 하는 욕망, 소멸하지 않는 이야기를 듣고자 하는 욕망이다. 예술은 국가의 진정한 역사라고들 한다. 우리가 문학이라 부르는 것, 끊임없이 읽히는 것만을 써내고 있는 이 예술도 역사의 일부다. 문학이 자기 자리를 양보한다 한들, 그것을 대체하게 되는 건 무엇일까?

아마 시인 에드윈 앨링턴 로빈슨의 이야기인 것 같은데, 그는 누워서 죽어가고 있을 때 자기 침대를 하늘의 별 아래로 옮겨 달라는 부탁을 했다. 어쨌거나 그런 것이 생각이다. TV 시트콤을 보면서 마지막 숨을 내쉬는 게 아니라 거대한 현존 안에서 죽는 것. 그런 부자들―사실 가장 위대한 부자들― 은 누구든 손을 뻗으면 닿을 거리에 있는 사람들이다.

『작가들이 말하는 글쓰기: 뉴욕 타임스 에세이 선집』(2002년)

말의 가치

철거용 철공이 오래된 건물의 외벽을 갈라놓거나 폭발물을 건물 중심에 효율적으로 점화하는 스위치가 당겨지면 오랜 세월 동안 유지되어 온 물리적 건조물이 그 즉시 허물어지는 모습을 볼 수 있습니다. 전통의 죽음은 눈에 덜 띕니다. 숨이 빠져나가고 남은 것에 부패가 달라붙는 바로 그 순간, 혹은 그 일련의 순간을 잡아내기란 어렵지요. 하지만 무척이나 종종, 전통이 거의 무너진 건물만큼이나 순식간에 사라져버리는 광경을 보게 되곤 합니다. 1995년 10월 〈워싱턴 포스트〉에 실린 기사에는 소비에트 러시아에서 문학에 무슨 일이 벌어졌는지 나와 있습니다. 포스트의 기자 데이빗 호프먼은 이렇게 쓰고 있지요. "한 세기 이상, 러시아 작가들은 사회에서 특별한 위치를 점했다. 문학은 권력에 맞서는 선봉에 섰고, 소비에트 시대에는 전체주의적 통치자들이 작가들의 의지를 꺾고자 모든 수단을 동원했다." 하지만 작가들은 저항했고, 투옥과 죽음의 위험을 무릅썼으며, 언어로 맞싸웠습니다. 그들의 언어, 대안적인 산문으로 그려낸 사회에 대한 비전에는 엄청난 수의 추종자들이 따라붙었지요.

이제 러시아에서 작가들은 자유롭습니다. 훌륭한 작가들은 전혀 중요한 존재가 아닌 듯해요. 10년 전만 해도 문화적 삶에 필수적이었던 문학잡지들은 이제 간신히 연명하고 있습니다. 판매고가 예전의 10분의 1도 되지 않습니다. 자본주의의 승리가 작가들을 중심에서 벗어나게 했습니다. 현재는 텔레비전이 플랫폼을 소유하고 있죠. "보아라! 보아라!"가 "들어라! 들어라!"를 대체했습니다. 시각적 감각은 러시아 사람들에게는 여전히 무척 새로운 것이라서 그들은 그것이 엘리베이터 음악만큼이나 특색 없는 엘리베이터 산문의 리듬에 맞춰 깜박여도 개의치 않아요. "위대한 문학적 산문도, 허섭스레기도 있다." 낙담한 어느 러시아 작가는 이렇게 말했습니다. "돈을 벌 수 있는 건 허섭스레기뿐이다."

낯익은 소리지 않습니까? 문학의 퇴출, 언어의 가치절하, 섬세한 표현에 대한 대중적 무관심은 미국에서 오랫동안 벌어져왔던 일입니다. 설사 문학이 반란을 일으킨다 해도 이 사태를 야심만만한 자본주의 탓으로 돌릴 수는 없습니다(상업과 문학은 마치 가구 때문에 같이 사는 싸늘한 결혼생활 속 파트너마냥 서로 합의를 보았습니다). 온당하게 문학이라 불릴 만한 책—작가의 장기 홍보여행과 영화로 제작되어 사후의 삶을 누리는 것 이상의 것을 갈망하는 책 말입니다—이 출간되어 국가적인 흥분을 불러일으키거나 정신을 고양시키거나 기존 사고방식에 충격을 준 게 마지막으로 언제였는지 기억하는 사람이 누가 있습니까? 마야 안젤루가 시인으로 통하고, 톰 클랜시가 소설가로 통하고, 토니 커쉬너가 극작가로 통하는 나라에서 언어에 무슨 희망이 있습니까? 어떻게 해야 줄을 읽고, 문단을 지나, 페이지를 넘기는 동안 그 안에서 서로를 마주 보고 있는 단어들의 타격으로 일어난 의도치 않은 즐거움의 불꽃에 예민하게 깨어 있는 상태를 유지할 수 있을까요? 진실은 우리가 오늘날 단어의 아름다움보다 단어의 추함에 더 관심을 가지고 있다는 겁니다. 신체적 조건이나 성별 혹은 인종에 대한 의식적인 모욕은 사람들을 쉽게, 자동적으로 화나게 만듭니다. 우리는 비범하고 섬세한 것에 반응하도록 되어 있지를 않습니다.

　우리가 단어가 모자라거나, 누가 알겠습니까마는, 이 문제에 대한 책이 없어서가 아닙니다. 그런 책들을 옷걸이만한 공간에서 구입할 수야 있지요. 서점 통로에 꽂힌 책들은 대부분 불쏘시개지만, 그것들을 다 쌓아놓아도 「오델로」의 열기를 발산하지는 못할 것입니다. 우리는 더 이상 충분히 많은 단어들이 정교하고, 아름답고, 의미심장하며, 조심스럽고, 진실하기를 기대하지 않습니다. 말의 날카로움은 섬세한 구분에 대한 흥미를 잃어버렸고(이제 그 예리함은 'd로 시작하는 말''damn'을 뜻한다이 되는 방향으로 가고 있지요), 뛰어난 판단은 수평이 되다시피 납작해졌습니다. 우리는 꼼꼼히 읽고 비판적으로 듣는 성향을 잃어버리고 있습니다. 왜 그럴까요? 수많은 기묘한 용의자들이 이러한 질적 저하에 몰두한 것처럼 보입니다만 음모에 대한 증거는 전혀 없고 기소할 여지도 거의 없습니다.

미디어부터 시작해봅시다(각각 '날 걷어차줘요'라고 적힌 네온사인을 입고 나오면 좋겠다는 생각을 뿌리칠 수가 없군요). 예를 들어 텔레비전이 있습니다. 우리와 똑같은 텔레비전이 광채를 내뿜어 러시아인들을 홀렸고 그들이 아직도 더 느낄 것이 남아 있을 만큼 깊이 감염을 시켰죠. TV 뉴스쇼에서 표준어로 내뱉는 빠른 말투는 엄밀히 말해 진통제 역할을 하며, 그 표준어를 내뱉는 사람들은 프링글스 감자칩만큼이나 개성적입니다. 수천만 명의 시민을 세상에 붙들어놓는 수단인 그들의 단어는 웅변적이고 복잡한 기억에 마취제처럼 작용을 합니다. 오후 시간에 방송되는 드라마에서는 매력 없는 배우들이 혀짤배기소리를 내면서 옷을 벗고, 사귀다가, 웃기지도 않게 헤어지지만, 정말로 심각한 혼란은 그들이 사용하는 문법입니다. "늘 자신'들' 멋대로 하려는 이기적인 인간은 다운과 내 호의를 기대하지 않는 편이 좋을 거야." 토크쇼—별별 괴짜와 광대가 다 나오지만 곡예사는 없는 서커스—에서는 출연자들이 심리학과 정신과 의사에게서 빌려온 흔해빠진 감상적 언어를 사용합니다. 그들은 미디어에서 이런 언어와 감정을 배웠습니다. 그들은 자기네가 얼마나 좋은 학생인지 과시하고, 학교 교실에 갇혀버린 희망과 폭파된 꿈을 보여주고 말할 수 있는 기회를 노리며 살아가죠. 이런 쇼 프로그램들은 미국의 인종과 교육을 집요하게 이용해먹지만 정작 쇼 안에는 무기 혹은 욕설로서 날아가 꽂히는 생생한 제 나라의 말, 가끔은 격렬한 시가 되기도 하는 그런 말은 하나도 사용되지 않습니다. 그저 어디서 빌려온 말, 간접적인 열정뿐이죠.

컴퓨터 통신의 언어도 같이 고려해봅시다. 거기서는 단어를 둔기처럼 사용하죠. 전자적 자극을 일으키고 대답을 끌어내는 데 필요한 최소한의 단어만을 타자로 칩니다. 인터넷의 태평스러운 영혼들은 유아기에 있는 듯 보이는 언어로, 그리고 언어를 배워가는 바로 그 과정의 와중에 소통을 할 수 있습니다. "말해줘, 체리 레드, 산 공기가 추워?" "응, 블루 폭스, 열 받아 엉망." 실례지만 뭐라고요? 이게 밀턴도, 심지어 베케트도 아니긴 하지만, 그래서 전자적으로 부딪힌 영혼들에게는 이게 무슨 의미인 걸까요? 언젠가는 과거의 위대한 서신 교환에 버금갈 이메일 송신 전집이 나올까요? '저장' 키는 참으로 느긋하고도 무심한 기록 보관인인지도 모르겠습니다.

우리 도시인들은 부드럽게 돌려 말하는 화법을 구사합니다. '어르신senior citizen' 같은 표현은 집에서 기르는 개의 머리를 톡톡 두드리는 행동의 언어적 등가물마냥 그 어조가 맞춰져 있습니다. 모든 고통스러운 문제들을 두루뭉수리하게 표현해달라고 하지요. 이는 마치 임신중절을 찬성하는 사람이 특히나 잔혹한 낙태 시술에 대해 설명할 때, 두개골이 갈라진 상황 앞에서 "태아가 종말을 맞았습니다"라고 말하는 것과 같은 식이죠. 우리는 최근에 정확히 100만 명은 아닌 100만 명이 참여한 행진을 보았고, 유력하지도 않고 대통령 같지도 않은 유력한 대통령 후보들에 대한 기사를 매일매일 읽습니다. 정치인 중 가장 유명한 사람이라 해도 도움이 안 됩니다. 우리에게는 새로운 천년으로 가자고 입에 침도 안 바르고 말하는 대통령이 있지만, 말과 그 말의 의도가 비누거품 같은 실체와 유지력을 갖는 사람, 이런 사람에게서 "절 믿어주십시오"라는 말을 듣게 되면 진정한 두려움에 대해 알게 됩니다.

　문학을 훼방 놓으려는 충동을 품고 있는 가장 고상한 범인들은 우리가 한때 잘 알았던 기관, 곧 대학에서 일하는 사람들입니다. 우리가 문학 수업에서 읽는 교수들의 글은 텍스트에 경외심을 품기는커녕 텍스트를 찬양하지도 않습니다. 그 글들은 커튼을 잡아당기며 사납게 짖어대는 수많은 개들처럼 텍스트를 발가벗깁니다. 그에 따르자면 언어는 구성물, 덫, 속임수입니다. 모든 텍스트는 그저 텍스트일 뿐이고, 의심의 눈길로 바라보면 모든 문장은 다른 문장들과 다를 바가 없다는 거죠. 문학을 사랑하라고 배우는 게 아니라 경계하라고 배웁니다. 단어는 작가의 의도를 전복하고, 독자도 속일 것이라는 겁니다. 한 작품의 가치는 심미적인 것이 아니라 기계적인 것입니다. 어쩌면 교묘한 술책일 수도 있겠고, 어쨌든 예술은 확실히 아니라는 거죠. 이건 엘리베이터 통로를 연구하기 위해 거대한 건물의 숨 막힐 듯한 외관과 우아한 외벽과 대담한 재료 사용을 무시해버리는 것과 비슷한 짓입니다. 이 사람들이 학생들에게 통로를 연구하도록 하는 자유를 침해할 생각은 없습니다. 그들이 제자리에 있는 한은 말이죠. 우리는 '이론의 시대'를 살고 있고, 지난 시절 대규모 역병의 발발을 버티어냈으니 그저 그럭저럭 나아가야 할 수밖에요. 정말 큰 수수께끼는 이론이 학계에서 응당 그런 우위를 차지했어야 했는데도 그 이론의 옹호자들이 자기네가 뭘 하는지 분명히 말하거나 쓰지를 못한다는 겁니다. 언어가 그들의 감언에 발을 걸어 넘어뜨림으로써 복수를 하는 겁니다.

교사들이 글의 가치에 대한 미적인 판단을 내리는 걸, 문장과 장章과 책의 형태로 정리된 이 작품에 사람들의 관심을 끌 가치가 있는 아름다움이 있다고, 저 작품은 그렇지 않다고 말하는 걸, 어째서 그 작품이 그럴 수밖에 없는 것인지 설명하는 걸 삼가야 한다는 것이 사실이라면 무척 우울한 일입니다. **미, 진실, 선호, 질서, 가치**는 신지식인들을 움찔하게 하고 눈을 깜박이게 하는 단어들인 겁니다. 이런 사람들은 문체 같은 게 거북하기 때문에 그 대신 사람들의 생활방식과 특이한 인류학 같은 쪽으로 뛰어드는데, 이 점이 최근에 문학 분야에서 이상한 학문이 생겨나는 이유를 설명해줄 수 있을지도 모르겠습니다. 복장도착, 재클린 케네디나 마돈나에 대한 도상학, 월트 디즈니의 제국주의적 영향력에 대한 연구 같은 것 말이죠. 향후 5년 안에 이런 내용의 책들을 읽을 사람이 있을까요? 해골처럼 깡마른 패션모델들이 런웨이에서 그 책들을 들고 돌아다녀야 할 겁니다. 그런 책들의 가치는 그 시즌에 각광받은 합성 피복보다도 오래가지 못할 테니까요.

대학들은 다른 분야와 매한가지로 문학 교육의 방식에서도 거대한 평준화 과정에 참여해왔던 걸까요? 그럼으로써 교양 교육이란 무엇인지에 대한 전통적인 관념을 포기한 걸까요? 그러한 교육이란 안목을, 버려야 하는 판단과 포용해야 하는 판단을, 명료한 시선으로 차이를 산출하는 법을 가르쳐야 하는데 말입니다. 전문 직업 기술은 균일함을 강조토록 해야겠죠. 다리는 매달려 있어야 하고, 터널에는 물이 차지 않아야 하고, 우주선은 하늘 높이 솟구쳐야 하고, 배는 물 위에 떠야 하고, 장부는 맞아야 하고, 환자는 살아야 하니까요. 교양 교육은 가치, 의견의 불일치, 순위, 셰익스피어의 「트로일러스와 크레시다」에서 간지奸智 넘치는 율리시스가 찬양한 모든 요소들을 옹호토록 해야지 않겠습니까. 학위(대학이 생산 라인에서 찍어내는 것 마냥 만들어내는 종이 쪼가리와는 다른 것 말입니다), 우선권, 위치, 과목, 비중, 서류 양식, 사무실, 관습, 이러한 것들을 질서 있게 줄 세워야 한다는 겁니다. 율리시스, 이 번드르르한 달변가는 어떤 대학의 학장 자리도 제안받을 수 없겠지만("그 친구가 기금을 잘 끌어 모을 수는 없지 않을까요?"), 대학은 더 나쁜 짓을 해왔습니다. "질서가 없어지면, 조율 안 된 현악기마냥/ 불협화음이 생깁니다. 모든 게/ 투쟁 상태에 놓이게 될 뿐이죠."셰익스피어의 「트로일러스와 크레시다」 1막 3장의 대사. 이것이 현재 미국의 수많은 지역에서 마주치는 상황입니다.

'정전正傳', 최근 몇 년간 학위를 받은 사람들이 너무도 많이 우려스럽게 이야기해온, 교육 과정의 헤게모니를 쥔 사람들이 선정한 이 작품들이란 사실 독서를 할 때 우선적으로 고려할 목록 정도에 지나지 않습니다. 인생이란 선택이고, 독서에 쓸 시간의 양은 지혜롭게 배분해야 합니다. 여러분이 진지한 독자라면, 여길 봐주십시오. 구멍이 숭숭 뚫린 포괄적인 목록이 여기 있습니다. 정전이라는 건 대체로 그런 겁니다. 왜냐하면 정전이란 어느 시간 동안 사람들의 정신과 마음을 만족시킨 것이지, 노아의 방주처럼 모든 것을 포괄하는 관념은 아니기 때문입니다. 정전이라는 개념 자체를 경멸하는 사람들은 강력한 대안을 떠올리는 편이 낫습니다. 이를테면 이 작품은 자웅동체 소설의 범주를 대표하는 작품인데, 그중에서 오른손잡이가 쓴 자웅동체 소설이고, 독립적이고 특권적인 장르인 사악한 자웅동체 산문을 사용하고 있다는 이유로 그 소설을 읽도록 명령해서는 안 되는 것입니다. 모든 문학 텍스트는 일률적으로 창조된 것이 아니며, 그것들의 가치는 작품의 유래나 훌륭한 의도에 있는 게 아닙니다. 이는 그 작품들이 거둔 성취가 당시의 범민족적이고 범성애적인 극단적 낙천주의자들의 사회적 혹은 정치적 열광에 복무했다는 이유로 평가되지 않는 것과 마찬가지입니다.

시간이 지나면서 사회가 두 종류의 독자로 나뉠 것이라고, 정보를 원하긴 하지만 그 정보가 주어지는 형식에는 별 주의를 기울이지 않는 독자와, 음악과 암시와 위트와 변화와 저항을 원하는 **독자**로 나뉠 것이라고 상상해 보십시오. 어느 쪽이 우세할지 짐작이 갈 겁니다. **독자**들은 드루이드 교도들처럼 폐쇄된 작은 집단으로 축소되어 사회와 동떨어지고 종내는 파멸할 것입니다. 적어도 그 나무 사람들'드루이드Druid'라는 말은 인도유럽어족에서 나무를 뜻하는 '드르DR'에서 파생되었다고 한다은 로마와 기독교에 밀려났지요. 명멸하는 푸른 스크린에서 자신의 운명을 **읽는** 것 어디에, 또는 어깨를 으쓱 하는 친구의 멍한 눈길 속 어디에 영광이란 게 있을까요?

우드로 윌슨 센터에서의 강연(1995년 10월 25일)

설터가 수확한 한 시절의 공기

제임스 설터의 부인 케이 엘드리지 설터가 서문에서 밝히듯 『쓰지 않으면 사라지는 것들』은 설터가 잡지 등에 발표했던 글을 남편의 사후에 모아 펴낸 책이다. 그녀가 책의 성격과 의의에 대해 워낙 잘 설명해두었기 때문에 이에 대해서는 딱히 덧붙일 말이 많지 않다. 사적인 감상을 조금 더하는 것으로 충분하지 않을까 싶다.

번역을 하는 동안 '소설가의 논픽션'에 대해 가끔 생각을 했다. 왜 글을 쓰느냐는 질문에 설터는 다음과 같이 답한다. "나의 내면에는 우리가 했던 모든 것이, 그러니까 우리 입 밖으로 나온 말들, 맞이한 새벽들, 지냈던 도시들, 살았던 삶들 모두가 한데 끌려들어가 책의 페이지로 만들어져야 한다는 고집이 자리 잡고 있었다. 그렇지 않으면 그건 존재하지 않게 되어버린다는, 존재한 적도 없게 되고 만다는 위험에 처할 테니까."(27쪽)

이에 따르자면 설터에게 글이란 주관적 경험을 언어의 틀에 고정시킴으로써 예술적 진실로 존재토록 하는 작업이다. 적힌 것만이 존재한다면 적힌 것만이 진실일 수밖에 없다. 그때 모든 글은, 심지어 픽션까지도, 궁극적으로는 논픽션일지 모른다. 하지만 다른 한편으로, 그 논픽션의 대상이 우리가 확인할 수 없는 것이라면, 예를 들어 작가의 삶과 기억이라면, 작가가 쓴 '논픽션'은 독자의 입장에서는 '픽션'일 수도 있다.

그렇다면 이 책에 수록된 논픽션들, 특히나 설터 본인의 삶을 소재로 하는 글이 종종 픽션의 분위기와 흐름에 접근한다는 인상을 받는 것이 놀랄 일은 아니다. 그런 글에서는 명백히 독자를 의식한 상태로 쓰인 인터뷰나 취재 기사와는 다른 어조가 감지되고, 설터의 문장은 픽션의 그것처럼 움직이면서 빛나지만, 동시에 스스로에 대한 고백이기도 하다. 그 고백은 때로 지나가버린 세상의 가치관을 체화하거나 대변하고 있기도 하고, 때로는 잘 익은 과일을 수확하듯 한 시절의 공기를 언어라는 바구니 속에 담아내기도 한다. 더 정확히 말하면, 오로지 언어로써만 담아내고자 한다. "오래된 인쇄물 속 장면인 마냥 어두운 물 위에서 춤추는 빛, 저 멀리서 무척이나 희미하고 유혹적으로 들리는 목소리, 웃음, 음악 같은 것"(322쪽)들을. 그러기 위해서는 계속해서 쓰는 길밖에 없고, 이 책에서 설터가 하고 있는 일이 바로 그것이다.

본문에 인용된 몇몇 작품은 국내 출간된 번역본을 참고했다. 『적군 기병대』는 『기병대』(김홍중 역, 지식을만드는지식, 2008), 셰익스피어의 인용구들은『헨리 5세』(최경희 역, 동인, 2014),『셰익스피어 전집 7: 사극 로맨스 1』(최종철 역, 민음사, 2014),『트로일러스와 크레시다』(서동화 역, 동인, 2016)의 도움을 받았다.

2020년 1월
최민우